JUPITER PHAETON

L'ACADÉMIE DU FEU

LE DERNIER REMPART

1

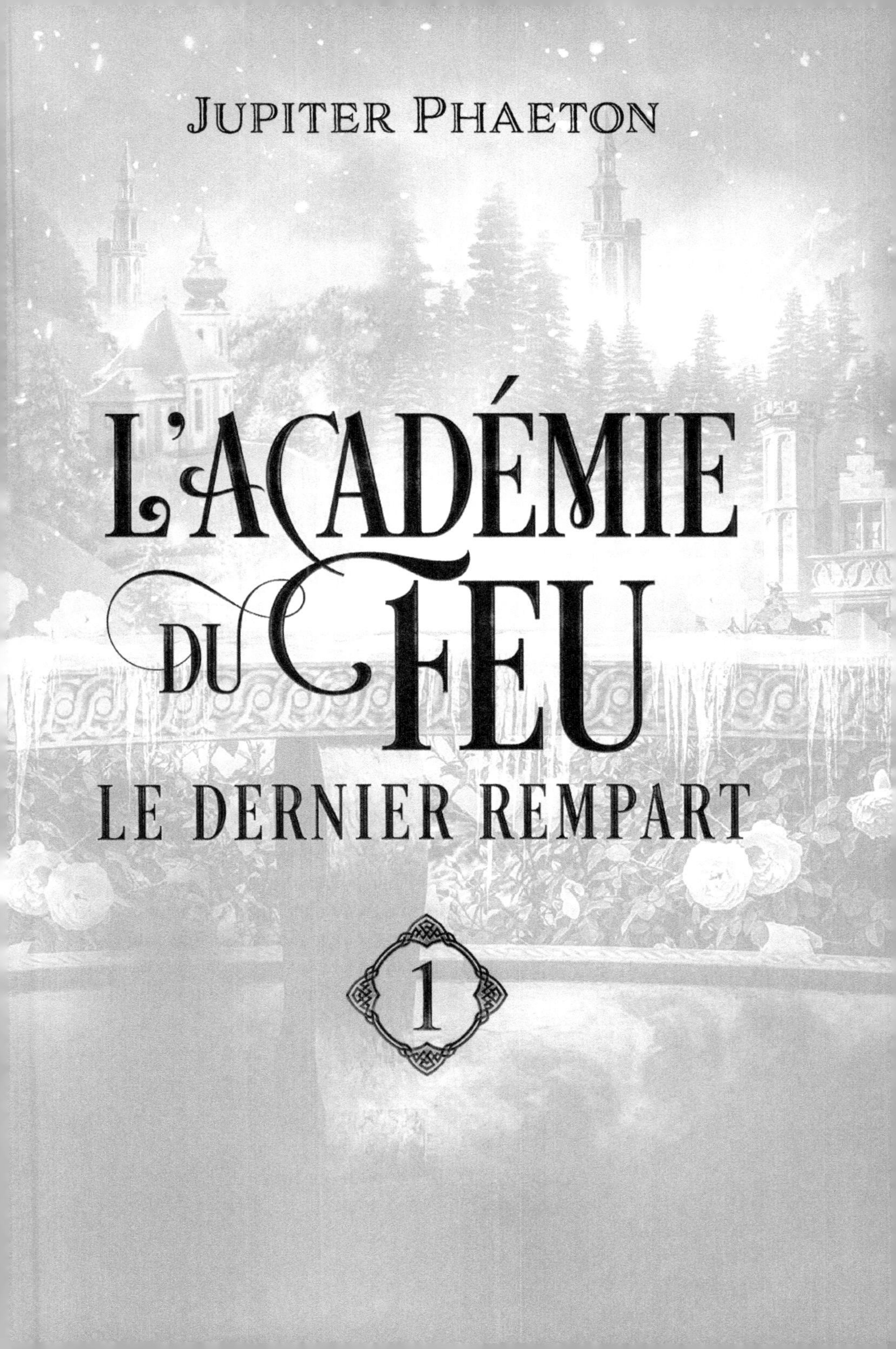
JUPITER PHAETON
L'ACADÉMIE DU FEU
LE DERNIER REMPART
1

Ce livre est une fiction. Toute référence à des événements historiques, des comportements de personnes ou des lieux réels serait utilisée de façon fictive. Les autres noms, personnages, lieux et événements sont issus de l'imagination de l'auteur, et toute ressemblance avec des personnages vivants ou ayant existé serait totalement fortuite.

Les erreurs qui peuvent subsister sont le fait de l'auteur.

Le piratage prive l'auteur ainsi que les personnes ayant travaillé sur ce livre de leur droit.

Crédits

Design de couverture : ©Hannah-Sternjakob-Design.com
Bêta-lecture : Solène Rochey
Corrections du texte : Porte Plume
Contrôle qualité : Julie Goubin
Maquette : ©Châtaigne

ISBN : 978-2-38401-438-5
Jupiter Phaeton Éditions
Première édition : Janvier 2025
Dépôt légal : Janvier 2025

www.jupiterphaeton.com

Envie de faire partie de la communauté de **l'Ordre des pandas** et de découvrir des nouvelles inédites et gratuites ?

Pour ça, rien de plus simple, rejoins mon Discord
ou ma newsletter :
https://jupiterphaeton.com/rejoins-lordre-des-pandas/

Zéphyria
ROYAUME DU VENT
Cendralis
ROYAUME DU FEU

Bienvenue à l'Académie du feu !

De nombreux obstacles t'attendent dans ton apprentissage de la magie. Il faudra te familiariser avec le danger que représentent les tempêtes, mais aussi tes camarades, et surtout ton propre pouvoir, peut-être incontrôlable.

La carte du monde représente ce qu'Eira et les autres survivants savent de ce qui les entoure. Mais avec les tempêtes qui balaient ces terres abandonnées, les voyages sont devenus difficiles. Peut-être existe-t-il des secrets cachés dans ces étendues glacées ?

Si oui, il y a de grandes chances que cette carte évolue au fil des aventures de nos héros...

Fais attention à toi. Ici, le feu brûle tout. Y compris les cœurs.

Chapitre I

Cendralis.

Je lève la tête pour observer la cité de feu. D'immenses tours de pierre au sommet desquelles des flammes chahutent, protégées des vents mordants par des runes magiques, dominent les remparts qui encerclent la ville.

Je resserre les pans de mon manteau de fourrure pour éviter que le froid glace mes os. Ma mère et moi échangeons un regard : nous y sommes. Bientôt, il faudra faire nos adieux. Bientôt, elle repartira. Bientôt, elle m'abandonnera à un destin dont je n'ai jamais voulu.

Je jette un nouveau coup d'œil à Cendralis avant de fouiller ma mémoire à la recherche des quelques souvenirs que je pourrais encore avoir de la ville. L'image d'un tatouage passe devant mes yeux, puis une cicatrice, une rue, les portes monumentales de la ville. Je suis partie d'ici quand j'avais cinq ans et je ne me souviens de rien ou presque.

J'inspire un peu trop longuement et aussitôt j'ai envie de tousser à cause du froid qui s'insinue dans mes narines, malgré l'écharpe qui recouvre mon nez et ma bouche. Nous arrivons au bout de notre périple. Hier encore, je me plaignais de la lenteur du voyage, de la longueur du trajet et des difficultés que nous rencontrions pour atteindre Cendralis. J'invoquais maints arguments pour tenter de nous faire rebrousser chemin.

Aujourd'hui, j'ai la sensation que nous sommes arrivés trop vite.

Flanquées des deux autres mages de vent qui nous accompagnent, emmitouflés eux aussi dans des couches de vêtements épais, nous continuons notre progression à travers la neige et le givre.

Cendralis s'élève devant nous comme une colline : les plus hautes tours s'érigent fièrement au sommet, tandis que les habitations se font plus petites à mesure que l'on descend vers les remparts.

— N'est-ce pas stupide ?

Les mots sortent tout seuls de ma gorge, mais avec la force du vent, personne ne m'a entendue. Je me rapproche de ma mère, qui tâte le terrain avec son bâton à la recherche de crevasses avant de faire un pas de plus.

— C'est insensé, n'est-ce pas ?

Je repose ma question en désignant le sommet de la ville, là où les bâtiments étincellent au milieu des tours de feu.

— C'est le pinacle, crie-t-elle presque pour que ses mots me parviennent.

— Mais la prise au vent doit être atroce !

— Les mages de feu protègent le quartier. L'académie est toute proche, ce qui leur permet de déployer rapidement les forces nécessaires pour alimenter leurs boucliers d'énergie et repousser les tempêtes.

Je ne me souvenais pas de ce détail. La ville était-elle déjà bâtie ainsi il y a seize ans quand je suis partie ? Sûrement.

Ma mère pose une main sur mon épaule pour m'encourager à avancer. Je réalise alors que j'ai ralenti le pas. Je ne suis pas pressée d'arriver. Tout ce qu'il me reste de Cendralis, c'est un goût amer dans la bouche et des émotions qui me tourmentent encore aujourd'hui. Mes souvenirs sont peut-être flous, mais le sentiment de n'avoir jamais été désirée ici est, lui, bien ancré.

Si seulement mon pouvoir ne s'était jamais manifesté. Si seulement je n'étais pas une mage. Si seulement le feu n'était pas mon élément.

— On pourrait encore faire demi-tour.

À ces mots, ma mère tourne la tête vers moi. Même si je ne vois pas sa bouche, je sens qu'elle sourit avec bienveillance et tente de m'encourager, sans m'accabler :

— Tu ne peux pas retourner à Zéphyria sans maîtriser ton pouvoir, Eira. C'est devenu trop dangereux.

Je mords l'intérieur de ma joue si fort pour éviter de répondre trop vite, que je ferme les yeux en sentant un pincement de douleur. Un goût de sang envahit mon palais et je maudis mon impulsivité.

La vie était bien meilleure avant l'apparition de mes pouvoirs. Quand j'ai quitté Cendralis pour Zéphyria, à l'âge de cinq ans, j'ai laissé derrière moi une ville qui ne m'a jamais donné d'affection pour découvrir un foyer chaleureux. Lynda et Tomas m'ont recueillie comme si j'étais leur fille. Ils m'ont élevée et donné tout l'amour qu'ils avaient. Ça n'a pas toujours été simple entre eux et moi, mais nous avons fini par nous entendre et nous respecter, jusqu'à ce que je sente cette boule de chaleur en leur présence. Ils sont le cocon familial que j'aurais pu ne jamais avoir si j'étais restée à Cendralis. Ils sont mon équilibre. J'ai tout fait pour cacher mes pouvoirs et ne pas les quitter et j'ai réussi, pendant quelque temps. Jusqu'à l'incident de trop.

— Je sais.

Mes mots se perdent dans le vent qui souffle de plus en plus fort, alors je répète pour m'assurer qu'elle a bien entendu :

— Je sais.

À seize ans, le don s'est manifesté une première fois alors que je venais de m'entailler la peau dans la cuisine en découpant une pomme de terre. Une flamme a jailli de mon index, j'ai eu si peur que j'ai basculé en arrière sur ma chaise et suis tombée par terre. Heureusement, il n'y avait personne et pendant un temps, j'ai même fini par me convaincre que ce n'était qu'une hallucination.

Puis les flammes se sont imposées une seconde fois, alors que je courais dans les rues pour rentrer à la maison avant l'arrivée de la tempête et me mettre à l'abri. Des drapeaux orange se hissaient partout, signe que les prochaines rafales allaient être plus violentes que d'habitude et j'avais peur pour mon père, Tomas, qui allait affronter l'intempérie pour protéger la ville avec les autres mages.

Au creux de mon poing serré, une chaleur inattendue s'est répandue et quand j'ai ouvert ma main, des flammes dansaient dans ma paume moite.

Les incidents ont débuté : une teinture brûlée au marché, un livre qui s'est enflammé alors que j'étudiais à la bibliothèque, manquant de provoquer une crise cardiaque au gardien des lieux, la poubelle qui a pris feu quand je l'ai emmenée au dépôt des ordures après m'être disputée avec mon père au sujet de mon orientation scolaire. J'ai réussi à cacher la plupart des manifestations de mon pouvoir, jusqu'à mes vingt ans, quand la situation a commencé à devenir incontrôlable et qu'un bâtiment a bien failli finir en cendres par ma faute.

Il m'a fallu tout avouer à Lynda et Tomas. J'avais la gorge nouée, persuadée qu'ils allaient me jeter hors de la ville et me laisser me débrouiller seule dans le froid. Au fond de moi, je crois que j'attendais le moment où ils m'abandonneraient, comme si c'était inéluctable.

Ils ne l'ont pas fait. Étant tous les deux mages du vent, ils ont tenté de m'inculquer le contrôle pendant des mois. Malheureusement, les accidents se sont poursuivis et il est devenu évident que la maîtrise du vent et celle du feu ne nécessitaient pas la même instruction.

Puis ma chambre a brûlé. Dans mon sommeil. J'ai dû faire un cauchemar et ce sont les cris de mes parents qui m'ont réveillée tandis que les flammes pulsaient tout autour de moi. Les draps, la table de nuit, le bois du lit, même le plancher était en train de prendre feu ! Le livre que j'avais entamé avant de me coucher, qui traitait des plantes encore capables de pousser dans le froid extérieur, flambait sous mes yeux.

— Eira ! Eira !

L'entrée était barrée par les flammes. C'était si étrange d'être au milieu de ce carnage et de ne pas sentir la morsure du feu. Je ne paniquais pas, tout était si surréaliste que j'avais l'impression d'être encore en plein rêve. Je me suis levée comme si rien ne pouvait me faire de mal, puis mes pieds se sont emmêlés dans la couverture tombée au sol, en proie aux flammes elle aussi. En m'écrasant par terre, une latte de plancher a sauté et s'est enfoncée dans mon épaule. Il ne reste qu'une cicatrice dans ma peau, mais cet incident a fait suffisamment peur à mes parents pour qu'ils décident de prévenir Cendralis de mon pouvoir.

— Ce n'est pas une punition, Eira, me lance ma mère alors que nous n'avons plus que quelques pas à franchir.

Devant nous, les immenses portes en bois tenues par des montants en métal noir sont en train de s'ouvrir. Perdue dans mes pensées, je n'ai pas réalisé que nous arrivions.

— Plus vite ! tonne Cassio à ma gauche.

Il glisse une main dans mon dos pour m'encourager à accélérer alors que toutes les fibres de mon corps me crient de ne pas faire un pas de plus. Si je franchis l'entrée de Cendralis, je ne pourrai plus repartir, il sera trop tard.

— Eira, plus vite ! répète le mage de vent.

À la recherche du danger qui le pousse à nous presser, je me retourne et alors je l'entends.

Le chant du vent.

Je ne suis pas mage de l'air et je n'ai aucun don pour invoquer les bourrasques et autres tourbillons, mais à force d'écouter les instructions de Lynda et Tomas, j'ai fini par percevoir les murmures portés par les vents.

En cet instant, ils nous envoient un message très clair.

— La tempête ! lance ma mère en franchissant les portes. Elle arrive !

Comme si on n'avait attendu que son alerte pour se mettre en branle, une sonnerie retentit et je lève la tête à la recherche des haut-parleurs qui relaient le son alors que tout le monde autour de nous est figé : les gardes, les habitants qui vaquaient à leurs occupations, j'aperçois même un chat noir qui semble attendre un verdict.

La sonnerie se répète une seconde fois, c'est alors que j'entends quelqu'un compter à côté de moi :

— Un… deux… trois… quatre… cinq…

Rien ne se produit. Les épaules du citoyen se relâchent et il commence à donner des ordres autour de lui :

— Tous aux abris ! En rang !

Derrière nous, les portes se referment. Anxieuse, ma mère m'attrape le bras tandis que les ordres fusent :

— Vous allez rejoindre l'abri le plus proche, nous annonce-t-on. Grégor, escorte-les, on ne sait pas ce qu'ils veulent, je ne veux pas qu'ils se baladent sans surveillance.

Le garde qui vient de donner les consignes part en courant, tandis que le dénommé Grégor nous fait signe de courir vers notre droite. J'essaie de faire remonter des souvenirs de cette rue à ma mémoire, sans succès. La force des vents commence à se faire sentir. Je m'accroche à ma mère et accélère le pas, avant d'entendre un vrombissement autour de nous. Curieuse, je tourne la tête et je découvre que les flammes au sommet des grandes tours en pierres sombres se sont transformées en brasier. Des hommes et des femmes se sont déployés sur les remparts et tendent les bras en avant alors que du feu jaillit de leurs mains. Un immense bouclier rougeoyant de flammes se crée tout autour de la ville à mesure que les mages prennent position. Un jeune homme, d'apparence nonchalante, se tient au-dessus de la porte par laquelle nous sommes passés. Il se retourne un instant et son regard bleu perçant s'arrête sur moi. Son visage prend un air curieux, puis je crois qu'il fronce les sourcils, mais à cette distance et avec le vent qui forcit, je n'en suis pas certaine.

Une secousse fait trembler les remparts et je comprends que la tempête vient de frapper à l'instant où les portes de l'abri souterrain se referment sur nous.

Chapitre 2

— Je t'aime, Eira.

Ma mère tient mes mains serrées dans les siennes. La chaleur qui se répand dans toute la ville nous a permis de retirer nos gants et j'apprécie de sentir sa peau contre la mienne.

— Je t'aime aussi, Maman.

Elle n'est pas ma mère de sang, mais elle a pris soin de moi plus que n'importe qui d'autre dans ce monde. Elle mérite amplement son titre, et plus encore.

— Promets-moi de tout faire pour apprendre à maîtriser ton pouvoir, d'accord ? insiste-t-elle en caressant ma joue.

Les larmes montent à mes yeux et je fais de mon mieux pour les refouler. Je ne veux pas que son dernier souvenir de moi soit celui d'un visage en pleurs.

— Tu ne peux pas venir ? Tu ne peux pas rester quelques jours ? Le temps que je m'acclimate ?

— Tu sais bien que ce n'est pas possible, Eira.

Sa voix se fendille en prononçant mon prénom. A-t-elle la gorge nouée elle aussi à force de retenir ses sanglots ?

— Elle doit nous accompagner, annonce Grégor, le garde qui nous escorte.

Je ne sais pas s'il réalise qu'il est en présence de trois mages du vent et que ses armes ne suffiront pas si les autres décident de se battre. Non pas que nous voulions ouvrir le conflit, mais un garde, face à trois mages ? Je ne sais pas quelle autorité il imagine avoir.

— Encore deux minutes !

Ma supplique passe inaperçue tandis que le garde me tire en arrière pour m'éloigner de ma mère. Je n'ai que le temps de saisir mon sac encore par terre dans l'abri alors qu'il m'emmène hors d'ici.

— Laissez-les rester !

Je crie, je me débats et je sais bien que c'est inutile. Le meilleur moment pour repartir est juste après une tempête, quand le ciel est calme et ne présage rien de mauvais. Les mages du vent ne sont pas les bienvenus dans la cité du feu et plus vite ma mère repartira, plus vite elle sera en sécurité à Zéphyria. Elle retrouvera Tomas. Laos passera les consoler de mon absence.

— Maman ! Lynda !

J'ai l'impression qu'on m'arrache le cœur.

— Laissez-moi une minute avec elle !

Je supplie encore et tire sur mon bras pour me libérer. Enfin, je réussis ! Je m'élance vers ma mère, qui vient de quitter l'abri et tend les bras pour m'accueillir. Collée contre elle, je lâche mon sac et laisse les larmes rouler sur mes joues tandis qu'elle me serre fort.

— Je ne veux pas, Maman. Reste, s'il te plaît. Ou laisse-moi repartir avec vous.

Elle se détache de moi et encadre mon visage de ses deux mains. À côté d'elle, Cassio tend les bras pour maintenir Grégor à distance.

— Laissez une mère et sa fille faire leurs adieux. Elles ne se reverront peut-être jamais.

— Jamais ?

Le mot m'échappe.

— Nous ne savons pas, Eira. Peut-être que tu aimeras la vie ici. Peut-être que tu voudras rester, murmure ma mère.

— Mais non ! Je reviendrai !

— Ils auront besoin de toi. Tu sais bien que tous les mages doivent mettre leurs pouvoirs au service du plus grand nombre.

— Je peux faire la même chose à Zéphyria une fois que je maîtriserai mes pouvoirs. Je ne serai plus un danger, je pourrai revenir, je…

Les larmes dévalent mes joues et ma gorge est si serrée que je ne peux plus parler sans sangloter. J'avale une goulée d'air pour essayer de reprendre mon souffle alors que ma mère tente de m'apaiser :

— Tu seras toujours la bienvenue à Zéphyria, quoi qu'il arrive, d'accord Eira ? Mais personne ne t'en voudra si tu restes ici non plus. Nous n'avons pas de mages de feu chez nous et je ne sais pas si tu pourras être utile à la ville.

— Je serai guérisseuse.

Une grimace s'affiche sur le visage de ma mère.

— Tous les mages… commence-t-elle.

— Je sais.

Ses mots brisent mon cœur. Mes pouvoirs sont une malédiction.

— Pardon, Eira. Pardon.

Elle n'a rien fait de mal, à part m'aimer, mais la voilà à s'excuser de devoir m'abandonner à mon sort. J'ai l'impression d'être une enfant tout à coup, cette petite gamine de cinq ans qu'elle a accueillie dans son foyer quand j'ai mis pour la première fois le pied à Zéphyria. J'aimerais qu'elle me garde collée contre elle, qu'elle me promette que tout va bien se passer et que jamais elle ne me quittera.

Mais Cassio l'encourage déjà à reculer. Mes doigts glissent le long de la main de ma mère alors que Grégor me tire de nouveau en arrière. J'attrape encore une fois mon sac et nous nous séparons.

Je me retourne huit fois. Les huit fois, ma mère est toujours debout dans la rue, la tête penchée sur le côté, sûrement en train de retenir ses larmes. Elle me regarde m'éloigner. Je suis certaine qu'elle regardera jusqu'à la dernière seconde, jusqu'à ce qu'on la force à quitter les lieux.

— Dis à Papa que je l'aime !

J'espère qu'elle entend les mots que je lui crie à travers la foule de citoyens qui arpente de nouveau les rues comme si rien ne s'était passé. Dans la ville, aucun dégât n'est visible. La tempête a été repoussée et la vie reprend. Les brasiers en haut des tours sont redevenus des flammes de taille modeste. Il n'y a plus de mages sur les remparts et le garçon de tout à l'heure a disparu.

Lorsque je me retourne pour la neuvième fois, je n'aperçois plus la silhouette de ma mère au milieu de la rue. Grégor tient fermement mon bras, comme s'il craignait que je m'échappe encore et je sens toute ma soif de me battre s'envoler.

— Je ne ferai rien.

Il sonde mon regard puis me lâche en voyant mon air résigné. Tout à coup, je me sens vidée de mon énergie. En silence, nous entamons l'ascension qui mène au pinacle. Les rues qui montent succèdent aux escaliers, qui succèdent aux rues qui montent, qui succèdent aux escaliers…

Je perds le fil après une trentaine de minutes à crapahuter dans la ville. Il y fait plus chaud qu'à Zéphyria et je me demande bien comment un tel miracle est possible. Je transpire sous mon manteau de fourrure et heureusement, j'ai déjà retiré mes écharpes et mes gants, sinon je ne serais qu'un amas de sueur.

— Où allons-nous ?

— À l'académie, me répond simplement le garde.

Avec appréhension, j'observe le bâtiment vers lequel nous nous dirigeons. Il est fait de pierres sombres, mais des reflets rougeoient à la surface. J'ai l'impression qu'à tout instant, des flammes pourraient jaillir des murs et foncer vers nous. On dirait une forteresse massive ornée de runes.

— C'est ça, l'académie ?

Il acquiesce et nous poursuivons notre chemin en silence. Je passe au milieu d'immenses bâtiments en me demandant combien de salles se trouvent à l'intérieur et combien de personnes vaquent à leurs occupations en journée ici. Tout a l'air immense. Tout a l'air grandiose. Quand je me retourne pour observer la ville en contrebas, j'ai une sensation étrange, comme si je venais d'entrer dans un nouvel endroit qui n'appartient pas tout à fait à la ville. De là où nous nous trouvons, nous surplombons le reste de la cité et même les gens que nous croisons ne ressemblent pas à ceux d'en bas. Ils ne sont pas vêtus de la même façon, n'ont pas les mêmes postures, sont plus propres et semblent plus heureux.

— Dépêche-toi, grogne Grégor. La Crevasse sera toujours là demain.

— La Crevasse ?

Le nom ne me dit rien et je ne me rappelle pas l'avoir utilisé du temps où je vivais ici.

— En bas, précise-t-il en faisant un signe de la tête en direction de la basse ville.

— Pourquoi la Crevasse ?

— Laisse tomber.

Expression que je traduis par : je ne vais pas perdre mon temps à t'expliquer. Je hausse les épaules. Je n'ai pas envie de me faire un ennemi dès mon premier jour et je sens bien que mon comportement jusque-là ne l'a pas incité à me prendre sous son aile. J'ai vingt-et-un ans, je ne suis pas une enfant capricieuse, je suis une adulte autonome et indépendante, je dois me comporter comme telle, peu importe à quel point tout est nouveau et me fait peur.

Nous arrivons devant plusieurs bâtiments alignés les uns à côté des autres. L'élément central a une forme pyramidale surprenante, des runes brillent sur la pierre sombre à chaque rafale de vent et je me demande s'il n'y a pas un sort ou un artefact qui protège tous les bâtiments du Pinacle.

Les doubles portes qui se dressent devant nous sont faites d'un matériau étrange que je ne reconnais pas. Du métal peut-être ? Ou une pierre si dense qu'elle en devient presque brillante sous la lumière du jour. La texture me rappelle le bois poli, mais il n'y a aucune imperfection visible, comme si ces portes n'avaient jamais connu le passage du temps. C'est étrange, intimidant.

Grégor ne s'avance plus avec la même aisance, et je commence à me dire qu'il n'entre pas dans le bâtiment tous les jours. Pour lui aussi, c'est un moment exceptionnel. Je songe à Zéphyria, à ses habitations ouvertes et lumineuses, faites de matériaux légers qui respirent presque. Ici, tout semble avoir été conçu pour résister, pour enfermer, pour protéger quelque chose de puissant et dangereux.

— On y va ?

Ma question surprend Grégor, qui semble revenir à la réalité en observant les portes. Il pousse le battant de droite et je le suis dans un vaste couloir. À chaque pas, je sens l'atmosphère pesante des lieux. Je peux presque humer l'odeur de la discipline et de la rigueur qu'on attribue usuellement aux mages de feu.

— Prête ? finit par me demander Grégor avant de tourner à droite et de se diriger vers une agora ouverte.

Je fais tourner les perles noires de mon bracelet pour me calmer.

— Je ne serai jamais prête.

Il ne relève pas mes mots, probablement parce qu'il s'en fiche. Je ne lui en veux pas. Je ne suis personne pour lui, je ne suis qu'une mission. Pourtant, je porte déjà une étiquette aux yeux de tout le monde dans cette ville.

Je suis l'enfant illégitime d'un mage de feu, celle qu'on a jetée hors de la ville il y a seize ans.

Et je suis de retour.

Chapitre 3

Le dos tourné, des tas d'élèves sont rassemblés dans cette grande salle où Grégor me lâche. Il reste un pas en arrière, comme s'il voulait me surveiller jusqu'à ce qu'on me prenne en charge, mais ne pas montrer non plus qu'il est avec moi. Heureusement, on ne fait pas attention à ma petite personne. Je pose mon sac à mes pieds le plus silencieusement possible pour éviter d'attirer les regards et j'écoute un homme grand et imposant, aux cheveux gris, faire un débrief de la situation et du combat mené contre la tempête.

— Il y a toujours un risque en s'engageant dans un combat contre une tempête de glace. Vous avez tous joué un rôle crucial aujourd'hui et la ville vous remercie pour vos services. Je ne peux que vous rappeler les responsabilités qui pèsent sur vos épaules. Les tempêtes sont de plus en plus fréquentes et destructrices. Mais passons aux questions. Quelles erreurs avons-nous commises et que pouvons-nous faire pour nous améliorer à l'avenir ?

En observant les silhouettes autour de moi, je découvre des jeunes dans des uniformes. Certains ont un insigne brodé sur leur veste à liseré de couleurs différentes. J'essaie de me rappeler quelque chose à ce sujet, mais ma mémoire me fait toujours défaut. Les élèves sont rassemblés sur des gradins, assis sur des bancs, et s'écoutent les uns les autres en échangeant parfois à voix basse. Une jeune fille prend la parole au milieu de l'assemblée et répond au mage qui se tient au centre de l'agora :

— Une tentative de sabotage a eu lieu à la porte ouest et aurait pu très mal tourner. Un peu plus et une brèche se serait formée.

Le professeur acquiesce et poursuit :

— Que proposes-tu comme mesure ?

L'élève réfléchit avant de formuler une réponse :

— Un cordon de sécurité supplémentaire pour s'assurer que les mages peuvent opérer sans être gênés, déclare-t-elle. Nous allons déjà risquer nos vies pour protéger la ville, si en plus on s'en prend à nous pendant qu'on se bat contre la tempête, on ne va pas s'en sortir.

Quel âge a-t-elle ? Dix-sept ans ? Dix-huit ? Elle parle au futur comme si elle n'avait pas encore protégé la ville. Tous les élèves ne participent-ils pas ? À Zéphyria, dès que l'alarme sonne et que le drapeau se lève, en fonction du degré de menace, les mages savent s'ils doivent aller au front ou non. Au plus haut degré, tous les mages disponibles se rendent aux barricades de la ville pour contrer la tempête. Je n'ai aucune idée de si le fonctionnement est similaire ici.

Deux autres mages se trouvent de part et d'autre du professeur qui mène le débrief. L'un d'entre eux prend la parole. Il s'agit d'une femme aux longs cheveux blonds, tenus en une queue de cheval à l'arrière de sa tête. Elle porte un uniforme rouge et noir au liseré doré. Un insigne est brodé sur sa veste près du cœur, mais je n'arrive pas à en discerner tous les contours.

— La tentative de sabotage dont Teasha parle concernait effectivement le secteur ouest de la ville, où je me trouvais pour activer le bouclier, indique-t-elle. Des citoyens ne s'étaient pas rendus aux abris et ils tentaient de nous empêcher d'assurer notre mission, en nous jetant des pierres, en tentant d'escalader les remparts pour nous faire tomber et en criant que nous ne devrions pas nous opposer aux tempêtes.

— C'est tellement stupide, lance un élève sur ma droite un peu en hauteur dans les gradins.

— Encore des illuminés qui pensent que les tempêtes sont d'origine divine et qu'on devrait les laisser nous engloutir.

— Ou que leur divinité va les sauver et que nous empêchons la volonté de Dieu en formant le bouclier.

J'écoute ces rumeurs qui grimpent dans les rangs jusqu'à ce que la mage les arrête en frappant dans ses mains :

— Un cordon de sécurité est une bonne idée, confirme-t-elle. Mais qui assurera la sécurité des mages en service ?

Cette fois, tous les élèves s'observent. J'imagine que le personnel manque. Nous avons le même problème à Zéphyria. Il ne reste pas assez d'entre nous pour pourvoir à tous les postes en cas de crise.

— Les troisièmes et quatrièmes années pourraient s'en charger ? propose quelqu'un.

— C'est une bonne idée, valide la mage. Mais il faudra prendre des tours. Vous êtes là pour apprendre, pas pour vous frotter au danger avant d'avoir tous les outils en main pour vous défendre.

Le professeur au centre se racle la gorge pour reprendre la parole.

— Avez-vous vu d'autres points qui nécessitent notre attention ? demande-t-il.

— Il faudrait une personne de plus au secteur nord, ajoute alors un élève.

— Je suis d'accord, peux-tu expliquer pourquoi ?

Je n'arrive pas à voir le visage de l'élève qui s'exprime mais je sens qu'il est un peu moins confiant à son ton quand il livre son raisonnement :

— C'est la troisième fois que le vent forcit de ce côté et les flammes des tours adjacentes ont bien failli s'éteindre. Je pense que les runes faiblissent dans ce secteur. En attendant qu'elles soient renforcées, il serait judicieux de rajouter du personnel sur les remparts, afin de ne pas créer une zone faible où la tempête pourrait s'engouffrer et causer des dégâts.

— Très bonne observation, approuve le professeur avec un sourire satisfait. Avez-vous d'autres points à remonter ?

Des détails sur la rapidité à laquelle les mages se sont déployés sont évoqués, mais je ne suis plus la discussion car je le vois. Sur ma gauche, au troisième rang.

Le garçon des remparts.

Chapitre 4

Ses cheveux sombres tombent sur son front et ses yeux bleus paraissent sculptés dans la glace.

Il se tourne, croise mon regard un bref instant et semble ne pas me reconnaître car les traits de son visage ne tressautent même pas. Il passe à la personne suivante sans revenir sur moi. Il m'apparaît tout de suite évident qu'il est respecté, voire craint. À la manière dont les autres élèves coulent des regards vers lui, guettent ses moindres gestes et réactions, je saisis que ces gens gravitent autour de sa personne. Ce garçon est un aimant. Un aimant à quoi ? Je ne sais pas encore, mais il ne me dit rien qui vaille avec sa posture confiante, presque arrogante. On dirait qu'il se sent supérieur à tout le monde dans cette pièce. J'observe le liseré rouge de sa tenue noire, en me demandant ce qu'il signifie. Son appartenance à l'académie ? À une famille en particulier ? À une branche de la magie ? J'ai l'impression qu'il y une hiérarchie partout ici. Il n'y a qu'à voir la manière dont la ville est bâtie. À Zéphyria, personne n'est à un quelconque sommet, au contraire, nous nous cachons tous derrière les remparts et aucun bâtiment ne dépasse la hauteur des murailles pour éviter la prise au vent.

— Tais-toi, lâche-t-il à un camarade sur sa gauche.

Je ne sais pas ce que l'autre a dit, mais il obtempère immédiatement avec un air penaud en observant le plancher. Oui, ce garçon a du pouvoir. Je déteste les types dans son genre qui se croient tout permis. Les poings serrés, j'essaie de détourner le regard de la situation et c'est quand Grégor me pousse de la main que je comprends qu'on s'est adressé à moi.

Il y a un immense silence dans la salle. Je tourne la tête à droite, puis à gauche, et je réalise que tout le monde m'observe. Aussitôt, j'ai la sensation d'être mal habillée sous mon épais manteau de fourrure. Je ne porte que des habits simples comparés aux mages qui se tiennent dans les gradins ou au centre de l'agora. Il n'y a pas de couleurs sur mes vêtements, encore moins de liserés cousus à la main.

— Eira, n'est-ce pas ? lance le professeur.

Je finis par hocher la tête. Depuis combien de temps répète-t-il mon prénom ?

— Chers élèves, chers confrères, je vous présente Eira Fall, notre dernière recrue.

Ma mâchoire claque de mécontentement. Était-il obligé de préciser mon nom de famille de la sorte ? J'aurais préféré qu'il utilise celui de mes parents adoptifs. Fall est le nom qu'on donne aux orphelins et aux bâtards, à ceux dont les parents ont disparu à leur naissance, ou qui n'ont pas eu le courage de les reconnaître comme faisant partie de leur lignée.

J'entre dans cette dernière catégorie. Je ne sais pas qui est mon père, ou ma mère, je ne sais même pas s'ils sont encore en vie, mais je sais qu'ils vivaient ici, à Cendralis, il y a quinze ans, et je sais que c'est pour ça que j'ai dû partir, parce que les rumeurs allaient bon train sur ma filiation, parce que je gênais un mage quelconque. Il y a fort à parier que je suis issue d'une relation extraconjugale. Ma théorie ? C'est mon père qui est un mage. Ma mère ? Peut-être une citoyenne de la Crevasse qui s'est laissé séduire. J'espère qu'elle s'est laissé séduire et que la vérité n'est pas plus terrible que ce que j'ai osé imaginer jusque-là. Peut-être que je fais fausse route, peut-être que ma mère est une mage et que mon père est un citoyen. Ou peut-être que les deux sont des mages, mais que l'un était marié.

Je faisais de l'ombre à quelqu'un en tout cas. On remontait la piste de ma filiation et il était bien plus simple de m'envoyer dans la seule autre cité encore debout, à Zéphyria, plutôt que de risquer que quelqu'un s'aperçoive de ma ressemblance avec l'un des mages ici. Peut-être qu'ils avaient l'espoir que je ne développe aucun pouvoir. Je l'avais, moi, cet espoir.

— Fall… c'est elle alors ?

J'entends les chuchotements autour de moi et je fais de mon mieux pour me contrôler, desserrer les poings et ignorer les rumeurs qui enflent.

— Mais elle est vieille, non ?

— C'est elle, l'élève venue de Zéphyria qui devait nous rejoindre ?

— Elle a au moins vingt ans.

— Eira a vingt-et-un ans, précise alors le professeur. Viens, que je te présente.

Il me fait un signe de la main. J'hésite, mais Grégor a très envie de se débarrasser de moi alors il me pousse en avant, ravi que je devienne la responsabilité de quelqu'un d'autre. Quand je me retrouve au centre de l'agora et que je me tourne vers la sortie et les autres élèves, le garde a déjà filé.

— Je suis Maître Alden, se présente le professeur à voix basse. Je suis ravi de te rencontrer enfin Eira. Nous t'attendions.

Je pince les lèvres. Je vois bien à son sourire bienveillant qu'il tente de se montrer doux avec moi, mais j'ai du mal à apprécier quelqu'un qui s'est senti obligé de préciser « Fall » après mon prénom à toute l'assemblée. Il me tend la main, je le salue mal à l'aise, je déglutis avec difficulté, me rappelle que je suis capable de contrôler mes émotions, que c'est ce qu'on attend de moi et que si je ne me fonds pas dans cette académie, si je n'apprends pas à maîtriser mes pouvoirs, je ne reverrai jamais Lynda et Tomas. Et Laos. Laos me manque. Ses mots doux me manquent, la manière dont il caressait ma joue et me regardait comme si j'étais le centre du monde, tout en lui me manque.

J'inspire et j'essaie de le chasser de mes pensées, mais il y revient au grand galop. Que fait-il en ce moment ? Est-il en train de réparer un trou dans une toiture ? De renforcer les murs de la ville ?

— Eira intègrera la promotion des cinquièmes années dès demain matin et suivra les cours avec ses camarades. Je compte sur vous pour lui faire un accueil chaleureux et la guider alors qu'elle prend ses marques dans l'académie. Elle est des nôtres à présent.

Tout le monde me déteste-t-il déjà ? Je sens le poids des regards sur moi et je ne vois pas de sourires bienveillants ou encourageants. J'aurais même accepté des airs curieux à ce stade. Tout plutôt que la manière dont ils me méprisent déjà. Est-ce mon nom qui attise leur colère ?

— Le débrief est terminé, retournez à vos occupations et soyez fiers. Grâce à vous tous, nous avons tenu une journée de plus.

Des applaudissements retentissent, j'en profite pour quitter le centre de la salle et m'éloigner le plus vite possible de l'attention, mais les élèves sont déjà en train de descendre des gradins. Je suis bousculée, j'en lâche mon sac et je me penche pour le rattraper. Quand je parviens à le glisser de nouveau sur mon épaule, je découvre le garçon aux yeux bleus juste à côté de moi. Il me jette un regard mauvais et me lance :

— Vingt-et-un ans ? Tu as décidé de jouer les égoïstes jusqu'à vingt-et-un ans ? Le temps ne t'a pas paru un peu long ?

La tension dans l'air me prend à la gorge.

— T'as bien raison Liam, lâche un de ses camarades. Y a que des égoïstes pour essayer de cacher leurs pouvoirs jusqu'à cet âge alors que la survie de tout le monde dépend des mages.

Je ne tourne pas la tête vers l'autre insolent qui pense tout savoir de moi alors que c'est la première fois de sa vie qu'il m'adresse la parole. Je reste focalisée sur ce Liam et ses yeux bleus, froids, glaçants, qui me rappellent la morsure des tempêtes. Cherche-t-il à me tester ? Je ne compte pas me laisser faire. Je ne serai pas une victime de ses airs supérieurs.

— Ce n'est pas comme si on avait voulu de moi ici en premier lieu.

Je le défie du regard en répondant et je guette sa réaction, qui ne vient pas. À la place, il poursuit son chemin en silence, comme si je n'avais rien dit. Une cohorte de gens le suit, tandis que je reste sur place, à me demander ce que je fais dans ces murs, dans cette ville.

Bienvenue à l'académie du feu, hein ? Peut-être que fuir la ville et vivre à l'extérieur serait un sort plus clément que d'affronter les élèves les plus méprisants des huit royaumes.

CHAPITRE 5

Zéphyria, seize ans auparavant

— Par ici.

La voix est bourrue et je ne tourne pas la tête pour observer le visage de l'homme qui me donne cet ordre un peu sec. Je le suis dans les ruelles de la ville en m'émerveillant de chaque détail, si différente de ce que j'ai connu jusqu'ici. J'ai envie de m'arrêter à tous les étalages, de toucher les tissus que les gens portent, de caresser ce bois qui constitue la structure des maisons.

— Plus vite.

C'est un grognement plus qu'un ordre à présent. Je ne proteste pas, de toute façon, j'ai bien appris à me taire. Du haut de mes cinq ans, je sais déjà quand garder le silence. Je ne parle que si on m'y invite. Ma présence est gênante au mieux, exaspérante au pire. Où que j'aille, je ne suis pas la bienvenue.

— Là.

— C'est elle ?

Cette fois, la voix est douce. Je lève les yeux vers un visage encadré de cheveux châtains mi-longs, qui tombent tout juste aux épaules. Un regard bienveillant se pose sur moi.

— Eira, c'est ça ?

Je hoche la tête. C'est le mieux à faire quand on n'est pas sûr de si on doit répondre ou non : utiliser les gestes. J'ai compris que ça dérangeait moins que de parler.

— Je suis si contente de te rencontrer enfin.

La femme s'avance, s'agenouille, ouvre les bras puis s'arrête brusquement à quelques centimètres de moi :

— Ça te dérange si je te serre contre moi ?

Quelle est la bonne réponse, celle qui aura le moins de conséquences ? J'entrouvre les lèvres, mais les mots peinent à sortir. Lesquels sont les bons ? Personne ne m'a jamais demandé une telle chose.

— Je ne me suis même pas présentée ! s'exclame-t-elle. Je suis Lynda. Si tu le veux bien, tu vas vivre sous notre toit maintenant. Tomas n'est pas là, mais il ne devrait plus tarder, il a hâte de te rencontrer. Il est en plein débrief de la dernière tempête qui… tu étais dehors pendant celle-ci, n'est-ce pas ? Tu vas bien ? Tu n'as rien ? Tu dois mourir de froid. Viens, on va se mettre à l'intérieur.

Elle attrape ma main si petite entre ses grands doigts et avec une douceur que je n'ai jamais connue jusque-là, elle m'entraîne dans la maison en donnant congé à l'homme qui m'accompagnait.

— Ce n'est pas grand-chose, mais c'est chez nous, me souffle-t-elle.

Les matériaux clairs et chaleureux contrastent avec ce que j'ai connu jusqu'ici.

— Lynda ? Elle est arrivée ?

Je me tourne pour découvrir un grand homme, au menton recouvert d'une barbe blonde aux reflets roux. Son regard croise le mien et aussitôt, son visage s'illumine d'un immense sourire.

— Eira ! Quelle joie de faire ta connaissance !

Il s'avance, m'attrape dans ses bras et me lève jusqu'à son visage pour me serrer contre lui. Surprise, je ne sais pas si je dois lui rendre son étreinte ou bien rester figée comme je le fais.

J'opte pour le second choix. Souvent, ne rien faire est la meilleure solution pour éviter les coups et les moqueries.

— Tomas, repose-la, tu lui fais peur ! Elle ne sait même pas qui tu es !

— Oh pardon !

Avec délicatesse, il me fait descendre de ses bras et ensemble, ils m'installent à la table de la cuisine pour m'expliquer où je suis et qui ils sont.

Les mots volent d'une oreille à l'autre sans que je parvienne à vraiment comprendre ce qu'il se passe.

— Vous voulez que je reste dans cette maison ?

C'est incompréhensible pour moi. Je ne les connais pas, ils ne me connaissent pas. Pourquoi voudraient-ils me prendre à leur charge ?

— Oui, on aimerait beaucoup. Si tu veux bien, s'empresse de répondre Lynda.

Ses yeux brillent d'un je ne sais quoi. De l'espoir ? Je n'ai nulle part où aller. Bien sûr que je vais rester. Pourquoi me demandent-ils ?

Je hoche lentement la tête et tous deux explosent de joie. Je ne suis pas certaine de pourquoi mais c'est très communicatif alors je me mets à rire. Tomas s'installe sur le banc à côté de moi et sort une boîte de sa poche qu'il ouvre délicatement.

— Tiens.

Il glisse dans mes doigts l'écrin. Des perles noires se baladent dans la boîte.

— C'est un cadeau de bienvenue. Des perles de Jovier. On raconte qu'elles ont des pouvoirs de guérison.

Je caresse la surface. Je n'ai jamais rien possédé d'aussi beau. Je n'ai jamais rien possédé en fait. Alors je tente un maigre sourire pour remercier Tomas. Il étire les lèvres avec plaisir en retour.

Que fais-je ici ?

Chapitre 6

Je n'ai pas réussi à dormir. Ce n'est pas ma chambre, ce n'est pas ma ville, Laos n'est pas là. Je n'ai pas dîné avec mes parents et rien ne m'est familier dans cet endroit. Les maigres affaires que j'ai emportées ne m'ont pas aidée à me sentir plus à l'aise. Quand on doit porter son barda sur des kilomètres, dans le froid et la glace, avec des rafales de vent qui peuvent parfois faire s'envoler un homme, on ne s'encombre pas du superflu.

Où est Laos en cet instant? Que fait-il? Pense-t-il à moi? J'imagine nos mains qui se frôlent, son rire et ses paroles rassurantes. Que me dirait-il? «Tout va bien se passer, ma petite flamme.» Il savait pour mes pouvoirs, il est le seul à qui j'en avais parlé avant que mes parents soient au courant et il s'amusait à me surnommer «sa petite flamme» en clin d'œil à ce secret que nous partagions.

Oui, il me dirait que tout va bien se passer. Laos a toujours eu ce côté rassurant, protecteur et optimiste. Pour lui, il n'y a pas de verre à moitié vide. La vie n'est qu'une question d'interprétations et chaque événement qui nous arrive, il choisit de le voir comme un phénomène positif.

— Qu'est-ce qui pourrait bien être positif dans ma situation?

J'essaie de trouver trois choses, petites ou grandes, pour lesquelles je ressens de la gratitude en cet instant. C'est un exercice que Lynda m'a appris dès que je suis arrivée à Zéphyria et que j'ai atterri sous son toit. Le premier soir où j'ai dormi dans ma nouvelle chambre, elle s'est allongée à côté de moi et a commencé à énumérer :

— La vie, Tomas et toi.

— Hein ?

J'ai tourné la tête vers elle sans comprendre de quoi elle parlait.

— Ce sont les trois choses pour lesquelles je ressens de la gratitude ce soir. Le simple fait d'être en vie, parce que ça veut dire que je peux encore faire un tas d'expériences. Tomas, parce que je l'aime de toutes mes forces et que les journées n'auraient pas la même saveur sans lui. Il me donne le courage d'affronter l'aube avec le sourire. Et maintenant, toi.

— Moi ?

Je ne connaissais pas tous les mots qu'elle utilisait. Gratitude n'avait pas encore de sens pour moi et la simple idée que je puisse être une bonne nouvelle ne pouvait pas me traverser l'esprit. Je n'avais jamais été une source de joie avant ça.

— Oui, toi !

Elle a caressé l'arête de mon nez comme si c'était quelque chose de spécial, de doux et de drôle à la fois.

— Graditude ?

— Gratitude, m'a-t-elle corrigé. La gratitude c'est… c'est quand tu te sens vraiment heureux et reconnaissant pour quelque chose de bien que quelqu'un a fait pour toi ou que tu as dans ta vie. C'est comme dire merci avec ton cœur, même pour les petites attentions : un câlin par exemple, un sourire, ou un bonbon. Tous les matins et tous les soirs, j'essaie d'exprimer ma gratitude et de remercier l'univers de m'avoir apporté autant de beaux moments et de belles personnes dans la vie.

— Graditude.

— Gratitude.

J'ai continué de dire *graditude* pendant trois mois après ça, avant de réussir à prononcer correctement le mot. J'aimais tellement quand Lynda s'allongeait à mes côtés que j'ai commencé à faire comme elle et à me creuser le cerveau pour trouver trois choses qui éveillaient en moi le sentiment qu'elle décrivait. Il y a quelques jours encore, les noms me seraient venus automatiquement : Lynda, Tomas, Laos. Un trio qui me rendait invincible. Chaque chose que je faisais dans ma journée, je le faisais pour eux, pour nous.

Voilà que je peine à trouver un sujet pour lequel j'éprouve de la reconnaissance. Le toit au-dessus de ma tête, j'imagine ? Le fait d'être protégée de la tempête ? Ça ne me paraît même pas vrai. Je crois que je préférerais être à l'extérieur plutôt qu'enfermée dans ce bâtiment. Je n'ai pas osé faire un pas en dehors de ma chambre depuis qu'on m'a montré où j'allais dormir hier soir. Je n'ai pas cherché à savoir où je pourrais manger, j'ai préféré me laver et m'allonger. Depuis, je contemple le plafond blanc aux taches sombres, comme si quelqu'un avait tenté d'utiliser son pouvoir et que de la suie était restée sur la peinture.

Je sursaute quand j'entends trois coups frappés à la porte, suivis d'une voix nasillarde :

— Eira ? Je suis au bon endroit ? Eira ?

D'un bond, je me lève. Je me suis allongée tout habillée et je n'ai pas besoin de me changer. Je file jusqu'à la porte et cherche un judas pour observer qui se tient de l'autre côté. Il n'y en a pas.

— Tu sais que je t'entends juste derrière la porte ? soupire la voix masculine. Tu veux bien ouvrir ? Enfin, si c'est la chambre d'Eira.

Je mordille ma lèvre inférieure en me demandant qui est ce type, ce qu'il me veut et pourquoi je devrais le laisser entrer. D'un autre côté, je ne peux pas passer ma journée dans ma chambre. En plus, mon estomac gronde. Je meurs de faim. Il va bien falloir que je trouve le chemin du réfectoire ou au minimum d'un endroit où attraper un morceau de pain. Ils ont du pain ici au moins ?

J'inspire, je défais le verrou et j'appuie sur la poignée avant de tirer la porte. Devant moi, les bras croisés, vêtu d'un uniforme noir au liseré violet, se tient un jeune homme d'une vingtaine d'années. Ses cheveux mi-longs me rappellent ceux de Laos, sauf qu'au lieu d'être châtains, ils sont blonds, comme les miens. Deux yeux verts m'observent avec un air désabusé.

— Non pas que je veuille passer pour le type qui se plaint, mais t'en as mis du temps. T'étais pas prête ?

— Prête pour quoi ?

— Je suis ton guide pour la matinée. Je m'appelle Eldric.

Il ne me tend pas la main et tire une telle moue que j'inspecte mes vêtements et tâtonne mon visage à la recherche d'un problème. J'ose demander :

— Il y a un souci ?

— Oh bah, tout est un souci sur toi. La tenue, la coiffure, le teint, tes cheveux en bataille…

Accablée par ses propos, je suis à deux doigts de me précipiter à l'intérieur pour me changer, me coiffer et trouver une solution à tout ça. Heureusement, ma fierté pointe le bout de son nez juste à temps.

— Donc il n'y a pas de problème.

Intrigué, il lève un sourcil à ma réponse, puis un sourire étire ses lèvres.

— Tu n'es pas comme les autres.

— Les autres ? Les autres femmes que tu traites de la même manière ?

— Oh, c'était un test, ça va !

Je me retiens de l'insulter avec son test pourri. Qu'ont les hommes à se cacher derrière des « tests » et des « blagues » ? J'aimerais bien que quelqu'un lui fasse la même chose dans un nouvel environnement un jour, juste pour qu'il comprenne à quel point ça pique, à quel point ça met le doute, à quel point l'estime de soi en prend un coup.

Mais ça ne lui arrivera jamais.

Je n'insiste pas sur le sujet et nous nous mettons en route.

— Je n'ai pas d'affaires.

— On t'en donnera, me rassure-t-il.

D'autres élèves sortent de leur chambre dans le couloir. Il n'y a que des femmes dans cette aile de ce qu'on m'a expliqué hier soir, aussi la présence d'Eldric attise immédiatement des rumeurs :

— Il a dormi avec elle ou quoi ?

— Avec *elle* ? Impossible.

— Pff, avec Eldric tout est possible.

— Calmez-vous mesdames, lance le garçon en s'adressant à l'ensemble du couloir. Mon cœur est toujours à prendre. Je ne fais qu'escorter notre nouvelle camarade pour la matinée afin qu'elle puisse trouver ses repères, sur ordre de Maître Alden.

Il réussit à faire taire les rumeurs sur une potentielle relation qui aurait déjà eu lieu entre lui et moi, mais il laisse toute la place aux commentaires suivants.

— Pourquoi a-t-elle attendu vingt-et-un ans, cette idiote ?

— Tous des égoïstes à Zéphyria de toute façon.

— Ouais, on sait d'où viennent les tempêtes. Ils en sont responsables.

Je crois que je préférais les écouter raconter que je venais de batifoler avec Eldric, c'était moins insultant.

— Ne les écoute pas, me lance-t-il une fois que nous sommes sortis du couloir. Enfin, si, écoute-les. Enfin…

Il s'arrête et se tourne vers moi comme si quelque chose d'impérieux le poussait tout à coup à me demander :

— Pourquoi tu as attendu tes vingt-et-un ans ?

Chapitre 7

Je ne me suis pas préparée à ça. Lynda m'avait prévenue que ce serait un sujet qui serait abordé, mais je ne m'attendais pas à ce que ce soit si important. Oui, j'ai fait tout mon possible pour cacher mes pouvoirs, et non je n'ai pas appris à les maîtriser en temps et en heure comme tout le monde. Mais ne peut-on pas me donner le bénéfice du doute et comprendre que j'avais mes raisons ?

— Je dois vraiment répondre ?

Eldric hausse les épaules.

— En vrai, je m'en fous.

Nous repartons, faisons six pas et il s'arrête de nouveau :

— Nan, je m'en fous pas. Pourquoi t'as attendu ?

J'entrouvre la bouche, j'hésite. Est-il un allié ? Va-t-il utiliser mes réponses contre moi dans quelques jours ou même dans la journée ? Il fait partie de ma promotion, j'imagine. Je risque de passer beaucoup de temps avec lui.

— Je pensais que je pourrais contrôler mon pouvoir.

— Mauvaise réponse, déclare-t-il en avançant.

Je trottine pour le rattraper.

— Comment ça, mauvaise réponse ?

— Bien sûr que non, tu ne pouvais pas contrôler ton pouvoir.

Personne ne contrôle le feu sans recevoir un bon enseignement et ce n'est pas à Zéphyria qu'il y a des mages de feu qui traînent à tous les coins de rue et qui vont t'apprendre ce que tu dois savoir pour éviter de faire cramer toute la ville.

Il débite ses paroles à une telle vitesse que ça m'angoisse, sans que je sache pourquoi.

— Dois-je encore répéter ma question ou as-tu prévu de me balancer une nouvelle excuse lamentable ?

— Une nouvelle ex…

— Ouais, laisse tomber, t'as pas prévu de me dire la vérité.

— Mais c'est…

Il m'interrompt et enchaîne :

— Sur ta droite, les chambres des garçons de notre promotion et des quatrièmes années. Seuls ceux qui n'ont pas leurs parents qui logent au Pinacle dorment ici. Si on vit juste à côté, tant qu'on se bouge les fesses au moment où la sonnerie retentit, personne ne trouve quoi que ce soit à redire.

Il accélère le pas et je manque de me cogner contre un garçon de seize ans je pense. Je l'évite de justesse pour rattraper Eldric.

— Je dis la vérité.

— Si t'as besoin de prononcer ces mots à voix haute pour t'en convaincre, fais-toi plaisir.

Pourquoi je ressens le besoin qu'il me croie ? Après tout, son opinion ne devrait pas m'importer, je le connais depuis cinq minutes ! J'humecte mes lèvres en réfléchissant à la suite, à mon comportement, à ma réponse et à ce qu'il doit se passer dans la tête d'Eldric pour qu'il en arrive à la conclusion que je mens.

— Ici, des salles de classe. Là, un couloir où il ne vaut mieux pas mettre les pieds.

— Pourquoi ?

— Parce que c'est le département des recherches. Ils font des expériences avec le feu pour essayer d'améliorer les défenses de la ville et autant te dire que parfois, ces expériences se soldent par un échec cuisant, une explosion, beaucoup de flammes. Bref, depuis un incident qui a tué un mage, on n'a plus le droit d'accéder à cette partie de l'académie sans autorisation.

J'observe tous les symboles gravés dans la pierre. Où que j'aille, peu importe le couloir, il y en a. Des torches éclairent les lieux de flammes rouges et dorées. J'aperçois la lumière du jour un peu plus loin à travers une fenêtre. Un mage passe et d'un simple geste de la main, absorbe les flammes des torches pour les éteindre. La forme pyramidale du bâtiment ne se ressent pas ici, à sa base.

— Je ne demandais pas pourquoi nous n'avons pas le droit d'aller au département des recherches. Pourquoi tu crois que je ne dis pas la vérité ?

Tout le monde porte un uniforme. Je me sens comme une intruse qui n'a pas sa place ici.

— Eira, mets-toi à ma place une minute.

— J'essaie, je te promets que j'essaie.

— Fais un peu plus d'efforts. Imagine… imagine que je suis un mage du vent. J'ai vingt-et-un ans et je viens de passer les portes de l'académie du vent. Je ne maîtrise rien du tout, parce que jusqu'ici, je vivais à Cendralis et je faisais de mon mieux pour cacher mes pouvoirs. Je savais que je ne serais pas utile à Cendralis, parce que le vent n'est pas utile à Cendralis. Mais j'ai repoussé le moment de me rendre à Zéphyria parce que… parce que quoi ? C'est ça la question que je te pose. Qu'est-ce qui a pu se passer dans ta tête pour que tu te dises que c'était OK de ne pas te pointer ici, de ne pas mettre ton pouvoir au service de la survie de tout un peuple, alors que nous sommes si peu nombreux et que les tempêtes sont de plus en plus fortes ?

— Je…

— L'amour ? m'interrompt-il. Tu as quelqu'un là-bas et tu t'es dit que l'amour pouvait triompher de tout ? Que ce n'est pas grave si des gens meurent à Cendralis parce que tu n'es pas venue renforcer le bouclier avec ton pouvoir, parce que l'amour que tu ressens pour ton partenaire est si fort, oh lalala, tu ne vas pas renoncer à ça quand même ?!

— Non, ce n'est pas…

Je rougis en pensant à Laos. Nous n'avons jamais franchi le pas de… de quoi que ce soit en fait. Je crois qu'il a voulu m'embrasser avant que je parte, mais qu'il n'a pas osé. Ça aurait sonné comme un adieu, ça aurait eu le goût amer de l'avenir que nous n'aurons jamais ensemble.

— Alors quoi ? gronde Eldric.

Il est en colère et d'une certaine manière, avec ses explications, je comprends pourquoi. A-t-il perdu quelqu'un au cœur de la tempête ? Ce ne sont pas des choses dont on se remet vraiment un jour. Il y a un fort sentiment d'injustice, la sensation que le sort s'acharne, le…

— Tu as raison.

Les mots sortent de ma bouche sans que je les aie vraiment pesés, mais ils sonnent vrais. Le soulagement m'envahit :

— J'ai été égoïste.

Aussitôt, le visage d'Eldric s'adoucit, soit parce qu'il ne s'attendait pas à ma réponse et pensait poursuivre le combat un moment, soit parce que c'était exactement ce qu'il espérait.

— Je n'ai pas de véritable raison, pas une raison impérieuse en tout cas. Oui, j'étais bien à Zéphyria. J'avais une famille, j'avais un meilleur ami en or. Je n'ai pas de bons souvenirs de Cendralis, j'ai quitté la ville à l'âge de cinq ans, et je ne crois pas que c'était de mon plein gré. Alors non, je n'étais pas pressée de revenir, ça me terrorisait à vrai dire. Et si mes parents étaient encore ici ? S'ils m'empêchaient d'entrer dans la ville ? S'ils me reconnaissaient et décidaient que j'étais un danger ?

Ces peurs stupides vont faire rire Eldric, mais elles sont bien réelles. Il ne sait probablement pas ce que c'est d'avoir été rejetée, abandonnée, même pas reconnue par ses géniteurs.

— Personne n'attentera à ta vie, lance-t-il alors. Les mages de feu sont ce que cette ville a de plus précieux. Tu es des nôtres à présent. Quiconque s'en prend à toi s'en prend à toute l'académie.

Une chaleur envahit mon ventre à l'idée de faire partie d'un tout et d'être acceptée, mais elle est bien vite chassée par la suite :

— Enfin, c'est mon opinion personnelle. Les autres, ils te feront probablement passer un sale quart d'heure. Cinq ans pour te décider à te pointer ici, c'est long. Tu ne sais pas combien des nôtres nous avons perdu ces derniers temps.

Plus ou moins que chez nous ? Je n'ose pas poser la question à voix haute ou parler de chiffres et de statistiques. À Zéphyria, nous évitons autant que possible. Les pertes humaines ne se résument pas à un nombre dans une colonne. Je ne veux pas qu'un jour, Tomas ne soit qu'un nom sur une feuille et un pourcentage de pertes que la ville considère comme « acceptable » pour la survie de tous les autres.

Nous nous arrêtons dans un bureau près de la grande porte par laquelle je suis entrée la veille. On me remet un uniforme, qui n'a pas de liseré. Eldric doit voir mon étonnement, car il m'explique :

— C'est ta maison qui ajoute le liseré et qui en détermine la couleur. Comme tu n'es d'aucune maison…

Même pas besoin d'avoir mon nom de famille pour savoir que je suis une bâtarde.

— Mais les gens de la Crevasse sont comme toi, ajoute-t-il.

Quelque part, ça me réconforte. Je m'imaginais déjà être la seule à porter un uniforme sans liseré. Il me laisse quelques instants pour que je me change avant de poursuivre notre visite.

Nous traversons d'autres couloirs et Eldric m'emmène à la salle du petit-déjeuner où des tas d'élèves sont déjà en train de se restaurer. Je suis étonnée par les mets que je trouve sur les différents buffets. Nous n'avons pas autant de choix, ou même autant de couleurs dans nos assiettes à Zéphyria.

— Comment… où est-ce que vous cultivez tout ça ?

Eldric ne m'a pas demandé s'il pouvait s'asseoir avec moi. Il s'est installé en face de ma place avec son plateau et m'abreuve de questions sur Zéphyria. J'ai à peine le temps d'en caser une.

— Les serres souterraines, explique-t-il. Chauffées par les mages. Du coup, ça fonctionne comment le système d'alarme des tempêtes à Zéphyria ?

Je lui explique le principe de la sonnerie, des drapeaux qui se lèvent en fonction du niveau de danger, ainsi que la signification des différentes couleurs.

— Et ici ? J'ai entendu deux sonneries hier.

— Ouais, système simple : une sonnerie, la tempête arrive mais elle n'a pas l'air costaud. Autant te dire qu'on n'a pas eu ça depuis un long moment. Deux sonneries, ok, la tempête débarque et il nous faut du monde sur les remparts, comme hier. Les tours et les runes ne suffiront pas. Trois sonneries, attends-toi à des dégâts. Quatre sonneries : tous les mages disponibles doivent se rendre au combat. Cinq sonneries… je n'ai jamais entendu cinq sonneries à ce jour et je crois que je préfère que ça n'arrive pas.

Bavard, Eldric enchaîne aussitôt avec de nouvelles questions, parfois très personnelles, sur ma vie à Zéphyria. J'esquive celles auxquelles je ne souhaite pas répondre pour le moment, accepte de lui expliquer les points qui concernent la ville, la sécurité, la manière dont l'énergie est générée et comment nous gérons nos stocks de nourriture.

— … avec les turbines, qui tournent grâce à des mages du vent très endurants qui se relaient nuit et jour, on a réussi à alimenter la ville en énergie et notamment des serres souterraines, comme vous. Pour la lumière, il a fallu beaucoup de tests avant de réussir à créer quelque chose d'artificiel qui permettait la pousse, et on a même fini par créer un toit transparent. Sur la place centrale de la ville, on marche sur un verre spécial, qui laisse passer la lumière du jour en dessous jusqu'aux cultures. Depuis qu'on procède ainsi, les aliments ont plus de saveurs et…

Un chat blanc énorme me fixe de ses yeux bleus entre deux

tables du réfectoire. Je n'en ai jamais vu d'aussi gros. Personne ne semble s'intéresser à l'animal et je me demande si je ne suis pas en train de rêver. Que fait le félin au milieu du réfectoire ?

Tout à coup, une sonnerie bien différente de l'alarme des tempêtes retentit. Eldric attendait visiblement ce signal, car il se lève en même temps que quasiment tous les élèves encore présents dans la salle.

— C'est l'heure de ton premier cours à l'académie du feu. Ton baptême de feu en fait, glousse-t-il.

Chapitre 8

Je ne prétends pas reconnaître tous les visages dans la salle de classe, mais j'ai aperçu certains de mes camarades hier, dans l'agora. Bon nombre d'entre eux se moquaient de moi, de mon âge, du lieu d'où je viens, de mes vêtements ou encore de mon nom de famille. Eldric a adouci mon petit cœur et je me dis que si le courant passe avec lui, peut-être que je parviendrai à me lier d'amitié avec d'autres personnes dans ma classe.

— La nouvelle, lâche le professeur en me voyant m'installer au fond de la salle à une table seule.

Eldric a rejoint un camarade. Je ne lui en veux pas, il ne va pas chambouler toutes ses habitudes pour moi. En même temps que l'uniforme noir de l'académie, j'ai reçu un papier avec mon emploi du temps, que je n'ai pas encore pris le temps de déchiffrer. Tandis que tous les élèves entrent, je tente de lire le nom du professeur. Karna…

Mon regard est attiré par Liam, qui vient de faire son apparition. Je détourne aussitôt la tête pour ne pas lui donner une seule seconde de mon attention. Les types comme lui ne cherchent qu'à être sans cesse au centre et je n'ai pas prévu de lui donner ce plaisir. J'ignore son arrivée, décide que le nom inscrit est Karnacier et je me concentre sur les propos du mage de feu, même quand Liam s'installe à la place juste devant moi.

— Comme nous l'avons vu hier, les tempêtes sont de plus en plus proches et ne nous laissent pas tranquilles. Votre collaboration est donc d'autant plus importante.

Il se déplace entre les rangs de tables. Le silence règne dans la salle et j'admire la discipline dont tout le monde fait preuve.

— J'aimerais commencer en rappelant que la magie n'est pas simplement une question de puissance brute. N'est-ce pas, Concilius ?

Il s'agit d'un garçon qui baisse le regard en entendant les mots du professeur.

— C'est une question de contrôle, poursuit-il. L'énergie que vous manipulez est vivante. Le feu peut être votre allié ou votre pire ennemi. Tout dépend de votre capacité à le comprendre et à le canaliser correctement. Quand on veut trop dépenser son énergie, on prend des risques inutiles, comme celui de brûler des ressources importantes de la ville.

Maître Karnacier observe Concilius avec furie et j'ai l'étrange sensation que s'il avait pu le punir physiquement, il n'aurait pas hésité. Des frissons remontent le long de ma colonne vertébrale à cette idée. La violence est proscrite à Zéphyria, mais ici ?

Le professeur s'approche d'un brasier qui brûle doucement sur un autel de pierre au centre de la salle. D'un geste fluide, il étend la main vers les flammes, qui se mettent aussitôt à danser plus haut, s'étirant dans l'air.

— Je me vois contraint de vous rappeler la première règle de la maîtrise du feu, comme si vous veniez d'entrer à l'académie : ne le sous-estimez jamais. C'est une force destructrice. Si vous vous relâchez, il se retournera contre vous, et vous perdrez tout contrôle.

Je songe à ma chambre, à l'incendie, à la cicatrice sur mon épaule.

— Le feu répond à l'intention et à l'émotion. Une émotion

non maîtrisée entraîne des résultats chaotiques. Vous devez rester calme, concentré, même au cœur de la tempête.

D'un geste, il réduit les flammes de l'autel à une petite lueur vacillante, si faible que j'ai l'impression que le feu va s'éteindre.

Concentré, le professeur poursuit :

— Deuxième règle : le contrôle de l'intensité. Ne laissez jamais votre pouvoir vous dominer. Vous devez doser chaque flamme que vous créez. Pour un simple éclat de lumière, vous utiliserez à peine une étincelle. Pour une barrière protectrice, vous canaliserez un tourbillon de flammes. J'ai dit un tourbillon, Concilius, pas un torrent, pas un volcan.

Maître Karnacier fait repartir son brasier avant de se détourner de l'autel. Une lueur plus déterminée s'est allumée dans son regard. Son visage, encadré de cheveux bruns mi-longs, est recouvert d'une barbe de trois jours. Quel âge-t-il ? Quarante ans ? Quarante-cinq ? Il y a un peu de gris dans ses mèches qui bouclent en tombant sur ses épaules.

— Troisième règle : la patience. Certains d'entre vous pensent que maîtriser le feu est inné. Mais la véritable maîtrise nécessite des années de pratique. Ceux qui croient pouvoir tout accomplir à leur jeune âge se trompent lourdement. Le feu vous humiliera si vous pensez le posséder sans effort.

Nouveau regard lourd sur Concilius, qui ne sait plus où se mettre.

— Je ne tolérerai pas que l'un d'entre vous mette en danger ses aînés. Suis-je clair ? La prochaine fois que vous croyez pouvoir utiliser une tempête de niveau deux pour faire la démonstration de votre puissance comme un jeune coq qui veut impressionner toute la basse-cour, abstenez-vous. Les tempêtes font suffisamment de dégâts, nous n'avons pas besoin de gérer en plus des incendies accidentels.

Il tend le poing vers l'autel et les flammes s'éteignent sèchement. Je déglutis en me demandant ce que je fais ici. Je n'ai pas cette maîtrise. Pourquoi m'a-t-on mise avec des camarades qui ont déjà quatre années complètes d'avance sur moi à l'académie ? Certes, j'ai leur âge, mais je n'ai pas leurs connaissances et encore moins leurs heures d'entraînement.

Je vais me ridiculiser.

— Commencez les exercices d'échauffement. Je veux voir des flammes dans vos mains, je veux les voir grandir, rapetisser et je veux que vous alliez de plus en plus vite sans perdre le contrôle.

Tout le monde reste à sa table. C'est à cet instant que je réalise qu'elle n'est pas faite de bois, mais qu'elle semble avoir été créée dans ce matériau étrange que j'ai déjà observé sur les portes de l'académie.

Juste devant moi, où Liam s'est installé, j'aperçois la lueur d'une flamme. Je tente d'observer par-dessus son épaule pour essayer de percer les mystères du contrôle, de comprendre comment il a réussi à invoquer le feu avec autant de facilité. Il ne manquerait plus qu'il soit un élève modèle.

Paume tournée vers le ciel, j'essaie d'appeler les flammes, mais j'abandonne bien vite en me disant que c'est une mauvaise idée, une très mauvaise idée. Déjà, elles ne m'obéissent pas. Nous avons essayé avec Laos, puis avec mes parents, et il est très rare que je parvienne à les invoquer de moi-même. C'est toujours quand je veux qu'elles se manifestent qu'elles décident de jouer les absentes.

Ensuite, je refuse de provoquer un incident, pas après le discours que Maître Karnacier vient de nous faire. À la place, je tourne la tête de tous les côtés pour essayer d'obtenir des indices sur la manière dont les autres gèrent le feu. Comment font-ils pour qu'il apparaisse et qu'il ne brûle pas tout ce qui se trouve aux alentours ?

Mes doigts triturent les perles de mon bracelet. Il s'écoule peut-être cinq minutes pendant lesquelles je croise plusieurs fois le regard du mage. Il finit par marcher dans ma direction et m'interpelle :

— Pourquoi ne fais-tu pas les exercices ?

Mal à l'aise, je déglutis. Son ton et sa posture m'indiquent qu'il est mécontent de mon attitude.

— C'est que… je… je ne sais pas comment faire.

— Tu pourrais au moins essayer. Avec quatre ans de retard, c'est la moindre des choses !

J'inspire pour me calmer et ne pas perdre le contrôle de mes émotions. Eldric m'a fait comprendre son ressenti ce matin et je ne peux pas en vouloir aux habitants de Cendralis de me mépriser en raison de mon égoïsme. Ils voient par leur prisme : par le nombre de morts qui ont eu lieu en cinq ans. Peut-être qu'ils s'imaginent que j'aurais pu faire quelque chose. Je ne vois pas quoi et je ne pense pas que ce soit possible, mais ils ont l'impression que j'ai voulu me soustraire à mon devoir.

Or, au sein des huit royaumes, par les temps qui courent, alors que la fin du monde semble de plus en plus proche, on ne se soustrait pas à son devoir.

— Je suis désolée mais je débute, je ne sais même pas comment invoquer une flamme.

Je baisse le regard pour montrer ma soumission et ne pas paraître défiante.

— Tes parents sont mages pourtant ? Ce n'est pas une mage qui t'a escortée jusqu'ici ?

— Ils sont mages du vent, monsieur.

— Maître. Maître Karnacier.

— Ils sont mages du vent, Maître. Ils ne savaient pas comment m'aider à maîtriser mes propres pouvoirs.

— Un pouvoir non maîtrisé ne peut qu'entraîner des dangers. Si tu es encore vivante, c'est que d'une manière ou d'une autre tu as réussi à le contrôler. Alors fais-nous la démonstration de ce don que tu as et procède à l'exercice demandé, comme tout le monde !

Les derniers mots résonnent dans la salle silencieuse. Mes camarades se sont tous retournés pour m'observer et il n'y a plus de flammes qui dansent dans leur main tandis qu'ils sont dans l'attente de ce que je vais faire.

Seul Liam semble ne pas se soucier de mon cas. Le dos tourné, il a l'air de poursuivre les exercices comme si de rien n'était. Bien sûr qu'il ne se sent pas concerné. Je ne suis qu'une moins que rien, je suis une Fall, une bâtarde et en plus j'ai grandi à Zéphyria. Il est sûrement d'une maison importante de mages ou je ne sais quoi.

— Dépêche-toi ! insiste le professeur Karnacier.

À contrecœur, j'essaie d'invoquer une flamme au creux de ma main. Je vais jusqu'à plisser les yeux de concentration, tout en sachant que ça ne m'aidera nullement. J'entends un élève ricaner de la grimace que je tire, puis le Maître se remet à crier :

— Qu'est-ce que tu n'as pas compris ? Libère tes flammes ou bien quitte cette académie ! Si tu n'es pas capable de faire jaillir du feu de ta main, tu n'as pas ta place ici et tu devrais rentrer chez toi !

Je serre les dents en retenant les mots qui veulent franchir la barrière de mes lèvres. Je ne demande que ça, rentrer chez moi ! Mais si je le fais, je mets tout le monde en danger, et je ne veux pas inquiéter mes parents, sans compter que j'ai conscience de mon devoir envers notre monde, d'autant plus conscience maintenant que je me trouve ici et que j'ai discuté avec Eldric. Oui, j'ai cru pouvoir vivre dans un cocon toute ma vie, j'ai cru que mes pouvoirs disparaîtraient d'eux-mêmes si je ne les utilisais pas, ou qu'ils seraient mineurs et que je parviendrais à les maîtriser.

J'ai eu tort.

Qui n'a jamais eu tort dans sa vie ? Qui n'a jamais voulu rester dans sa zone de confort, là où il avait enfin trouvé le bonheur ? Peut-on vraiment m'en vouloir d'avoir voulu faire durer quelques années de plus mes jours heureux à Zéphyria ? D'avoir tiré sur la corde autant que possible ?

Je serre les poings, ce qui agace d'autant plus le mage. Il saisit ma main et tire sur mes doigts pour les forcer à s'ouvrir. Le sentir me toucher est la goutte de trop. Je pousse un cri de stupeur et de rejet. Au même moment, les flammes jaillissent de ma paume et brûlent la veste du professeur. J'observe le spectacle avec horreur, incapable d'absorber ce que je viens de créer. Il balaie l'air d'un geste de la main pour stopper le feu, mais ne parvient pas à éteindre mes flammes.

— Rappelle-les ! crie-t-il.

Les rappeler ? Je ne sais déjà pas comment j'ai réussi à les invoquer, comment suis-je supposée les rappeler ? Au contraire, elles se manifestent, encore plus nombreuses, tourbillonnent autour de mes poignets, puis de mes avant-bras. Par je ne sais quel miracle, la veste de l'uniforme ne brûle pas, mais la chemise noire du professeur a bien pris feu, elle. Il finit par la retirer et la jeter au sol, avant de pincer une mèche de ses cheveux qui s'est enflammée.

Les élèves se sont levés de leurs tables et m'observent tous comme si j'étais un animal de foire.

— Rappelle tes flammes, m'ordonne encore une fois le professeur.

— Comment ?

C'est le seul mot que je parviens à articuler en tremblant, paniquée à l'idée de recréer la scène de ma chambre, de mettre en danger des gens, de brûler tout un bâtiment.

Ma chaise bascule en arrière quand je recule, debout, affolée par mon incapacité à arrêter mon pouvoir. Devant moi, Liam s'est retourné et me fait face. Il tend le bras et d'instinct, je m'écarte pour qu'il ne puisse pas me toucher. Alors il contourne ma table, franchit la distance qui nous sépare puis attrape sèchement mon poignet en me dévisageant avec dureté.

Aussitôt, mes flammes s'arrêtent, le flot de mon pouvoir cesse de se déverser et médusée, j'observe mes doigts dépourvus de feu.

Je souffle par le nez, par la bouche, par tous les pores de mon corps à ce stade, trop heureuse d'avoir évité une catastrophe. J'ai envie de remercier Liam, de lui demander comment il a fait et s'il peut m'apprendre, mais il me lâche sèchement :

— Je ne suis pas là pour réparer tes erreurs.

Ses doigts se détachent de ma peau. Il a serré si fort que j'ai l'impression qu'il a laissé une trace. Un instant, je crains que le flot de magie s'empare une nouvelle fois de mon corps et que l'épreuve recommence. Mais non, rien.

Que m'a-t-il fait ?

Je n'ai pas le temps de m'en préoccuper, car Maître Karnacier brandit un index désobligeant dans ma direction :

— Sors de cette salle ! crie-t-il. Je ne veux plus te voir ici !

Chapitre 9

Une partie de moi est soulagée de partir et pleine d'espoir : si je suis un cas désespéré, peut-être qu'on me laissera rentrer à Zéphyria ? N'ont-ils pas une rune qu'ils peuvent apposer sur moi pour bloquer mes pouvoirs et m'empêcher de créer des catastrophes partout où je vais ?

Mais une autre partie se sent honteuse et minable. Je ne suis même pas capable d'appeler les flammes à volonté ou de les faire disparaître. Tous les autres élèves de la promotion pouvaient insuffler la puissance qu'ils souhaitaient dans leur feu. Mon nombre d'années de retard m'affole, au point que mon cœur bat encore plus vite, et surtout les paroles de Maître Karnacier au sujet du contrôle me reviennent en tête. Et si les flammes me consumaient ? Si une nuit, pendant un cauchemar, elles recréaient la même scène que chez Lynda et Tomas ?

Je me mets à hyperventiler et je me force à me calmer. C'est comme ça que les problèmes débutent : quand je perds le contrôle de mes émotions. Je décide de marcher pour m'apaiser et j'erre dans les couloirs vides, alors que tous les élèves sont encore en cours.

Ce n'était pas le début que je m'imaginais à l'académie. Il faut dire que je n'avais pas vraiment visualisé comment ça se passerait. J'ai soigneusement évité de poser des questions à mes parents ou à toute personne susceptible de me répondre. J'aurais pu demander à Natasha, qui habitait à trois rues de chez nous à Zéphyria. On raconte qu'elle a effectué maints voyages jusqu'à Cendralis et qu'elle est peut-être l'une des rares citoyennes de la cité du vent que les gens du feu tolèrent. Elle n'a pas d'amis ici, à Cendralis, mais elle y a passé suffisamment de temps pour savoir comment les systèmes d'énergie fonctionnent et peut-être, comment faire pour s'en sortir à l'académie. Au minimum, elle aura entendu des rumeurs qui auraient pu me préparer à ce qui m'attendait.

Je tourne sur ma gauche et me planque derrière une colonne de marbre noire. Affalée au sol, le dos collé au matériau froid, j'observe les doigts de ma main comme si je les découvrais pour la première fois. Comment ces flammes peuvent-elles ne pas me brûler? Tous les mages d'ici résistent-ils au feu? La chemise de Maître Karnacier n'a pas tenu le coup, mais sa veste… est-elle faite dans un alliage spécial ignifugé?

Je redresse la tête et me laisse aller contre la colonne en prenant de lentes inspirations. Des voix se font entendre au loin, deux personnes se rapprochent et discutent entre elles :

— Le projet progresse.

— Le projet ne progresse pas, il stagne.

— Je ne suis pas d'accord, nous avons eu quelques avancées. Il nous manque simplement des sujets pour tester nos nouvelles théories et créations.

Aux intonations, je dirais qu'il s'agit de deux hommes, plutôt âgés. Vont-ils me disputer s'ils me voient? J'imagine que je ne devrais pas me trouver dans les couloirs entre les cours. Je me fais toute petite derrière ma colonne, heureuse de me trouver à l'écart.

— Ce sont des décennies de recherche, il ne faut pas s'attendre à ce que les résultats arrivent du jour au lendemain. Il y a des indicateurs de progression et je trouve que nous remplissons tous les critères pour poursuivre les expériences.

— Je compte voter pour l'arrêt du projet Phénix.

Le silence qui suit dure quatre secondes, j'imagine que l'un des interlocuteurs est fort surpris.

— C'est une décision hâtive, décrète-t-il.

— C'est une décision mûrement réfléchie.

— Je ne crois pas qu'il faille arrêter le projet.

— Les moyens employés…

— … sont justifiés !

Ils sont trop loin pour que j'entende la suite. Je suis soulagée qu'ils ne m'aient pas vue, je n'ai pas envie d'une énième réprimande aujourd'hui. Dire que la journée ne fait que commencer. Comment vais-je me débrouiller ? Ce n'est pas en restant ici que mes affaires vont s'arranger, alors quand je suis sûre qu'il n'y a plus personne dans le couloir, je me relève, relis mon emploi du temps et me dis que je n'ai pas vraiment d'autres choix que de me rendre au cours suivant quand la sonnerie retentira.

Je lève la tête du bout de papier pour découvrir que le chat blanc, le même que ce matin je parie, m'observe depuis l'autre bout du couloir. Il est assis et me guette comme si les lieux lui appartenaient et qu'il me mettait au défi d'avancer jusqu'à lui. Obnubilée par sa silhouette et sa queue qui bat l'air, je réalise trop tard que des pas arrivent dans ma direction.

— Eira ?

La voix de Maître Alden se fait entendre. Je me retourne en sursautant. Quand je jette un nouveau regard dans le couloir, le chat a disparu.

— Tout se passe bien ? Que fais-tu ici à cette heure ? Ne devrais-tu pas être en classe ?

Il y a de la bienveillance dans sa voix, de la douceur dans son ton et un sourire presque rassurant sur son visage. J'en oublie que la veille, il a donné mon nom à tout le monde sans se soucier de l'impact que ça aurait sur moi. Il n'y a pas pensé. Ou alors il s'est dit que ça se saurait tôt ou tard et qu'il valait mieux retirer le bandage dès à présent. Une toute petite voix à l'intérieur de moi se demande s'il est mon père. Est-ce possible ? Non, il est trop vieux. Quel âge a-t-il ? Cinquante ans ? Soixante peut-être ? Mince, ce n'est pas vieux. Je pourrais être sa fille.

Je secoue la tête de droite à gauche pour chasser ces pensées. Pourquoi dois-je chercher une justification quand quelqu'un tente d'être gentil avec moi ? Peut-être que c'est simplement son rôle en tant que professeur.

— Je… le premier cours ne s'est pas très bien passé.

Ma grimace doit valoir tous les discours du monde.

— Tu veux me raconter ? me propose-t-il.

Se montre-t-il poli ou est-il vraiment intrigué ? Il n'a pas de temps à perdre avec une élève, mais je ne veux pas paraître malpolie et ne pas répondre à sa question, aussi je résume en trois phrases la situation :

— Maître Karnacier m'a demandé de participer aux exercices avec les autres élèves. J'ai essayé, j'ai perdu le contrôle, ça ne lui a pas plu, il ne veut plus me voir dans sa classe. J'ai peut-être brûlé sa chemise au passage.

Honteuse, je baisse le regard pour éviter de croiser celui de Maître Alden.

— Tu n'as rien fait de mal, m'annonce-t-il.

— Ce n'est pas mon impression.

Il me lâche du regard et je fais l'effort de ne pas contempler le sol encore une fois.

— Que voudrais-tu faire ? me demande-t-il.

Étonnée, j'entrouvre la bouche. On me laisse vraiment le choix ?

— Retourner chez moi ?

Une moue me répond.

— Je crains que ça ne soit pas possible. Ce matin a montré que tu avais besoin d'obtenir le contrôle sur tes pouvoirs a priori, et il n'y a pas meilleur endroit que l'académie du feu pour t'aider à maîtriser ton don.

Je serre les dents et déglutis tout en hochant la tête. Bien sûr, il a raison.

— Je ne suis quand même pas faite pour cette ville. Je ne connais pas vos us et coutumes, je ne sais pas comment me comporter, comment… comment les choses fonctionnent ici. Peut-être que quelqu'un pourrait juste m'apprendre à ne pas tout faire flamber avant de me laisser rentrer chez moi ?

J'inspire avec espoir, mais je sens mes émotions s'emballer. Je sais bien que je dois arrêter de rêver et de me dire que mon séjour ici sera de courte durée, que dans quelques semaines tout au plus je retrouverai Lynda, Tomas et Laos.

— J'aimerais tellement pouvoir t'accorder cette chance, Eira. Malheureusement, les mages de feu ne sont plus très nombreux. La population ne cesse de décroître. L'enjeu est colossal : il s'agit de notre survie à tous. Chaque personne dotée d'un pouvoir doit se mettre au service de la ville pour protéger l'ensemble de la population. Tu comprends, n'est-ce pas ?

J'acquiesce en retenant mes larmes. Bien sûr que je comprends, bien sûr que j'ai envie d'aider, mais ça n'empêche pas mon cœur de balancer entre l'amour que j'éprouve pour ma famille et Laos, et le devoir d'apprendre à contrôler mon pouvoir. Pourquoi les deux ne sont-ils pas compatibles ? Les gens d'ici n'ont pas eu à quitter leur famille pour maîtriser leur don. Certains vivent même encore chez leurs parents tandis qu'ils fréquentent l'académie ! Mais moi ?

Cette fois, je sens les flammes monter à mes mains. Le flux de pouvoir s'accumule jusqu'à mes paumes et la pointe de mes doigts. Le feu jaillit en moins de trois secondes après cette sensation et Maître Alden recule par mesure de sécurité.

— Calme-toi, me conseille-t-il d'un ton neutre.

Il n'y a pas d'accusation ou de jugement dans son ton, ce dont je lui sais gré. Néanmoins, ça ne m'empêche pas de paniquer. Voilà que l'incident avec Maître Karnacier se reproduit. Les images de ma chambre brûlée défilent devant mes yeux et ne m'aident pas à stopper la magie qui afflue dans mes mains.

— Tu peux arrêter ça, tu as le contrôle, insiste Maître Alden.

Je ne contrôle rien du tout, voilà ce que je veux lui rétorquer. Je m'écarte d'un pas pour éviter de le blesser. Il porte l'uniforme de l'école et j'espère que ça suffira à ce que je ne crame pas ses vêtements, mais je ne veux pas prendre de risques. Sauf qu'en reculant, je me cogne contre un mur et ma main touche une tenture rouge, une sorte de rideau qui pend pour décorer les murs sombres du couloir.

Bien sûr, la tenture prend immédiatement feu. Que quelqu'un m'explique pourquoi tous les matériaux de cette école ne sont pas ignifugés ? Nous sommes dans une académie pour mages de feu !

Maître Alden tend le bras vers moi et ferme le poing, comme s'il tentait d'éteindre mes flammes, sans succès. Le feu commence à tourbillonner autour de mes bras et de ma veste. Au même instant, la sonnerie de l'établissement retentit et le professeur semble craindre que je prenne ça pour une alarme concernant les tempêtes, car il me lance :

— C'est juste la fin de l'heure de classe.

Je m'en rends compte quand les portes des salles s'ouvrent et qu'un flot d'élèves se déverse dans le couloir. J'étais déjà la risée de ma promotion, voilà que les autres années vont pouvoir se moquer de moi toute la journée et toute la semaine. Qui a déjà perdu le contrôle dans un simple couloir? Personne, j'en suis certaine. Il n'y a que moi pour me ridiculiser de la sorte.

J'essaie de fermer les yeux, de faire abstraction de ces gens qui m'observent comme une anomalie. J'invoque l'image de Laos, je l'imagine en train de me rassurer, mais ça ne fonctionne pas.

Soudain, j'ouvre les yeux en sentant une main attraper mon poignet. Mes flammes s'éteignent aussitôt.

— Qu'est-ce que je t'avais dit ? grogne Liam en me relâchant.

Il poursuit son chemin sans prononcer un mot de plus, me laissant sur place, médusée.

Chapitre 10

Le bureau de Maître Orin est séparé des salles de classe et se trouve dans une aile de l'académie qu'Eldric ne m'a pas fait visiter. Il se dégage une puissance intimidante des lieux quand on y entre. Les murs sont décorés de runes gravées profondément dans la pierre noire. Des tapisseries pendent le long des pierres et je crains de les brûler, alors je glisse mes mains entre mes cuisses pour m'assurer de ne rien toucher.

Assise sur une chaise en bois, je patiente face au professeur, installé à son bureau massif en… bois d'ébène ? Ou bien est-ce ce fameux matériau sur lequel je n'arrive pas encore à mettre de nom ? Maître Orin m'observe, les mains jointes, dans son fauteuil en cuir sombre, le dos calé dans l'assise, comme s'il jugeait nécessaire de maintenir une certaine distance avec moi.

De peur que je le brûle par accident ? Non, c'est un mage, il saura sûrement se défendre. Quoique Maître Alden n'a pas réussi à stopper mes flammes et il a fallu que cet égocentré de Liam intervienne.

Je déteste le fait qu'il m'ait sauvé la mise, à deux reprises qui plus est.

Dans le dos de Maître Orin, entre deux fenêtres, se trouve une grande carte de Cendralis accrochée au mur. Des indications sont placées sur les remparts ainsi que des runes et il y a des couleurs utilisées, peut-être pour indiquer l'état des défenses de la ville ? Est-ce Maître Orin qui décide des missions de chaque magicien dans l'académie ? En est-il le directeur ? Je ne sais même pas. Maître Alden m'a juste escortée ici après l'incident dans le couloir et depuis, je patiente, sans savoir qui nous attendons. Maître Karnacier probablement ? Il voudra donner sa version des faits. Non pas que j'aie menti ou exagéré la situation.

Un feu de cheminée crépite sur ma droite. Je ne peux m'empêcher de fixer les flammes, qui m'hypnotisent et me permettent de détourner mon attention de Maître Orin.

— Il est naturel, indique-t-il en voyant où mon regard s'est posé.

— Ah oui ?

— S'il était magique, il faudrait le surveiller constamment et dédier une partie de sa concentration à ça. Les mages ont beau maîtriser le feu, nous évitons d'utiliser nos pouvoirs quand ce n'est pas nécessaire.

Je ne sais pas quoi répondre mais heureusement la grande porte en bois noir s'ouvre et un élève se tient debout à côté de moi après avoir salué Maître Orin.

— Liam, merci d'être venu. Tu peux t'asseoir.

Je serre les dents et les poings en évitant soigneusement de tourner la tête à ma droite.

— J'aimerais autant rester debout, Maître, répond le garçon.

Bien sûr qu'il veut rester debout. Monsieur ne peut pas faire comme tout le monde. Ce n'est donc pas la version de Maître Karnacier que nous attendions, mais celle de Liam. Que va-t-il faire ? Dire que je suis un cas désespéré et qu'on devrait me tuer plutôt que de laisser les autres courir le risque de me fréquenter ?

— Maître Alden m'a fait part d'un incident ce matin, commence Maître Orin.

— Deux incidents, le corrige Liam.

Il se sent obligé de le préciser. Je ne comptais pas cacher la vérité, mais ne peut-il pas me laisser donner ma version des faits ?

— Je pense qu'une erreur a été commise, poursuit Maître Orin. Eira n'aurait pas dû intégrer la promotion de son âge.

— Je suis d'accord, confirme Liam comme si on lui demandait son avis.

Je me tais. Je ne suis pas du genre à donner mon opinion si on ne me sollicite pas. Et puis il est évident avec ce qu'il s'est passé ce matin que j'ai trop de retard pour participer aux cours des gens de mon âge.

— Je vais demander qu'elle intègre la nouvelle promotion qui a ouvert il y a un mois.

Le soulagement m'envahit. Tout plutôt que de retourner dans cette classe.

— Cela me semble plus sage, commente Liam.

Qu'il se taise.

— Néanmoins, poursuit Maître Orin, compte tenu de son âge et en raison de sa puissance déjà avancée, nous avons besoin qu'elle rattrape son retard. Les élèves qui débutent ne vont pas rencontrer les mêmes difficultés qu'elle, car leurs pouvoirs ne se sont pas encore développés à ce point. Elle a besoin d'accélérer son apprentissage.

Liam ne dit rien cette fois. J'ose jeter un coup d'œil dans sa direction. Il a les poings tout aussi serrés que moi et j'en conclus que ça ne lui plaît pas de se trouver ici. Il est le représentant de notre classe peut-être ? Une sorte de délégué qui doit être présent pour défendre les intérêts de ses camarades ? Je ne m'attends pas à ce qu'il agisse en ma faveur.

— Je pense que ton expérience, Liam, est celle qui pourrait être la plus bénéfique pour aider Eira.

J'écarquille les yeux en écoutant Maître Orin. De quoi parle-t-il ?

— Tu vas donc l'aider à progresser et à maîtriser son don. Je veux qu'elle puisse rejoindre les rangs de sa promotion avant la fin de l'année.

Ma promotion ? Ceux qui ont déjà travaillé depuis quatre ans à la maîtrise de leur don ? Il veut qu'en moins d'un an, je rattrape leur niveau ? Comment pourrais-je réussir un tel exploit ? Je me sens obligée d'intervenir :

— Je ne pense pas que ce soit possible, je…

Mais Maître Orin m'interrompt :

— Vous allez vous entraîner ensemble.

— Non !

Je porte ma main à ma bouche après avoir crié. Liam, bien sûr, n'a pas prononcé un seul mot. Contrairement à moi, il est maître de lui-même et de ses émotions. Je vérifie mes doigts pour m'assurer que les flammes ne risquent pas de jaillir. Trois incidents dans la même journée ? Ce serait certainement un record à l'académie.

— Je suis désolée, je ne doute pas de la bonne intention de votre démarche, Maître Orin, mais avec ma totale inexpérience et mes échecs de ce matin, ne vaut-il pas mieux que je prenne mon temps pour maîtriser mes pou…

— Ce ne sera pas possible, déclare sèchement le professeur en me fixant de ses yeux clairs.

J'entrouvre la bouche, mais il ne me laisse pas le temps de protester.

— La puissance d'un mage grandit avec son âge. Les élèves avec lesquels tu vas suivre les cours ont seize ans, Eira, et leurs pouvoirs commencent seulement à se développer. Toi, tu as déjà une force importante que tu dois apprendre à canaliser. Ces cours ne suffiront pas, et il te faudra cravacher pour apprendre le contrôle. Liam saura comment t'aider. Tous les soirs, après votre journée, vous irez vous entraîner ensemble.

Dépitée, je ferme les yeux. J'ai l'espoir que Liam proteste et fasse remarquer qu'il a mieux à faire que de gérer la nouvelle recrue, mais il ne dit rien.

— Tu disposes d'une sacrée puissance, Eira, continue Maître

Orin sur un ton plus sec. La ville a besoin de cette puissance et tu ne peux pas te permettre d'être égoïste, de renier ton don ou de t'amuser pendant que les autres risquent leur vie pour te permettre de vivre un jour de plus. Vous vous entraînerez tout votre temps libre s'il le faut, mais je veux des progrès et je veux qu'elle soit capable de grimper sur les remparts pour nous aider le plus rapidement possible. Liam, tu l'aideras à rattraper son retard tandis qu'elle apprendra les bases en classe. Suis-je clair ?

Le professeur nous fait signe de quitter les lieux. Je laisse Liam partir devant, avant de rejoindre le couloir. Bien sûr, le garçon a déjà disparu. Compte-t-il tenir parole ? Allons-nous nous retrouver ce soir ? Où et à quelle heure ? Il n'en a probablement rien à faire et ne compte pas exécuter les ordres de Maître Orin. Je soupire en me demandant quelle est la suite pour moi.

— Ça s'est bien passé ? souffle Maître Alden en me rejoignant.

Je lui souris, soulagée qu'il ait patienté pendant l'entretien et que j'aie quelqu'un à qui poser mes questions.

— Liam est apparemment mon nouveau partenaire d'entraînement.

Maître Alden grimace.

— Je me doutais que ce serait la conclusion de cette entrevue quand je l'ai vu entrer dans la salle, mais je ne suis pas certain qu'il soit le meilleur choix.

Je penche la tête sur le côté, étonnée qu'il partage mon avis. A-t-il compris que Liam et moi sommes voués à nous détester ? C'est presque chimique à ce stade et ce n'est pas lié qu'à la première impression qu'il m'a faite.

— Comment ça ?

— Il est certes l'élève le plus talentueux de cette école…

Évidemment.

— … et celui qui a dû travailler le plus dur pour contrôler sa puissance phénoménale. Je pense que c'est la raison qui pousse Maître Orin à le choisir. Mais Liam n'est pas le plus pédagogue des élèves et son emploi du temps est déjà surchargé, en raison des missions qu'il exécute pour son père.

— Son père ?

— Oui, son père, l'Arkon.

— L'Arkon ?

Le terme ne me dit rien.

— Liam Kayn est le fils de Rhéon Kayn, l'Arkon qui dirige Cendralis depuis plus de vingt ans.

CHAPITRE II

C'est étrange d'être entourée d'élèves de seize ans, qui en savent bien plus que moi sur Cendralis et la magie. Je me tiens silencieuse à ma table en écoutant le professeur et les étudiants qui chuchotent entre eux. Le silence n'est pas la règle ici et je me demande si c'est lié au Maître qui fait cours, ou à l'âge de mes camarades. Je parie qu'on peut entendre des gargouillis d'estomac dans tous les cours de Maître Karnacier tant le silence est respecté.

— C'est toi la fille de Zéphyria, pas vrai ?

Je me tourne vers l'adolescente aux cheveux roux et bouclés qui me regarde avec curiosité. Elle me fait un signe de la main et me lance :

— Je m'appelle Paige.

— Eira.

— Ouais, je sais.

Elle est tout sourire de me dire ça.

— Comment ça se passe la vie à Zéphyria ? chuchote-t-elle.

Je fais de mon mieux pour écouter le cours avec attention, consciente du retard que j'ai par rapport aux autres, mais je ne veux pas non plus me montrer malpolie avec la seule personne de cette classe qui a décidé de faire un pas vers moi.

— C'est une question un peu vaste pour que j'y réponde…

— T'as tellement raison, mais j'ai huit mille questions. Au moins.

Elle sourit de plus belle. Sa joie de vivre est contagieuse, car je me surprends à étirer les lèvres malgré la matinée difficile que j'ai vécue. Au moins, l'après-midi semble prendre une meilleure direction.

— Elle ressemble à quoi l'académie du vent ? Et la ville d'une manière générale ? Comment vous survivez aux tempêtes sans mages de feu ?

Ses questions sont moins précises que celles d'Eldric, mais elles sont du même acabit. Les gens d'ici sont curieux de savoir comment une autre ville se débrouille pour faire face à la catastrophe incroyable qui nous frappe tous.

— Je veux que vous connaissiez par cœur le protocole de sécurité des tempêtes, indique le professeur.

J'ai réussi à prendre quelques notes et heureusement qu'Eldric m'avait expliqué le système des sonneries. Notre enseignant poursuit en nous illustrant avec beaucoup de détails le niveau de chaque tempête.

— Alors ? insiste Paige.

— Je…

— Vous n'irez pas sur les remparts avant votre cinquième année dans ces lieux, bien sûr, mais chaque tempête apporte son lot de difficultés. Les tempêtes de niveau quatre sont…

— Raconte-moi !

Je me tourne vers elle en retenant un soupir, partagée entre mon envie de m'intégrer et celle de prendre un meilleur départ.

— Nos mages du vent s'occupent des tempêtes.

— Ils repoussent la tempête par une autre tempête ? s'extasie-t-elle. Et quand il y a un signal de danger, vous avez des bunkers ou des endroits où vous réfugier ?

Je me rappelle la dernière alerte que j'ai vécue, la chaleur des bras de Laos qui me serrait contre lui, les tremblements des bâtiments, les cris au-dehors et la peur qui me tordait les boyaux tandis que toutes mes pensées allaient vers Tomas.

Lynda doit être en train de traverser les étendues glacées en ce moment, alors que Tomas doit se trouver en réunion, à réfléchir aux moyens d'améliorer les défenses de la ville. Et Laos ? Il doit être en train de rire aux éclats, quelque part dans les rues, à aider son prochain. Si j'étais restée là-bas, aurions-nous fini ensemble ? M'aurait-il embrassée au bal du solstice ?

— Eira ? Eira !

La voix du professeur me tire de ma rêverie. Penaude, je le regarde sans savoir quelle question il m'a posée.

— Quelle forme prend une tempête de niveau cinq ? répète-t-il.

Il s'agit de l'équivalent de notre drapeau rouge à Zéphyria. Je ne l'ai jamais vu levé, sans compter que quand les tempêtes sévissent, je suis dans les abris.

— Je… je ne sais pas.

— Malgré ton retard, malgré le fait qu'on te mette dans une classe avec des gens qui ont cinq ans de moins que toi, tu ne trouves pas la force de t'intéresser au cours ?

Je ne rétorque rien, il a raison, j'aurais dû dire à Paige de se taire, je n'aurais pas dû m'absorber dans ma rêverie. Depuis que j'ai posé le pied dans cette ville, j'ai la sensation de tout faire de travers. Les lèvres serrées, je mordille l'intérieur de ma joue pour me punir.

— Je vous présente mes excuses, Maître. Je vais redoubler d'efforts.

Mes murmures manquent de puissance et ne parviennent pas aux oreilles du professeur, qui m'admoneste :

— Tu crois quoi ? Tout le monde dans la ville de feu doit être utile à la défense et à la survie. Si tu n'avais pas un pouvoir conséquent, on t'aurait déjà balancée par-dessus les remparts pour que tu affrontes seule la prochaine tempête.

Je déglutis. Mes fanfaronnades au sujet d'être mieux à l'extérieur de la ville sont oubliées. Vu la manière dont je maîtrise mes pouvoirs, je ne survivrais pas une seconde dehors.

— Alors, quelle forme prend une tempête de niveau cinq? reprend-il. Qui peut me répondre?

La sonnerie de fin du cours retentit et nous sauve tous des foudres du professeur. Je rassemble mes affaires tandis que Paige s'excuse, mais continue de m'abreuver de questions :

— Il faut combien de mages pour repousser une tempête classique là-bas? Vous avez une population de combien d'habitants? Vous avez des cerises? J'ai toujours rêvé de manger des cerises, mais les arbres fruitiers sont trop hauts et massifs pour qu'on les mette dans les serres souterraines. On a des baies, c'est déjà pas mal. Je rêverais de goûter une cerise un jour dans ma vie. Tu vois à quoi ça ressemble ? Attends, j'ai un livre avec une illustration…

Elle commence à fouiller dans son sac tout en marchant vers la sortie. Je fais de mon mieux pour ne pas accélérer, même si je crains que le professeur me rappelle pour me passer un nouveau savon, à raison.

— Regarde! me lance-t-elle en ouvrant le livre sous mes yeux.

Sauf que j'ai fait un pas dans le couloir et que mon regard est fixé sur la silhouette de Liam Kayn, adossé au mur, qui patiente avec sa nonchalance habituelle.

Chapitre 12

Les adolescentes se mettent à glousser autour de nous. J'entends le prénom du garçon être prononcé au moins huit fois. Je suppose qu'entre son statut de fils du dirigeant et son charisme à la noix, il a la cote dans toute l'académie.

Mon exaspération ne pourrait être plus haute.

— Salle d'entraînement, articule-t-il. Maintenant.

Il décolle son dos du mur et s'éloigne d'un pas rapide sans vérifier si je le suis ou non. À côté de moi, Paige tient toujours son livre ouvert. Je jette un coup d'œil à l'illustration de cerise. C'est un fruit rond et bordeaux, avec une tige. Je ne connaissais pas.

— Je…

Jusqu'ici très bavarde, Paige semble avoir perdu sa langue. Je prends donc congé.

— Je dois y aller.

J'entends le soupir dans ma propre voix, mais je viens de me promettre de faire de mon mieux pour prendre un nouveau départ. Liam est un atout comme un autre pour progresser et réussir. Certes, il y a fort à parier que l'entraînement sera rude et désagréable, ne serait-ce qu'à cause de sa présence, mais qui sait ? Peut-être que j'apprendrai une ou deux choses, que je pourrai ensuite m'entraîner de mon côté et limiter le temps passé avec lui.

— Oui, oui, fonce, lance Paige en reprenant ses esprits.

Même les garçons discutent autour de nous.

— On raconte qu'il va succéder à son père.

— On dit qu'il n'a pas d'amis, seulement des gens qui veulent quelque chose de lui et patientent dans l'ombre pour bénéficier de son influence.

— J'aimerais pas être à sa place.

— Tu déconnes ? Il a la classe, le pouvoir et il peut faire tout ce qu'il veut.

Je cours pour rattraper Liam et marcher à sa hauteur. Mon cerveau mouline à la recherche d'une phrase intelligente à sortir, ou d'une question à poser, mais rien ne me vient et je décide de garder le silence. Il ne prononce pas un mot et continue d'avancer à vive allure. Je dois faire presque deux pas quand il n'en fait qu'un. Après cinq minutes, nous tournons à droite et entrons dans une aile beaucoup moins fréquentée de l'académie. Je crois que nous avons changé de bâtiment, je n'en suis pas certaine. On m'a donné un plan des lieux, mais il n'inclut que la structure pyramidale, pas les annexes.

Il y a quatre salles différentes dans cette partie de l'académie et toutes sont entourées de grandes baies vitrées faites d'un verre spécial, qui paraît renforcé, pour ne pas dire blindé. Des runes ont été gravées à l'intérieur, on les discerne par transparence. Sur le sol bétonné des salles, j'aperçois aussi des signes magiques.

Liam entre dans la dernière salle sur notre gauche et commence aussitôt à sautiller, puis s'étirer, comme s'il s'échauffait. Un peu timide, je le rejoins au moment où il fait apparaître une flamme au creux de sa main avec une facilité déconcertante. Il retire sa veste noire, la dépose sur une chaise sur le côté de la pièce et reprend ses exercices.

J'attends qu'il me donne des consignes, qu'il m'adresse un mot, me montre qu'il est prêt à s'entraîner, mais il ne dit rien et continue sa routine. Au bout d'un moment, je décide de l'imiter et je retire ma veste. Il m'arrête aussitôt d'un simple :

— Non.

— Non ?

— Non.

Si Paige et Eldric sont bavards, Liam est leur opposé. L'économie de mots, il connaît.

— Pourquoi ?

Il ne me regarde pas. Le visage fermé et concentré, il consent néanmoins à me répondre :

— C'est ton armure. Les uniformes ont été conçus pour protéger les mages de leurs propres pouvoirs.

— Et tu n'as pas besoin d'être protégé ?

Il porte une simple chemise blanche sous sa veste, mais il a gardé le pantalon de l'uniforme.

— Je ne commets pas d'erreurs.

Le ton sûr de lui qu'il emploie me donne envie de grogner et de lui crier que son arrogance a ses limites. « Je ne commets pas d'erreurs. » N'en a-t-il pas marre de fanfaronner ?

Puisqu'il ne veut pas me donner de consignes, je m'assieds au centre de la salle, le plus loin possible des chaises, de nos affaires et des parois. Je réalise qu'il y a des gradins tout autour de nous, comme si parfois, les entraînements se faisaient accompagner d'un public. Je suis bien heureuse qu'il n'y ait personne pour nous observer.

Qu'ai-je fait tout à l'heure pour que mes flammes se manifestent ? Je songe à l'état émotionnel dans lequel je me trouvais, aux paroles de Maître Karnacier et au résultat qui a suivi. La vision de sa chemise en train de brûler me revient en tête et je chasse aussitôt cette image, qui me fait paniquer.

— Échauffe-toi, m'ordonne Liam.

Comme si je savais ce que ça voulait dire. Il a l'air de préparer autant son corps que sa magie. Dépitée de ne pas réussir à faire naître une flamme par moi-même, je décide de sautiller sur place, d'étirer mes bras et mes jambes, de chauffer mes poignets et d'étendre ma nuque de tous les côtés. Le processus sert-il à détendre le corps pour mieux se concentrer sur le flux d'énergie ? Je n'en sais rien et si mon instructeur était quelqu'un d'autre que Liam Kayn, peut-être que je trouverais le courage de poser la question.

Mais c'est Liam. Je n'ai pas du tout envie de lui montrer que je ne comprends rien à ce qu'il se passe. Lynda et Tomas ne se préparaient pas ainsi avant d'utiliser leurs pouvoirs. Tout ce qu'ils avaient à faire, c'était tendre les bras et le vent soufflait de leurs mains.

Je jette un coup d'œil à la grande horloge qui se trouve au carrefour des couloirs entre les quatre salles. Quinze minutes plus tard, quand mon regard se pose dessus une nouvelle fois, je soupire. Liam a-t-il prévu de m'ignorer tout le long de la séance ? Combien de temps va-t-elle durer ? Parce que si le but de ses cours particuliers est de me laisser dans un coin me débrouiller toute seule…

Je me décide à l'observer. Des boules de feu jaillissent de ses mains et il les balance contre la paroi de verre la plus proche de lui, à vive allure, comme s'il combattait un ennemi fictif. Puis il se rapproche de la porte par laquelle nous sommes entrés et se met à tapoter sur le mur transparent. Tout à coup, une console lumineuse s'affiche. Je dois me retenir de poser des questions et de faire preuve d'intérêt pour la situation. Je n'ai pas du tout envie de lui montrer que je suis curieuse. J'ai la sensation que ça lui donnerait un ascendant sur moi, ce qui est tout à fait stupide.

Il clique sur plusieurs boutons et soudain, la pièce change du tout au tout. Autour de nous, il n'y a plus de verre transparent, il n'y a plus de gradins ou de sol bétonné. Mon pied se trouve dans une rue enneigée et gelée. Je ne glisse pas malgré la plaque de verglas sous moi et je ne sens pas non plus le froid mordant de l'extérieur alors que je suis peu vêtue. Pourtant, j'ai l'impression de me trouver dans la Crevasse, près de la grande porte d'entrée et des remparts.

D'ailleurs, quand je me tourne pour chercher d'autres points de repère, j'aperçois l'immense muraille qui encercle la ville, à portée de mains.

Liam s'avance vers moi. Son regard froid me donne envie de me recroqueviller et surtout de ne pas lui montrer à quel point je suis émerveillée par la technologie de l'académie. Nous n'avions rien de la sorte à Zéphyria, mes parents m'en auraient parlé.

— Si tu es là, c'est pour bosser, lâche Liam en s'arrêtant à un pas de moi. Si tu te plains, tu dégages.

Chapitre 13

— Cette salle est équipée de plusieurs programmes d'entraînement. J'ai simplement lancé une simulation, m'explique-t-il. Il est important que tu t'habitues à conjurer ta magie dans différents environnements, sans te laisser distraire par ce qui pourrait se passer.

J'entends la voix d'une petite fille sur ma droite et je tourne la tête. Elle tremble de froid et se tient contre la devanture d'un magasin en criant : « Maman, maman. » Je fais un pas pour aller l'aider, mais Liam m'attrape aussitôt le poignet :

— Sans distractions, insiste-t-il. C'est une simulation, Eira. La petite fille ne se trouve pas vraiment ici. Ce genre de situations est commun pour les mages qui protègent la ville. Parfois tu entendras des gens crier au secours au cœur de la tempête et pourtant tu ne devras pas perdre le contrôle de ta magie et tu ne devras pas te détourner de ton objectif. La ville doit être défendue coûte que coûte. Ces gens qui pleurent dans ton dos n'auront aucune chance de survie si tu faiblis et que le bouclier tombe.

C'est la première fois que je l'entends parler aussi longuement. La force avec laquelle il prononce ces mots me fait presque vibrer. Il croit chaque parole. Il a vécu cette situation. Il a déjà entendu une petite fille crier à l'aide tandis qu'il se trouvait sur les remparts, j'en suis certaine.

— Hoche la tête si tu as compris, continue-t-il comme je ne dis rien.

Je m'exécute. Naturellement, mes doigts vont jusqu'à mon bracelet. Liam observe mon geste, mais ne dit rien.

— Bien. Tu vas créer une flamme stable, de petite taille, et tu vas la maintenir dans ta main tout en augmentant progressivement son intensité.

Aussitôt, il tend le bras et me montre l'exemple. J'observe le feu danser au creux de sa paume. J'aimerais avoir son aisance.

— À ton tour.

Je tente d'invoquer mon pouvoir, je fixe le creux de ma main avec force et détermination tout en ordonnant aux flammes d'apparaître.

— Allez, m'encourage-t-il sèchement.

On ne peut pas dire qu'il y ait de la chaleur dans sa voix, plutôt de l'impatience.

— C'est pour aujourd'hui ou pour demain ?

— Je ne sais pas faire ! Tu n'as pas d'autres consignes à me donner qui soient un peu plus détaillées que « à ton tour » ?

Il pince les lèvres quand je le dévisage. L'ai-je vexé ? Son visage reprend un air sérieux et fermé.

— Quand est-ce que ton pouvoir se manifeste ?

— Aux pires moments possibles.

— À cause de tes émotions, claque-t-il.

— C'est ce que le professeur Karnacier expliquait ce matin, oui. J'ai fait le lien.

— Alors fais jaillir tes émotions pour activer ton don.

Sa logique implacable m'exaspère. Il croit que je n'y ai pas déjà pensé ? Peut-il comprendre que j'ai peur de mes pouvoirs, surtout après mes expériences de ce matin ? Ce que je cherche, c'est une émotion suffisamment forte, mais pas trop, une émotion stable, qui ne fera pas battre mon cœur à mille à l'heure, et qui ne fera pas dériver mes pensées vers des souvenirs douloureux.

Je songe à Laos. Un léger sourire étire mes lèvres. La douceur de sa voix, la manière dont il a toujours été présent pour moi, sa façon d'aider les habitants. Tout en lui m'apaise.

Persuadée d'être tombée sur l'émotion qu'il me fallait, j'observe ma main.

Toujours rien.

La frustration s'empare de moi et se décuple quand Liam assène :

— Je ne sais pas à quoi tu pensais, mais ça n'a pas l'air d'avoir une sacrée force.

J'ai l'impression de prendre une gifle. Il n'a aucune idée de ce sur quoi je me focalisais et pourtant c'est comme s'il venait de critiquer ma relation avec Laos. J'interprète ça comme une insulte à l'encontre de l'amour que je porte à mon meilleur ami. Pas assez fort ? Qu'est-ce qui peut être plus fort que ce que je ressens pour lui et mes parents ?

— Il va falloir que tu trouves mieux. Dépêche-toi. On n'a pas toute la journée.

Son impatience me met en colère. Oh, Maître Alden a raison : il n'y a pas une once de pédagogie en Liam. Peut-être qu'il est un élève prodige, destiné à prendre la suite de son père au sein du gouvernement de la ville, mais enseigner quelque chose à son prochain ? Il n'a pas les compétences pour ça.

— Tu t'attends à ce que je réussisse à notre premier entraînement ?

— Non, bien sûr que non, rétorque-t-il en sentant mon ton accusateur.

— Alors pourquoi es-tu aussi pressé ? Je suis désolée d'être un poids supplémentaire dans ta journée, mais essaie au moins de faire en sorte qu'on avance plutôt que de me tirer vers le bas !

— Te tirer vers le bas ?

Il croise les bras sur son torse et me regarde avec tant de dureté que je me demande s'il ne va pas me bousculer.

— Je prends de *mon* temps pour t'enseigner des choses que tu devrais *déjà* savoir. Qui tire qui vers le bas ?

Liam n'élève pas la voix, néanmoins je sens bien la colère qui gronde dans sa gorge. Il n'a pas demandé à se trouver ici, il subit tout autant que moi, à la différence que lui, dès l'âge de seize ans, il faisait ses débuts dans l'académie et honorait son devoir.

Je ne m'excuse pas pour autant, je ne suis pas certaine que les excuses aient une quelconque valeur à ses yeux de toute façon.

— Allume-moi une flamme dans ta main ! ordonne-t-il après cinq minutes de nouveaux essais infructueux.

Ce qu'il m'agace ! Que croit-il ? S'il suffisait de l'écouter, j'aurais déjà réussi ! Agacée, je serre le poing et il se précipite pour attraper mes doigts et les rouvrir.

— Tu n'abandonneras pas, déclare-t-il.

Je le défie du regard. Qui est-il pour croire que j'ai déjà abandonné ? Je n'ai pas le droit de montrer mes émotions ? De laisser s'échapper ma frustration ? Je pensais que justement, la base de la puissance c'était ce qu'on ressentait ? Si oui, que fait-il avec un visage composé en permanence ? J'aimerais que mes yeux lancent des éclairs pour l'électrocuter sur place.

— Ne me touche pas.

La froideur de ma voix le fait hésiter, avant qu'il retire sa main de ma peau. Mais c'est trop tard : je sens l'afflux d'énergie en moi et les flammes naissent au creux de ma main avec une puissance que je ne contrôle pas. Le stress grimpe dans mon corps, la panique monte et je me dis qu'encore une fois, je vais tout faire capoter.

Je déteste ne rien maîtriser. Je déteste avoir peur à chaque fois que mon don se manifeste. Je déteste me retrouver paralysée face aux flammes.

Le feu grandit dans ma main et dépasse bientôt la hauteur de mon visage, au point que je ne vois plus Liam de l'autre côté.

— Et maintenant, je peux te toucher ? cingle-t-il.

Je ne suis même pas capable de lui répondre tant je tremble. La puissance que je ressens ne me paraît pas maîtrisable et tout ce que je vois, c'est la manière dont je vais blesser des gens.

— Eira ? répète-t-il.

Il claque sa langue contre son palais et s'impose sans que je l'y autorise. Ses doigts saisissent mon poignet, mes flammes reculent et mon don s'évanouit.

— Comment ?

J'articule à mi-voix. Le garçon me relâche et contient un soupir en me répondant :

— C'est quelque chose que j'ai hérité de ma mère, je pense. Elle ne maîtrisait pas les flammes, ce n'était pas une mage de feu et elle n'a jamais mis les pieds à l'académie de ce qu'on m'a raconté. En revanche, elle était capable d'absorber les flammes où qu'elle se trouve.

Il hausse les épaules.

— Ce n'est pas commun pour un mage de feu, mais ça fait partie des particularités de mon pouvoir.

— C'est bien pratique dans mon cas.

Je ne sais pas s'il comprend que je le remercie à travers ces mots, si oui, il s'en fiche.

Il reprend un air plus dur et me fixe du regard.

— Tu ne peux pas te laisser guider par tes émotions, sinon tu nous feras tous griller, lâche-t-il d'un ton sec.

— Tu as d'autres conseils fort utiles à proposer ?

Ma pique déclenche un froncement de sourcils chez lui.

— Tu as peur.

Il a raison. Il a mille fois raison. J'ai peur, je tremble, je suis paralysée dès que les flammes se manifestent dans ma main.

— Tu dois dompter cette peur, sinon tu n'arriveras à rien.

Le jeune homme recule d'un pas, passe ses avant-bras dans son dos comme un instructeur qui attend la suite et me lance :

— Recommence.

— Hein ?

— Recommence, insiste-t-il.

— Je viens de perdre le contrôle, ce n'est pas le moment de…

— Je suis là. Il ne t'arrivera rien. Recommence.

Il ne m'arrivera rien ? Il était là ce matin quand j'ai fait griller la chemise de Maître Karnacier. Il était là quand la tenture a brûlé dans le couloir. À chaque fois, il est intervenu un poil trop tard pour empêcher une catastrophe de se produire.

Mais était-ce vraiment une catastrophe ? Il n'y a eu que des dégâts matériels, ainsi qu'une vive blessure à mon ego.

Je grogne qu'il m'exaspère et au fond, je serais bien contente qu'il ait entendu. Personne ne doit lui balancer sa frustration au visage au quotidien. Liam Kayn, fils du dirigeant, élève prodige ! Probablement que tout le monde baise le sol sur lequel il marche.

Néanmoins, j'ai progressé : la frustration a allumé mes flammes et même si ce n'est pas la bonne émotion sur laquelle tirer, vu que je perds instantanément le contrôle ensuite, je sais au moins comment faire pour que mon pouvoir se manifeste.

— Allez, m'encourage-t-il.

Or, en présence de Liam Kayn, la frustration est si grande que je n'ai aucun mal à répéter la scène. Cinq fois je fais naître des flammes dans ma main, cinq fois Liam doit intervenir pour arrêter mon pouvoir. À la sixième, quand il tient mon poignet plus fort que nécessaire, tout près de moi il croise mon regard et me lance :

— Tu penses vraiment que tu peux te permettre d'échouer à chaque fois ? Le monde dehors ne t'attendra pas. Ces tempêtes ne vont pas disparaître, et si tu veux être utile, tu dois apprendre à contrôler ton pouvoir.

Piquée au vif, je m'arrache à sa prise et aussitôt les flammes repartent de plus belle, en un torrent incontrôlé dirigé contre le rempart à côté de moi, qui n'en est pas un.

Au même moment, tout s'éteint autour de nous. Je n'ai pas le loisir de m'inquiéter de la coupure d'énergie, car mes flammes redoublent de puissance et se mettent à nous encercler.

CHAPITRE 14

Liam veut s'approcher, mais les flammes se resserrent autour de moi et tourbillonnent en bouclier pour l'empêcher de me toucher et de m'arrêter. Je veux tendre la main pour l'aider à stopper le flux de magie, malheureusement mon bras s'est transformé en un brasier gigantesque. Même si jusque-là, le garçon n'a pas été blessé, je crains tout à coup de brûler sa peau. C'est stupide, les mages de Cendralis ne sont pas affectés par la magie du feu.

— Calme-toi, me réclame Liam.

Plus facile à dire qu'à faire. Si cet ordre avait fonctionné les cinq fois d'avant, ça se saurait. Il fait un pas dans ma direction et par réflexe, je recule.

— Laisse-moi venir vers toi ou trouve un moyen de stopper le flux.

Mon cœur bat si fort dans ma poitrine que je l'entends résonner dans mes oreilles. Boum, boum, boum, boum. J'ai la sensation désagréable que mon palpitant va sortir de ma cage thoracique tant il pulse fort.

— Pense à… à ce que tu pensais en premier lieu, qui t'a donné le sourire. Qu'est-ce que c'était ?

Je crois que c'est la première fois que les consignes de Liam ont du sens pour moi. J'essaie d'invoquer l'image de Laos, mais je l'imagine prisonnier de mes flammes et mon cœur s'emballe encore plus vite.

— Mauvaise idée, grogne mon instructeur. Laisse-moi avancer alors. Ne bouge pas, Eira. J'ai dit, ne bouge pas !

L'entendre crier ne m'aide pas, je recule encore, jusqu'à percuter la paroi vitrée et ne plus pouvoir faire un pas en arrière. Il y a un tel torrent de flammes autour de moi que je me dis que le mur va exploser sous la chaleur. Imperturbable, Liam avance au milieu du feu, sans fermer les yeux, sans même se préoccuper des lianes rouges tournoyantes qui tentent de le repousser. Il saisit mon poignet, mais cette fois, rien ne se produit. Ma panique redouble, tandis qu'il m'encourage :

— Inspire.

Presque collé à moi, il gonfle lui-même ses poumons pour me donner l'exemple, puis expire avec lenteur. Ma magie se résorbe progressivement, jusqu'à ce que les flammes ne forment plus qu'un cercle réduit autour de nous, qu'elles remontent le long de mon bras, galopent vers ma main et disparaissent enfin.

— C'est bon ?

Il tient encore mon poignet avec fermeté, sans me faire mal pour autant, le regard fixé sur moi. Je sens son souffle et l'odeur de suie qui recouvre ses vêtements. J'inspecte mon corps, je cherche une trace de flux d'énergie, un signe que tout va repartir à la seconde où il me lâchera, mais je ne sens plus rien. Je suis épuisée, en fait.

Avec lenteur, parce que parler me paraît superflu en cet instant, je hoche la tête. Liam prend son temps pour desserrer un à un ses doigts, il reste en contact avec ma peau encore quelques instants avant de totalement se détacher. Je sens une légère bascule, comme si on avait retiré une barrière à mon pouvoir. Liam est mon filet de sécurité et je déteste me trouver dépendante de sa capacité à stopper mon flux de magie. Heureusement, il ne bouge pas de sa position, prêt à tendre le bras si jamais mes flammes se manifestent de nouveau.

Le noir nous envahit tandis que j'inspire et j'expire pour reprendre mon souffle et laisser le temps à mon cœur de récupérer.

— Coupure de courant ?

J'essaie de changer de sujet. Liam lève son bras gauche à hauteur de sa hanche et crée une flamme légère et vacillante qui permet d'illuminer nos corps et visages. Au moins, on se voit. Sans ça, j'aurais du mal à discerner sa silhouette, aussi proche soit-il. Il n'y a pas de fenêtres dans cette aile de l'académie et je crois même que nous sommes dans un sous-sol. D'un côté, j'ai envie de dire à Liam de reculer pour me laisser de l'espace, de l'autre je crains qu'il soit trop loin pour m'arrêter si je ne me maîtrise pas.

— Ne t'attends pas à ce que je ramasse les morceaux à chaque fois que tu perds le contrôle.

Il n'emploie pas le ton dur qu'il a utilisé jusque-là et même si les mots me piquent, je sens l'effort qu'il a produit pour adoucir sa voix. Veut-il simplement me mettre en garde ? A-t-il du mal à communiquer avec les autres ? Est-ce pour ça qu'il est aussi brusque dans ses propos ?

— Tu es remise ? s'enquiert-il.

J'acquiesce et il enchaîne aussitôt :

— Alors on recommence.

Les yeux écarquillés, j'entrouvre la bouche pour protester, mais il m'arrête avant même que je prononce un seul mot :

— Doucement, me rassure-t-il. On recommence doucement. Assieds-toi peut-être, ce sera plus simple. La simulation n'était pas nécessaire, on aurait dû commencer par un environnement dénué de stimuli. Je mettrai une salle blanche quand l'énergie reviendra. Sauf si le blanc te gêne ?

Qui est gêné par le blanc de nos jours ? Autour de nos villes s'étendent d'immenses étendues glacées. Même mes yeux clairs se sont habitués aux reflets du soleil sur la neige.

— Je vais tenir ta main pour intervenir plus rapidement si tu perds le contrôle et je vais essayer d'absorber une partie de ta puissance pour que tu maîtrises mieux la flamme, mais sans tout faire disparaître pour autant. Je ne sais pas si c'est très clair.

Il s'assied en tailleur et je l'imite. Face à face, il m'encourage à tendre mes avant-bras et à les laisser reposer sur mes cuisses et genoux. Le dos calé contre la paroi de verre, j'essaie de me laisser aller, mais je sens le stress me nouer les entrailles. Je n'ai pas l'impression que cette séance d'entraînement a été utile, je crois plutôt qu'elle a renforcé mes peurs.

— Je peux ?

Liam demande l'autorisation d'attraper mon poignet.

— Je ne promets pas de réussir, ajoute-t-il. Je n'ai jamais tenté d'altérer le flux d'énergie, je n'ai fait que le stopper jusqu'ici. Mais ma mère…

Il ne termine pas sa phrase, peut-être parce qu'il voit que je ne dis rien depuis tout à l'heure et qu'il s'imagine que je n'écoute pas. La vérité ? C'est juste que je ne sais plus quoi répondre.

— Vas-y, recommence, je te promets que ça ne dégénérera pas.

Je n'ai plus envie. Il s'est passé trop de choses pendant cet entraînement et je suis épuisée.

— S'il te plaît ? insiste-t-il.

— Je…

— Je sais que tu es K.-O. et compte tenu de ta puissance, c'est peut-être le meilleur moment pour t'apprendre quelque chose.

— Hein ?

— Tu as vidé une bonne partie de ton pouvoir depuis tout à l'heure, plus nous continuons, moins il y a de risques que tu perdes le contrôle.

J'ai du mal à le croire, vu que mes six essais précédents se sont soldés par des échecs.

— Eira, fais-moi confiance.

Il y a une heure, j'aurais répondu : certainement pas. Mais s'il y a bien un point positif que je dois reconnaître à Liam, c'est qu'il a tenu sa promesse. Il ne m'a pas lâchée, il est intervenu à chaque fois que j'ai perdu le contrôle. Certes, il manque cruellement de pédagogie et n'a aucune compétence en communication, mais au moins, il essaie.

— D'accord.

Je ferme brièvement les yeux pour me remettre d'aplomb et quand je les rouvre, Liam tient mon poignet gauche et il a réduit la lueur qui nous éclaire dans son autre main.

— Vas-y.

Je ne me sens plus frustrée en cet instant, alors je dois raviver moi-même ce sentiment. Je songe à mon arrivée à Cendralis, à la séparation avec Lynda, aux regards méprisants des autres élèves et aux réprimandes de Maître Karnacier.

Quand je revois sa chemise prendre feu, une flamme naît au creux de ma paume. Elle grossit à vue d'œil, avant de disparaître d'un seul coup, sans que j'aie fait quoi que ce soit.

— Désolé, grommelle Liam. Je vais m'ajuster.

Il inspire et nous recommençons. Après quelques minutes de tests, je réussis à stabiliser une flamme dans ma main avec son aide. Je sens la puissance qui afflue dans mon bras et réclame de sortir de mon corps, mais c'est comme si quelqu'un avait posé une barrière et empêchait la magie de se déverser hors de moi en trop grandes quantités. Seul un petit flux peut se faufiler. Un courant d'air fait vaciller la flamme jusqu'ici stable que j'ai créée. Liam fronce aussitôt les sourcils :

— Tu as senti quelque chose ?

Je fais non de la tête. De sa main libre, il crée une boule de feu et la lance vers l'emplacement de l'horloge. Quand elle atteint la paroi vitrée et éclaire les aiguilles, Liam me lâche.

— Je dois y aller, dit-il simplement.

Il se relève, une lueur toujours bien présente dans sa main pour éclairer nos corps et la salle. Il ne transpire pas, n'est pas décoiffé et j'ai la sensation que c'est comme s'il ne s'était rien passé pour lui, si on oublie l'odeur de feu qui s'accroche à ses vêtements.

Je le suis quand il se rapproche de la sortie et saisit son sac.

— Tu es certaine de ne rien avoir senti ? répète-t-il.

— Senti quoi ?

— Rien.

S'il ne m'explique pas, je ne risque pas de comprendre. Espère-t-il que j'aie compris comment gérer moi-même le flux de mon pouvoir ?

— On se retrouve qu…

Il a déjà fermé la porte de la salle derrière lui, sans même attendre que je termine de formuler ma question. Alors que la lueur au creux de sa main disparaît quand il quitte le bâtiment, je suis plongée dans le noir. Je tâtonne à la recherche du banc sur lequel m'asseoir, puis je tente de retrouver mon sac. En me tortillant, mon regard tombe dans le couloir qui longe la salle et j'aperçois deux yeux bleus perçants, ainsi qu'un poil blanc. Le chat ?

Je veux le suivre, mais j'ai du mal à trouver la poignée de la porte. Tandis que je me démène pour sortir de là, l'électricité revient, toutes les lumières se rallument et la simulation se remet en place.

Ne sachant pas comment l'éteindre, je ne m'en préoccupe pas. À la place, je sors de l'espace d'entraînement et cherche le chat dans le couloir.

Il a disparu.

Chapitre 15

Zéphyria, onze ans auparavant

Je tends le bras le plus haut possible pour permettre à Lynda de saisir la bannière et de l'accrocher correctement dans la rue, au-dessus de notre porte d'entrée, mais sous la toiture légère.

La neige tombe partout autour de nous. Lynda redescend, embrasse le sommet de mon crâne après m'avoir remerciée et s'empresse de me dire qu'elle va attraper les autres guirlandes avant de revenir.

Tandis qu'elle se faufile à l'intérieur, la bannière me tombe sur la tête. Mal accrochée, elle n'aura pas tenu au premier coup de vent. Bien décidée à ne pas la laisser traîner au sol et prendre l'humidité, j'en saisis une extrémité et commence à grimper les premiers échelons de l'échelle. Quand j'arrive en haut, je me sens nauséeuse. Peut-être que je n'aurais pas dû. Lynda va-t-elle être fâchée ?

J'approche l'œillet du crochet, réussis à glisser la bannière au bon endroit avant de perdre l'équilibre et de tomber.

J'ai tout juste le temps de crier que des bras me rattrapent.

— Qu'est-ce que tu faisais là-haut, Eira ? Où est Lynda ?

Tomas me jette un regard affolé avant d'enchaîner :

— Tu n'as rien ? Tu ne t'es pas fait mal ? Tu aurais pu te rompre le cou, tu sais ! Tu ne dois pas grimper sur une échelle sans qu'elle soit à côté, ou que je le sois. C'est très dangereux, Eira.

Intimidée, je hoche la tête en sentant les larmes monter à mes yeux. J'essaie de les chasser, parce que je ne veux pas pleurer. C'est ma faute, je ne devrais pas embarrasser encore plus Tomas en pleurant.

— Oh, je ne voulais pas te faire de peine.

Il me repose au sol et s'agenouille dans la neige pour être un peu plus à ma hauteur.

— J'ai eu peur pour toi, Eira, pardonne-moi. Je ne voulais pas te disputer.

Il lève la tête vers la bannière.

— Tu voulais juste l'aider, pas vrai ?

Je hoche la tête en faisant de mon mieux pour ne pas verser ces fameuses larmes, mais elles grimpent, s'accumulent dans mes petits yeux et je sens bien que les digues vont céder.

— Hey, ce n'est pas grave du tout. L'essentiel c'est que tu ailles bien. Je m'en serais beaucoup voulu s'il t'était arrivé quelque chose. Au fait, regarde !

Il tire la boîte en bois que je connais bien de sa poche. Cette fois, à l'intérieur, les perles ont été enfilées sur un mince bracelet en cuir.

— Je me suis dit que ce serait plus simple pour qu'elles soient toujours avec toi. Qui sait ? Elles te protégeront peut-être d'une mauvaise chute.

Il retire le gant de ma main et glisse le fil autour de mon poignet avant de former un nœud pas trop serré.

— Et voilà, des perles de Jovier pour ma princesse.

Puis il m'embrasse sur le front et je me blottis contre lui.

Naturellement.

Sans effort.

Sans réfléchir.

Tomas est mon réconfort.

Lynda sort à cet instant, observe la bannière qui ne tient que par un crochet, grommelle qu'elle n'a pas fait du bon travail et nous regarde tous les deux, serrés l'un contre l'autre.

— J'ai raté quelque chose ?

Tomas lui assure que non, il ne mentionne même pas le fait que je suis montée seule sur l'échelle.

— Juste beaucoup d'amour, répond-il.

— Oh, j'en veux aussi !

Elle se précipite et se joint à nous pour un câlin collectif, les genoux dans la neige. Tout dégénère quand Tomas jette une boule de neige sur Lynda, avant de faire écran pour me protéger des représailles.

Je ris.

Le son me surprend moi-même.

Je ris comme jamais je n'ai ri.

Chapitre 16

— Tu ne t'es pas changée ? s'étonne Paige en me trouvant au dîner.

Elle dépose son plateau en face de moi. La jeune fille a troqué l'uniforme de l'école contre une robe en soie moulante au niveau du ventre et évasé sur les jambes. L'intérieur des bâtiments est chauffé et nous n'avons pas besoin de nous couvrir. C'est très étrange pour moi. À Zéphyria, nous avons un système de chauffage bien sûr, mais il ne tourne pas à plein régime et nous portons tous des pulls et des manteaux au quotidien, même à l'intérieur.

— Comment ça me changer ?

— Pour la cérémonie, m'explique-t-elle.

J'avale un morceau de pain et savoure la sensation de la mie contre mon palais. Ce n'est pas de la braisse, une spécialité briochée de Zéphyria, mais la texture s'en rapproche un peu et ça me suffit à m'imaginer en train de dîner avec Lynda et Tomas.

— Quelle cérémonie ?

— Le bal ?

Je secoue la tête pour lui indiquer que je ne vois toujours pas de quoi on parle.

— Vous n'avez pas ça à Zéphyria ? s'étonne-t-elle.

— Si tu me disais de quoi il s'agit, je pourrais te répondre.

Elle rougit en réalisant qu'elle n'a toujours pas expliqué la situation.

— Le dernier jour du mois, des festivités ont lieu pour célébrer trente nouveaux jours de survie.

— Oh. C'est…

Étrange ? Touchant ? Agréable ? À Zéphyria, nous célébrons les solstices et de la même manière, nous nous réjouissons d'être encore en vie. Mais faire la fête tous les mois ? Ce serait trop.

L'idée de me rendre à des célébrations ne m'enchante pas, aussi je change de sujet.

— Il y a souvent des coupures d'électricité ?

Paige avale son morceau de viande séchée. Je me demande où se trouve le bétail, si des chasses sont organisées pour aller récupérer de la viande. Quelques mammifères survivent au froid qui a envahi nos terres, mais plus le temps passe, moins les troupeaux sont nombreux. Je n'ai d'ailleurs pas osé prendre de viande séchée sur le buffet. À Zéphyria, c'est une denrée rare. Lynda et Tomas en mangeaient le moins possible pour que les autres puissent en profiter. J'ai pris la même habitude. À la place, nous mangions des légumineux pour essayer d'avoir un apport en protéines.

— Pas souvent, non. Je ne sais pas ce qu'il s'est passé, avoue Paige. La dernière coupure remonte à… l'année dernière peut-être ? Un mage a pu s'évanouir de fatigue.

— De fatigue ?

— Ou bien les batteries ont lâché.

Je suis curieuse vis-à-vis du système qui régit toute l'énergie dans la cité, mais je suppose que je vais bientôt apprendre comment ça fonctionne à travers l'un ou l'autre des cours dispensés à l'académie. Ou alors, je pourrais interroger Paige tout de suite. J'ouvre la bouche pour suivre cette piste, mais la jeune fille a déjà enchaîné :

— Bon alors ? T'as une robe ? Quelque chose d'un peu plus sympathique à porter que l'uniforme ?

Je fais non de la tête. Nous n'avons pas de robes à Zéphyria, pour une bonne raison : nous aurions trop froid.

— La cérémonie a lieu à l'académie ?

— Non, rétorque aussitôt Paige. Bien sûr que non. C'est pour tout le monde, c'est en ville.

— En robe ? En ville ?

— Un dôme de chaleur généré par des mages permet de danser en extérieur.

Ça me paraît bien superficiel comme utilisation des pouvoirs.

— Allez, viens, insiste-t-elle. On ne fait pas la même taille et je ne peux pas te prêter de vêtements, mais au pire reste dans ton uniforme, ce n'est pas si grave.

Je grommelle que ça ne m'intéresse pas, Paige argumente que si je veux m'intégrer, je dois participer aux festivités.

— Je serai là. Tu as une alliée, c'est déjà ça, non ? Je pourrais te présenter à d'autres camarades.

Dix minutes plus tard, j'ai fini mon plateau et la jeune fille n'a pas cessé de vouloir me convaincre. Je cède parce que je vois bien qu'elle ne renoncera pas.

— Super ! s'exclame-t-elle. Allez viens, on y va.

— Maintenant ?

Elle hoche la tête avec enthousiasme, avale le dernier morceau de viande séchée sur son plateau avant de ramener son assiette à l'endroit prévu pour. Ensuite, elle m'entraîne hors du réfectoire alors que je n'ai pas encore eu le temps de me laver ou de me changer. De toute façon, il est fort probable que je remettrais la même tenue même si on me laissait quelques minutes pour me préparer.

Quand nous quittons le bâtiment, je dois reconnaître qu'il y a quelque chose d'agréable à sortir de l'enceinte de l'académie. Il y a peu de fenêtres à l'école et la lumière du jour me manquait. Je m'arrête quelques instants pour observer le soleil se coucher, mais Paige m'attrape le bras pour me tirer en direction de l'événement.

Il y a du monde dans les rues du Pinacle et des tas d'élèves nous suivent ou nous précèdent.

— Il fait chaud.

— Bien sûr qu'il fait chaud, les mages alimentent en permanence la chaleur qui permet de se balader à l'extérieur du Pinacle sans mettre huit couches de vêtements.

Tout ça est évident pour elle, aussi je ne lui tiens pas rigueur de son ton quelque peu supérieur. Au moins, elle m'a expliqué.

— Viens !

Excitée à l'idée de participer aux célébrations, elle me pousse à accélérer le pas et bientôt nous nous retrouvons sur une terrasse avec une vue imprenable sur la ville et les étendues glacées. Il y a bien une centaine de personnes sur ce promontoire, et peut-être le triple tout autour de nous, près des buffets et de tables où les gens se sont installés pour boire. J'observe des uniformes avec des liserés de couleurs différentes. Eldric m'a rapidement expliqué que le liseré rattache une personne à une maison en particulier, ou plutôt à une faction de maisons, qui ont formé des alliances entre elles. Je n'ai pas encore compris ce que ça implique au niveau politique : ces maisons se sont-elles juré fidélité d'une manière ou d'une autre ? Contre quel ennemi font-elles barrage ensemble ? À mes yeux, il n'y a qu'un ennemi et il se trouve au-delà des murailles de la ville : la tempête.

Des torches lumineuses sont installées un peu partout. D'immenses brasiers trônent à plusieurs endroits sur la terrasse et éclairent la piste de danse où déjà plusieurs dizaines de personnes bougent au rythme de l'orchestre qui joue des ballades entraînantes.

Je n'avais jamais vu autant de vêtements luxueux, ou même autant de peaux nues à l'air libre. Les femmes ont les bras dénudés, parfois les jambes à l'air, comme Paige. Les hommes ne portent pas d'immenses manteaux de fourrure ou de cagoules pour couvrir leur visage.

Je suis d'autant plus étonnée de voir ce luxe quand je plonge le regard vers la basse-ville. Des chants montent depuis les rues de la Crevasse. J'aperçois quelques flambeaux allumés, mais je ne vois pas de festivités et surtout, à un mètre de moi, là où la terrasse se termine, le dôme de chaleur grésille. Le froid vient se cogner contre et forme de la vapeur en rencontrant la barrière des mages.

— Ce n'est pas toute la ville qui est protégée ?

Ma surprise n'émeut pas Paige.

— Non, ça demanderait beaucoup trop d'énergie. Le Pinacle bénéficie du dôme de chaleur en raison de la proximité des mages qui y vivent. C'est aussi le cœur du pouvoir, là que se trouve le système qui alimente toute la ville en courant, ainsi que les serres. Étendre le dôme à toute la ville serait trop coûteux. Nous n'avons pas assez de mages pour ça.

Abasourdie, je ne sais pas quoi répondre. Ses arguments sonnent creux à mon oreille et me semblent ceux de personnes privilégiées qui ne se rendent pas compte de ce à quoi la vie doit ressembler plus bas dans la ville.

— Tu entends ? lance Paige comme si de rien n'était. Ils chantent en notre honneur.

— En notre honneur ?

— Oui, tous les mois, les gens de la Crevasse célèbrent avec nous, à leur façon, pour nous rendre hommage et nous remercier d'avoir protégé la ville un mois de plus.

Je crois que nous n'avons pas la même définition de ce que signifie « avec ». Leurs festivités ont lieu « à part » selon moi.

— Ils sont reconnaissants qu'on risque notre vie pour protéger le plus grand nombre, ajoute-t-elle.

J'acquiesce à ce point, hésite à lui demander si elle ne trouve pas ça bizarre que le dôme ne protège que le Pinacle, mais préfère me taire.

J'ai causé assez d'ennuis pour aujourd'hui. L'entraînement avec Liam m'a épuisée et je ne veux pas non plus passer pour celle qui remet en question tout ce qu'il se passe à Cendralis sous prétexte que nous n'avons pas les mêmes us et coutumes à Zéphyria. Pourtant, ça me fend le cœur de voir les inégalités qui règnent ici. La vie n'est pas aussi luxueuse à la ville du vent, mais au moins, quand nous célébrons, nous le faisons tous ensemble, sur un pied d'égalité.

— Peut-être qu'on va croiser tes parents ? poursuit Paige.

Mon cœur rate un battement dans ma poitrine en entendant ces mots. Était-ce son but en m'amenant ici ? Que je cherche à remonter la piste de mes géniteurs ?

— Pourquoi dis-tu une telle chose ?

Elle hausse les épaules comme si elle n'avait pas balancé une énormité.

— Bah, c'est possible, non ? Il y a forcément un mage de feu parmi tes parents et à ce type de festivités, tous les mages de feu ou presque sont présents, sauf ceux qui doivent gérer l'énergie de la ville. Donc c'est fort probable que ton père ou ta mère se trouvent dans les parages. Tu n'as jamais été curieuse de savoir qui ils étaient ? Si ça se trouve, ils vont venir te trouver. Il faut que tu te montres pour qu'ils sachent que tu es de retour !

Comment peut-elle prononcer ces mots avec autant d'enthousiasme ? Ne se préoccupe-t-elle pas de savoir ce que je peux ressentir à l'idée de croiser mes parents ? Si ça se trouve, je leur ai déjà parlé aujourd'hui sans même savoir qui ils étaient.

— Paige, je pense que tout le Pinacle est au courant de mon arrivée.

Je regrette mon ton froid et sec qui fait grimacer mon amie immédiatement.

— Pas besoin de t'en prendre à moi. Je ne suis pas responsable de l'abandon que tu as vécu.

— Non, mais tu pourrais faire preuve de plus de délicatesse à ce sujet.

Elle s'apprête à répondre un peu vite à mon goût, mais se reprend et fait attention aux mots qu'elle emploie :

— Je… je ne voulais pas te blesser, déclare-t-elle alors. Vraiment, ce n'était pas mon intention. C'est simplement logique à mes yeux : ils sont quelque part dans la foule. Tu n'as pas envie qu'ils se manifestent ?

— Pourquoi ? Pour me dire qu'ils sont désolés de m'avoir envoyée à Zéphyria ? Pour qu'ils s'excusent de ne pas m'avoir reconnue ? Ils m'ont jetée hors d'ici parce que je leur causais du tort, Paige. Je ne pense pas que ce point ait changé. Je dirais même que c'est pire aujourd'hui, car je ne maîtrise pas mes pouvoirs. Personne n'a envie d'être le père ou la mère d'une élève de l'académie pas foutue d'utiliser son don sans faire cramer les tentures du couloir.

— Ou la chemise de Maître Karnacier, renchérit Paige. Tout le monde en parlait ce matin.

Un instant, je me demande si je dois mal prendre le fait qu'elle se moque ouvertement de moi, mais elle se met à rire et le son est si contagieux que moi aussi, je ris.

Je réalise alors que ça ne m'était pas arrivé depuis que j'ai quitté l'enceinte de Zéphyria.

Chapitre 17

— Mais tu as vécu ici quand même à un moment, non ? s'enquiert Paige tandis que nous attrapons un toast recouvert de lentilles sur le buffet.

Nous avons beau avoir déjà mangé, il est difficile de résister à l'attrait de tous les mets exposés. Mon amie me propose un verre de jus de tomates et j'accepte de goûter. C'est un délice, il est épicé pile comme il faut. Je n'en ai bu qu'une fois à Zéphyria. Il faut beaucoup de tomates pour réaliser un tel jus et comme nous n'avons pas de la nourriture en abondance, nous évitons.

— De quoi tu te souviens ? insiste-t-elle.

J'avale la dernière goutte de mon verre en lui répondant :

— Rien.

Elle fait la moue.

— Comment ça, rien ? Tu te souviens forcément de quelque chose.

Je hausse les épaules.

— Je n'ai pas de souvenirs de ma vie ici.

— Même pas un petit truc ? Tu crois que tu n'as jamais rencontré tes parents ?

— Je ne sais pas. Je me souviens…

Je fais l'effort de fouiller mes souvenirs, mais c'est toujours la même chose qui revient.

— … d'un tatouage et d'une cicatrice, rien d'autre.

— Un tatouage ? s'étonne Paige en m'entraînant loin du buffet, dans un coin plus calme sur la terrasse où personne ne peut nous entendre.

C'est une attention adorable de sa part. Elle doit se douter que je n'ai pas envie que nos propos soient épiés. Peut-être que je l'ai jugée trop hâtivement. Je sais que c'est l'un de mes défauts, j'ai tendance à ne pas donner leur chance aux gens et à me détourner à la seconde où ils me déçoivent, pour éviter d'être encore plus blessée ensuite.

— Quel genre de tatouage ? C'était sur quelle partie du corps ? C'était sur quelqu'un qui t'accompagnait ? Un homme ? Une femme ? Et la cicatrice ?

L'esprit vif de Paige s'active à la recherche d'indices qui pourraient l'aider à réduire le nombre de personnes suspectées d'être mes parents.

— Je n'en sais rien.

— Un visage ? propose-t-elle. Féminin ? Masculin ?

— Vraiment Paige, je ne me rappelle pas. Je ne saurais même pas dessiner le tatouage tant il est flou dans ma tête. Je crois qu'il était circulaire, mais c'est tout.

— Oh.

Elle a l'air déçue et je ressens une pointe de culpabilité de ne pas me montrer plus enjouée par ses questions. Après tout, elle s'intéresse à moi, à mon passé, à ma position au sein de Cendralis et elle n'a pas arrêté de me questionner au sujet de Zéphyria, alors que je ne sais rien d'elle. Je n'ai même pas cherché à l'interroger.

Il est grand temps que je redevienne moi-même, l'Eira de Zéphyria, l'Eira bienveillante et accueillante, celle qui se tourne vers les autres et ne se renferme pas constamment sur elle-même. Je l'ai laissée au placard en franchissant les portes de la ville, mais j'ai sûrement eu tort. Je peux être cette Eira ici aussi. Je dois l'être, sinon je me trahis moi-même.

— Et toi ? Tu…

Je cherche des questions à poser à Paige, mais elles ne me viennent pas naturellement et je dois me creuser les méninges pour réfléchir à ce que je peux demander de personnel, mais pas trop personnel, même si elle ne s'est pas gênée pour m'interroger sur des sujets intimes.

— Tes parents sont mages tous les deux ?

C'est le mieux que j'aie trouvé, mais Paige ne m'écoute plus, elle tire mon bras et m'entraîne sur la piste de danse.

— Oh non, je ne sais pas danser !

Trop tard, elle me force à bouger les bras dans tous les sens. J'essaie de suivre le rythme de la musique, sans succès. Pendant plusieurs minutes, Paige me force à me déhancher sur la piste avec elle, puis elle finit par lâcher mes mains et je me carapate en vitesse pour trouver un coin reculé sur la terrasse, derrière un bosquet, à l'abri des regards. Je n'ai dansé que quelques instants, mais je transpire déjà entre les brasiers, le dôme de chaleur et l'exercice.

Après avoir récupéré, je décide d'explorer un peu les lieux, sans trop m'éloigner, car je crains de ne pas retrouver le chemin vers l'académie sinon. Je m'arrête en atteignant une extrémité de la terrasse et en entendant Liam discuter avec quelqu'un. Après notre entraînement de tout à l'heure, je crois que je reconnaîtrais sa voix partout où je vais. Je veux m'écarter pour ne pas écouter sa conversation privée, mais par curiosité, je me retourne juste un instant et j'aperçois son interlocutrice : une splendide femme blonde, qui porte une robe violette échancrée qui lui va à ravir. Elle n'a d'yeux que pour Liam. C'est sûrement sa copine.

— Liam ! Liam !

Le jeune homme se détourne de la blonde pour s'intéresser à la voix qui l'interpelle.

— Votre père vous fait demander.

— Je reviens, lance simplement le garçon à sa copine.

La copine en question, maintenant seule, balade son regard un peu partout et tombe sur moi. Elle s'approche d'un pas vif et me lâche à l'oreille :

— Tu n'es pas la bienvenue ici.

Puis elle part dans la direction opposée comme si elle ne m'avait jamais adressé la parole. J'encaisse ses propos en me demandant d'où ils sortent, pourquoi elle a ressenti le besoin de m'avertir et en quoi je lui fais de l'ombre.

Tout à coup, j'ai très envie de partir d'ici. Je cherche à quitter la terrasse, manque de percuter trois convives et capte tout juste quelques mots de leur conversation.

— La coupure n'a pas été trop longue, mais si une prochaine devait advenir, il faudra surveiller les serres.

— Si on les prive d'énergie trop longtemps, le froid va s'insinuer. On risque le gel et la perte des récoltes.

— C'était un incident mineur qui ne se reproduira pas. Il n'y a pas lieu de s'inquiéter.

J'esquive de justesse un serveur qui porte un plateau de petits fours avant de parvenir à retrouver le chemin de l'académie. Quand je m'engage sur le sentier qui permet de rejoindre le bâtiment à la forme pyramidale, j'entends encore une fois *sa* voix.

— Ce n'est pas comme si on m'avait donné le choix, Père, lâche Liam.

Je tourne la tête un bref instant et je découvre qu'il discute avec un homme qui porte un uniforme noir et rouge. Il a les cheveux bruns comme Liam, mais ses yeux n'ont pas l'air de la même couleur. Je veux m'éloigner au plus vite, sauf que je trébuche et m'affale par terre. Inquiète d'avoir été repérée en train d'espionner une conversation alors que c'était tout le contraire que je souhaitais, je reste à quatre pattes, à ne pas savoir quoi faire. Me relever et trahir ma position ? Rester discrète, faire de mon mieux pour chantonner dans ma tête et ne rien entendre de la discussion ?

— Tu dois faire attention, Liam. L'ennemi rôde.

La voix grave de Maître Kayn me paraît menaçante, inquiète et presque… accusatrice ? Envers son fils ? C'est étrange.

— L'ennemi rôde, répète-t-il. Et l'ennemi veut notre peau.

Je les entends bouger, je crains qu'ils tombent sur moi et je m'éloigne en rampant à moitié avant de me relever plus loin et de partir en courant comme une voleuse.

Chapitre 18

Allongée dans mon lit, je contemple les taches de suie au plafond. Aujourd'hui, je me disais que j'étais la seule à avoir provoqué des accidents dans cette académie, mais ces traces ne sont-elles pas le fait d'un élève qui, comme moi, avait du mal à maîtriser ses pouvoirs ?

Ou peut-être qu'il s'amusait à répéter des exercices dans sa chambre sans se soucier de salir les murs.

Je tourne la tête vers ma table de nuit et j'observe la pile de livres que j'ai récupérés aujourd'hui. Ne devrais-je pas les ouvrir et les étudier ? Ne devrais-je pas me lancer avec acharnement dans l'étude de la magie du feu, des runes et des systèmes de défense de la ville ? Suis-je égoïste de m'être allongée sur le lit pour m'octroyer quelques minutes de repos ?

Je culpabilise de ne pas travailler d'arrache-pied après tous les reproches que j'ai entendus.

« Tu n'es pas la bienvenue ici. »

Les mots de la blonde résonnent encore à mes oreilles. J'ai bien saisi que je n'étais pas la bienvenue, mais pourquoi insister sur le sujet ? Pourquoi m'en faire part ? Si on ne voulait vraiment pas de moi, on ne m'aurait pas accueillie et donné une place à l'académie.

On m'aurait laissée aux portes de la ville ou bien on aurait dit à mes parents que c'était inutile de m'amener ici. À moins que…

Lynda a-t-elle supplié pour m'obtenir une place ici ? Pour que Cendralis accepte de me former et m'évite de perdre le contrôle ? La ville du feu a dû se dire que je pourrais toujours être un élément utile et céder. Ou pire : ma mère a-t-elle promis quelque chose en échange ?

Je commence à douter de tout quand, à la petite fenêtre, j'aperçois une silhouette pleine de poils blancs.

— Tu es là, toi…

Persuadée que l'animal va s'enfuir comme à chaque fois que je l'ai croisé, je m'approche des carreaux à pas feutrés. Il reste en place. Hésitante, je soulève la vitre et le félin se faufile à l'intérieur comme s'il connaissait déjà les lieux.

— Un coup tu t'enfuis, un coup tu cherches à te réfugier au chaud ?

Avec souplesse, il saute sur le lit et les couvertures, mouillant les draps de ses pattes humides. Je soupire et le laisse faire.

— Il est tard, tu as eu de la chance de tomber sur ma fenêtre. Qui t'aurait ouvert à cette heure-ci ?

La musique a cessé de retentir au Pinacle et il fait nuit noire à présent sur la ville, tandis que le froid doit grandir à l'extérieur. Remarque, peut-être qu'ils conservent le dôme de chaleur même la nuit ? Non, ce serait un beau gâchis d'énergie tout de même. J'ai bien senti la morsure du froid en ouvrant la fenêtre en plus.

Je m'allonge à ma place en observant l'animal blotti à mes pieds. Je n'ose pas m'avancer pour le caresser. Il n'a pas l'air farouche, simplement indépendant et je ne veux pas m'imposer dans son espace personnel. Ses longs poils blancs sont recouverts de glace à la pointe, glace qui commence à goutter sur les couvertures. Oui, effectivement, ils ne sont pas fous au Pinacle au point de dépenser de l'énergie pour maintenir une bulle de chaleur à l'extérieur même la nuit.

— Il te faudrait un bon feu de cheminée pour te réchauffer, non ? Tu veux aller sous les couvertures ?

Il lève ses yeux bleus vers moi. Tout à coup, je me demande s'il me comprend et s'il se moque du ton que j'emploie pour m'adresser à lui. À lui ou à elle ? Je ne sais même pas comment vérifier ça et je ne compte pas tenter ma chance ce soir. En revanche, je change d'attitude pour lui parler comme à un égal.

— Pardon. Je ne croise pas souvent d'animaux, encore moins au poil brillant comme toi. À Zéphyria, nous n'avons déjà pas assez de nourriture pour toute la population, alors je t'avoue que très peu de gens ont des animaux domestiques. Ça fait une bouche de plus à nourrir. Mais peut-être que tu es sauvage ?

Bien sûr, il ne me répond pas. Mais comme le répétait souvent ma mère : « Ce n'est pas parce que les animaux ne parlent pas qu'ils ne comprennent pas. Regarde ton père ! » Puis elle riait de sa boutade, Tomas se joignait à elle et reconnaissait qu'il était peu bavard et un peu brusque, à la manière d'un immense mammifère qui n'aime pas être dérangé. Ils échangeaient alors un baiser, entrelaçaient leurs doigts et se regardaient comme deux amoureux transis.

Leur histoire d'amour m'a toujours fait rêver. Parfois, j'avais l'impression qu'elle était sortie d'un conte de fées. Ils se sont rencontrés au début de l'adolescence, à l'école, se sont aimés dès le premier regard et ne se sont jamais quittés. C'est si rare de nos jours. La plupart des gens ne se mettent même plus en couple par amour, mais plutôt par nécessité. Ils veulent quitter le foyer familial, ils ont besoin d'un revenu supplémentaire pour tenir le coup. C'est plus simple de survivre à deux que seul.

Mais Lynda et Tomas ? Leurs regards, la manière dont ils se frôlent, la façon qu'ils ont de se complimenter l'un l'autre, en privé comme en public… tout pointe en direction de l'amour, du vrai, du seul qui mérite la peine d'être vécu selon mes croyances.

Peut-être que Laos et moi pourrons ressentir ça un jour ?

— Je me demande si tu as un amoureux ou une amoureuse.

Le chat ne me répond pas. Je songe à lui donner un nom, puis me retiens en me disant qu'il en possède peut-être déjà un. Y a-t-il une famille qui s'inquiète de ne pas le voir revenir sous leur toit ? D'un autre côté, il a passé sa journée à traîner dans les couloirs de l'académie. Peut-être que c'est la mascotte des lieux et c'est pour ça que personne ne s'intéressait à lui au réfectoire ? Les élèves sont si habitués à le croiser qu'ils n'y font plus attention.

Ou bien c'est un fantôme et j'ai des hallucinations.

Je soupire en secouant la tête. Mon imagination débordante me jouera des tours.

— Si tu veux ressortir dans la nuit, il faudra miauler. Je te rassure, je n'ai pas le sommeil lourd, je devrais rapidement me réveiller.

Je fais un signe de la main au chat, puis ferme les yeux après avoir éteint la lumière sur ma table de nuit. Je rêve de Lynda et Tomas, au repas du soir, qui me demandent comment ma journée s'est passée.

— Horrible.

— Si horrible que ça ? s'étonne ma mère.

— Si horrible que je ne veux plus jamais remettre les pieds dans cette école. On peut déménager loin ? Très loin d'ici ? Devenir nomades peut-être ? Papa a les compétences pour nous protéger.

— Et de quoi vivrions-nous ? Comment nous alimenterions-nous ? Sans compter que la ville a besoin de ton père pour ses défenses.

— Je sais, mais c'est…

Je lève les yeux de mon assiette pour les regarder.

— … c'est dur, Maman. Je ne pensais pas que ce serait aussi dur. Les gens ne m'aiment pas, non c'est pire, ils me haïssent. Ils détestent tout ce que je représente, ils détestent le fait que je ne me sois pas présentée à l'académie plus tôt et ils me détestent moi, la bâtarde de Cendralis.

Lynda tend la main pour caresser mes cheveux. À chaque fois qu'elle fait ce geste, je m'apaise en quelques minutes.

— Est-ce qu'ils t'ont dit qu'ils te détestaient en ces termes ou bien est-ce ton cerveau qui est en train d'inventer des conclusions hâtives ?

Je m'apprête à lui répondre mais des coups sont frappés à la porte et je fronce les sourcils.

— Qui vient nous rendre visite à cette heure? On attend quelqu'un ?

Lynda fait non de la tête et Papa, toujours prudent, se lève en premier en nous faisant signe de rester en arrière. Il s'avance vers la porte, l'ouvre d'un coup sec et soudain, la tempête s'engouffre dans la maisonnée.

J'ouvre les yeux dans mon lit, à l'académie du feu, en sentant ma peau moite de transpiration. Étrangement, je suis soulagée que la pièce ne soit pas en feu, comme si j'avais associé tous mes réveils à l'incendie de ma chambre. Je tâtonne pour trouver l'interrupteur de ma lampe avant de réaliser que des coups sont vraiment frappés à la porte de ma chambre.

Le chat m'observe me lever en toute hâte. Quand j'appuie sur la poignée, il saute au bas du lit, se faufile entre mes jambes et se glisse dans le couloir.

Liam Kayn me fait face.

Un Liam Kayn propre, coiffé, en uniforme, qui regarde le chat s'échapper avec un brin de surprise dans le regard. Un Liam Kayn qui ne semble pas avoir fait la fête toute la nuit avec sa copine pour se remettre des avertissements de son père. S'il a veillé après ça, ça ne se voit pas sur son visage. Pas un cerne en vue. Pas une mèche rebelle dans ses cheveux. Pas un grain de poussière sur sa veste noir et rouge.

— Tu n'es pas prête, commente-t-il simplement.

Je prends conscience du vieux jogging effilé que je porte, qui me sert de pyjama, ainsi que du pull que j'ai enfilé par-dessus un

T-shirt à manches longues. Il fait trop chaud dans la chambre sous les couvertures pour une telle tenue, d'où la moiteur sur ma peau. Je m'en souviendrai pour la nuit prochaine.

— Prête pour ?

Je me demande à quel point mes cheveux blonds sont en bataille, si j'ai la trace de l'oreiller sur ma joue et si Liam compte raconter à tout le monde dans sa promotion que je ne ressemble à rien au réveil.

Après tout, qu'il le fasse. Ce n'est pas comme s'ils pouvaient avoir une pire opinion de moi suite à ma première journée.

— Je ne serai pas disponible ce soir, précise-t-il. On s'entraîne ce matin. Tu as deux minutes pour te préparer.

Je le regarde avec un air désabusé. À quel moment m'a-t-il prévenue ? Il ne l'a pas fait, c'est certain. Je me serais souvenue d'une consigne qui aurait dit que je devais être réveillée avant le soleil. Mais dans quel monde vit-il pour se dire que je vais lui obéir sans réfléchir ?

— J'attends, ajoute-t-il en croisant les bras sur son torse et en s'adossant au mur à côté de ma porte.

Dans le couloir, il n'y a personne, car aucun élève sensé ne se lèverait à cette heure. J'hésite à renvoyer le grand Liam Kayn, à qui tout le monde doit obéir, peu importe l'heure du jour ou de la nuit, peu importe s'il a été prévenu ou non. Puis je songe qu'il fait ça pour m'aider, que j'ai bien besoin d'entraînement et qu'il aurait tout simplement pu me dire qu'il n'était pas disponible aujourd'hui.

Pourtant, il s'est levé. Et certes, me prévenir aurait été agréable, mais on ne peut pas demander à un type égocentré comme lui de penser à tout.

Les doigts serrés sur la poignée pour calmer mon énervement et ma frustration, je lui lance un sourire pincé et je rétorque :

— Trois minutes.

Je claque la porte, pousse un cri d'agacement, qu'il entend certainement. Tiens, je me demande s'il sourit à cette pensée. Il en est bien capable. Monsieur doit se rengorger de m'avoir mise hors de moi de bon matin. Pire encore, il doit se dire que ça servira pour l'entraînement.

— Je le déteste.

Et je pèse mes mots. Lynda me dirait sûrement que ce sont des sentiments très forts et que je parle un peu vite. Je ne crois pas. Je crois que Liam Kayn a tout du type haïssable et qu'il mérite que je me lance dans la confection d'une poupée vaudou à son effigie, dans laquelle je planterai des aiguilles tous les soirs en souvenir de la dernière crasse qu'il m'aura faite.

J'ouvre ma main droite en réalisant que des flammes se sont emparées de mes doigts. Un juron m'échappe. Oh, la solution pour me calmer est très proche : il suffit que je me rue dans le couloir, que Liam attrape mon poignet et tout sera réglé en un rien de temps. Mais de bon matin, je n'ai pas envie de lui donner le plaisir de me sauver ou de se sentir indispensable.

— Respire. Inspire. Expire. Encore.

J'ai besoin de lui.

Je déteste avoir besoin de lui.

Heureusement, je réussis à me calmer. Sitôt les flammes disparues, je m'habille en jetant mes vêtements de la nuit sur le lit. Va-t-il me laisser le temps d'aller à la salle d'eau commune pour me rincer le visage ?

J'ouvre la porte, m'apprête à lui demander une minute pour filer au lavabo, mais voilà qu'il m'annonce :

— Trois minutes vingt secondes. On est en retard.

Il marche d'un pas rapide dans le couloir silencieux, sans me laisser le temps de protester. Je me retrouve à trottiner derrière lui. Quand je le rattrape, il ne prononce pas un mot de plus. Pas d'excuses, pas de : « J'espère que tu as bien dormi, Eira. Pardon pour l'heure, il est un peu tôt, mais j'ai réalisé seulement en me couchant que je n'aurais pas le temps pour notre entraînement et j'ai dû improviser un nouveau planning pour la journée. »

Rien de tout ça. Nous traversons tout le bâtiment sans nous décocher un seul mot. C'est quand nous arrivons aux salles d'entraînement que je parviens à la conclusion suivante : Liam maîtrise le silence encore mieux que la magie du feu.

Chapitre 19

L'entraînement n'a rien donné d'intéressant, à part qu'il m'a épuisée et que j'ai très envie de mettre mon poing dans le visage du jeune Kayn.

— Tu ne fais aucun effort, m'a-t-il lancé.

— Je jure que j'essaie.

— Essaie mieux que ça.

Rien que d'y penser, je sens la colère remonter au galop dans mon estomac. Il ne fait vraiment rien pour être appréciable ce type.

— Tu te rends compte que tu es plus nulle qu'un première année ?

— Je suis une première année.

— Tu as vingt-et-un ans.

— Tu comptes me rappeler mon âge toutes les cinq minutes ?

J'inspire pour calmer mes émotions. Même crevée, mes pouvoirs seraient capables de se manifester pour que je provoque un nouvel incident en plein cours d'histoire des tempêtes.

Une boulette de papier atterrit sur ma table et me tire de mes idées noires. Paige me fait un signe de la main depuis sa place en m'incitant à déchiffrer ce qu'elle m'a écrit.

T'es partie vite hier. T'as trouvé des infos sur tes parents ?

Je retiens un soupir. Elle ne compte pas lâcher l'affaire. C'est franchement étrange qu'elle s'intéresse autant que ça à mes origines.

— Les tempêtes de glace ont forci au fil des années, sans que nous ayons encore compris pourquoi.

Le professeur, un homme aux cheveux gris parsemés de mèches sombres, se tient face à une carte sur laquelle il pointe des zones qui représentent les différentes régions du royaume.

— Les premiers signes de la vague de froid sont apparus il y a cent ans environ. Le gel s'est progressivement installé. Il a d'abord anéanti les récoltes, avant d'emporter le bétail. Nos systèmes technologiques n'étaient pas faits pour résister à un tel froid et des tas de villes se sont retrouvées sans énergie en quelques semaines.

J'essaie d'imaginer ce qu'était la vie avant l'ère des glaces, avant que les tempêtes surgissent et emportent tout sur leur passage. Comment les royaumes vivaient-ils ensemble ? Est-ce qu'on voyageait facilement ? Qu'est-ce que ça faisait d'avoir de la nourriture en abondance et de ne pas avoir à porter plusieurs couches de vêtements toute l'année ? À quoi ressemblait chaque saison ?

— La première tempête s'est abattue sur le royaume de glace. On pense que l'énergie élémentaire déjà présente là-bas l'a guidée directement vers les mages du froid.

Je frissonne en les imaginant faire face pour la première fois de leur vie à un tel phénomène.

— Puis une autre a surgi au royaume de la foudre.

Il tire sur un fil au-dessus du tableau et une carte, à plus petite échelle, se déroule par-dessus la première. Cette fois, on aperçoit l'ensemble des royaumes, avant que les tempêtes rasent les trois quarts de notre monde.

— Est-ce que c'est vrai que ce sont les mages de l'air et les mages de glace qui ont créé la tempête ? demande un élève sans attendre l'autorisation pour parler.

Je n'en reviens pas de son toupet. Comment peut-il imaginer que Zéphyria soit responsable de ce cataclysme ? Je sais que les gens sont prompts à pointer autrui du doigt pour s'inventer un ennemi et rejeter la faute, mais quand même !

— Il paraît qu'ils ont commencé à faire des expériences pour associer leurs pouvoirs, continue une autre élève. Ils voulaient gouverner tous les royaumes et ils cherchaient à créer une arme magique surpuissante. C'est de là que sont nées les tempêtes. Ils ont perdu le contrôle dessus et depuis elles errent dans les étendues glacées et cherchent à se nourrir de toute la magie restante.

Ah oui ! Ils ne savent plus quoi inventer pour expliquer le phénomène.

— C'est une hypothèse, confirme alors le professeur à ma grande stupeur.

— Pardon ?

Je manque de m'étrangler et je porte ma main à ma bouche en réalisant que j'ai prononcé le mot à voix haute.

— Un problème, Eira ? s'enquiert le Maître.

— Non, c'est que… enfin… les mages du vent ne sont pas responsables de la tempête. Ils n'ont pas le pouvoir de créer des tempêtes.

— Ils sont mages de l'air, rétorque un autre élève. C'est exactement leur pouvoir au contraire.

— Pas des tempêtes de glace.

— D'où leur association avec les mages de glace, précise un autre élève.

J'ai très envie de leur mettre une droite en plein visage à tous. Tiens, si je pouvais perdre le contrôle sur mon pouvoir, maintenant serait un moment idéal. Ils comprendraient au moins la fureur que ça génère en moi.

Le professeur doit sentir que je ne suis pas loin de provoquer un esclandre, car il reprend la parole pour calmer les ardeurs des étudiants :

— C'est une hypothèse, répète-t-il. Non basée sur des faits avérés, assortis de preuves. Mais c'est une hypothèse qui pourrait tenir la route. Avant l'arrivée des tempêtes, les royaumes n'étaient pas tout à fait en paix.

— C'était la mégaguerre, lâche quelqu'un. Il paraît qu'ils voulaient tous se taper sur la gueule.

L'assemblée rit, comme si la guerre avait quoi que ce soit de drôle. Je n'ai pas connu de batailles, hormis contre les tempêtes et encore, depuis les abris, on ne peut pas dire que je me sois battue en première ligne, mais j'ai suffisamment d'imagination pour être capable de comprendre que la guerre n'a rien d'amusant. Au contraire, c'est terrifiant.

— Effectivement, la paix n'a pas régné de tout temps sur les huit royaumes. Les conflits n'étaient pas courants, mais ils existaient tout de même. Au moment où les tempêtes ont surgi, la guerre sévissait depuis déjà vingt-quatre ans.

Vingt-quatre ans. C'est plus que mon âge. C'est incroyable. Autant d'années passées à se détester et à se battre ?

— Par conséquent quand le cataclysme s'est manifesté, les mages n'étaient déjà plus très nombreux, car beaucoup étaient morts pendant la guerre. Depuis, notre nombre ne cesse de se réduire puisque notre mission principale consiste à protéger le royaume des…

Une alarme retentit, la même que celle que j'ai entendue quand j'ai franchi les portes de la cité. Tout le monde se fige dans la classe. Nous attendons de savoir combien de sonneries il y a, pour comprendre quelle est la nature du danger. Une alerte de niveau un ? De niveau deux ?

Après la troisième sonnerie, il n'y a plus rien. Le professeur se compose un visage calme et d'un ton presque nonchalant, il annonce :

— Prenez vos carnets de notes, nous allons au point d’observation.

CHAPITRE 20

Tout me paraît surréaliste. Marcher calmement dans les couloirs de l'académie alors que la tempête va frapper à nos portes ? Surréaliste. Avoir pris le temps d'emporter de quoi noter ? Surréaliste. Se rendre à un point d'observation pour regarder la tempête nous attaquer ? Surréaliste.

Pourtant, nous sommes escortés par notre professeur dans les couloirs et guidés jusqu'à ce fameux point d'observation, devant d'immenses baies vitrées qui donnent sur les remparts de la porte nord. Ici, dans les étages de la pyramide de l'académie, nous avons une vue splendide sur la ville.

Nous sommes seuls devant la vitre et j'en conclus que les autres classes se sont rendues à d'autres points cardinaux afin que l'ensemble de nos défenses soient observées. N'était-ce pas le but du premier débriefing auquel j'ai assisté ? Indiquer ce que nous avons vu et qui pourrait être amélioré ? Même si nous ne sommes pas dehors, en train de nous battre, nous avons tout de même un rôle à jouer.

Les élèves chuchotent entre eux, le regard braqué vers les murailles. Les trois tours dans notre champ de vision se sont enflammées comme jamais. Le brasier a pris de l'ampleur et les mages sont en train de se positionner pour créer le bouclier qui protégera la ville.

— C'est la troisième fois que j'assiste au spectacle et c'est toujours aussi dingue. T'imagines qu'un jour, en fonction de notre puissance, on sera peut-être à leur place ?

L'adolescente attrape mon bras pour se réconforter et serrer quelque chose. Je la laisse faire. Je n'ai pas de paroles rassurantes à lui prodiguer.

Des jumelles sont à disposition sur une table derrière nous et je décide d'en attraper une paire alors que le professeur nous encourage à tout observer et à noter ce qui nous paraît incongru.

Paige collée à moi, je positionne les jumelles devant mes yeux et j'ajuste leur position pour braquer mon regard sur les remparts.

Bien sûr, je tombe sur Liam. Ses propos lors de notre entraînement de ce matin remontent à ma mémoire et je me vois forcée de les chasser. Il est en train de risquer sa vie pour protéger la ville, comment pourrais-je lui en vouloir pour quelques piques ? Il génère du feu dans chacune de ses mains, donne un ordre à un de ses camarades et ensemble, ils viennent fermer le bouclier autour de la cité.

Un immense dôme recouvre Cendralis à présent. Des flammes crépitent vers l'extérieur, comme des piques prêtes à repousser la tempête qui s'approche. Le bouclier m'impressionne. La puissance des tours est relayée et renforcée par tous les mages alignés sur les remparts qui déversent leur puissance dans le dôme magique. Des runes gravées sur la pierre sombre de la ville brillent dans des couleurs différentes : dorées, orange, rouges. L'essentiel est qu'elles soient toutes allumées.

Puis la tempête arrive.

Une tempête de glace, c'est un déchaînement de froid et de force brute, un véritable cauchemar. Généralement, elle commence par des rafales de vent glaciales, si mordantes qu'elles peuvent traverser les vêtements les plus épais et laissent sur la peau une sensation de brûlure. La température chute brutalement et chaque souffle d'air semble piquer, s'enroulant autour de tout ce qui vit, gelant la moindre goutte d'eau en cristaux.

Parfois, on débute par des flocons de neige, qui se muent rapidement en grêlons, assortis de tourbillons. À ce stade d'une tempête, on ne voit plus rien. Des éclats de glace, aussi affûtés que des lames, se mêlent aux bourrasques en tranchant la peau de nos défenseurs avec facilité. Le vent crée un sifflement aigu qui couvre tous les autres bruits.

Je le sais, car pendant notre trajet jusqu'à Cendralis, nous avons dû survivre à une tempête. Je n'avais jamais vu le danger d'aussi près avant ça. J'ai eu la sensation de regarder la mort fondre sur nous et seul un coup de tonnerre, qui a résonné au loin, m'a fait sortir de l'état de paralysie dans lequel j'étais plongée. J'ai fini par obéir aux ordres de Lynda tandis que les trois mages protégeaient notre position.

La tempête n'a fait que passer autour de nous et ne s'est pas acharnée sur notre convoi, mais sans les vents contraires déchaînés par les mages de l'air, nous n'aurions pas survécu.

Je reviens dans l'instant présent. La première bourrasque frappe le bouclier, qui tremble sous l'impact du côté de la porte nord et j'observe nos défenseurs déverser encore plus de magie dans la paroi de feu. À deux places de Liam, un mage n'arrive pas à encaisser les vibrations et il est projeté en arrière, au bas des remparts. J'écarquille les yeux en le voyant tomber et se cogner la tête. Est-il blessé ? Va-t-il survivre ?

Un élève de l'école, peut-être un quatrième année, se précipite pour vérifier son état tandis qu'un mage, qui patientait au bas de la muraille, grimpe pour prendre la place de celui qui vient de s'écrouler.

— Nous utilisons un système de relais pour nous assurer de ne jamais laisser de brèche dans le bouclier qui encercle la ville, indique le professeur derrière nous.

Une nouvelle bourrasque, bien plus forte, vient enfoncer les parois magiques. Les runes se mettent à briller intensément, avant de s'éteindre, puis de se rallumer. Même à l'abri dans l'académie, j'entends le sifflement du vent et le tonnerre qui gronde au loin. Lynda m'a déjà expliqué que ce n'était pas vraiment le tonnerre, que c'était le bruit des fissures qui se créent dans le sol sur le passage de la tempête. Cette révélation m'avait laissée encore plus troublée. Une tempête capable de percer le sol ?

— Il y a des mages titulaires, qui sont les premiers à grimper sur les murailles, puis un remplaçant pour chaque mage, au cas où il serait blessé, faiblirait et représenterait un danger pour l'intégrité du bouclier, poursuit le professeur. Comme vous pouvez le voir, son utilité vient d'être prouvée, puisque l'un de nos défenseurs a mal encaissé la première attaque de la tempête et il a fallu que quelqu'un prenne sa place.

Liam tourne la tête vers la droite, en direction de son camarade, qui l'imite. À présent ils observent tous deux un point qui se trouve plus loin, sans que je comprenne ce qui attire leur attention.

— Ce système est le plus efficace parmi ceux que nous avons testés. Cela fait trois ans qu'aucune brèche n'a eu lieu.

Là où se trouve le remplaçant, la tempête semble forcir, comme si elle avait trouvé un point d'intérêt. Je ne discerne pas tous les détails, même avec les jumelles, que Paige finit par me piquer en m'entendant murmurer qu'il se passe quelque chose.

— Quoi ? Quoi ? Il se passe quoi ?

Elle fixe le même point que moi et je l'entends pousser un cri :

— Regarde !

Je récupère les jumelles tandis qu'elle me lâche le bras pour s'empresser d'en prendre une paire pour elle, avant de revenir se coller à moi. À présent, tous les élèves observent la même chose et le professeur a cessé de nous abreuver d'explications sur un ton serein, comme si la ville n'était pas en train d'être assiégée par le pire cataclysme que notre monde ait connu.

— Là ! crie Paige.

Elle doit pointer de l'index en direction du danger, ou quelque chose comme ça, mais les yeux rivés dans le verre des jumelles, je ne peux pas voir ce qu'elle fait.

— Elle… elle…

Mon amie balbutie alors que j'entends des objets tomber au sol, sûrement les fameux carnets de notes et les crayons qu'on nous a demandé d'emporter. J'ai déjà posé le mien à côté de mes pieds et m'en suis désintéressée dès notre arrivée.

Plus personne ne doit avoir envie d'écrire quoi que ce soit en cet instant, vu ce qu'il se passe.

Les vents semblent avoir changé de forme. Au lieu de voir des vagues de glace qui viennent frapper la structure de la ville, je discerne une silhouette humaine au milieu de la tempête. Capable de se mouvoir malgré ses bras de glace, elle lève le poing et frappe le bouclier pile à l'endroit où le remplaçant se trouve.

Le choc se répand sur toute la longueur du bouclier, je crois que Liam tremble sur la gauche, ainsi que son camarade et même la tour la plus proche se met à vibrer tandis que de la poussière tombe du sommet.

Un deuxième coup s'abat sur la barrière de feu et même à l'académie, le sol se met à frémir. L'atmosphère change du tout au tout ici. Le professeur commence à balbutier quelques mots pour nous ordonner de nous mettre en retrait, au cas où, mais personne ne l'écoute.

Au troisième coup, le remplaçant tombe à genoux, les mains toujours collées au bouclier, tandis qu'il tente de maintenir notre défense active. Les barrières sont à deux doigts de céder, on le voit aux ondulations du feu. Sur la gauche, Liam semble crier des ordres. Il tourne la tête à plusieurs reprises pour interpeller des gens au bas des remparts puis pour apostropher ses propres camarades qui tiennent la position comme lui. La promotion dont j'aurais dû faire partie commence à escalader la muraille et bientôt, ils sont beaucoup plus nombreux et viennent combler les espaces entre chaque mage pour distiller leur puissance dans le bouclier de la ville. Les flammes grandissent, s'arquent vers l'extérieur et viennent se confronter directement au géant de glace. Quand il soulève le poing pour frapper une nouvelle fois, des lianes de feu saisissent son poignet et le ralentissent jusqu'à le repousser.

J'en ai oublié de respirer. Je gonfle mes poumons en essayant de reprendre mes esprits. Liam tourne encore une fois la tête, à gauche puis à droite, comme s'il continuait de distribuer des ordres à ses camarades. Ensemble, ils créent un mur de feu qui se détache du bouclier et repousse la silhouette humaine de trois mètres de la ville. Ça ne paraît pas beaucoup, mais c'est assez pour que le poing ne s'abatte plus sur le bouclier.

— Nous avons là un exemple typique de la bravoure et de l'esprit d'équipe dont il faut faire preuve quand on est assignés à la protection de la ville, reprend le professeur. Je n'en attendais pas moins du jeune Kayn, qui suit les traces de son père.

Je suis impressionnée par la manière dont ils n'ont pas hésité à risquer leur vie, à venir aider leurs camarades, tout ça pour que nous, bien au chaud dans notre abri, nous puissions survivre jusqu'à la prochaine tempête.

Ensemble, ils viennent de sauver la ville.

Je lâche les jumelles et recule d'un pas en comprenant mieux pourquoi ces gens m'en veulent tant.

— Les tempêtes les plus impressionnantes peuvent parfois durer des jours. On estime que celle-ci ne tiendra pas plus d'une heure. La plus dangereuse d'entre toutes a duré huit jours et a englouti la cité de la glace. Si un jour elle venait à croiser la route de Cendralis, il y a fort à parier que nous ne pourrions pas résister. On l'appelle Uffern Gwyn. L'enfer blanc.

Chapitre 21

Zéphyria, cinq ans auparavant

Laos me regarde comme si j'étais la plus belle perle du monde.

— Qu'est-ce que tu fais encore ?

Je grommelle, il ne le mérite pas, mais je me sens gênée à chaque fois qu'il agit ainsi. Je n'ai pas l'impression d'être à la hauteur de ses attentions adorables. Je lui mène la vie dure, je ronchonne, je suis insupportable et lui il est d'une douceur absolue.

— Je te regarde.

— Je sais.

— Tu es belle.

— Bah bien sûr.

Je lève les yeux au ciel en réajustant mes vêtements épais et en glissant une mèche de mes cheveux blonds derrière mon oreille. Cet idiot va finir par me faire rougir.

— Nous sommes supposés écarter la neige.

Je tiens ma pelle d'une main et le regarde. Le soleil se lève tout juste et éclaire son visage de ses rayons doux et chaleureux. Avec ses cheveux châtains en bataille, Laos a du charme, c'est indéniable.

— Et nous allons écarter la neige, me répond-il. Mais tout le monde dort encore, on peut bien profiter une minute.

Il lâche son outil et commence à former une boule de neige.

— Non, Laos. On sait comment ça va se terminer si tu fais ça.

— Ah oui ? s'amuse-t-il.

Il jette sa boule dans ma direction. J'esquive en plongeant au sol. La pelle n'est déjà plus qu'un souvenir tandis que je me rue sur mon ami pour le rouler dans la neige.

— Je suis plus forte que toi.

— Nous faisons jeu égal, rétorque-t-il.

Il me retourne et me voilà le dos collé contre la neige, mon ami à califourchon sur moi. Nous rions comme si personne ne pouvait nous entendre.

— On devrait s'y remettre.

— On devrait, confirme-t-il.

Mais il reste là me regarder comme si nous étions les seules personnes qui existaient encore dans ce monde. À son contact, je me sens bien. Je suis heureuse, joyeuse, en sécurité.

Chapitre 22

Au cours suivant, je renoue avec la pratique et j'essaie de maîtriser mes flammes, sans l'aide de Liam, ce qui n'est pas si simple. D'abord, parce que j'ai peur de provoquer un incident, comme d'habitude, ensuite parce que je n'arrive pas à canaliser une seule émotion après ce qu'il s'est passé sur les remparts.

La tempête est repartie et hormis des runes qu'une équipe doit aller renforcer de toute urgence à l'extérieur des remparts, il n'y a pas eu de dégâts, grâce à l'intervention du Kayn et de toute sa promotion.

Après ça, quelque chose a changé au fond de moi. La colère que je ressentais à l'idée d'être ici contre mon gré et de posséder des pouvoirs dont je ne veux pas s'est envolée. Il ne reste que le désir impérieux d'apprendre à maîtriser mes pouvoirs pour, moi aussi, aider ces mages qui risquent leur vie sur les remparts à chaque tempête. Je vois bien les difficultés qu'ils rencontrent, le nombre qu'ils sont et la manière dont la tempête s'est acharnée sur la ville.

Peut-être que par le passé, nous avons fait des erreurs qui ont amené à la création de ces tempêtes. Je n'ai pas envie de croire à cette hypothèse, à celle qui dit que les mages du vent et de la glace sont responsables du cataclysme qui sévit dans les étendues glacées, mais je ne peux pas ignorer ce que j'ai vu. La tempête a pris vie, sous mes yeux. Un homme de glace s'acharnait sur les remparts de la ville ! Comment une telle chose est-elle possible ? Je ne peux pas croire que la nature ait décidé de nous éradiquer, même si c'est une hypothèse qui ne peut être écartée. Néanmoins, il est bien plus probable que les mages aient créé une abomination et en aient perdu le contrôle.

La majorité des habitants de nos royaumes n'ont rien demandé de tout ça. Ils ne sont pas mages, ils n'ont pas les moyens de lutter contre une tempête de glace. C'est le devoir de tous ceux qui sont en mesure d'utiliser la magie de leur servir de bouclier.

C'est aussi mon devoir. Je ne peux plus l'ignorer. Je ne peux plus faire semblant que mes pouvoirs ne sont pas utiles, pas après avoir été témoin de ce qu'il vient de se passer. Les mages ont besoin de toutes les forces nécessaires pour contrer les tempêtes. Je ne suis qu'un soldat de plus, mais chaque soldat peut faire la différence. Je l'ai vu aujourd'hui.

— Tu t'en sors ? demande Paige.

Elle éteint la flamme qui a jailli de sa main. Je l'ai vue essayer de la faire grandir à maintes reprises, sans succès, mais comme on me l'a expliqué précédemment, la puissance se manifeste avec le temps. La plupart des mages débutent avec un maigre feu et à mesure qu'ils avancent en âge, leur puissance grandit. On raconte que la magie prend son temps pour permettre à son hôte de s'habituer à son utilisation et de ne pas être débordé dès l'adolescence, à un moment où les émotions volent dans tous les sens.

— Non, pas vraiment.

Ma grimace la fait sourire.

— Penser à Maître Karnacier et sa chemise brûlée ne t'aide pas ? On raconte qu'il s'est retrouvé torse nu après, c'est vrai ? Il paraît qu'il n'a pas un poil sur le haut du corps.

Je ris de cette précision. Je n'ai pas trop eu le loisir d'observer la peau nue du mage, mon attention était dirigée sur la prochaine catastrophe que je risquais de provoquer. Sans l'intervention de Liam, il y a fort à parier que le pantalon de Maître Karnacier y serait passé aussi. Depuis ce cours, porte-t-il l'uniforme comme les élèves afin de se prémunir d'un dérapage ?

— Non, me rappeler l'incident n'aide pas et surtout, à chaque fois que j'utilise des émotions négatives, je perds le contrôle. Comme tu t'en doutes, j'aimerais éviter de réitérer mes exploits précédents.

— Peut-être que Sylas pourrait t'aider ? Il a eu du mal au début lui aussi à faire en sorte qu'une flamme apparaisse, alors que le premier jour où ses pouvoirs se sont manifestés, il a failli faire brûler toute la salle de projection. Ce n'était donc pas un problème de puissance.

Je m'apprête à lui dire que je ne sais pas qui est Sylas et que je n'ai pas envie de déranger quelqu'un d'autre, mais c'est trop tard. Avec son énergie habituelle, Paige est déjà partie vers une autre table, a attrapé le bras d'un garçon fin et élancé, pour le ramener près de nous.

— Sylas, Eira, nous présente-t-elle. Eira, Sylas.

Je fais un petit signe de la tête pour saluer l'adolescent, qui garde le regard baissé comme s'il était gêné de se trouver ici.

— Elle n'arrive pas à utiliser son don, un peu comme toi, enchaîne Paige. Disons que quand elle le fait, ça explose de partout. Il me semble que tu avais eu le même problème, non ?

Sylas acquiesce, mais ne veut toujours pas croiser mon regard. Sa timidité m'émeut et je prends un ton doux pour le mettre en avant.

— Aurais-tu des conseils à me donner ? Paige me disait que la première fois que tes pouvoirs se sont manifestés, c'était un peu catastrophique comme moi, mais qu'après tu as réussi à canaliser ton don ?

Apparemment, les dalles du sol ont un motif hypnotisant, car Sylas ne veut toujours pas relever la tête.

— Allez, c'est bon, elle fait partie des nôtres maintenant, grogne Paige. Elle ne va pas te mordre. Certes, elle a quelques années de plus, mais niveau magie c'est une novice comme nous. Tu veux pas lui donner un coup de main ?

Enfin, le garçon aux cheveux châtains ose poser le regard sur moi, ou plutôt sur mes mains, car il n'a toujours pas levé la tête jusqu'à mon visage.

— Il faut que tu trouves une émotion puissante, mais qui te rende… sereine, m'indique-t-il.

Ce n'étaient pas les consignes de Liam. Même si le jeune homme est économe de mots, je me souviens très bien de sa pique concernant le fait que mes émotions n'étaient pas assez fortes.

— La plupart des gens ont besoin d'émotions puissantes pour libérer leur potentiel, poursuit Sylas. Mais les gens comme nous, c'est tout le contraire. On perd le contrôle si on fait ça. Il faut trouver quelque chose de plus doux.

Son raisonnement logique me séduit. Sur le fond, n'a-t-il pas raison ? Les émotions fortes dégagent une forte puissance, les émotions douces devraient me permettre d'accéder à mon pouvoir, mais sans déclencher un tourbillon de flammes. Peut-être que quand j'ai fait appel à mon souvenir de Laos, je n'étais pas assez concentrée tout simplement.

Je le remercie et il a la gentillesse de rester à côté, avec Paige, à m'observer. Mon amie me prodigue maints conseils :

— Ferme les yeux, fais le vide dans ta tête. Essaie de ne pas trop penser, sauf à l'émotion positive. Si tu as un souvenir auquel te raccrocher, utilise-le mais après tu dois t'en détacher pour ne ressentir plus que l'émotion et ne rien voir. Le vide, tu vois ?

Le vide ? Je suis incapable de faire le vide dans mon esprit et j'ai bien du mal à croire que des gens ont cette capacité. Il se passe toujours quelque chose dans ma tête. Le fil de mes pensées est ininterrompu, quand bien même j'apprécierais que mon cerveau arrête de tourner à plein régime.

— Tu y es ? Bon alors pense à ton souvenir, c'est quoi ton souvenir ?

Je grogne :

— Paige ?

— Oui ?

— Sans vouloir être malpolie, ça t'embêterait de te taire ?

Elle grommelle qu'elle cherchait juste à m'aider, mais finit par garder le silence, me permettant ainsi de me concentrer.

Je songe à Laos, à sa main dans mes cheveux, à son regard doux. En même temps, je sonde mon corps à la recherche du flux de magie, pour le sentir venir et tenter de mettre moi-même en place cette barrière efficace qu'utilise Liam. Je n'ai pas son pouvoir, bien sûr, mais je contrôle mon don, je devrais être capable de mesurer le débit de magie que je souhaite utiliser. Plutôt que d'ouvrir les vannes en grand, j'aimerais un simple filet qui se déverse dans ma main.

J'ouvre un œil pour vérifier si ça a fonctionné, mais il n'y a rien. Paige soupire que ce n'est pas en une minute que je vais y arriver.

— Referme tes yeux, m'ordonne-t-elle.

Sylas tente d'ajouter un conseil, mais la jeune fille se remet à débiter ses consignes, malgré ma remarque précédente. Je n'ai pas le cœur à lui répéter mes propos et je n'ai pas réussi à invoquer mon pouvoir jusque-là, alors je fais de mon mieux pour suivre ses instructions.

— Mais tu essaies vraiment ? T'as les paupières qui tressautent et tu n'arrêtes pas de bouger tes mains, s'agace Paige.

— Je te promets que j'essaie.

Pourquoi personne ne me croit quand je dis que je fais tous les efforts possibles ? Les gens pensent-ils que j'ai envie de continuer à perdre le contrôle sur mes pouvoirs ? Être un danger ambulant n'a rien d'appréciable. Je ne fais pas preuve de mauvaise volonté, je me plie à tous les ordres, j'écoute les consignes de Liam quand nous sommes à l'entraînement, même s'il en donne très peu.

J'essaie de suivre les conseils de Sylas et en même temps ceux de Paige. Pourtant, je n'ai pas l'impression qu'ils réalisent qu'ils me disent tout et son contraire, et qu'il n'y a rien de précis dans ce qu'ils racontent. Non, j'ai plutôt la sensation que je dois générer une émotion sur commande, pas la même selon les gens à qui je m'adresse, et que je dois la stabiliser, pour que mon pouvoir se manifeste, même si le lien entre l'émotion et le pouvoir n'est pas clair pour moi et…

— Eira, stop ! Stop !

J'ouvre les yeux un brin trop tard : la flamme a déjà grandi dans ma main, elle dépasse la hauteur de ma tête et commence à s'enrouler autour de mon bras. Une part de moi aimerait que Liam se trouve à côté pour mettre fin à cet incident. Une autre voix intérieure me crie que je n'ai pas besoin de lui et que je dois arrêter de me reposer sur les autres pour m'en sortir. Mes parents m'ont rendue forte et débrouillarde, alors pourquoi je m'évertue à croire que je ne suis pas en contrôle de la situation ?

Pourtant, mon réflexe est de chercher de l'aide, comme si je croyais être un cas désespéré, incapable de réussir à endiguer par moi-même les flammes que j'ai pourtant créées.

J'aperçois le regard du professeur qui court vers notre groupe et ordonne à Paige et Sylas de se mettre à l'écart. Mon amie est sûrement en train de m'abreuver de ses conseils, mais je ne les entends plus, car la panique a pris le dessus. Tout ce que je perçois ce sont ses lèvres qui bougent et quelques mots qui n'ont pas de sens pour moi.

— Eira ! Eira, regarde-moi ! ordonne le professeur.

J'essaie de fixer mon regard sur le mage. Il n'a eu aucune pique à mon égard, m'a traitée exactement comme les autres et j'apprécie qu'il ne m'ait pas mise dans une catégorie à part dès mon entrée dans la classe.

— C'est ton pouvoir. Tu es en contrôle, Eira. Regarde-moi.

Il insiste jusqu'à ce que je réussisse à fixer mes yeux dans les siens.

— Compte avec moi, me réclame-t-il ensuite. Un… deux… trois…

Je hoche la tête pour lui indiquer que c'est ce que je fais, mais rien ne se produit. Je ne sais pas trop ce qu'il attend de ma part.

— Il y a combien de livres dans ta chambre ? me demande-t-il.

— Hein ?

— Il y a combien de livres dans ta chambre ? répète-t-il.

— Euh…

Pourquoi cette question tout à coup ? Ne voit-il pas que nous sommes en pleine crise ? Que je ne suis pas loin de faire cramer la classe ?

— Tu as des étagères avec des livres ? Ou peut-être qu'il y en a sur ta table de nuit ? Il y a au moins les livres de classe. Sinon, dans ton sac, il y a combien de livres ?

— Euh… quatre…

— Et du coup, dans ta chambre ?

— Je… je ne sais pas. Une douzaine ?

— Combien exactement ?

— Je…

— Des pulls, tu possèdes combien de pulls ?

— Trois.

— Combien y a-t-il de perles sur ton bracelet ?

Ses questions insensées me perturbent, mais il ne lâche pas l'affaire et continue de m'en poser. Je me force à réfléchir pour formuler la réponse la plus juste possible à chaque fois.

— C'est très bien, Eira, me lance-t-il après une série de sept questions.

Puis il se tourne vers la classe.

— Quand un de vos camarades perd le contrôle, il faut le pousser à réfléchir à des choses très terre à terre. Il faut que son cerveau mouline sur un autre sujet, afin de ne pas paniquer et de se recentrer sur un problème qu'il est capable de résoudre. Comme de savoir combien de paires de chaussettes Eira possède.

Je réalise qu'il n'y a plus de flammes dans ma main. Le feu s'en est allé. Suis-je capable de réitérer cet exploit par mes propres moyens ou ai-je besoin qu'un camarade soit présent pour me pousser à penser à autre chose la prochaine fois que je perdrai le contrôle ?

Tandis que les élèves reprennent leurs exercices, le professeur se tourne vers moi. Je me sens aussitôt obligée de m'excuser.

— Je suis vraiment désolée.

— Tu es ici pour apprendre, me rassure-t-il.

J'acquiesce et observe mes camarades pendant le reste du cours, peu pressée de recommencer l'expérience. Mais comme Paige le fait remarquer en riant à la fin de l'heure, il y a des progrès.

— Aucune chemise n'a brûlé aujourd'hui. Je ne sais pas si c'est une bonne nouvelle, ou si je suis déçue.

Elle veut m'entraîner en dehors de la salle, mais le professeur me hèle. Va-t-il me renvoyer de son cours ?

Chapitre 23

— Ce n'est en rien contre toi, mais je ne pense pas que tu devrais te trouver dans cette classe. Ta puissance est bien trop importante par rapport à tes camarades. Je ne suis pas… je n'ai pas les solutions nécessaires pour t'aider à canaliser dès tes premiers pas autant de pouvoirs.

Je baisse le regard en me disant que c'est un cours de plus qu'on ne va pas m'autoriser à suivre. Les pierres de mon bracelet roulent sous mes doigts alors que je tente d'apaiser mon esprit.

— Mais je comprends que tu ne puisses pas non plus intégrer les années supérieures, comme tu ne maîtrises pas les bases.

Y a-t-il un espoir ? Je n'ai pas envie d'être un danger pour Paige ou Sylas, mais si personne ne m'aide, je ne vois pas comment je vais pouvoir progresser.

Certes, Liam m'aide. À sa façon. De manière forcée qui plus est. On ne peut pas dire que j'attende avec impatience nos entraînements surprises. A-t-il prévu de me refaire le coup demain matin ? Parce qu'il ne m'a même pas dit quand nous recommencerions.

— La puissance vient progressivement et naturellement, pour laisser le temps à l'individu d'apprendre à la canaliser, poursuit le professeur. Sauf que tu n'as jamais appris à maîtriser ton pouvoir et qu'il a continué de se développer sans le contrôle nécessaire. Il te faut quelqu'un pour t'entraîner.

Mon cœur se met à battre plus fort : peut-être qu'il accepterait, lui, de me donner des cours particuliers pour que je progresse ? Il est un mage enseignant, sa pédagogie est largement supérieure à celle de Liam.

— As-tu déjà quelqu'un qui t'accompagne ? Tu as besoin d'une formation accélérée.

Mon enthousiasme retombe. Il ne veut pas de cette charge. C'est tout à fait normal, il a sûrement un autre rôle au sein de l'académie ou de Cendralis, en plus d'accompagner les élèves.

— Liam Kayn est mon partenaire d'entraînement.

Je lâche les mots dans un soupir. Je ne me sens pas particulièrement pleine de gratitude à l'égard de mon camarade. S'il pouvait faire l'effort de développer ses consignes, peut-être que ça se passerait mieux. D'un autre côté, s'il était plus bavard, il me lancerait des piques toutes les minutes.

Non, finalement, ce n'est pas plus mal qu'il soit économe de mots.

— Liam est un excellent choix, confirme le professeur. Est-ce que les entraînements avec lui se passent mieux qu'ici ? As-tu déjà perçu des progrès ? J'imagine que non, vu que tu viens d'arriver, mais c'est vraiment important que tu…

Il hésite quelques instants avant de continuer :

— … ta puissance doit être domptée, Eira. Tu as beaucoup de magie en toi et si tu parviens à la canaliser, ils t'enverront aux remparts, c'est certain. Nous avons besoin de toi. Mais si tu n'y arrives pas…

Cette fois, il ne finit pas sa phrase et c'est moi qui dois l'encourager :

— Si je n'y arrive pas ?

Je n'ai pas réfléchi à ce qu'il se passerait. Enfin si, j'ai imaginé me consumer dans les flammes, ce qui me paraît fort bizarre puisque mon propre feu ne me brûle pas. Mais que pourrais-je vraiment risquer ?

— Tu sais ce qu'il se passe pour les mages qui ne maîtrisent pas leurs pouvoirs.

Les sourcils froncés, je réponds :

— Non, je ne sais pas.

— Les mages de l'air doivent avoir une règle similaire. Tes parents adoptifs sont bien mages de l'air, n'est-ce pas ?

Tout à coup, ma cicatrice à l'épaule m'élance. Je lève une main pour masser son emplacement et détendre ma peau.

— Oui, ils le sont, mais je n'ai jamais entendu parler d'un sort spécial qu'on réserverait aux mages qui ne maîtrisent pas leurs pouvoirs.

— Je suppose qu'à Zéphyria, ils n'ont pas rencontré le même problème que toi.

— Le même problème ?

Je mets du temps à comprendre ce qu'il veut dire, mais quand je saisis, je décide de reformuler avec très peu de tact.

— Vous voulez dire qu'ils n'envoient pas les bâtards de cinq ans à Cendralis ?

Il baisse le regard et je m'en veux instantanément d'avoir été aussi dure, aussi je me reprends.

— Pardon, je ne voulais pas paraître accusatrice. Ce n'est pas votre faute et vous faites votre possible pour m'aider. Vous avez raison, la situation ne s'est probablement pas produite à Zéphyria et mon cas est…

Je ne trouve pas d'adjectifs pour qualifier la situation, mais le professeur vient à mon secours.

— Exceptionnel. Tu es une élève exceptionnelle, Eira.

Je lui adresse un maigre sourire pour le remercier.

— Ce qui ne me dit pas ce qu'il advient des élèves qui ne maîtrisent pas leurs pouvoirs.

Il ose me regarder droit dans les yeux au moment de me fournir une explication.

— Le feu peut s'avérer très destructeur. On ne laisse pas un mage qui ne contrôle pas ses pouvoirs déambuler dans les rues.

— On le tue ?

— Non, on ne tue personne à Cendralis. Mais la sentence est peut-être pire que la mort.

Je déglutis car j'ai compris de quoi il s'agit. Ma cicatrice m'élance encore, j'appuie plus fort dessus jusqu'à provoquer un pincement douloureux.

— On les exile. On ouvre les portes de la ville et on les laisse errer dans les étendues glacées, termine-t-il.

Où ils mourront de froid, de faim ou transpercés par les fines lames de glace d'une tempête. Voilà donc le sort qui m'attend si je ne parviens pas à contrôler ma magie.

— Merci pour… pour ces informations.

Difficile de formuler ça autrement alors qu'une main de glace serre mon cœur tout à coup. J'ai du mal à parler, je m'imagine dans le froid, seule, apeurée. Il n'y a pas plus cruel destin que d'être exilée. Pour calmer les battements de mon cœur qui se sont emballés, je prends une lente et profonde inspiration, puis dénoue les doigts de mon poing serré un à un.

— Rassure-toi, Eira. Nous verrons ce que nous pouvons faire, d'accord ? Tant que tu t'entraînes sous supervision, ça devrait bien se passer. Je comprends qu'ils aient choisi Liam pour t'aider, avec son don particulier, il est le mieux placé pour t'accompagner et t'empêcher de perdre le contrôle.

Oui, Maître Orin savait ce qu'il faisait. Maître Alden n'était pas tout à fait d'accord, mais force est de constater que si Liam n'était pas capable d'arrêter le flux d'énergie, j'aurais déjà provoqué un paquet d'autres problèmes à l'académie.

— Tu vas y arriver, nous prendrons le temps qu'il faudra. Sois patiente, la maîtrise ne viendra pas du jour au lendemain. Mais si tu t'entraînes avec acharnement et que tu fais preuve de persévérance, il n'y a pas de raison que tu ne parviennes pas à dompter ton pouvoir.

Je sors de là à moitié inquiète, à moitié rassurée, comme si deux parts de moi s'opposaient. L'une panique à l'idée du destin qui pourrait nous attendre, l'autre se dit qu'il y a une issue. Elle nécessite juste d'utiliser chaque seconde de mes journées pour apprendre à maîtriser mon pouvoir.

Mais n'est-ce pas pour ça que je suis ici ?

— Alors ? demande Paige. Qu'est-ce qu'il voulait ?

Sylas et elle m'attendaient dans le couloir. Je les remercie d'avoir patienté, d'autant plus que je n'ai aucune idée d'où nous allons ensuite pour le prochain cours. L'académie est un immense labyrinthe dans lequel j'ai encore du mal à me repérer.

— Il m'a mise en garde concernant mes pouvoirs, m'a demandé si quelqu'un m'aidait à les maîtriser. Je lui ai dit que Liam m'apprenait.

— C'est dingue que tu reçoives des cours particuliers de Liam Kayn, s'extasie Paige.

— Je ne ressens pas la même admiration que toi pour lui, mais je suis contente qu'ils l'aient choisi pour m'aider. Son don est bien pratique.

— Le truc où il éteint tes flammes, là ? Tu sais qu'il est le seul à en être capable dans toute la ville ? Même son père ne sait pas le faire. Je me demande si c'est un don qui se développe uniquement chez les mages les plus puissants. On raconte que du haut de ses vingt-et-un ans, Liam a déjà le potentiel pour surpasser son père.

Je ne fais pas de commentaires sur le sujet et n'évoque pas l'anecdote que le garçon m'a racontée sur sa mère et l'origine de ce don particulier qu'il possède. Si ce n'est pas connu de Paige, qui a l'air d'être une fan de la première heure, c'est peut-être qu'il n'a jamais ébruité le sujet et ne souhaite pas que les gens soient au courant.

— J'ai bien écouté vos conseils et je vais essayer toutes les techniques possibles. Il y en a peut-être une qui me conviendra mieux qu'une autre.

Paige est ravie que je me montre volontaire et elle recommence à me proposer des idées pour améliorer mon contrôle quand, tout à coup, les lumières s'éteignent dans le couloir.

Nous patientons trois secondes, pour voir si le courant revient, mais rien ne se produit. La lumière du jour traverse la vitre de la fenêtre suivante et nous ne sommes pas plongés dans le noir.

— Une nouvelle coupure ? s'étonne Sylas.

— Des saboteurs, déclare Paige. J'en suis certaine. On ne veut pas nous le dire, mais ils frappent encore.

Je fronce les sourcils. Je n'ai pas entendu parler de cette histoire de sabotage, mais elle a l'air assez convaincue de ce qu'elle avance, car elle poursuit :

— Vivement qu'on les trouve et qu'on les boute hors de la ville. Ils méritent d'affronter la tempête qu'ils considèrent comme divine.

Je commence à faire le lien entre les gens qui voulaient empêcher les mages de protéger la ville et ces saboteurs dont elle parle.

— Qu'ils aillent se mettre en danger tout seuls plutôt que de nous mettre à cran, continue-t-elle. Ici, quand les gens commettent un crime, on les lâche face à la tempête.

Dire à voix haute que c'est le sort qui m'attend si je ne parviens pas à maîtriser mes pouvoirs risquerait de plomber l'ambiance.

CHAPITRE 24

J'esquive une boule de feu de Liam, qui fait exprès de me viser car il en a marre que je ne parvienne pas à déclencher mon pouvoir.

— Tu as conscience que tu pourrais me blesser ?

— Tu portes l'uniforme de l'école, aucun risque.

— Mon visage n'est pas protégé.

— Tu veux que je lance une simulation qui va te vriller les tympans et te pousser à utiliser ton don ?

— Si tu veux que je perde le contrôle, j'imagine que c'est un excellent moyen d'y parvenir.

Nos piques m'agacent, le ton sur lequel je lui réponds m'exaspère et pourtant c'est comme si nous étions incapables de faire autrement. L'antipathie entre nous deux semble grandir. Je pensais avoir fait un pas vers lui en lui promettant que j'allais m'entraîner plus dur que jamais, en le remerciant de nous avoir défendu la veille sur les remparts avec toute la promotion, mais apparemment je n'ai pas dû employer les bons termes. Ou alors il s'en fiche. Ou bien il me déteste tellement que ma bonne volonté ne fait aucune différence.

— C'est parce qu'il y a un public que tu n'es plus capable de quoi que ce soit ? grince-t-il.

S'il n'y avait que ça.

— Je n'ai effectivement pas besoin que la moitié de la promotion soit là pour observer mes moindres faits et gestes, ou que ta copine se moque de moi à chaque fois que je rate quelque chose.

Parce que la blonde est là, bien sûr. Ainsi que le groupe habituel qui semble accompagner Liam dans chacun de ses déplacements, mis à part quand le soleil n'est pas encore levé. Ils n'hésitent pas à y aller de leurs commentaires dès que je me foire, ou qu'une boule de feu m'atteint. J'aimerais bien les voir à ma place, avec quatre ans de retard, incapable de maîtriser la puissance qui a grandi dans leur corps.

Mais ils ne sont pas à ma place, ils contrôlent leurs pouvoirs et sont utiles à la société. On ne risque pas de les envoyer dans les étendues glacées, eux.

Ce n'est pas la seule raison qui fait que je ne parviens pas à me concentrer. La journée n'a pas été agréable. Les railleries et moqueries se sont enchaînées. Quelques professeurs m'ont interrogée sur des questions basiques qui concernent le fonctionnement de la ville, son système d'énergie, son approvisionnement en eau, ses ressources dans les serres, et j'ai répondu à côté de la plaque systématiquement. Mes camarades ont ri à mes absurdités et on m'a corrigée, corrigée, corrigée.

Je sors de cette journée avec la sensation que tout va de travers et que je n'ai pas fait un seul progrès. On ne peut pas dire que le moral soit au beau fixe. Heureusement que Paige et Sylas m'apportent un peu de soutien et de réconfort. Sans eux, je pense que mon moral aurait sombré bien plus bas. Je suis d'ailleurs surprise de la maturité de Sylas, qui sait régulièrement trouver les mots pour m'apaiser, même quand je ne verbalise pas mes émotions. C'est à croire qu'il est capable d'observer le moindre changement de gestuelle chez moi pour se rendre compte que quelque chose cloche.

— Esquive ! EIRA, ESQUIVE !

Le cri de Liam retentit juste à temps, je me baisse et sa boule de feu s'échoue contre la paroi vitrée avant de s'éteindre. Je la regarde disparaître, avant d'apercevoir, juste derrière le mur transparent, la blonde assise sur un banc qui chuchote à l'oreille de son camarade sur sa droite, avant qu'ils rient tous deux aux éclats.

Ma mère me dirait que je ne suis pas le centre du monde et que ce n'est pas de moi dont ils discutent, mais compte tenu des circonstances et de leurs regards braqués sur ma silhouette, difficile de penser que je ne suis pas l'objet de leurs moqueries.

Je ne devrais pas m'en soucier. Mon but c'est de progresser, pas de gagner l'amitié des gens de mon âge. Mon but, c'est de survivre, pas d'obtenir le respect des autres élèves. Mon but, c'est…

— Un peu de concentration, Eira, ou je dois cramer tous tes cheveux pour que tu fournisses un effort ?

Interrompue dans le flot de mes pensées, je me retourne. Liam se tient debout, face à moi, une boule de feu brille dans chacune de ses mains. La facilité avec laquelle il utilise ses flammes m'exaspère.

— Excuse-moi.

Je crache presque les mots. Impossible d'être calme et bienveillante quand le Kayn se trouve dans la pièce. Tous mes poils sont hérissés, j'ai envie de le rabrouer en permanence et de me montrer agressive. Ce n'est pas que de l'antipathie à ce stade.

— Je n'ai pas besoin de tes excuses, j'ai besoin que tu utilises ton pouvoir pour que l'entraînement puisse enfin commencer et que j'arrête de perdre mon temps.

Je fais l'effort de me mettre à sa place et d'imaginer sa frustration. On lui a assigné un cas désespéré, on l'a forcé à me donner des cours et à me servir de partenaire d'entraînement. Il aimerait au moins voir des progrès, je suppose. Sans ça, je risque de rester son élève à tout jamais, ou jusqu'à ce qu'on décide de me foutre hors de la ville.

— Je fais mon possible.

Je baisse le regard en prononçant ces mots, pour lui montrer que j'ai conscience que ça ne doit pas être facile pour lui. Ça ne l'empêche pas de répliquer :

— Ce n'est pas assez.

C'est vraiment très difficile de l'apprécier. Il ne rend pas la chose aisée. En revanche, il me donne tous les arguments nécessaires pour le détester. S'il voulait que je le haïsse, c'est en bonne voie.

— Tu ne fais aucun effort, ajoute-t-il.

Cette fois, je serre les poings. Ma colère monte d'un cran et mon pouvoir se déclenche de lui-même. Mes émotions partent dans tous les sens et je sais ce que ça signifie : je ne vais pas réussir à contrôler mes flammes. Pour une fois, ça ne me fait pas paniquer. Non, je suis bien trop énervée pour paniquer. Tout ce que je vois c'est que Liam a obtenu ce qu'il désirait. Mon don s'est manifesté et comme d'habitude, je ne maîtrise rien du tout, parce qu'il s'évertue à appliquer la même recette à chaque fois : me sortir de mes gonds pour que les flammes apparaissent. N'a-t-il pas saisi que ça ne mène à rien ? Que dans ces moments-là, je n'apprends pas, je subis ?

— Contrôle-toi, me réclame-t-il d'un ton plus calme.

— Vraiment ? C'est ça ta consigne ?

Des lianes de flammes encerclent mes avant-bras puis remontent le long de mon épaule avant de former un tourbillon tout autour de mon corps. Mon visage dépasse encore et j'arrive à percevoir la silhouette de Liam malgré les flammes.

— Quelle consigne veux-tu que je te donne ?

— Quelque chose de mieux que « contrôle-toi » ! Ça n'a pas marché la première fois, la deuxième, ou toutes les fois d'après, alors change ton discours ! Fais un effort !

— Parce que je ne fais pas d'efforts peut-être ?

— Ce n'est pas ce que je voulais…

— Je suis en train de prendre sur mon temps pour t'enseigner quelque chose que tu devrais déjà maîtriser !

Je ferme brièvement les yeux pour tenter de me calmer. Je n'ai pas envie qu'il me ressorte son discours qui me fait me sentir comme une moins que rien, même s'il a raison. Je ne cherche pas à me montrer ingrate, j'ai envie de progresser, mais la manière dont nous travaillons ne me convient pas et je ne vois pas l'ombre d'une avancée. Ce n'est pas en répétant les mêmes méthodes qui mènent à une impasse que je vais maîtriser mon pouvoir. Or, la ville a besoin d'un soldat supplémentaire. Et moi, j'ai besoin de contrôler mon don si je ne veux pas finir seule à errer dans le froid.

Ma survie est en jeu. La survie de toute la ville est en jeu. Ne peut-on pas trouver un compromis pour avancer ?

Je rouvre les yeux en retenant les larmes de frustration qui menacent de couler sur mes joues. Cette fois, j'ai tout à fait perdu le contrôle. Le tourbillon de flammes s'accélère et grandit autour de moi. Il dépasse ma tête, grimpe jusqu'au plafond de la salle et je pousse un cri en sentant ma puissance se déchaîner. J'ai l'impression que mes veines sont en feu, que mon corps bout et que si je ne crache pas tout cet excédent magique dont je dispose, je vais me consumer de l'intérieur.

— Eira ! tonne Liam pour se faire entendre. Tu dois reprendre le contrôle. Tu es aux commandes. C'est ton pouvoir.

Il n'y a plus une once d'accusation dans sa voix, mais c'est trop tard, bien trop tard. J'ai beau l'écouter, je ne vois pas ce que je peux faire. Les flammes me contrôlent, telle est la réalité. Je ne suis aux commandes de rien du tout, je subis, je suis un pantin et c'est le feu qui décide de mes gestes.

Je tente d'inspirer pour me calmer, mais mon pouvoir s'étend, le feu prend de l'ampleur et le cercle magique autour de moi s'élargit.

Chapitre 25

Maintenant, j'ai peur. Nous avons beau être en salle d'entraînement, je pourrais blesser quelqu'un. Liam lui-même. Peut-être ses camarades sur les gradins si les vitres ne tiennent pas.

Que dois-je faire ? Comment stopper cet afflux de pouvoir ? Comment dire à mon don de ne pas se déverser de la sorte ?

— Eira !

Mes flammes crépitent à présent et doucement, elles virent du jaune orangé au bleu, ce qui me terrorise. Je tente de me rappeler mes cours de physique. Je suis certaine que j'ai appris quelque chose au sujet de la couleur du feu, mais rien ne me revient dans mon état.

Soudain, Liam atterrit dans mon cercle de flammes après avoir effectué une roulade. Il se redresse avec souplesse, attrape mon poignet et ferme les yeux brièvement pour se concentrer.

Rien ne se produit. Au contraire, mes flammes redoublent de puissance.

— Liam ?

— J'essaie, grogne-t-il en guise de réponse.

Si ni lui ni moi ne parvenons à endiguer mon pouvoir, qui le pourra ? Paige m'a bien dit que personne d'autre ne possédait le don particulier du Kayn.

Le garçon saisit mon autre poignet de sa main libre, sans plus de succès. Je ne sens pas la barrière qu'il appose d'habitude sur mon pouvoir, comme s'il le muselait.

— Tente de te contrôler. Je ne vais pas y arriver tout seul.

En levant les yeux vers lui, je croise son regard. Je n'y lis pas de la peur, mais de la fatigue. Et à regarder de plus près, il transpire, ce qui n'est pas étonnant vu le brasier qui nous entoure, et il paraît épuisé.

Son exploit d'hier sur les remparts a laissé des traces. Je déglutis, terriblement mal à l'aise de l'obliger à mobiliser encore son énergie alors qu'il a besoin de repos. Et si une tempête débarque ce soir sur les murailles ? Sera-t-il capable d'utiliser son pouvoir pour défendre la ville ?

Mes pensées ne m'aident pas à contrôler mon feu. J'essaie de les faire taire, de leur dire d'aller embêter quelqu'un d'autre, mais elles reviennent m'assaillir et renforcer mon sentiment de culpabilité.

— Je suis désolée. Je suis tellement désolée. Je ne veux pas… je ne…

— Eira, arrête ça ! souffle Liam.

Puis il lâche mes poignets, me colle contre lui et enserre mon corps de ses grands bras. La tête contre son torse, je sens une larme rouler sur ma joue tandis que je serre les dents car la douleur générée par mon pouvoir vient d'atteindre des sommets. J'ai la sensation que mon être brûle de l'intérieur, que mes veines vont exploser et que quand tout s'arrêtera, je m'évanouirai.

J'entends Liam grogner. Ses mains agrippent mon corps et me donnent l'impression qu'il ne me lâchera jamais puis soudain, son pouvoir opère.

La douleur reflue, les flammes se réduisent jusqu'à disparaître et après plusieurs dizaines de secondes, il ne reste que lui et moi, serrés l'un contre l'autre, au milieu de la salle d'entraînement.

Pas une étincelle en vue.

Il reste collé contre moi en inspirant et en expirant bruyamment. Il sent un mélange d'odeur de transpiration, de bois et de résine.

— C'est bon ? me demande-t-il. Tu ne vas pas recommencer ?

— Je… je ne crois pas.

Il prend son temps pour se détacher de mon corps. D'abord, il retire un bras dans mon dos, puis laisse le second glisser jusqu'à mon épaule, avant de décoller son torse. Sa main court le long de ma peau, va jusqu'à mon poignet, qu'il tient en vérifiant mon regard. Il guette un signe de magie. Rien ne vient.

Heureusement, car Liam a l'air exténué. Des gouttes de sueur dégoulinent sur son visage et tombent dans son cou. Il finit par lâcher mon poignet, mais reste à proximité, prêt à intervenir si tout repart de plus belle.

Je mords l'intérieur de ma joue en réalisant l'état dans lequel il s'est mis pour m'aider. Comment n'ai-je pas songé aux efforts qu'il doit produire pour arrêter chacune de mes catastrophes ? Mon cerveau a bêtement cru qu'absorber la magie ne lui demandait pas d'énergie, parce qu'il n'y a rien de visible qui se produit de son côté.

C'était stupide. Terriblement stupide de ma part. J'aurais dû me dire qu'il était fatigué après l'affrontement avec la tempête d'hier et nous aurions dû reporter cet entraînement.

— Je suis désolée, Liam, je ne voulais pas… je… merci.

— Tu es un cas désespéré, cingle-t-il.

Ses mots me font l'effet d'une gifle.

— Tu ne fais aucun effort, ajoute-t-il. Aucun.

— Au contraire, j'essaie, je ne fais que ça d'essayer, mais tu me pousses à bout et ce n'est pas la solution.

— Je te pousse à bout ? Je suis dans ton corps et je décide de quand le flux de magie s'ouvre ?

— Non, bien sûr que non.

— N'accuse pas les autres pour tes propres erreurs, Eira.

Son regard dur et son ton accusateur me donnent envie de lui sauter à la gorge. Il est épuisé, je suis épuisée, ne pouvons-nous pas repousser cette conversation pour un moment où nous aurons toute notre lucidité ? A-t-il besoin de passer ses nerfs sur moi ? Bien sûr que j'ai tout fait foirer encore une fois ! Que croit-il ? Que je ne le sais pas ? Que je suis dans le déni de ma propre incapacité à gérer mes pouvoirs ? Sur la défensive, je tente de me justifier.

— Je ne cherchais pas à t'accuser. Je disais que tes conseils ne fonctionnent pas et qu'il faudrait trouver une autre manière de…

— Mes conseils ? Tu penses que le problème vient de moi ?

— Ce n'est pas ce que je dis, j'essaie de t'expliquer que répéter la même situation et s'attendre à un résultat différent, c'est…

Les lèvres pincées, je tente de trouver les mots qui ne déclencheront pas la colère de Liam.

— Je ne comprends pas tes recommandations, voilà ce que je veux dire.

Là, j'ai tourné ça dans le bon sens, c'est moi que j'accuse, pas lui. Il répond aussitôt :

— Donc on est d'accord. Le problème c'est toi. Tu ne fais aucun effort.

Il tourne les talons et part vers le banc où se trouvent ses affaires. Agacée de sa conclusion alors que j'essaie de trouver un moyen d'avancer dans nos entraînements, je le suis et lâche :

— C'est ça que tu retiens ? Que tout est ma faute ?

— Ce n'est certainement pas la mienne.

— Oui, parce que tes conseils minables ne sont pas responsables peut-être. « Contrôle-toi, Eira ! » Tu crois que ça m'aide ? Explique-moi comment me contrôler plutôt que de me balancer un ordre aussi vague ! Dis-moi ce que tu fais, toi, pour te contrôler !

Il s'est arrêté avant d'atteindre le banc. Avec lenteur, il se retourne et me dévisage. Ses yeux n'expriment plus rien, comme s'il avait gommé toutes ses émotions.

— Je n'ai pas de temps à perdre avec des gens autocentrés qui ne savent pas se remettre en question, lâche-t-il sur un ton glacial. Encore moins avec une fille qui n'a pensé qu'à elle ces dernières années, plutôt que de mettre ses pouvoirs au service de la survie de tous.

Puis il repart de plus belle vers le banc pour attraper son sac. Au moment où il pose les doigts sur la poignée de la porte, j'ose demander :

— Qu'est-ce que ça veut dire ?

Mais je crois que je connais déjà la réponse car je ne ressens même pas de surprise quand il me lance :

— Débrouille-toi sans moi.

Suivi par ses camarades, il s'en va sans même se retourner.

Chapitre 26

Je le déteste. Je le hais. Qu'il se consume avec son pouvoir, tiens. Qu'il comprenne ce que ça fait de ne pas avoir le contrôle. C'est incroyable que des gens lui collent aux bottes alors qu'il est aussi hautain et désagréable, sûrement comme son père d'ailleurs. Je n'ai pas rencontré le chef de cette ville, mais j'imagine qu'avec son statut, il ne doit pas avoir son ego dans sa poche. Voilà le modèle avec lequel Liam a grandi ! Pas étonnant qu'il soit un abruti aujourd'hui.

Dans les douches communes, je laisse l'eau chaude couler sur ma peau et tente de trouver des sujets pour lesquels je ressens de la gratitude afin de calmer mes pensées tumultueuses. Rien ne me vient tellement je suis en colère.

Si Liam ne veut pas m'aider, pas de problème. Je vais me débrouiller. Je ne le laisserai pas ruiner tout mon apprentissage. Après tout, ce n'est pas comme si ses conseils m'avaient été utiles jusque-là. Au contraire, tout ce que j'ai fait, c'est perdre plus souvent le contrôle et me dire que je ne suis bonne à rien. Ne pas avoir confiance dans ses pouvoirs ne doit pas aider à obtenir une quelconque maîtrise. Si à chaque fois qu'une flamme frémit dans ma main, je crains de déclencher un incendie, je ne vais jamais m'en sortir.

Je me sèche et me rhabille, en emportant mes affaires sales dans ma chambre, puis je claque la porte. Peu importe si on m'a entendue, tout le monde est au réfectoire à cette heure-là de toute façon.

À la fenêtre, le chat se présente alors que je ronchonne toujours. Je lui ouvre en me disant qu'il y a au moins un être vivant dans notre monde qui veut bien de ma présence. Bon, je ne vais pas me rengorger en disant qu'il la réclame, on est loin de là. Ce n'est pas non plus comme s'il m'avait laissé l'approcher ou le caresser. Mais il ne me fuit pas et même Liam avait l'air surpris de le croiser hier matin.

Liam.

Mes nerfs vont craquer à force de penser à lui avec autant de férocité. Je vais enfermer son prénom et tout ce qu'il représente dans une boîte cadenassée dont je vais jeter la clé. Il va disparaître de mes pensées à tout jamais. Tiens, même quand je le croiserai à l'avenir, ce sera comme s'il n'existait pas.

— Comment suis-je supposée faire à présent ?

Je parle au chat. J'espère vraiment qu'il ne me comprend pas. Il doit se dire que je passe mon temps à me lamenter. Pourtant, me plaindre n'est pas dans la liste de mes priorités, tout ce que je cherche, ce sont des solutions.

— Si Liam ne veut plus m'entraîner, j'ai perdu mon filet de sécurité. Au moins, avec lui, je pouvais perdre le contrôle et m'en tirer à bon compte. C'était rassurant.

J'entends de la musique à travers la fenêtre, ce qui me fait aussitôt grogner.

— Ces gens n'ont que ça à faire ? Utiliser les mages pour créer des dômes de chaleur au Pinacle et faire la fête ? Danser jusqu'au bout de la nuit ?

Ma mauvaise humeur est palpable à ce stade, sûrement que mon aura négative emplit toute la pièce. C'est incroyable que le chat ne soit pas parti en courant malgré ça. Je suis persuadée que les animaux sont capables de sentir nos émotions. D'ailleurs, si ce félin pouvait aspirer toute la colère que je ressens, ça m'aiderait à mieux réfléchir.

Assise sur le lit à côté de la bête, je tends le bras pour caresser les poils blancs au sommet de sa tête, entre les deux oreilles. Il se laisse faire et après quelques minutes, je commence à me détendre.

— J'ai besoin de trouver quelqu'un qui a rencontré le même problème que moi. Quelqu'un qui n'a pu apprendre à maîtriser ses pouvoirs que tardivement. Ce quelqu'un existe-t-il à Cendralis ?

J'observe les yeux bleus du chat, avec l'espoir qu'il me réponde. Si j'en suis à réclamer des indices à un animal…

— Ouais, tu ne peux probablement pas savoir. Désolée, réfléchir à voix haute m'aide à mettre de l'ordre dans mes idées. Peut-être qu'un mage s'est rendu compte qu'il avait des pouvoirs sur le tard ? Tout le monde ne manque pas de cramer une maison à l'âge de seize ans.

Ma réflexion se poursuit.

— Ce serait plus simple si je pouvais parler à mon père ou à ma mère. Ma véritable mère et mon père biologique, je veux dire. Je tire ma puissance de l'un des deux, ou des deux. Ils auraient de meilleurs conseils à me prodiguer que Liam Kayn.

Je crache presque son nom et m'en tiens à ma promesse intérieure : mettre tout ce qui le concerne dans une boîte. Aussitôt, je fais disparaître ses cheveux bruns, ses étranges yeux bleus et ses airs supérieurs.

— Mais pourquoi mes parents viendraient m'aider, hein ? Ils m'ont laissée me débrouiller quand j'avais cinq ans, m'ont expédiée à Zéphyria… si j'avais été plus âgée, m'auraient-ils livrée aux étendues glacées ? Peut-être que c'était leur première intention et qu'ils n'ont pas réussi à aller au bout de leur projet, parce que quelqu'un leur a fait remarquer que c'était un destin horrible pour une enfant de cinq ans.

Je frissonne en y songeant. Je balance des hypothèses à la va-vite, mais tout à coup, je crains que celles-ci soient vraies. Étais-je un élément si gênant qu'ils auraient été prêts à me lâcher dans le grand froid ?

— Je ne sais vraiment pas par où commencer… Explique-moi pourquoi il n'y a pas un livre qui apprend les bases de la magie de A à Z ? La maîtrise du feu pour ceux qui sont dépassés par exemple. Si je trouve un tel ouvrage, je saute dessus et je le dévore de la première à la dernière pa…

Je m'arrête au milieu de mes élucubrations, prise d'une inspiration subite. Je saisis mon sac au bas du lit et l'ouvre pour y dégotter le plan de l'académie que j'ai reçu mon premier jour. Tous les bâtiments ne figurent pas dessus, seulement ceux qui sont utiles à mon apprentissage et là… bingo !

— La bibliothèque, petit chat. Enfin, énorme chat. Tu sais que tu fais sûrement cinq fois le poids d'un chat de Zéphyria ? Les rares que j'ai croisés là-bas me paraissaient maigrichons. On raconte que leur croissance s'arrête plus tôt qu'avant en raison du manque de nourriture.

Sur le plan est indiqué « bibliothèque ». Il n'y a pas d'horaires, mais dans une académie où le but est d'apprendre, on doit laisser l'accès ouvert vingt-quatre heures sur vingt-quatre, non ?

Je remets mon uniforme au cas où, glisse mon sac sur l'épaule et file vers la porte d'entrée. Au moment de partir, je me retourne, à la recherche du chat. Je n'ai pas envie de le laisser enfermé dans la pièce, surtout que je ne sais pas pour combien de temps j'en ai. Je le trouve à mes pieds. Il se frotte contre mes jambes en ronronnant. Alors j'appuie sur la poignée et nous quittons ensemble ma chambre.

Dans les couloirs, il me suit, ou plutôt, je le suis. Il ouvre la marche comme s'il savait où nous allions. Nous marchons vers le centre du bâtiment pyramidal, ce qui m'étonne. C'est la première fois que je me rends de ce côté. Puis nous atterrissons devant une porte sur laquelle des runes ont été gravées en relief. Les signes s'entrelacent sur toute la hauteur de la porte, qui fait bien trois hommes de haut.

À mes pieds, le chat miaule.

— Tu crois que je peux ouvrir ?

Il n'y a qu'une pancarte sur la droite qui indique « bibliothèque ». Je finis par pousser la porte, qui pivote sur ses gonds sans émettre un bruit et je pénètre dans l'immense salle avec le félin.

La première chose que je remarque, c'est l'atmosphère douce et chaleureuse qui emplit l'espace. Pourtant, il n'y a pas l'ombre d'une flamme, aucune cheminée, aucun brasier, et je comprends pourquoi : des milliers d'ouvrages s'alignent sur les étagères en bois. Des lumières artificielles jaunes créent une ambiance tamisée et des tables avec des éclairages plus clairs sont installées à intervalles réguliers pour que les gens puissent feuilleter les ouvrages à leur guise.

Sur ma droite, un comptoir de plusieurs mètres de long se dresse. Il n'y a personne derrière. D'ailleurs, j'ai l'impression d'être seule dans les lieux.

Le chat miaule, comme pour me dire que je ne suis pas si seule et je souris de l'entendre se manifester.

J'avance vers un rayon sur ma droite. Quand je me rapproche des étagères, des lumières rouges s'allument pour éclairer le dos des ouvrages. Y a-t-il un sort qui détecte ma présence ? Ou bien est-ce une technologie d'avant, que Zéphyria ne possède pas ?

Je quitte le premier rayon pour m'avancer plus loin dans la salle et je découvre alors un escalier en colimaçon qui mène à l'étage supérieur. Il y a des bibliothèques sur chaque mur et les livres s'entassent jusqu'au plafond. C'est incroyable. Je pensais que la majorité des ouvrages aurait disparu après l'arrivée des tempêtes. Émue de découvrir qu'autant de savoir a été conservé, je reste silencieuse et immobile, le regard levé vers ces connaissances qui me tendent les bras.

— Impressionnant, n'est-ce pas ?

Je sursaute et me retourne pour découvrir un homme âgé, dont le visage est recouvert de taches sombres. Des rides profondes marquent son front et ses yeux. Ses cheveux d'un gris cendré sont tirés en arrière et tenus par un ruban. Quelques mèches retombent sur son visage et adoucissent son expression sévère.

Une clé d'argent orne son cou et tombe sur une robe noire au liseré violet. Les élèves ne portent pas de robes, mais il est fréquent de voir les professeurs vêtus de la sorte. Je me demande si c'est une indication de statut.

— Oui.

Je murmure tout juste ma réponse. J'ai l'impression que parler trop fort serait manquer de respect à la majestuosité des lieux.

— Je ne t'ai jamais vue ici, ajoute le mage en fronçant les sourcils.

Un sourire éclaire mes lèvres. Ne sait-il donc pas qui je suis ? Vu mon âge, il doit être étonné que je n'aie jamais fréquenté la bibliothèque. Pour lui, je suppose que je suis en cinquième année à l'académie et tous les élèves ont dû pénétrer dans cette partie du bâtiment un jour ou l'autre pour trouver un renseignement.

— Je suis Eira.

Il penche la tête sur le côté, et je me sens obligée de préciser :

— Eira Fall.

Cette fois, il acquiesce et semble comprendre qui je suis.

— Et qu'est-ce qui t'amène, Eira Fall ?

J'inspire en me demandant s'il va me rire au nez.

— J'ai besoin d'apprendre à contrôler mon pouvoir.

J'attends la moquerie, la pique, le mot de travers qui me remettra à ma place ou me rappellera que j'ai manqué à mon devoir pendant cinq ans.

Rien de tout ça. Le mage me regarde et sourit.

— Très bien, allons te trouver ça.

Il m'escorte dans les rayons en me racontant l'histoire de ce bâtiment somptueux, la manière dont les livres ont été rapatriés de différents royaumes et comment, aujourd'hui, cette bibliothèque est l'unique au monde.

— À moins que des cités aient survécu sans que nous le sachions, ajoute-t-il.

— Ce serait possible ?

Avec un sourire amusé, comme si sa propre hypothèse était une idée séduisante, il hausse les épaules. En traversant les rayons, j'aperçois une étagère consacrée aux herbes médicinales et je ne peux m'empêcher de glisser mon index sur le dos des ouvrages.

— Un thème qui t'intéresse ? s'enquiert le bibliothécaire.

J'acquiesce et attrape un livre qui traite des techniques de suture.

— À Zéphyria, je comptais devenir guérisseuse.

— Oh, il y a une école pour ça ?

— Non. J'ai appris toute seule, avec les quelques ouvrages qu'on trouve encore là-bas, avec les conseils de nos anciens et à travers quelques expériences parfois douteuses.

— Alors ça devrait bien se passer ici, m'assure-t-il.

— Pourquoi Maître… Maître ?

— Mage Ildrek, précise-t-il en voyant mon hésitation.

Avec soin, je referme l'ouvrage que je viens de feuilleter et le remets à sa place. Le bibliothécaire m'entraîne vers un autre rayon.

— Honnêtement, mes premiers jours ici ont été catastrophiques, j'ai beaucoup de mal à imaginer que la suite puisse être meilleure, Maître Ildrek.

— Je parle pour la maîtrise de tes pouvoirs, Eira. Tu as appris seule l'art de guérir, non ?

— Oui. Je ne maîtrise pas tout, mais je connais mes bases.

— Tu parviendras à gérer ton don. Tu es débrouillarde, tu as soif d'apprendre et tu n'as pas peur de travailler.

— Comment le savez-vous ?

— Tu viens de me le dire, jeune Eira. Tu as appris l'art de la guérison, à vingt-et-un ans. Rien ne t'empêchera de dompter tes flammes.

Il me sourit et étrangement, je crois chaque mot qu'il dit.

Chapitre 27

Cher Laos,

La vie à Cendralis ressemble en tous points à ce que j'imaginais : elle est dure, stricte et personne n'apprécie ma présence. Je crois que je suis une pestiférée à leurs yeux.

Je pose mon stylo plume. Ce n'est pas le mien, nous n'avons jamais eu les moyens de posséder un tel objet à Zéphyria. Je ne crois pas qu'on en fabrique encore, et celui-là a dû être hérité de génération en génération. Maître Ildrek me l'a prêté pour que je puisse rédiger ma lettre sans baver. L'encre jaillit de la pointe dorée et se déverse sur le papier à mesure que je trace les lettres.

Trois semaines se sont écoulées depuis mon arrivée et je t'assure que par moments, j'aurais préféré les étendues glacées à l'académie du feu.

On m'a mise en classe avec les premières années, parce que je n'ai pas le niveau pour suivre les cours de ceux de mon âge. J'ai eu du mal à m'y faire, néanmoins j'ai presque deux amis à présent. Il y a Paige, tu l'aimerais beaucoup. Elle est bavarde, elle sait ce qu'elle veut, n'a peur de rien et pose toutes les questions dérangeantes du monde, que ce soit à ses amis ou à des inconnus. Je crois que le regard des autres ne lui fait pas peur. Sa confiance en elle m'impressionne.

Puis il y a Sylas, un ami à elle. Il est beaucoup plus timide et réservé, parle rarement, mais j'ai toujours envie de l'écouter quand il se mêle de nos discussions, car il a beaucoup de recul sur les choses. J'ai voulu l'interroger sur sa vie, néanmoins il a toujours habilement esquivé le sujet de sa famille et de son enfance.

Le chat ronronne entre mes jambes et je comprends le message. Je me plie en deux pour pouvoir câliner sa tête depuis ma position assise à ma table au fond de la bibliothèque. Depuis trois semaines, lui et moi formons une équipe. Nous nous retrouvons à des heures régulières et avons établi une solide routine.

Pour les autres, on ne peut pas dire que j'ai marqué des points. Les professeurs ne m'apprécient guère, car mes progrès tardent à venir, et les autres élèves ont une forme de rancœur envers moi. J'aurais dû venir ici plus tôt pour apprendre à maîtriser mon pouvoir.

Je n'ai pas envie de m'attarder sur ce sujet. Je pourrais écrire des pavés, me justifier, donner raison aux gens du feu, puis me défendre de nouveau. Ça ne servirait à rien. Ce qui est fait est fait.

J'espère que ta vie se poursuit et que tu as plein de missions de réparations. Les tempêtes sévissent-elles de plus en plus ? Ici, il ne se passe pas une semaine sans que l'une d'elles vienne chambouler le quotidien.

L'intensité des tempêtes a d'ailleurs réduit la quantité de voyages autorisés. Je n'ai aucune idée de quand un convoi partira pour Zéphyria et emportera cette lettre au passage.

Comment vont Lynda et Tomas ? Je sais qu'ils m'écriront, peut-être l'ont-ils déjà fait, mais aucun voyageur n'est arrivé depuis un long moment ici. Je ne sais même pas si Lynda est bien rentrée à Zéphyria.

J'ai cessé de me dire qu'il lui était arrivé quelque chose il y a une semaine. M'inquiéter me tordait l'estomac et je n'en pouvais plus de ne penser qu'à ça.

Je pense fort à vous trois. J'aimerais être avec vous.

Je ne parle pas de mon apprentissage de la magie, de mes déboires ou de ma situation actuelle, fort précaire. J'essaie de me focaliser sur les points positifs : la nourriture est bonne, ma chambre est chauffée et même les douches dispensent de l'eau chaude, ce qui est un luxe auquel je ne me suis toujours pas habituée. À Zéphyria, il faut faire bouillir l'eau sur le gaz si on veut quoi que ce soit de chaud.

Je veux demander plus de nouvelles à Laos, mais en jetant un coup d'œil à la grande horloge dans le coin en haut à droite de mon champ de vision, je découvre que l'heure est déjà bien avancée. Si je ne veux pas être en retard au premier cours, je dois ranger mon bazar.

Avec délicatesse, je remets le stylo plume dans sa boîte, puis je plie ma lettre en deux et la cale dans mon carnet de notes, avant de le glisser dans mon sac. Je traverse la bibliothèque sur la pointe des pieds. Maître Ildrek s'est moqué plus d'une fois de cette habitude.

— Les livres ne t'entendent pas, m'a-t-il dit.

Mais j'éprouve une forme de respect religieux envers ces lieux et je fais tout mon possible pour ne pas déranger le silence qui y règne.

Aussi, quand je surprends une discussion dans une allée, j'ai presque envie de dire aux gens de parler moins fort, avant de réaliser que parmi les deux interlocuteurs se trouve la copine de Liam.

Je fais un pas en arrière pour rester cachée par le rayonnage et je tends l'oreille, car il me semble avoir entendu mon prénom. Est-ce mal d'espionner une conversation dont on est l'objet ? Mon compagnon félin a l'air de le penser, car il file vers la sortie sans m'attendre.

— Elle serait utile au projet Phénix.

— Son père aussi.

— Vous savez qui est son père ?

— Tout le monde le sait. Personne ne veut le dire, c'est tout. Sa puissance incontrôlable provient bien de quelque part de toute façon.

Il sait qui est mon père ? Cet homme avec elle, dont je n'ai pas réussi à voir le visage, a une idée bien précise de l'identité de mon géniteur ?

— C'est d'ailleurs pour ça que je pense qu'Eira serait parfaite pour le projet. Elle n'est pas capable de maîtriser son don. Ça ne sert à rien qu'elle fasse perdre le temps des professeurs en classe, ou qu'elle mette en danger les autres élèves. Autant la placer à un poste plus utile.

Un poste plus utile ? L'idée me séduit presque, avant de m'accabler. Suis-je un cas si désespéré que personne ne me croit capable d'apprendre la magie ?

Mal à l'aise d'avoir écouté une discussion privée, je décide de repartir et d'accélérer le pas afin de quitter les lieux au plus vite. Si on n'avait pas prononcé mon prénom dans la conversation, je serais partie tout de suite, mais la curiosité…

— Tout va bien, Eira ? me demande Maître Ildrek en me voyant passer devant le comptoir.

Son regard s'attarde sur la boîte du stylo plume que je tiens encore en main, et je réalise que j'allais oublier de lui rendre.

— Oui, oui, mage. Tenez… merci encore.

— Tu as pu finir ta lettre ?

— Non, mais j'aurai le temps de poursuivre plus tard.

Je prends congé et m'oriente dans les couloirs maintenant familiers de l'académie. J'ai réussi à apprivoiser le plan de l'école et je n'ai plus besoin de vérifier mon chemin pour me rendre en classe.

Mon estomac gronde. Je n'aurais peut-être pas dû sauter le petit-déjeuner pour aller directement à la bibliothèque. Mais je n'aurais pas surpris cette discussion si je ne l'avais pas fait. Ce n'est pas la première fois que j'entends parler du projet Phénix.

— Tu n'étais pas au réfectoire ce matin ! me lance Paige quand j'entre en classe et m'installe à côté d'elle.

— Tu sais quelque chose au sujet d'un projet Phénix ?

— Bonjour à toi aussi, rétorque-t-elle. Qu'est-ce que c'est le projet Phénix ?

J'en conclus qu'elle n'a aucune idée de quoi il s'agit et je hausse les épaules, vu que je n'en sais pas plus qu'elle.

Sylas nous rejoint et s'installe à droite de Paige, qui lui demande aussitôt :

— Tu as entendu ?

Puis elle se tourne vers moi.

— Et toi ? T'as entendu ?

— Entendu quoi ?

— Ce qu'il s'est passé hier soir.

Comme d'habitude, dans son enthousiasme, la jeune fille oublie de nous livrer les informations principales et parle comme si nous savions exactement quel était le sujet de la conversation. La plupart du temps je m'en amuse, mais aujourd'hui, je me sens plus agacée qu'autre chose.

— Paige, on ne sait pas ce qu'il s'est passé hier soir. Tu pourrais aller droit au but ?

Elle se renfrogne, ce que je comprends, elle n'a rien fait de mal, aussi je me reprends :

— Pardon, j'ai mal dormi.

Et la conversation que j’ai entendue tout à l’heure me travaille. Devrais-je aller trouver la copine de Liam pour lui dire que j’ai écouté des bribes de sa discussion et lui demander de quoi il s’agit ?

J’essaie de me montrer plus enjouée auprès de Paige.

— Alors dis-nous, que s’est-il passé hier soir ?

Maintenant que nous sommes disposés à l’écouter, elle nous fait un immense sourire, assorti d’un plissement d’yeux pour entretenir une aura de mystère.

— Liam Kayn a été victime d’une tentative d’assassinat.

Chapitre 28

— Il est vivant, ajoute-t-elle en voyant mon expression d'horreur. J'ai dit tentative ! S'il était mort, je suis certaine qu'on aurait eu un jour de deuil en ville et il n'y aurait pas eu cours. Ça aurait été une tragédie.

Le ton presque enjoué qu'elle utilise pour raconter son histoire contraste avec ses propos.

— Ça s'est produit où ? demande Sylas.

Le garçon se montre rarement curieux, je le laisse donc mener l'interrogatoire et préfère garder le silence, même si j'écoute d'une oreille très attentive. Dire que j'avais décidé que Liam Kayn resterait enfermé à tout jamais dans une boîte.

— On raconte qu'il a combattu trois personnes et qu'il a réussi à avoir le dessus sur ses assaillants et à s'en sortir vivant, ce qui est exceptionnel.

— Mais qui l'a attaqué ? Quand ? Où ?

Heureuse d'être le centre de l'attention, Paige prend son temps pour nous fournir les explications :

— Il rentrait chez lui depuis l'académie et ils l'ont coincé dans une rue du Pinacle.

— Ils ?

— C'étaient des saboteurs. Il a réussi à mettre K.-O. l'un d'entre eux et ils doivent l'interroger sous peu, je pense, si ce n'est pas déjà fait. Les deux autres ont pu s'enfuir.

Sylas assimile les informations tandis que Paige poursuit :

— Il a été blessé au bras par un couteau a priori. Je ne serais pas étonnée de le croiser avec un bandage aujourd'hui. On raconte que ses adversaires ont crié la devise des saboteurs : le Pinacle tombera, que le froid prenne sa place !

Je n'avais jamais entendu cette phrase auparavant. Néanmoins, des quelques informations que j'ai obtenues au sujet de ces saboteurs, je ne suis pas étonnée. Divers incidents qui impliquaient cette faction ont eu lieu au cours des dernières semaines. Des mages qui défendaient la ville d'une tempête ont été blessés. Des abris étaient verrouillés au moment d'une alerte et des habitants n'ont pas pu se réfugier à l'intérieur. Une soirée au Pinacle a été interrompue par des projectiles qui ont traversé le dôme de chaleur. Et bien sûr, il y a ces coupures de courant, de plus en plus nombreuses, qu'on attribue à leur groupe également et qui mettent en danger toute la ville. Quand l'énergie est coupée, les serres ne sont plus chauffées, les feux dans les tours ne sont plus alimentés et nous sommes à la merci du froid et des tempêtes.

Les saboteurs ne rêvent que de ça : qu'on laisse la nature œuvrer et que la cité soit ensevelie par la glace. Selon eux, notre lutte va à l'encontre du destin que les dieux ont prévu pour nous.

Et la tempête est leur dieu. Ils se montrent même plus virulents depuis que le jour où la glace a pris forme humaine. Pour eux, c'est le signe qu'ils ont raison et que les dieux se cachent derrière ce cataclysme. Nous devons être punis pour nos méfaits. Quels méfaits ? La longue liste qu'ils ont dressée, non exhaustive selon leurs précisions, m'a fait frissonner. Impossible de la lire sans se dire que nous sommes le fléau de ce monde, que nous avons dévasté les terres, abusé de nos pouvoirs et que nous sommes incapables de faire preuve d'humanité, alors que nous sommes pourtant humains par essence.

— L'Arkon ne doit plus vouloir laisser son fils sortir de leur demeure maintenant, ajoute Paige.

— Si vous voulez bien cesser les messes basses, réclame le professeur.

Nous sommes en cours de pratique avec Maître Halys, qui continue de se montrer patient avec moi et ne m'a pas virée de sa classe.

Pourtant, je n'ai pas fait beaucoup plus de progrès. J'ai dévoré quantité d'ouvrages sur le sujet de la magie et même trouvé le récit d'une personne qui semble avoir vécu une expérience similaire à la mienne. Maître Ildrek a dégotté le journal intime de la personne en question dans les rayons de la bibliothèque. Je l'ai lu et relu au point de le connaître par cœur. Quand je ferme les yeux, les pages apparaissent dans ma tête et les mots défilent.

Il y a quand même une avancée importante : je suis capable de créer une petite flamme, mais c'est à croire que j'ai bridé mon pouvoir car je n'arrive plus à déployer la puissance que j'avais. Maître Halys trouve ça parfait, ainsi je ne provoque pas d'accident, mais Maître Alden, que j'ai croisé dans un couloir la semaine dernière, m'a rappelé que Maître Orin s'attend à ce que je rejoigne les cinquièmes années dans quelques mois.

Ce n'est pas avec une flammichette qui ne permettrait même pas d'allumer un feu de cheminée que je vais réussir un tel exploit.

Nous avons convenu d'une règle avec Maître Halys : je n'essaie pas de pratiquer la magie tant que Paige ou Sylas ne sont pas disponibles pour me calmer en cas de dérapage. Ou bien que le professeur lui-même n'est pas à côté de moi. La stratégie de me faire compter des objets fonctionne assez bien et si par deux fois j'ai perdu légèrement le contrôle, nous avons réussi, par le biais de cet exercice, à calmer l'ardeur de mon feu jusqu'à ce qu'il disparaisse.

Sauf que depuis, j'ai la sensation d'avoir bridé mon don. J'y voyais une excellente nouvelle au début, car enfin je pouvais pratiquer certains exercices, mais à présent je me demande si mes peurs n'ont pas verrouillé mon pouvoir.

— Liam a-t-il une explication à cette limitation ? Est-ce lié à vos entraînements ? me demande Maître Halys à la fin du cours.

Les lèvres pincées, je me retiens de basculer mon poids d'un pied sur l'autre, ce qui ne ferait que mettre la puce à l'oreille du professeur. Mentir ou ne pas mentir ? Tandis que j'hésite, Maître Halys poursuit :

— Vous avez toujours vos entraînements, n'est-ce pas ?

Je hoche la tête en me maudissant intérieurement. Mais si je dis non, quelles conséquences auront lieu ? Il me virera de sa classe ? Obligera Liam à me redonner des cours particuliers ? Outre le fait que je déteste le Kayn, il m'a l'air déjà bien occupé avec la tentative d'assassinat, il n'a pas besoin qu'en plus je tente de cramer ses vêtements pendant un exercice.

Le professeur n'a pas l'air dupe, car il insiste :

— Si je demande à Liam si vous avez toujours vos entraînements, que va-t-il me répondre ?

Je ferme les yeux, incapable de mentir plus longtemps.

— Nous avons arrêté car nous étions dans une impasse.

Au moins, c'est le reflet de la vérité. Je ne pense pas qu'en poursuivant nos exercices comme nous le faisions, le résultat aurait été différent. J'ai bien plus appris en lisant tous les manuels que je pouvais trouver à la bibliothèque et notamment le journal intime de Cressa, qu'à travers mes quelques entraînements avec Liam.

— Une impasse ? répète-t-il.

J'acquiesce en baissant le regard. Dire du mal du fils du chef de la ville ne m'apportera rien de bon et je n'ai donc pas envie de m'étaler sur ce sujet houleux.

Heureusement, avec sa bienveillance habituelle, Maître Halys me répond :

— Je comprends. Je vais te trouver quelqu'un d'autre.

Chapitre 29

Quelques heures plus tard, Eldric, qui m'avait guidée lors de ma première journée à l'académie, se trouve devant la porte de ma chambre alors que les cours sont terminés.

— Euh… bonjour ?

— Je suis de corvée pour ton entraînement. Maître Halys m'envoie.

Sa nonchalance habituelle ne m'aide pas à savoir s'il est déçu de cette situation, ou si ça ne le dérange pas.

— Je m'apprêtais à aller à la bibliothèque.

Mon nouveau refuge, le seul endroit où je ne suis pas l'objet de railleries. Ce qui ne l'intéresse pas le moins du monde.

— J'espère que tu as progressé parce que je ne veux pas retrouver mes vêtements grillés sur place.

Ça ne risque pas d'arriver puisqu'il porte l'uniforme de l'école. Je soupire en comprenant que mes plans pour la soirée sont ruinés. J'avais prévu de terminer ma lettre pour Laos, puis de relire encore une fois le journal de Cressa. Même si ma situation et celle de la mage sont différentes, il y a suffisamment de similitudes pour que je m'identifie à ce qu'elle a vécu. À chaque fois que je lis ses écrits, je me sens moins seule. C'est comme si elle était avec moi.

— J'ai réservé une salle d'entraînement, ajoute Eldric en me faisant signe de le suivre dans le couloir.

Maître Halys ne me laissera pas poursuivre sans tuteur, je me sens donc forcée d'emboîter le pas à mon camarade.

Sur les quatre salles que contient le bâtiment, deux sont déjà occupées, dont une par Liam et ses groupies, sa copine incluse, ce qui ne va pas aider à ma concentration. Je me répète que j'ai promis d'ignorer la présence du garçon si je venais à le croiser, mais avec ce que Paige m'a dit ce matin et le bandage autour de son bras, je ne peux m'empêcher d'éprouver de la curiosité. A-t-il vraiment été attaqué ? Pour quelle raison ? Pour ce qu'il représente ? Parce qu'un jour, il dirigera Cendralis à la place de son père ? Et comment a-t-il réussi à se défendre contre trois assaillants alors qu'il était seul ? Remarque, ce n'étaient pas des mages, il a pu utiliser son pouvoir pour les tenir à distance.

— Tu ferais mieux de rester avec les gamins, lâche la blonde depuis les gradins quand je passe devant elle.

Un bref instant, j'ai envie de lui cracher au visage. Puis je me rappelle que je l'ai surprise en pleine discussion ce matin et mon dégoût se mue en curiosité.

— Elle s'appelle comment ?

Nous sommes entrés dans la salle où Eldric dépose ses affaires avant de sautiller sur place pour s'échauffer.

— Qui ?

Je tourne la tête vers la copine de Liam.

— Elle.

— Oh, Sélène ?

Sélène. Il faut que je parvienne à la coincer en tête-à-tête pour l'interroger.

— Je ne ferais pas attention à elle à ta place, ajoute Eldric. Elle est issue d'une maison mineure aux ambitions démesurées et elle fait tout ce qu'elle peut pour obtenir un statut social plus élevé. On raconte que ses parents sont ruinés et que Sélène est leur dernier espoir pour ne pas finir dans la Crevasse.

Ce qui n'explique pas qu'elle me déteste ou qu'elle ait proposé ma candidature pour un projet mystérieux. Deux points qui me paraissent diamétralement opposés.

— Tu as entendu parler d'un projet Phénix ?

Eldric hausse les épaules, tout ce qu'il veut, c'est démarrer l'entraînement pour en finir le plus tôt possible et vaquer à ses occupations habituelles. Je le comprends.

Tandis que je me prépare, je tourne la tête vers la salle où Liam s'entraîne avec trois camarades. Essaie-t-il de recréer la situation d'hier soir ? Les flammes de ses amis ne le blesseront pas de toute façon. C'est en songeant à ça que je réalise qu'ils n'utilisent pas le feu pour l'attaquer, mais des lames de tailles différentes : l'un a un poignard, l'autre une hache et le dernier une sorte d'épée fine à lame recourbée.

Liam esquive les attaques, crée une diversion avec son pouvoir, parvient à faucher l'un de ses ennemis, plonge au sol pour éviter le poignard jeté dans sa direction, puis se relève pour faire face à la prochaine attaque.

Il tourne légèrement la tête sur sa gauche et c'est à cet instant qu'il croise mon regard. Je ne sais pas s'il était tellement concentré qu'il n'a pas réalisé que j'étais dans la salle, mais il a l'air surpris et mécontent de me voir ici.

La colère gronde en moi. J'ai le droit de me trouver dans ces lieux. Les salles d'entraînement ne lui appartiennent pas, peu importe qui est son père. Je détourne le regard et me concentre sur Eldric en lâchant :

— On commence ?

Le garçon acquiesce et me propose un exercice simple, tandis que mon regard ne cesse d'aller et venir vers la salle juste à côté. La boîte, je dois retrouver la boîte dans laquelle j'ai enfermé Liam et tout ce qui le concerne. J'inspire, calme les battements de mon cœur et fais le vide dans ma tête, comme Paige me l'a appris.

Depuis que j'applique sa technique, je n'ai pas perdu le contrôle sur mon feu. Je dois reconnaître à mon amie sa patience infinie. Je crois que je ne lui rends pas à sa juste valeur tout ce qu'elle m'apporte. Il est grand temps que je fasse des efforts à ce sujet, car j'ai bien de la chance de l'avoir dans mon entourage, surtout quand on voit comment les autres me traitent.

— Montre-moi ce que tu sais faire, m'encourage Eldric alors qu'une flamme vacille au creux de ma paume.

— C'est ce que je sais faire.

Il fronce les sourcils :

— Ce n'est rien du tout. Un novice de première année fait mieux que ça.

— Je suis en première année. Je suis novice.

— Je t'ai vu cramer la chemise de Maître Karnacier, et manquer de faire brûler tout un couloir.

— Ce qui n'était pas fou. Depuis, j'ai mis la bride sur mon don afin d'apprendre à le gérer.

— Ce n'est pas ce qu'on attend de toi, Eira. Tu as beaucoup plus de puissance sous le pied et tu dois apprendre à l'utiliser. Tu ne dois pas faire des pas de bébé dans ton apprentissage, sinon tu ne risques pas d'arriver à destination. On a une montagne à gravir et je ne veux pas perdre mon année à t'apprendre les bases de la magie. Il faut passer aux choses sérieuses. Ça fait quoi ? Un mois que tu es là ! Tu devrais au minimum savoir ajuster la puissance de ton don. Que tu perdes encore le contrôle quand tu déploies toute ton énergie, je veux bien, mais là je te demande juste d'augmenter un peu le volume. Fais mieux que ce truc ridicule.

Il me montre l'exemple et je réalise qu'il a besoin de plus de temps que Liam pour faire naître une flamme ardente dans sa main. Je savais que le Kayn avait des facilités avec son pouvoir, mais je crois que je n'imaginais pas à quel point avant de comparer avec Eldric. Petit à petit, la flamme grandit, se transforme en liane qui s'enroule autour du bras d'Eldric, court le long de son épaule, puis passe dans sa nuque avant de descendre sur son biceps opposé et de disparaître entre ses doigts. Il n'aurait fallu que dix secondes à Liam pour réaliser cet exercice, alors que ça a bien pris une minute à Eldric.

— Essaie la même chose. C'est un exercice qui demande un peu d'habileté, mais pas trop. Tu devrais en être capable à ce stade.

Je me retiens d'écarquiller les yeux et de lui rétorquer que je n'arrive pas à faire plus que ce qu'il voit. J'ai l'impression de revivre l'entraînement avec Liam : pas d'explications, pas de consignes précises autres que le résultat auquel je dois parvenir. Mais Eldric n'est pas le Kayn et je ne devrais pas reporter ma colère sur lui. Aussi, je prends sur moi et demande avec douceur :

— Comment suis-je supposée dire à mon pouvoir de se transformer en liane ?

Le garçon fronce les sourcils face à ma question. Je me sens aussitôt ridicule, néanmoins ce n'est pas un sujet que Maître Halys a abordé en classe, puisque personne dans mon cours n'en est à ce stade.

— Imagine la flamme qui court sur ton bras. Tout se passe dans ta tête. Plus ton esprit est fort, plus tes flammes t'obéiront.

C'est déjà plus que ce que Liam m'a enseigné. J'essaie d'appliquer les paroles d'Eldric. Je visualise le feu qui grandit dans ma paume, mais rien ne se produit. Mes peurs sont bien en place et verrouillent mon pouvoir. Je suis si calme et si détachée de mes émotions que je sens que le réservoir dans lequel je puise est fermé. Seule une goutte s'en échappe.

— On n'a pas toute la journée, Eira. Des efforts, s'il te plaît ? Concentre-toi, imagine les flammes qui grandissent, ferme les yeux s'il le faut. Allez, tu peux le faire.

Je tente de suivre ses consignes, j'écoute ses encouragements, je croise ses informations avec ce que j'ai appris de Cressa. Malheureusement la mage évoque très peu l'aspect pratique. Elle parle de ses émotions, mais pas de la manière dont elle les applique à ses pouvoirs.

— Eira ? C'est pour aujourd'hui ou pour demain ?

Malgré moi, mon regard se reporte sur la salle à côté, sur un Liam au sommet de sa forme même avec son bandage. Il a récupéré le poignard au sol et le pointe maintenant sur le cou de son camarade, sans enfoncer la lame, bien sûr. Il finit par lâcher l'arme une fois que l'autre a déclaré forfait, puis il se tourne vers les deux adversaires qu'il lui reste.

A-t-il senti une forte injustice, hier soir, quand des gens qu'il ne connaît pas s'en sont pris à lui ? Voit-il ce que ça fait d'être détestée par des inconnus ? Bien sûr, personne n'a attenté à ma vie et je ne souhaite pas que cet incident se reproduise pour Liam, mais une part mesquine de moi est ravie qu'il sache ce que j'éprouve.

À moins qu'il s'en fiche, qu'il soit au-dessus de ça selon lui.

— Tu fous quoi, Eira ? Tu veux montrer à tous les autres qu'ils ont raison ? Que t'es bonne à rien ? Qu'on n'aurait pas dû t'accueillir à Cendralis ? Que t'es une bouche de plus à nourrir et à laquelle on donne du temps alors que t'es pas utile à la ville ?

Je serre les dents face à ces piques et insultes à peine voilées. Que cherche Eldric ? À me faire sortir de mes gonds ? Tous les jours je dois contenir ma colère, ravaler mes répliques, encaisser la haine des autres et accepter que j'aie commis une erreur qui paraît impardonnable ici, à Cendralis. J'essaie de me montrer humble, de reconnaître mes torts et d'aller de l'avant. Ce n'est pas pour qu'on me remette des bâtons dans les roues en me balançant mes bêtises sous le nez matin et soir.

Il est allé trop loin. La flamme se déroule dans ma main, ce qui tire un sourire à Eldric.

— Ah ! Je savais que j'étais sur la bonne piste.

Il se réjouit d'avoir débloqué mon pouvoir. Il oublie que je ne sais pas comment l'arrêter.

Je ne veux pas risquer de blesser quelqu'un, je ne veux pas reperdre le contrôle alors cette fois, je décide que le résultat sera différent. J'inspire calmement, je fais le vide dans ma tête et je tente de ravaler mes flammes.

— Fais-les courir sur ton bras, m'ordonne Eldric.

Je parviens à calmer l'ardeur de mon feu et je sens un élan de satisfaction me parcourir.

— Non ! Tu étais sur la bonne voie, Eira. Arrête de faire ta peureuse. Ton feu ne te brûlera pas, tu es une mage ! Enfin t'es bien loin du niveau d'une mage, mais tu es résistante aux flammes alors cesse de repousser ce moment ! T'es en train de progresser, ne gâche pas tout.

— Je ne gâche pas…

— Écoute-moi et ne me coupe pas la parole inutilement. Fais danser le feu sur ton bras ! Imagine-le en train de tournoyer. Non, tu es encore en train de réduire le débit. Bon sang, Eira ! On dirait une gamine qui a peur de se brûler !

Il a mis pile le doigt sur mon problème alors que les images de ma chambre brûlée jaillissent dans mon crâne. Ce n'était pas pour ma petite personne ou pour le matériel que j'ai eu peur ce jour-là. C'était pour Lynda et Tomas. Ils ont pris soin de moi pendant plus de quinze ans et comment les ai-je remerciés ? En provoquant catastrophe sur catastrophe. Ils méritaient mieux que moi, ils méritaient une enfant normale et pas une enfant du feu.

— Si j'étais tes parents, je ne serais pas très fier, lâche alors Eldric.

Il a franchi une limite. Débordante de colère, je le fixe du regard tandis qu'il affiche un air ravi car mes flammes viennent de prendre un mètre de haut dans ma main. Je tends mon autre paume où elles apparaissent aussi.

— Parfait ! Incroyable, j'ai réussi là où l'extraordinaire Liam Kayn a échoué. Comme quoi, il n'est pas aussi parfait que tout le monde l'imagine et il fait un piètre enseignant.

Les flammes grandissent encore et encore, et cette fois, j'ai beau essayer de me rappeler les consignes de Paige ou de Sylas, ou de Maître Halys, j'ai beau invoquer dans mon crâne les pages du journal intime de Cressa, je ne peux plus rien contrôler.

Encore et encore, je reproduis la même erreur. Je pensais avoir progressé, je pensais m'être débarrassée de ce manque de maîtrise, mais Eldric a rouvert les vannes.

Les flammes s'étendent au-delà de mes mains et se mettent à tourbillonner autour de moi alors qu'Eldric m'abreuve de conseils et commence à paniquer.

— Euh… on avait dit juste une liane, qui court sur ton bras, Eira. Tu peux faire disparaître le reste ?

Il recule de trois pas et je comprends qu'il ne pourra pas m'aider. Je ferme les yeux pour me battre contre moi-même, contre mon pouvoir, contre ce réservoir de magie dans lequel je suis en train de puiser comme s'il était illimité.

— Referme la porte. Referme la porte.

Je répète en boucle cette phrase que j'ai lue dans le carnet de Cressa. Elle avait trouvé son propre mantra pour calmer son pouvoir incontrôlable. L'idée de visualiser un réservoir vient d'elle, et je dois dire que ça m'a bien aidée jusqu'ici. J'invoque l'image d'un conteneur et tente de réduire le débit de magie qui s'en échappe.

— Eira, arrête ce petit jeu ! crie Eldric.

J'avais l'impression de réussir, mais le garçon m'a perturbée et je dois tout reprendre de zéro, éloigner les pensées parasites, ramener l'image du réservoir à mon esprit, visualiser la magie qui repose à l'intérieur et…

— Tu n'as rien appris de tes erreurs passées ?

En même temps que j'entends ses mots, on saisit mon poignet. J'ouvre les yeux et découvre le visage d'un Liam transpirant, furieux, qui me réprimande sèchement. J'ai rarement vu autant d'émotions sur son visage. Sa simple présence fait jaillir la colère en moi. Heureusement qu'il tient mon poignet et bloque mon pouvoir, sinon je pense que mes flammes lècheraient le plafond de la salle d'entraînement.

Des larmes de frustration grimpent à mes yeux. Tout se mêle : la fatigue mentale, l'épuisement lié à la décharge d'énergie magique qui vient de se produire et aussi la colère que tout le monde me considère comme une cause perdue.

Alors je grogne en empêchant mes larmes de couler, car je ne veux pas donner cette satisfaction au Kayn.

— Comment suis-je supposée apprendre quand personne ne veut m'enseigner ?

Liam relâche son emprise, garde son regard fixé au mien trois longues secondes, comme s'il cherchait une réponse dans mes yeux, puis il tourne les talons et quitte le bâtiment sans m'adresser un seul mot de plus.

Chapitre 30

Zéphyria, quelques semaines auparavant

— Je serai toujours près de toi, me souffle Tomas.

Il me prend dans ses bras et me serre contre lui.

— Je t'aime.

— Je sais, mon Eira, je sais. Moi aussi je t'aime. On se retrouvera, je te le promets.

Je me détache de lui, mais il attrape mon poignet et contemple les perles noires du bracelet. Au fil des années, d'autres se sont ajoutées. Je ne sais pas où Tomas les trouve mais à mon anniversaire, il fait toujours en sorte d'en ramener une supplémentaire.

— Peu importe où le feu te mène, ton cœur trouvera toujours le chemin du foyer.

Je souris à son jeu de mots, voulu ou non, et me serre contre lui de nouveau.

— Je reviendrai.

C'est une promesse, je le sais. Il n'est pas question que je passe toute mon existence à Cendralis. Je ne veux pas y aller et la seule raison qui m'envoie là-bas, c'est la sécurité de mes proches. Je refuse d'être responsable d'un nouvel incendie. Ce qu'il s'est passé dans ma chambre m'a traumatisée et à chaque fois que j'y repense, les émotions affluent, mon pouvoir s'emballe et…

Je chasse ces pensées en inspirant et en caressant les perles de mon bracelet. Ce n'est pas le moment de perdre le contrôle, pas une fois de plus, pas alors que je suis en train de faire mes adieux.

Laos me regarde du coin de l'œil, je lui fais un signe de la main, pas certaine de l'attitude à adopter. Nous étions très proches la nuit dernière avant de nous séparer. Trop proches ? Pas assez proches ? Je ne sais plus où se situe la limite entre nous. Sommes-nous seulement amis ? Sommes-nous comme un frère et une sœur ? Ou sommes-nous plus ? Veut-il plus ?

— Va lui dire au revoir, chuchote ma mère à mon oreille.

Elle me pousse dans sa direction et me voilà à me dandiner d'un pied à l'autre face à mon meilleur ami.

— Tu as intérêt à les éblouir, me lance-t-il.

— Je vais faire un feu de joie dès mon arrivée.

Il rit de ma réplique.

— Évite peut-être. Laisse-leur le temps de se préparer à tes pouvoirs.

— Ils ont des mages de feu partout, ils sont habitués.

— Ils ne te connaissent pas. Tu vas tout transformer sur ton passage. Il y aura la Cendralis d'avant Eira et la Cendralis d'après Eira.

Sa foi en moi me perturbe, comme toujours. Comment peut-il avoir autant confiance dans mes compétences et dans mon caractère ? Comment peut-il s'imaginer que je puisse avoir un quelconque effet où que j'aille ?

— Et reviens-moi, chuchote-t-il en me serrant contre lui.

Émue, je hoche la tête. L'embrasser ? Ne pas l'embrasser ? Avec les regards de Tomas et Lynda posés sur nous, je n'ose pas faire le premier pas. Et si ce n'était pas ce dont Laos avait envie ? Et s'il me repoussait ? Et si mon dernier souvenir de nous deux était celui du rejet ?

Je renonce. Il va me manquer, je le sais. Tous les jours je penserai à lui, à nos rires, à nos discussions, à nos batailles dans la neige, à la manière dont il trouve toujours le moyen de faire en sorte que je sois à l'aise.

— Tu es formidable, Laos. Ne change rien.

— Ce n'est pas prévu. Quand tu reviendras, je serai toujours le même. Et je t'attendrai, Eira. Je t'attendrai.

Est-ce une déclaration ? Je tente de lire entre les mots, mais les cris des mages qui doivent nous escorter retentissent.

— On doit y aller, Eira, me lance Lynda.

J'acquiesce, je recule de trois pas, toujours face à Laos, avant de me retourner et de serrer encore une fois la main de Tomas.

— Prends soin de toi et de ceux qui t'entoureront là-bas. Ils auront de la chance de pouvoir compter sur toi.

Lynda et moi franchissons les portes de Zéphyria, accompagnés par les deux mages du vent. J'ai la gorge nouée, le cœur serré et une irrésistible envie de revenir sur mes pas.

Ma vie est ici.

Tout ce que j'aime se trouve ici.

Comment pourrais-je me reconstruire ailleurs ?

Chapitre 31

— Nous avons encore beaucoup à apprendre sur les tempêtes et même des tempêtes.

Le professeur s'humecte les lèvres avant de poursuivre :

— Certains d'entre vous se destineront peut-être à la recherche. C'est un travail difficile, lent, qui se transmet de génération en génération, mais chaque microavancée nous donne l'espoir, un jour, de lutter avec plus d'efficacité contre les tempêtes, de les repousser plus longuement ou de trouver un moyen de les empêcher d'approcher de la ville.

Paige discute avec Sylas sans se soucier des propos de notre enseignant. Elle parle d'une nouvelle célébration au Pinacle et elle sait à quel point ces festivités ne m'intéressent pas, aussi elle a cessé de m'en parler ou de me harceler pour l'accompagner. J'ai déjà planifié ma soirée : le chat, la bibliothèque et le carnet de Cressa.

— Des tas de propositions ont déjà été émises. Nous avions entamé la construction de tours de feu sur les étendues glacées, afin d'essayer de mener le combat contre les tempêtes à bonne distance de la ville. Bien sûr, plusieurs problèmes se posent. D'abord, nous ne sommes pas capables d'anticiper suffisamment à l'avance l'arrivée d'une tempête, ce qui fait que le temps que les mages se rendent sur place, une fois que l'alarme aura sonné, la tempête aura peut-être déjà dépassé les nouveaux remparts. Ensuite, cela signifie créer un bouclier sur une distance beaucoup plus importante. Nous n'avons pas assez de mages pour alimenter un bouclier plus large. C'est pourquoi à ce jour, la construction de ces nouvelles tours a été abandonnée, notamment depuis que les tempêtes ont gagné en vélocité. Il s'écoule de moins en moins de temps entre le moment où l'alarme sonne et celui où la glace se manifeste aux tours.

Je tente de prêter une oreille attentive à ses propos. Comme tout le monde, je suis intriguée par l'accélération des attaques, leur répétition et leur force accrue. Avec les saboteurs qui entravent le bon déroulement des mesures de défense, il apparaît de plus en plus possible qu'une brèche se crée un jour dans le bouclier.

Quand le cours touche à sa fin, je rassemble mes affaires et me rends dans le couloir pour attendre Paige et Sylas, toujours en pleine discussion. Disons plutôt que mon amie a entamé un monologue et que le garçon hoche la tête à intervalles réguliers pour lui montrer qu'il l'écoute.

Sauf qu'une fois hors de la salle, j'ai une étrange impression de déjà-vu.

Liam Kayn se tient adossé au mur. Il porte sa veste et je ne peux pas voir s'il a toujours un bandage au bras. Probablement que oui : la blessure n'a pas dû se résorber comme par magie depuis hier. Les élèves murmurent autour de nous et Paige pousse un cri de surprise quand elle découvre que le fils de l'Arkon se trouve ici. Elle qui est d'habitude si timide en sa présence réussit à mobiliser son courage pour débiter d'une traite :

— Liam ! Je veux tout savoir sur l'attaque. Le saboteur a-t-il été interrogé ? Les forces de sécurité de la ville vont-elles mener l'enquête pour retrouver ses complices ? Va-t-on les exiler ? Ils méritent l'exil. Ils n'auraient jamais dû s'en prendre à to… à vous.

— Peut-être que je n'ai pas pris cette histoire par le bon bout, me lance Liam sans s'intéresser à Paige.

L'intensité avec laquelle le garçon me regarde me paralyse sur place. Il ignore totalement mes amis, c'est comme si j'étais la seule personne existant dans ce couloir en cet instant. S'apprête-t-il à me descendre en public ? Sa colère couve-t-elle depuis hier et a-t-il attendu cet instant pour la lâcher sur moi ?

— J'ai eu du mal à maîtriser mes pouvoirs, ajoute-t-il.

Il serre et desserre son poing gauche. Je réalise que ses phalanges sont abîmées, sûrement à cause de coups qu'il a dû donner en se défendant il y a deux nuits.

Paige continue de poser des questions en boucle et Sylas intervient pour la tirer en arrière et l'écarter de notre conversation. Enfin, notre conversation… plutôt les quelques mots que Liam a articulés. Ce n'est pas comme si j'avais répondu.

— On peut marcher quelques minutes ? me demande-t-il.

Surprise, je cligne des yeux.

— Oui, oui, elle dit oui, répond Paige à ma place.

Je finis par acquiescer d'un signe de tête et Sylas doit retenir notre amie qui cherche à nous suivre dans les couloirs quand Liam et moi nous éloignons.

— Vers l'extérieur, m'indique le Kayn.

Je n'ai pas quitté le bâtiment depuis trois semaines. Plusieurs fois, j'ai voulu explorer la ville et ai finalement renoncé, de peur de m'y perdre. En silence, nous traversons les couloirs de l'académie et en cinq minutes, nous nous retrouvons à l'extérieur. Le soleil brille, le dôme de chaleur fonctionne et je n'ai pas plus froid ici qu'à l'intérieur. C'est incroyable.

Deux hommes nous emboîtent le pas, Liam n'a pas l'air de s'en soucier et en observant leurs uniformes, je comprends qu'il s'agit de la sécurité de la ville. Je suppose que depuis la tentative d'assassinat, Liam ne peut plus se déplacer hors de l'académie ou de chez lui sans gardes du corps.

— Tu as beaucoup de puissance, poursuit Liam en commençant à m'entraîner vers la terrasse où j'ai passé une soirée.

La promenade qui y mène est en bordure du Pinacle et permet d'apercevoir toute la ville en contrebas.

— Il est normal que tu rencontres des difficultés à la contrôler, surtout à un âge aussi avancé.

Je n'ai toujours pas décoché un mot. Une part de moi a envie de participer à la conversation, une autre pense que si je dis quoi que ce soit, ça risque de se retourner contre moi.

Liam croise les bras dans son dos tandis que nous marchons d'un pas lent le long des rambardes qui protègent les citoyens d'une chute à pic dans les rues de la Crevasse.

— Peut-être que j'aurais dû me montrer plus patient, ajoute-t-il. Je pense pouvoir mieux découper les étapes qui mènent à la maîtrise de son don. Si tu acceptes de me faire des retours, nous pourrions trouver un moyen de travailler ensemble pour améliorer ton contrôle.

Je me retiens d'écarquiller les yeux ou de sourire parce que Liam Kayn vient, à demi-mot, de s'excuser. Certes, avec beaucoup de détours et sans utiliser le solennel «je suis désolé», mais ça me suffit.

— Je pense pouvoir formuler des retours.

— Sans crier ? s'enquiert-il sur un ton amusé.

— Sans crier.

Il y a encore de la tension dans l'air entre nous, mais elle est redescendue d'un cran.

— Qu'est-ce qui t'a fait changer d'avis ?

J'ai hésité à poser la question, de peur qu'il se braque ou considère que je n'ai pas à savoir. Mais il n'a pas l'air de se vexer. Je le vois prendre une grande inspiration et tourner la tête vers le bas de la ville, avant de me répondre sur un ton très solennel :

— Je me suis rappelé ce que c'était.

Il ne dit rien de plus. Ce n'est pas grave, ça me suffit. Savoir qu'il a tenté de se mettre à ma place, que ça a réveillé des souvenirs en lui et qu'il a su mettre son ego de côté pour revenir vers moi… c'est assez. S'il veut me donner plus d'explications, je suis à l'écoute, mais je n'ai pas besoin de plus.

— Comment ça s'est passé pour toi ?

— Quelle partie ?

— Quand tes pouvoirs sont apparus pour la première fois, à tes seize ans.

Ça doit lui rappeler un souvenir particulier car il glousse presque. Je n'ai jamais entendu Liam rire, et je suis surprise de savoir qu'il est capable de plus qu'un sourire forcé.

— J'avais quatorze ans.

J'écarquille les yeux.

— Quatorze ans ? Le pouvoir ne se manifeste qu'à…

— … seize ans, termine-t-il. Nous avons tous été surpris. Mon père était très fier et il a tenu à me former lui-même, plutôt que de me faire intégrer l'académie avec deux ans d'avance. Ce n'était peut-être pas plus mal. Mon pouvoir connaissait des hauts et des bas spectaculaires. Parfois, il s'écoulait des semaines sans que je parvienne à allumer la moindre flamme dans ma main, puis au moment où je faisais le moins attention, un déclic se produisait, souvent en public, ou pendant une routine quotidienne, et je manquais de brûler tout ce qui se trouvait proche de moi. Trois pièces ont fini en cendres dans la résidence de mon père à cette époque. Deux à cause de moi.

— Et la troisième ?

Il se renfrogne et préfère changer de sujet.

— J'ai fini par stabiliser mon don et ensuite à seize ans, j'ai rejoint l'académie, comme les autres. J'avais beaucoup d'avance comme tu t'en doutes.

— Ça n'a pas dû t'aider à t'intégrer.

Il hausse les épaules.

— Je ne pense pas que je me serais bien intégré à quatorze ans non plus alors que tout le monde avait deux ans d'avance sur moi.

— Ou à vingt-et-un ans alors que tu as cinq ans de retard sur tout le monde ?

Liam tourne la tête vers moi et acquiesce discrètement.

— Oui.

Nous marchons en silence quelques minutes. C'est agréable de ne pas se disputer, de ne pas être sans cesse en train de se jeter des piques au visage et de ne pas avoir besoin qu'il me sauve.

— Je ferai preuve de plus de patience, m'assure-t-il sur le chemin du retour.

— Merci. J'essaierai de…

Je cherche mes mots, sans les trouver, et décide qu'il n'y a pas besoin de plus, alors d'une voix ferme, je répète :

— J'essaierai.

Ma réponse semble satisfaire le Kayn. Je me retiens de l'interroger sur la tentative d'assassinat, sur l'état de sa main ou de son bras. J'imagine que tout le monde a dû le harceler de questions à ce sujet et qu'il en a marre de répondre.

Les portes de l'académie se dessinent devant nous. La balade n'a pas duré longtemps et pourtant j'ai l'impression que nous avons réussi à soigner trois semaines de rancœur.

— Merci pour hier.

Les mots franchissent enfin la barrière de mes lèvres. Liam penche la tête pour indiquer que ce n'est rien, puis pour la première fois depuis que je le connais, il me prévient :

— Il n'y aura pas d'entraînement ce soir. Je te retrouverai demain matin, avant les cours. Sois prête.

— Avant le lever du soleil, comme la dernière fois ?

— Exactement.

— Je serai prête.

Les deux gardes reprennent leur place sur le côté de l'académie et Liam semble parti pour rejoindre l'intérieur du bâtiment, mais juste avant d'entrer, il me demande :

— Je te croiserai au bal ce soir ?
— Le bal ? Quel bal ?
— Le bal de la lune de feu.

Chapitre 32

Paige est dans tous ses états que j'aie accepté de les accompagner, elle et Sylas, à cette fameuse célébration.

— C'est trop bien ! Il te faut une robe. Personne ne sera en uniforme.

— C'est la première chose à laquelle tu penses ?

Je ris. La mode revêt une grande importance pour mon amie. Elle se trouve dans ma chambre, avec Sylas. Le chat a filé dès qu'ils ont ouvert la porte, comme si leur présence le dérangeait.

— Sylas, tu veux bien m'expliquer en quoi cette fête est différente de toutes les autres ?

Le garçon déplace quelques livres posés sur mon lit pour pouvoir s'asseoir avec beaucoup de précautions, comme s'il craignait d'abîmer quelque chose. Il jette un œil au plafond et aux traces de suie qui s'y trouvent encore. J'ai songé à les nettoyer, mais ça me rassure de les voir. Elles me montrent que je ne suis pas seule dans ma galère. D'autres l'ont vécu avant moi, même si les circonstances étaient différentes.

— C'est une fête qui marque la fin du cycle des tempêtes les plus intenses, explique le garçon. On y célèbre la force et la résilience, on y honore la puissance du feu et de la lumière. Des spectacles ont lieu, les mages déploient leurs pouvoirs et toute la ville participe.

— La plupart du temps, il y a tellement de flammes dans le ciel de la ville qu'on dirait que la lune est en feu, poursuit Paige avec enthousiasme en fouillant ma garde-robe.

— Oh, d'où le nom. Le bal de la lune de feu.

Ils acquiescent tous les deux à ma conclusion. Frustrée de ne pas trouver quoi que ce soit qui lui convienne dans mon placard, Paige décide de m'emmener à sa chambre.

— Je dois avoir une robe de ma sœur que je lui ai piquée, qui est trop grande pour moi et qui t'ira parfaitement.

— Ta sœur ?

Je ne l'ai jamais entendue parler de sa famille.

— Elle a ton âge, précise-t-elle. Et tes formes. Ça devrait aller.

Gênée, je tente de me dérober.

— Non, mais si c'est à ta sœur, je ne vais pas lui emprunter, on devrait au moins lui demander l'autorisation et puis imagine si j'abîme la robe !

— Ne t'inquiète pas, ma sœur est cool. Ça ne la dérangera pas.

— Elle n'est pas mage elle aussi ?

— Je crois que j'en ai deux, tu préfères bleu ou vert ?

Sylas nous suit dans les couloirs et c'est la première fois que je réalise que si nous vivons tous les trois ici, ce n'est pas pour les mêmes raisons. Sylas et Paige sont issus de la Crevasse. S'ils appartenaient à une maison mineure ou majeure du Pinacle, ils n'auraient pas de chambre à l'académie. Ils pourraient effectuer l'aller-retour tous les jours depuis chez eux à ici, quelques minutes de marche suffiraient.

Centrée sur mes préoccupations et enfermée à la bibliothèque la plupart de mon temps libre, je n'ai pas pris le temps de leur poser les questions que les amis doivent se poser. Enfin, j'ai essayé quelques fois, mais ils ont changé de sujet et je n'ai jamais insisté.

Je me sens lamentable. Ils ont été là, ils ont bravé les moqueries et qu'ai-je fait pour eux en retour ? Traîner avec la bâtarde de l'école n'a rien de glorieux, ils subissent des railleries, pas autant que moi, mais ils ne sont pas épargnés, juste parce qu'ils sont vus en ma présence.

Je ne sais pas si c'est le revirement de Liam qui me donne envie de recommencer à zéro et de me dire que je peux repartir du bon pied, mais j'ai un souffle d'espoir en moi ce soir. Comme si le vent avait enfin tourné.

Paige nous invite à entrer dans sa chambre, que je connais déjà. J'observe les murs colorés d'illustrations. À ses heures perdues, mon amie dessine des robes et des ensembles féminins.

— Tu aurais été une excellente couturière et créatrice.

À Zéphyria, la mode n'existe pas. Nous ne sommes pas assez nombreux pour que des créateurs se lancent dans des collections de vêtements, encore moins de luxe. Mais ici, au Pinacle, les choses sont différentes. Si le don ne s'était pas manifesté chez Paige, elle aurait pu avoir un tout autre destin.

— Non, me répond-elle sèchement en fouillant sur le portant où sont alignés plusieurs cintres.

— Comment ça non ? Tu es hypertalentueuse.

Sylas reste debout près de la porte d'entrée. Je crois qu'il est gêné d'entrer dans les chambres des filles.

— Le talent ne fait pas tout, Eira. Là d'où je viens, personne ne poserait les yeux sur mes dessins, personne ne me financerait pour que je puisse créer des prototypes et absolument personne au Pinacle ne porterait mes créations.

— Parce que tu viens de la Crevasse ?

— Oui. Toute façon, ça n'a pas d'importance, je fais de la magie, j'ai donc gagné un aller simple pour l'académie.

Je hoche la tête tout en me posant des tas de questions. Le don est héréditaire. Il n'existe pas de cas où un habitant développe des pouvoirs sans que l'un de ses parents soit lui-même un mage.

— Comment ça se fait ?

Paige tire une longue robe verte et la tend devant ma silhouette pour observer l'effet.

— Non, pas la verte.

Puis elle recommence avec la bleue.

— Pas la bleue non plus. Hmm, il me reste la dorée, je crois. Oui, la dorée sera parfaite. Essaie-la.

Sylas se retourne, tandis que je m'installe dans un coin de la pièce pour me changer.

— Paige, comment ça se fait que tu viennes de la Crevasse ?

— Mes parents ont toujours vécu là-bas.

— Mais tu es une mage.

— Ma grand-mère était une mage.

— Les mages vivent au Pinacle.

— Non, Eira, les gens qui ont les moyens vivent au Pinacle et le salaire qu'on touche en tant que mage permet à la plupart d'entre eux de s'installer au sommet de la ville. Ma grand-mère était puissante, on l'a assignée aux déplacements extérieurs. Son rôle consistait à protéger les convois qui se déplaçaient de cité en cité. Enfin, qui se déplacent maintenant de Cendralis à Zéphyria. De son temps, d'autres royaumes résistaient encore aux tempêtes.

J'ai retiré mes vêtements et je glisse le tissu de la robe sur ma peau. Le toucher est si doux, je n'en reviens pas. Je n'ai jamais rien porté d'aussi somptueux. L'uniforme de l'école me paraissait déjà luxueux comparé à mes habits de Zéphyria.

— Et elle vivait au Pinacle ?

— Elle vivait au Pinacle, avec son mari et sa fille, donc ma mère. Malheureusement, elle est décédée lors d'une mission. Son salaire a cessé d'arriver au foyer, mon grand-père ne gagnait pas assez pour permettre à la famille de rester au Pinacle. Lui et ma mère ont déménagé à la Crevasse. Ma mère n'a jamais développé de pouvoirs.

— J'ai déjà entendu des rumeurs sur des situations similaires, indique Sylas. Chez certaines personnes qui ont perdu un proche, surtout un mage, le pouvoir ne se manifeste pas, car il rappellerait l'être cher et risquerait d'être incontrôlable. Comme si la magie elle-même refusait d'éclore pour ne pas mettre en danger son hôte.

J'acquiesce tandis que Paige me réclame de me retourner pour qu'elle ajuste les pans de la robe.

— Je regarde si je dois retoucher quelque chose.

— Tu ne vas pas retoucher quelque chose sur la robe de ta sœur.

— Elle ne m'en voudra pas.

— Du coup, tes pouvoirs se sont manifestés et tu as pu quitter la Crevasse.

— Exactement, confirme Paige.

— Tes parents doivent être ravis, tu vas pouvoir les aider financièrement.

— Je ne risque pas d'aider mes parents à quoi que ce soit, Eira.

Étonnée par cette remarque, je me retourne pour l'observer.

— Comment ça ?

— D'abord, même s'il est trop tôt pour le confirmer, le don est beaucoup plus faible chez moi que chez nos autres camarades. Il est fort probable que je serai affectée à une tâche mineure dans la ville. Peut-être qu'on fera de moi une enseignante. Ils ne prennent pas les plus puissants pour ça, parce que leur énergie est mieux utilisée ailleurs, comme dans les défenses, ou le système de courant de la ville. Mais je ne serai pas à un poste prestigieux.

— Enseigner à la nouvelle génération est un poste…

— Ce qui veut dire que mon salaire ne sera pas mirobolant.

— Comment ça ? Les professeurs forment les prochains mages, ils doivent être bien rémunérés ? Je trouve que c'est une place honorable et…

— Ensuite, mes parents sont morts.

Chapitre 33

Elle prononce cette phrase comme si elle me parlait d'une retouche à effectuer sur la robe, ce qui est d'autant plus choquant pour moi.

— Je… je ne savais pas. Je suis désolée, Paige.

Mon amie balaie l'air de la main.

— Ça fait déjà quatre ans pour mon père et six pour ma mère, alors ne t'en fais pas, ce n'est plus si douloureux d'en parler.

Six ans pour sa mère ? Paige avait dix ans quand elle l'a perdue puis douze quand elle est devenue orpheline ? Mon cœur se serre à cette idée. J'étais là, à me penser la plus malheureuse du monde, alors que Paige a vécu bien pire que moi. Non pas que ce soit comparable. Mais même si je suis loin de mes parents adoptifs, ils sont toujours en vie.

Enfin, je crois. Je ne peux pas en avoir la certitude. Même quand un courrier me parviendra, qu'est-ce qui me dit qu'une tempête n'aura pas frappé Zéphyria au cours des derniers jours et décimé toute la cité ?

Je chasse ces pensées de mon crâne pour rester concentrée sur Paige.

— Je suis sincèrement désolée, Paige.

— Oui, enfin, c'est de l'histoire ancienne, pas besoin de s'appesantir dessus.

Je me demande maintenant quelle est l'histoire de Sylas, mais le moment ne me paraît pas judicieux pour lui poser la question.

— Tu es splendide, m'assure Paige.

Elle m'encourage à changer de sujet, je la remercie et dans le même instant, je sens notre complicité grandir, ce qui me fait réaliser plusieurs choses.

D'abord, j'ai aussi gardé ma vie très privée et je n'ai quasiment rien raconté à Sylas et Paige, malgré leurs questions. Je ne sais pas si c'est une forme de protection ou de rejet, mais ils ne savent même pas ce que je fais à la bibliothèque le soir, je n'ai pas mentionné le chat, même s'ils l'ont croisé à plusieurs reprises et m'ont posé des questions, pas plus que je n'ai parlé du journal de Cressa ou de ma lettre à Laos.

Ensuite, entendre Paige me révéler des informations sur sa vie m'a émue et me pousse à lui faire confiance. Ce n'était sûrement pas simple pour elle de me faire part de tout ça, c'est une preuve qu'elle tient à moi et qu'elle n'a pas peur que j'utilise ces renseignements contre elle. Je suis touchée.

Enfin, tous les gens de cette académie n'ont pas la vie dorée que j'imaginais. C'est logique et évident maintenant que je prends le temps d'y réfléchir, mais au cours des trois dernières semaines, j'ai préféré garder des œillères, persuadée que tout le monde était mon ennemi d'une manière ou d'une autre, ou tout du moins, que nous étions trop différents pour pouvoir nous entendre.

J'avais tort.

Sur toute la ligne. Sur le fait de ne rien révéler à qui que ce soit, sur le fait de ne pas m'intéresser à la vie privée de mes amis, ou encore sur le fait de croire que les gens autour de moi me veulent du mal.

Même ce foutu Liam est revenu vers moi en me voyant dans la détresse à l'entraînement. Je ne sais pas s'il le fait par devoir, si ses valeurs le contraignent à m'aider d'une manière ou d'une autre, mais il le fait. Ça ne veut pas dire que nous sommes amis pour autant, néanmoins, c'est un pas vers l'apaisement.

— Et toi ? Qu'est-ce que tu vas mettre ?

Je respecte le souhait de Paige de ne pas revenir sur le sujet de ses parents. Devant le miroir, j'observe mon reflet. Le tissu brillant illumine mon visage d'une aura dorée agréable, qui fait bien ressortir mes yeux et mes cheveux blonds. Le vêtement n'est pas trop ample, ni trop serré. Je ne me sens pas à mon aise pour autant, n'ayant pas l'habitude de porter des robes.

— Il va te falloir des chaussures aussi. Tu ne peux pas mettre les bottes de l'académie. Tu as déjà porté des talons ? enchaîne Paige.

J'écarquille les yeux à cette pensée. Non, les talons sont hors de question. Je vais me vautrer au premier pas avec et je n'ai pas envie d'être la risée de tout le bal, ou encore pire, d'abîmer la robe de la sœur de Paige parce que j'ai roulé au sol dedans ou déchiré le tissu.

— Très bien, pas de talons, tranche mon amie en riant de ma moue. J'ai des chaussures plates. Quelle pointure ?

Les pieds de Paige sont plus petits que les miens, mais je partage la même taille que sa sœur. Elle déniche une paire de ballerines oubliée dans un coin de la pièce. Elles ne sont pas dorées, mais couleur crème, néanmoins elles feront parfaitement l'affaire.

Paige veut s'occuper de mes cheveux et décide de les coiffer en un chignon savamment exécuté à l'arrière de ma tête.

— Et là, on ne laisse retomber que quelques mèches à l'avant pour donner un air naturel, m'explique-t-elle.

Mon reflet me donne le sourire. Je n'ai jamais été intéressée par les apparences, je n'ai jamais cherché à être belle, mais le fait que Paige prenne soin de moi et veuille me montrer sous mon meilleur jour m'émeut.

— Tu ne t'ennuies pas trop, Sylas ?

— Non.

Paige s'est changée, elle porte une robe bleue à manches longues. Je l'ai aidée à tresser ses cheveux dans son dos et elle est satisfaite du résultat.

— Vous êtes très belles, lance le garçon en nous regardant tour à tour. J'ai beaucoup de chance d'entrer à cette soirée accompagné par vous deux.

Ses compliments nous touchent. Paige propose d'arranger la tenue de Sylas, qui rétorque qu'il ne dispose d'aucun autre vêtement approprié pour une soirée, mais qu'on n'attend pas le même standing des hommes que des femmes. La chemise et le pantalon qu'il porte conviendront selon lui.

Bras dessus bras dessous, nous quittons l'académie pour marcher le long de la promenade du Pinacle. Ici déjà, des spectacles ont lieu. On entend la musique qui bat dans toute la ville. Des airs différents jaillissent de la Crevasse et du Pinacle, mais l'ensemble donne envie de sourire.

Il n'y a plus de tempêtes ce soir, plus de batailles pour survivre ou pour maîtriser ses pouvoirs. Il n'y a que des hommes et des femmes heureux d'être vivants. Tout le monde se sourit, personne ne nous regarde de travers et je me surprends à apprécier ces festivités.

Peut-être que j'ai mal jugé les célébrations régulières que Cendralis organise. Peut-être que c'est ça aussi la vie : prendre le temps de s'amuser, pour se rappeler pourquoi on se bat.

Paige et Sylas avaient raison : des mages font la démonstration de leurs pouvoirs à plusieurs emplacements dans les rues du Pinacle. Des flammes volent dans le ciel. Le soleil se couche, la lune n'est pas encore pleinement visible, mais déjà, l'atmosphère se pare de rouge tout autour de nous.

Nous rejoignons la terrasse où je me suis déjà rendue. Les gens dansent, rient, s'amusent, boivent et mangent comme si nous n'étions pas les survivants d'une apocalypse.

Je me détends. Paige nous guide vers nos camarades de classe, tous très bien vêtus. Nous rions d'anecdotes qui ont lieu en cours, des tics de certains professeurs et pendant un bref instant, nous sommes tous unis.

Mon amie m'entraîne sur la piste de danse, Sylas se joint même à nous alors que de ses propres dires, il déteste danser. L'allégresse s'empare de moi alors que des boules de feu volent au-dessus de nos têtes et j'oublie tous mes ennuis en tournoyant avec mes camarades. Je ris, je bouge en rythme avec la musique, puis je songe à Laos et notre dernière danse, à Lynda et Tomas, à notre vie à Zéphyria, à la manière dont nous étions heureux nous aussi là-bas.

Je sens alors le pouvoir affluer dans mes veines. Avec le monde autour de nous, dont des habitants du Pinacle qui ne sont pas mages, je crains pour la vie des citoyens de Cendralis. En me contenant, car les flammes ne jaillissent pas encore de mes doigts, je me force à sourire et je fais signe à Paige que je vais prendre deux minutes pour respirer à l'écart de notre groupe.

Je dois me retenir de courir pour m'éloigner de la piste de danse. Ça ne ferait qu'encourager mon cerveau à paniquer et si j'ai bien appris quelque chose jusqu'ici au sujet de la maîtrise de mon don, c'est que la panique est mon pire ennemi.

J'inspire de grandes goulées d'air près du buffet et décide d'avaler quelque chose. Je n'ai pas envie de tirer Sylas et Paige de leur moment hors du temps pour qu'ils viennent me mitrailler de questions sur le nombre de livres qui se trouvent dans ma chambre. Je peux me distraire moi-même, en mangeant, en avalant une gorgée de jus de tomate, en comptant le nombre de bouteilles sur la table du buffet.

Ou en observant Liam et Sélène, à dix mètres de moi. Leurs regards sont braqués sur la piste de danse. La blonde semble critiquer quelqu'un car elle pointe de l'index avec peu de discrétion en direction d'un garçon qui se déhanche vigoureusement.

Je me force à compter le nombre de plats sur la table, puis sur celle d'après. Quand je relève la tête, Liam a disparu et Sélène s'est trouvé un nouveau compagnon pour converser. Je n'ai plus l'impression que la magie va jaillir de mon corps et faire brûler les nappes, tables et décorations installées pour l'événement.

Le soulagement m'envahit, un sourire étire mes lèvres. Cette soirée est une pleine victoire pour moi. J'ai pu percevoir le changement dans mon corps avant que les choses ne dérapent, et j'ai même réussi à endiguer mon pouvoir, qui ne s'est pas échappé.

Je m'éloigne de quelques pas pour savourer la sensation qu'enfin, les choses vont dans mon sens, quand j'entends des voix sur ma gauche. Je tourne la tête pour découvrir Liam, en pleine dispute avec son père. C'est la deuxième fois que je les surprends et ça me donne la curieuse impression qu'ils ne savent pas parler, uniquement se crier dessus avec froideur.

— Ton frère n'est qu'un bon à rien qui n'a pas développé ses pouvoirs.

— Ashren n'a que seize ans.

Ashren ? Liam a un jeune frère ? Je ne savais même pas.

— Justement ! Il a seize ans et toujours aucune trace de don en lui. Tu as développé tes propres pouvoirs à l'âge de quatorze ans.

— Ce qui est exceptionnel, rappelle Liam. Pourquoi attendre d'Ashren qu'il suive la même voie que moi ? Il se peut que ses pouvoirs ne se manifestent jamais.

— Il ne fait pas assez d'efforts. Il passe son temps à jouer avec ses amis plutôt qu'à travailler. Il est mon fils, Liam. Ses pouvoirs doivent se manifester, il ne peut en être autrement.

Le ton dur et sévère de l'Arkon déclenche des frissons dans mon dos et me hérisse les poils des bras. Pourquoi se montrer aussi tranchant avec ses enfants ? Ashren n'y peut rien si ses pouvoirs n'apparaissent pas. Ce n'est pas son choix.

Consciente qu'une fois de plus, j'espionne une conversation qui ne m'est pas destinée, je veux m'éloigner. Je fais quelques pas à reculons et percute une table juste derrière moi. Liam tourne automatiquement la tête et remarque ma présence. Heureusement, son père n'a pas l'air de s'être rendu compte de quoi que ce soit. Je crois que je crains plus la colère de l'Arkon que celle de son fils, ce qui est tout à fait normal. J'affiche une grimace sur mon visage pour bien montrer à Liam que je suis désolée et que rien de tout ça n'était prémédité, puis je pivote sur mes talons pour m'éloigner et les laisser discuter entre père et fils.

Je retourne sur la promenade profiter de la vue sur la ville. Il y a quelques flammes en contrebas qui jaillissent des rues de la Crevasse. Je suis heureuse de voir que tous les mages ne se cantonnent pas au Pinacle. Peut-être qu'il s'agit d'élèves de l'académie qui sont partis rejoindre leur famille le temps de la soirée ? Maintenant que le ciel est parsemé d'étoiles, le nom de lune de feu prend tout son sens. Pas besoin d'éclairages nocturnes quand les spectacles des mages illuminent chaque coin de rue.

— Qu'est-ce que tu as entendu ?

Je sursaute en découvrant Liam à côté de moi.

Chapitre 34

Derrière lui, à quelques pas, se tiennent deux hommes. Encore des gardes du corps. Je suppose que les célébrations sont une opportunité pour les saboteurs de s'infiltrer au Pinacle. La sécurité a probablement dû être renforcée et l'Arkon ne veut pas qu'il arrive quoi que ce soit à son successeur.

— Je ne voulais pas écouter.

Avec maladresse, je tente de m'excuser et de me justifier en même temps, mais le résultat n'est qu'une série de balbutiements et le ton de Liam se durcit quand il répète :

— Qu'as-tu entendu ?

Nous sommes bien loin du ton que nous employions tous les deux un peu plus tôt dans la journée sur cette promenade.

— Ashren n'a pas développé ses pouvoirs et ça ne met pas ton père en joie, c'est tout ce que j'ai entendu.

Liam pose ses avant-bras sur la rambarde et s'appuie dessus.

— Évite d'en parler, me réclame-t-il simplement.

— Je ne comptais pas raconter quoi que ce soit. Je n'aurais déjà pas dû écouter, je suis sincèrement désolée.

Le garçon hoche la tête. Il porte une chemise blanche et je devine le bandage sur son bras gauche à travers le tissu. Ses phalanges sont toujours aussi abîmées. Il faudra des jours avant que la peau se referme.

— La plupart des gens pensent qu'Ashren a déjà développé ses pouvoirs et que mon père a décidé de prendre son éducation en main, que c'est pour ça qu'il ne fréquente pas les bancs de l'académie.

— Oh.

Je comprends mieux pourquoi il me demande de garder le silence sur le sujet.

— Je jure de ne rien dire.

Il frotte sa chaussure contre le sol, comme s'il essayait d'effacer une trace, avant d'ajouter :

— Peut-être que ce ne serait pas plus mal que tout le monde soit au courant. Ça libérerait Ashren de cette pression que mon père lui impose. Il n'y aurait plus de mensonges.

À mon tour, je pose mes mains sur la rambarde, pour ne pas donner l'impression à Liam que je risque de partir à tout instant et bien lui montrer que je l'écoute.

Je n'aimerais pas être à sa place. Je n'aimerais pas subir les foudres d'un père qui semble dur et même désagréable. Je n'aimerais pas ressentir la pression qui doit reposer sur ses épaules, celle d'être le successeur de l'Arkon de Cendralis, d'être le meilleur peu importe le domaine auquel il s'intéresse et surtout, celle de ne jamais commettre un seul faux pas, parce que toute la ville le regarde, jour et nuit.

— Tu as l'air de l'apprécier, ton petit frère.

Un sourire éclaire le visage de Liam.

— Il est drôle et insouciant, tout ce que mon père déteste.

— Ça te fait plaisir ?

— Oui, confirme-t-il simplement.

Il ne se justifie pas. Sa réponse est sincère. Je crois que c'est ce que j'apprécie chez lui, même si parfois j'aurais préféré ne pas être la victime de cette brutale honnêteté.

Côte à côte, nous gardons le silence pendant de longues secondes, jusqu'à ce que je me décide à le rompre :

— Je pense que tu manques à Sélène et un tas d'autres personnes. Tu devrais rejoindre la soirée.

— Sélène ? s'étonne-t-il. Elle a sûrement trouvé un autre camarade d'une maison majeure avec qui discuter.

Un peu surprise, je fronce les sourcils.

— Ce n'est pas ta copine ?

— Non.

Avec le recul, je réalise que personne ne m'a dit qu'ils étaient ensemble, que j'ai sauté sur cette conclusion toute seule en les voyant. En y réfléchissant, l'Arkon ne permettrait sûrement pas que son fils traîne avec une mage d'une maison mineure. Ou avec moi. Ce qui me fait dire :

— Tu ne risques pas des ennuis en restant ici ?

— Je risque des ennuis partout où je vais, Eira.

— Oh, à cause des saboteurs ?

— Ou des mères de famille qui veulent marier leur fille.

Je ris à cette pensée et je me mets à imaginer un Liam encerclé par une armée de femmes qui cherchent toutes à obtenir son attention.

— Ton père n'a pas déjà choisi ta future femme ? Il a l'air du genre à vouloir tout contrôler.

Je réalise que je viens d'émettre un jugement peu diplomate et je me reprends aussitôt :

— Pardon, je ne voulais pas… enfin… ce n'est qu'une impression, je…

— Tu peux critiquer l'Arkon en ma présence, Eira, même s'il est mon père. Évite de le faire s'il est à portée d'oreilles, c'est tout.

Rassurée, je me détends un peu, tandis que Liam me répond :

— Non, il n'a pas encore choisi ma future femme, mais je suppose qu'il attend la fin de cette année, pour sélectionner la mage la plus prometteuse de notre promotion. Il faudra qu'elle soit issue d'une maison majeure, bien sûr, et idéalement une maison qui a une forte influence politique, et qui défend les mêmes valeurs que nous.

— Eh bien, ça fait beaucoup de critères.

— Oui.

— J'imagine que tu n'as pas ton mot à dire là-dedans ?

— Non, confirme-t-il d'un ton tranquille.

— Et ça ne te dérange pas ?

Il hausse les épaules.

— Je me suis fait à l'idée, je crois. Nous ne vivons plus dans un monde où l'amour est possible, surtout quand on brigue un poste comme celui de mon père. Il cherche une alliance, quelqu'un pour nous appuyer, pas quelqu'un pour faire mon bonheur.

— Oh, c'est… terriblement déprimant.

Je ris de ma propre remarque en réalisant à quel point elle est osée et je me demande s'il va mal le prendre. Quand je le vois se dérider et rire à son tour, avant de tourner la tête vers moi, je comprends que mes peurs ne sont pas fondées. Liam n'est pas susceptible.

— C'est juste comme ça, lance-t-il.

— Bientôt, tu vas me dire que tu as fermé ton cœur à double tour pour éviter d'éprouver des sentiments amoureux alors que tu ne pourras pas épouser celle que tu aimes.

Je lâche ça sur un ton amusé, pour tourner cette histoire en dérision, mais Liam garde son sérieux.

— Quelque chose comme ça.

Le silence s'installe une nouvelle fois, mais il ne me gêne pas. Je ressens de l'empathie pour la situation du jeune homme. Depuis mon arrivée à Zéphyria et dans le foyer de Lynda et Tomas, je crois en l'amour, au vrai, au véritable. J'ai conscience qu'il est rare et que tout le monde ne le trouvera pas, mais ça ne m'empêche pas d'avoir cet espoir au fond de moi.

Comme s'il lisait dans mes pensées, Liam me demande :

— Tu crois que l'amour existe encore ?

Ma réponse ne se fait pas attendre.

— Bien sûr.

— Par les temps qui courent ? La survie prime sur le romantisme. Je crois que l'amour n'était qu'un fantasme relayé par les médias et la culture pour donner l'illusion aux citoyens qu'ils pouvaient être heureux. De nos jours, c'est un luxe qui a disparu.

Je replace une de ces mèches folles que Paige a sorti de mon chignon pour me donner contenance, le temps de trouver mes mots. La vision de Liam est si diamétralement opposée à la mienne que j'ai l'impression d'avoir reçu un coup au plexus en l'écoutant.

— Je… je crois que mes parents ont connu le véritable amour, je crois que c'est encore possible de tomber amoureux, même si dans ta position je peux comprendre que…

— Je ne te prenais pas pour une romantique.

Je me sens rougir, comme si c'était une mauvaise chose d'être romantique.

— Quel mal y a-t-il à rêver d'amour ?

— Tu rêves de quelque chose qui ne se produira peut-être jamais.

— Les chercheurs à l'académie rêvent bien d'un jour où les tempêtes ne seront plus un danger.

— Et plein de gens leur expliquent à quel point ils sont fous.

— L'amour ne fait de mal à personne.

— Il te donne des attentes et te programme à être déçue.

— Je ne crois pas, je crois que…

Notre débat s'arrête car l'alarme de la ville retentit. Le soir du bal de la lune de feu, supposé célébrer une accalmie ? Le souffle coupé, les yeux tournés vers l'horizon pour essayer de voir d'où la tempête provient, nous restons immobiles, dans l'attente du nombre de sonneries.

— Une.
— Deux, lance Liam.
À la troisième et dernière sonnerie, il est déjà parti.

Chapitre 35

Les flammes ont disparu du ciel alors que des cris retentissent depuis la Crevasse tandis que les gens se précipitent vers les abris. Dans les haut-parleurs de la ville, une voix de femme retentit :

— La tempête arrive très vite. Ne paniquez pas. Rendez-vous aux abris. Pour les membres du Pinacle, les défenses de la terrasse seront maintenues. Si vous ne pouvez pas évacuer, rendez-vous à la terrasse principale.

La terrasse est plus proche que l'académie et je ne sais pas à quelle vitesse la tempête arrive, alors je choisis de filer vers le point central des festivités. J'aperçois la silhouette de Paige et Sylas et je cours pour les rejoindre. Mon amie attrape ma main et me tire avec elle.

— Où étais-tu ? Je m'inquiétais.

Elle angoisse à chaque tempête.

J'essaie de la rassurer. Sylas m'imite et ensemble nous parvenons à la calmer un peu.

— Nous sommes à l'abri.

— Il n'y a eu aucune brèche depuis trois ans, indique Sylas.

— On sera avec toi quoi qu'il arrive.

Collée contre moi, Paige acquiesce, relâche un peu ses épaules et prend de lentes inspirations pour se détendre. J'ai tout à coup envie de la protéger comme j'aurais envie de protéger la petite sœur que je n'ai jamais eue.

Nous n'avons pas de jumelles ici ou de carnet de notes, et il n'y a pas que des élèves. Les mages chargés de notre défense ont déserté les lieux, il n'en reste que quelques-uns, je suppose, ainsi qu'une bonne partie des habitants du Pinacle. Je cherche l'Arkon, mais il a dû être évacué par la sécurité.

Je braque mon regard sur la porte nord, où Liam a d'habitude son poste. Il n'est pas encore arrivé, le trajet depuis le Pinacle n'est pas rapide et je suis déjà impressionnée par la vitesse à laquelle les mages parviennent à rejoindre les remparts.

Petit à petit, au fil des secondes qui s'écoulent, nous observons des points se positionner sur les murailles qui encerclent la ville. D'aussi loin, c'est difficile de savoir qui est qui.

Les muscles tendus, nous restons à fixer la porte nord, tournant parfois notre tête vers la porte ouest, visible aussi depuis la terrasse. À l'est, la porte est masquée par des bâtiments du Pinacle, dont l'académie, et la porte sud se trouve derrière nous.

— Elles forcissent, n'est-ce pas ? chuchote un homme d'une cinquantaine d'années aux cheveux gris sur notre gauche.

— Avec un peu de chance, les défenses vacilleront cette nuit, ajoute son interlocutrice.

Quoi ? Comment peuvent-ils espérer une telle chose ? Sont-ils des saboteurs ? Je guette le visage de mes camarades pour voir s'ils ont entendu, mais ils sont dans l'attente de la tempête et ne semblent plus entendre un seul son.

— Il faudra bien ça pour pouvoir déloger l'Arkon de son poste.

— Quoi de mieux qu'une dévastation partielle de la ville par les tempêtes pour déstabiliser le chef ?

— On ne devrait pas souhaiter une telle chose.

Enfin ! Un peu de bon sens dans cette conversation.

— Oh, la Crevasse sera touchée au pire, mais le Pinacle sera intact, il n'y a rien à craindre.

— Mais quand même…

— Tu vois une autre solution ?

— Non, mais…

L'homme est dans la retenue, la femme paraît plus vindicative et certaine de l'issue qu'elle espère pour cette bataille.

— L'Arkon a fait son temps, clame-t-elle. Il est temps qu'il paie pour ses méfaits et qu'un vent de changement souffle sur la ville.

Je frissonne en entendant ces mots et ces informations. De quels méfaits parle-t-elle ? Y a-t-il d'autres personnes, en plus des saboteurs, qui espèrent une brèche dans nos défenses ? Ont-ils conscience des conséquences ? Et qui prendra la place de l'Arkon actuel si jamais il est démis de ses fonctions ?

Paige enfonce ses ongles dans mon bras et je comprends pourquoi quand moi aussi, je l'aperçois.

La tempête.

Avant même de frapper nos défenses, les cristaux de glace tourbillonnent déjà en vagues successives. Ils viennent se cogner contre le bouclier, qui s'est enfin dressé. Six secondes de plus et il était trop tard. J'observe les silhouettes des mages et je me fais la réflexion qu'ils paraissent minuscules comparés à l'envergure de la tempête.

Celle-ci s'étend sur plusieurs dizaines de mètres de large et s'attaque à la partie nord de la ville. Les runes s'allument partout sur nos murs intérieurs, sur la muraille et sur les tours au sommet desquelles les brasiers crépitent avec force pour aider les mages à alimenter le bouclier.

Un dôme jaune orangé recouvre toute la ville à présent et la tempête se fracasse contre notre bouclier une fois, deux fois, trois fois. Elle poursuit ses attaques sans relâche. Je guette la paroi magique, notamment à l'endroit où la brèche a bien failli avoir lieu la dernière fois. Personne ne semble faiblir et les remplaçants se tiennent prêts à bondir si besoin.

— Le projet Phénix a-t-il avancé ?

Je me tourne pour essayer de percevoir d'où vient cette voix, sans succès. Nous sommes trop nombreux sur la terrasse et Paige agrippe mon bras. Je me concentre sur elle, sur la tempête et sur Sylas. Le reste pourra attendre.

— Parce que si nos mages continuent de faire un trop bon travail, il sera peut-être notre seule solution pour déloger l'Arkon.

Je dois savoir ce qu'est le projet Phénix à présent et pourquoi Sélène a proposé que j'en fasse partie. En quoi peut-il renverser le père de Liam ? Qui sont ces gens qui œuvrent dans l'ombre pour déstabiliser Cendralis ?

— Eira !

Le cri de Paige est couvert par le tonnerre de la tempête, mais parvient tout de même jusqu'à mes oreilles.

— Là ! hurle-t-elle.

Nous ne sommes pas les seuls à observer le mur près d'une des tours nord. Un mage semble faiblir, il ne parvient plus à alimenter le bouclier en énergie. Un autre escalade la muraille pour le remplacer, mais il n'est pas encore arrivé et il est trop tard : le bouclier cède à cet endroit, une fissure se crée, la tempête s'infiltre et tente une percée.

Aussitôt, les mages se mobilisent pour essayer de refermer la brèche, alors que tout le monde retient son souffle sur la terrasse. Nous observons le trou au milieu du bouclier et la manière dont les filaments de feu tentent de se rejoindre de part et d'autre pour réparer la fissure.

Puis la muraille se brise, trois mages volent dans les airs alors qu'une partie de la tempête s'engouffre dans la ville. Le bouclier s'estompe jusqu'à la tour la plus proche, qui s'écroule à l'attaque suivante.

Avec horreur, j'observe la vague de froid emporter les maisons de la Crevasse sur son passage.

Chapitre 36

Des cris de peur retentissent sur la terrasse. Paige a enfoncé ses ongles dans ma peau jusqu'au sang. Je la laisse faire en essayant de la calmer.

— Nous sommes en sécurité. Ils l'ont dit dans les haut-parleurs. Il ne peut rien nous arriver.

Sylas se serre contre elle et ensemble, nous observons la tempête causer des ravages dans la ville en un rien de temps.

— Les runes de la tour ont cédé ! crie quelqu'un. Il n'y a pas d'autres explications !

— Elles venaient d'être renforcées ! hurle une autre personne.

— Un coup des saboteurs !

En bas de la ville, malgré la brèche, les mages n'ont pas cessé le combat. Ils maintiennent le bouclier sur les parties de la muraille qui tiennent encore, et à l'intérieur de la Crevasse, une vingtaine d'entre eux se sont rassemblés pour repousser la tempête hors des rues, jusqu'à l'enceinte de la ville et rapiécer le bouclier démoli.

Est-ce vraiment possible ? Les saboteurs ont-ils effacé les runes dans la nuit ou pendant la soirée ? Ils ne pouvaient pas savoir qu'une tempête viendrait ce soir, mais ils avaient déjà prévu leur coup pour la prochaine attaque ?

J'inspire pour essayer de calmer le sentiment de panique que je ressens à l'idée que des gens, au sein même de Cendralis, tentent de tous nous exposer à la glace. À côté de moi, Paige fulmine.

— On devrait les jeter hors la ville ! S'ils veulent affronter le froid autant que ça, laissons-les faire ! Mais qu'ils n'emportent pas ceux qui veulent survivre avec eux !

Sylas garde le silence. Je ne connais pas son point de vue sur la situation car il donne rarement son avis, mais j'ai du mal à imaginer qu'on puisse soutenir les actions de cette faction.

Qu'ils aient leurs croyances, je le comprends. Mais qu'ils entraînent les autres là-dedans sans leur consentement ? Les gens sont-ils si vils qu'ils ne pensent pas aux vies et aux maisons détruites en bas de la ville ? Les paroles des deux habitants du Pinacle que j'ai entendu discuter tout à l'heure reviennent à mes oreilles. Non, ils n'y songent pas. C'est la Crevasse. Quelle importance ça a pour eux ?

Heureusement, la plupart des personnes se trouvent dans les abris et ne sont pas touchées. Quand ils sortiront, certains découvriront que leur maison a disparu. On aperçoit des briques, du bois et de la pierre dans les tourbillons de glace. Je n'imagine pas le désespoir des gens cette nuit quand ils pourront enfin quitter la sécurité des caves et bunkers. Bien sûr, le danger existe et ce genre d'incident peut se produire, mais si c'était prémédité… Mon cœur se serre à l'idée que les gens s'imaginent que les habitants de la Crevasse sont de la chair à canon qu'ils peuvent utiliser à des fins politiques. Ou que ça n'a pas d'importance si des mages sont blessés cette nuit à cause de la brèche. On en reparlera à la prochaine attaque, quand ils seront moins nombreux pour nous défendre.

Comprennent-ils les conséquences de ce qu'il vient de se passer ? Ou bien après trois ans sans sentir la morsure d'une tempête, ils ont l'impression que rien ne peut leur arriver ? À Zéphyria, nous tremblions à chaque assaut de la glace, à la fois pour la ville et pour nos mages. Personne n'aurait jamais ourdi un plan pour créer une brèche. Il n'y a pas de saboteurs chez nous, pas plus que de manigances politiques pour renverser notre chef. Il a été élu par les habitants de la ville et nous sommes tous sincèrement ravis qu'il ait accepté de prendre la direction de la cité.

Alors pourquoi tout est si différent à Cendralis ? Nous vivons la même apocalypse, la même tragédie et pourtant, elle est gérée d'une tout autre manière dans la ville du feu.

— Je veux les dénicher et je veux qu'ils soient exilés, grogne Paige avec colère. Tu sais quoi ? Je vais moi-même descendre dans la Crevasse, je vais les trouver et je vais tous les exterminer.

— Tu n'as pas les compétences pour ça, Paige, rétorque Sylas sur un ton doux. Sans compter que ce serait illégal.

— Rien à faire ! cingle-t-elle.

— Pense à ta sœur.

Ce sont les seuls mots qui sortent de ma bouche pour la calmer tandis que je la serre contre moi et que nous observons les mages réparer la brèche petit à petit. Ils repoussent la tempête, parviennent à se coller contre la muraille et maintiennent notre bouclier en place, l'étendant au-delà de la tour écroulée. Combien de jours faudra-t-il pour réparer les dégâts ? Serons-nous prêts quand la prochaine tempête frappera ?

— Dire que nous devions être en période d'accalmie, murmure quelqu'un derrière nous.

— Ce n'est pas normal que les tempêtes soient encore aussi virulentes à cette époque de l'année.

— Il se passe quelque chose, non ?

Nous restons pendant de longues minutes à observer nos mages nous défendre. Je crois reconnaître Liam à un moment, non pas parce que je discerne correctement sa silhouette d'aussi loin, mais à cause de la manière dont sa magie se diffuse dans le bouclier. Il paraît plus puissant, là où il se trouve, plus vif. Je songe à sa blessure, à sa force de caractère, puis à tout ce que j'ai entendu sur son père ce soir. Dois-je le lui répéter ? Dois-je me taire ? Il m'a dit que je pouvais critiquer l'Arkon, mais lui dire que des gens complotent contre sa famille ? Si j'ai tort, je risque d'attirer le malheur sur des personnes qui ne faisaient que fanfaronner. De toute façon, ce n'est pas comme si j'étais capable de les repérer dans la foule, ou de les décrire à Liam si jamais il me demandait une description.

Prisonniers de la terrasse, nous ne pouvons pas aller et venir où que ce soit à notre guise, alors nous patientons jusqu'à ce que l'alerte soit levée. Au bout d'une heure, la majorité des convives se sont détendus et discutent comme si nous n'étions pas en train de vivre une attaque. Ils s'avancent vers les buffets, mangent et boivent, se donnent des nouvelles, critiquent notre défense.

— Ça va aller ?

Ma question est pour Paige, autant que pour Sylas. Le garçon ne se sent pas concerné et ne dit rien, tandis que notre amie serre les dents, le regard toujours rivé sur les murailles.

— Je n'aurai jamais le pouvoir de grimper sur les remparts et d'aider à la défense de notre ville, mais tu l'auras toi, un jour, murmure-t-elle. Je refuse que des gens viennent saboter tout ton travail, ou que tu sois victime d'un accident, à cause des habitants de cette ville que tu vas défendre. Je les déteste.

Je caresse son bras pour tenter de la calmer. A-t-elle perdu son père ou sa mère à cause d'une tempête, dans un accident similaire à celui dont nous venons d'être les témoins ?

— Pour l'instant, nous ne savons pas si c'était du sabotage ou non, et quand bien même ça en serait, rappelle-toi que ce n'est qu'une poignée de gens.

— Une poignée de gens qui méritent de déguerpir d'ici. C'est leur souhait !

— Leur souhait exact est que la volonté des tempêtes, qu'ils pensent divines, s'accomplisse, intervient Sylas. Ce n'est pas de mourir, c'est de laisser la nature nous ensevelir.

Pendant deux heures encore, nous restons à guetter la fin de l'attaque. Le courage et l'endurance de nos mages n'est plus à démontrer. Comment peuvent-ils puiser dans leurs ressources pendant autant de temps sans s'épuiser ? Bien sûr, ils se relaient à intervalles réguliers. Dès que la tempête cesse de sévir sur un pan de muraille, ils relâchent leurs efforts pour s'économiser. Mais ça n'en reste pas moins un sacré exploit.

Un exploit que je serais incapable d'accomplir. Mon envie de progresser se décuple. Je veux moi aussi être utile, je veux défendre cette ville, ses habitants, Paige et Sylas. Je dispose de la puissance nécessaire, on me l'a dit, ce n'est qu'une question de maîtrise. Et la seule chose qui se met en travers de cette maîtrise, ce sont mes peurs.

Il est grand temps que je les laisse derrière moi.

Chapitre 37

J'ai proposé au moins huit fois à Liam de repousser l'entraînement après tous les efforts qu'il a fait hier, lors du bal de la lune de feu, pour protéger notre ville. Il a balayé mes arguments en indiquant qu'au contraire, il était d'autant plus pressant que je progresse.

— Tu sais combien de jours il faudra pour que la tour soit reconstruite ?

Il n'a pas les réponses aux nombreuses questions que je lui pose, ni sur les délais pour remettre les runes en place, réparer la tour, ou encore sur l'enquête ouverte pour comprendre pourquoi les signaux magiques étaient effacés ce soir-là, alors qu'une commission est chargée, toutes les semaines, de vérifier leur état.

Peut-être qu'il ne veut pas non plus lancer de dangereuses rumeurs au sujet des saboteurs. Ce n'est pas comme si j'allais répéter quoi que ce soit, mais il doit être habitué à ne pas exprimer son opinion ou faire part de ses soupçons à cause de son père.

L'Arkon ne s'est pas encore exprimé sur cette attaque, qui a surpris tout le monde hier. Au sein de l'académie, tout le monde s'attend à ce qu'il parle ce soir et que son allocution soit retransmise par les haut-parleurs de la ville.

— Tu n'es pas concentrée, Eira.

La flamme dans ma main ne grandit pas. Je secoue la tête pour essayer de focaliser mon attention sur mon pouvoir, mais je songe aux conversations que j'ai entendues, au projet Phénix, aux menaces à l'encontre de l'Arkon, aux rumeurs qui courent au Pinacle. Ce climat de manigances est-il normal ? N'y a-t-il pas un lien avec l'attaque que Liam a subi ? Dois-je aborder le sujet ?

Les nœuds dans mon cerveau n'en finissent plus et la flamme s'éteint dans ma main. J'essaie d'y voir une bonne nouvelle : au moins je n'ai pas perdu le contrôle malgré mes émotions, mais Liam n'est clairement pas de cet avis.

— Qu'est-ce que tu fais ?

Il pince les lèvres en m'observant.

— J'essaie de me montrer plus affable, Eira, mais tu ne me facilites pas la tâche.

Sur son bras gauche, le bandage est taché de sang. A-t-il rouvert la plaie hier en se défendant ? À cause de mes échecs, la tension entre nous est de retour. J'ai envie de lui renvoyer une pique et de son côté, je vois bien qu'il doit faire des efforts pour contenir son agacement.

Envahie par les doutes, les doigts serrés sur mon bracelet, je tente de me rappeler ma promesse faite hier soir, celle de laisser mes peurs derrière moi. J'écarte le projet Phénix, l'identité de mon père, les mécontentements au sujet de la gouvernance de l'Arkon, ainsi que les missions des saboteurs. Le feu. Je ne dois penser qu'à ça. Mes flammes, le flux de magie, la manière dont je peux le maîtriser, la manière dont je *dois* le maîtriser. Pour moi, pour Paige, pour Sylas, pour tous les habitants de cette ville. Ce n'est plus seulement une question qui concerne ma survie personnelle, mais celle de Cendralis.

J'essaie de reproduire l'exercice qu'Eldric voulait que je réussisse. La flamme grandit au creux de ma main, s'élargit, se transforme en liane et commence à courir le long de mon bras.

— Ce n'est pas…

Ce n'est pas ce que Liam m'a demandé et je l'entends soupirer en face de moi. Je croise son regard bleu acier et je revois la scène d'hier : la tempête qui frappe à la porte nord de la ville, la percée dans la muraille, la tour qui s'écroule et la brèche qui a causé la destruction de quatre-vingt-douze habitations dans le quartier de la Crevasse.

Mes flammes agissent de manière chaotique tandis que les images défilent dans ma tête et Liam intervient aussitôt. Il m'attire à lui en saisissant mon poignet pour stopper mon pouvoir. Quand le flux s'arrête, il garde ses doigts sur mon pouls, au cas où, peut-être parce qu'il voit bien dans mes yeux que je suis encore tourmentée par mes pensées. Je sens la chaleur de ses doigts sur ma peau et une part de moi est instantanément rassurée par ce contact.

— Qu'est-ce qu'il se passe, Eira ? me demande-t-il d'un ton plus doux.

Je ne sais pas quoi lui répondre. Il n'y avait pas toute cette complexité à Zéphyria. Ou bien peut-être qu'elle était présente et que je ne m'en rendais pas compte.

— Liam, je…

J'inspire en cherchant mes mots. Je ne veux pas l'affoler, je ne veux pas lui donner de quoi s'inquiéter alors que j'ai peut-être tort et que ce n'étaient que des paroles en l'air que j'ai entendues hier.

— Oui ? m'encourage-t-il.

Il tient toujours mon poignet et de sa main libre, il glisse ses doigts sous mon menton pour me forcer à le regarder alors que j'ai la tête baissée.

— Est-il possible que les saboteurs se soient alliés avec des gens du Pinacle et qu'ils soient responsables de ce qu'il s'est passé hier ?

Je prends une immense inspiration pour me calmer après avoir prononcé ces mots.

— C'est une accusation très grave que tu fais là, Eira.

Liam lâche mon menton, son bras retombe le long de son corps et ses doigts se détachent de mon poignet. Je sens la magie abonder de nouveau, mais je parviens à la contrôler.

— J'ai entendu des gens parler de ton père et de méfaits qu'il aurait accomplis. En même temps, ils espéraient qu'une brèche se forme, ils le disaient ouvertement. Et ils parlaient d'un projet Phénix, et ce n'est pas la première fois que j'entends parler de ce projet, Sélène…

— Sélène ? Que vient faire Sélène dans cette histoire ? me coupe-t-il.

Les sourcils froncés, il paraît agacé.

— Je l'ai entendue à la bibliothèque, elle parlait de me recruter pour ce projet. Elle disait aussi…

— C'est donc une habitude que tu as d'espionner les conversations d'autrui ?

— Je ne voulais pas plus écouter sa discussion que la tienne, Liam. Mais j'ai entendu mon nom, et elle parlait de l'identité de mon père et…

— Les gens du Pinacle sont loyaux à l'Arkon, Eira. Tu ne peux pas les accuser de quoi que ce soit, même en privé.

Ses yeux semblent prêts à me foudroyer sur place. Tout à coup, j'aimerais pouvoir me recroqueviller et disparaître.

— Je ne sais pas ce que tu as entendu exactement, mais tu ferais mieux de tout oublier et de ne plus jamais en parler, tu m'entends ?

Je ne comprends pas. Ne devrait-il pas s'inquiéter d'un complot ? Ne devrait-il pas me demander tous les indices possibles sur ce sujet ? À moins que… pourrait-il déjà être au courant et chercher lui-même à renverser son père pour prendre sa place plus rapidement ?

Hésitante, j'entrouvre les lèvres. Liam ne m'a pas paru spécialement avide de pouvoir, mais il est aussi très soumis à son père et ne semble pas apprécier l'autorité de l'Arkon ou la manière dont il traite son frère. Peut-être que cette hypothèse farfelue ne l'est pas tant que ça. Il ne ferait qu'accélérer sa montée au pouvoir, qui devrait arriver un jour ou l'autre de ce que j'ai compris.

— On s'arrête là, décrète le jeune homme en retournant au banc.

L'estomac encore plus noué qu'à mon arrivée dans la salle d'entraînement, je le suis. Liam et moi avions progressé vis-à-vis de notre relation. Elle est loin d'être amicale, mais il n'y avait pas autant de tensions hier et je ne veux pas repartir sur de mauvaises bases.

— Je ne voulais pas être désagréable ou accuser qui que ce soit de quoi que ce soit.

Il ne répond pas et je pince les lèvres en décidant d'aller plus loin, malgré mon ego qui me crie que je n'ai rien fait de mal.

— Je suis désolée Liam, si je t'ai offensé, si j'ai offensé ton père… je te présente mes excuses, ce n'était pas mon but.

Le garçon se retourne et m'observe avec un air un peu plus patient.

— Ce n'est pas ça, Eira. Tu n'as rien fait de mal. J'ai entendu ce que tu as dit et je vais y réfléchir, d'accord ? Mais pour ta propre sécurité, n'en reparle pas.

— Même ici ? Personne ne nous écoute ici.

Il n'y a pas de public dans les gradins aujourd'hui, les groupies de Liam ne l'ont pas accompagné, en revanche, ses gardes du corps sont bien présents. Ils l'escortent même à l'intérieur de l'académie maintenant.

Le jeune homme passe une main dans ses cheveux bruns, qu'il ébouriffe à moitié en tentant de les recoiffer, puis avec discrétion, il lève les yeux vers le plafond de la salle, avant d'observer le boîtier qui sert à déclencher les simulations.

— Il y a des oreilles partout, lâche-t-il alors.

Mon cœur tambourine un peu plus fort dans ma poitrine tandis que j'imagine des micros cachés dans tous les recoins de l'académie, peut-être même des caméras ? On n'en fabrique plus et il n'y en a pas une seule de disponible à Zéphyria, mais ici, à Cendralis ?

Puis alors qu'il s'apprête à partir, Liam se rapproche de moi et glisse ses lèvres contre mon oreille. Nous sommes si proches que son odeur boisée monte à mes narines.

— Fais attention à toi, Eira. Tout ce que tu dis, tout ce que tu fais est surveillé. Je n'aimerais pas qu'il t'arrive quelque chose.

Puis il quitte la salle, ses deux gardes du corps lui emboîtent le pas et je reste sur place, à méditer ses paroles.

Chapitre 38

— Les runes des tours ont été sabotées, c'est la seule explication possible. Pas une seule tour ne s'était écroulée depuis des années, lâche quelqu'un.

Je circule en direction de la bibliothèque, mais c'est bientôt l'heure du dîner et il y a plus de monde que d'habitude dans les couloirs.

— Mais du coup, ils vont tout vérifier ? demande un autre élève.

— Je suppose. C'est quand même une sacrée histoire. La première brèche depuis trois ans.

— Si c'est vraiment un coup des saboteurs, l'Arkon ne va pas pouvoir poursuivre sa politique de laisser-faire. Il faut les dénicher et les exiler.

— Surtout que c'est tout ce qu'ils veulent : s'exposer aux tempêtes. Je ne comprends pas qu'ils ne prennent pas la porte eux-mêmes.

— Ouais, ils veulent nous emporter dans leurs délires.

— On n'a rien demandé, nous.

Je pousse la lourde porte de la bibliothèque et les conversations s'estompent dans mon dos. J'adresse un sourire à Maître Ildrek, qui me salue en retour.

— Quel bon vent t'amène aujourd'hui ? Tu veux finir ta lettre ?

Il me tend déjà la boîte de son stylo plume. Je la contemple avec envie. Raconter à Laos mes doutes et mes peurs me ferait sûrement du bien, même s'il ne peut pas lire mes mots. Mais j'ai plus urgent à gérer.

— Pas aujourd'hui, je le crains. Je peux emprunter le carnet de Cressa ?

— Une nouvelle fois ? s'étonne le bibliothécaire. Tu ne le connais pas par cœur à ce stade ?

— Si, je crois, mais j'y découvre toujours quelque chose de nouveau, ou bien j'interprète différemment certains passages.

Il hoche la tête avec bienveillance.

— Il est à sa place, il t'attend.

Je le remercie et me dirige vers le rayon des mémoires, là où les journaux des mages qui nous ont précédés ont été conservés. Sur l'étagère qui s'illumine quand j'arrive, j'attrape le carnet et je vais ensuite m'asseoir à une table juste à côté pour le feuilleter. Le chat n'est pas dans mes pattes, je suis venue directement depuis la salle d'entraînement et il a plutôt tendance à me retrouver à ma chambre à cette heure-là. J'espère qu'il ne me fera pas la tête parce que j'ai modifié ma routine. Il serait peut-être temps que je lui donne un nom ?

J'ouvre le carnet à la page où j'en étais hier et déchiffre l'écriture fine et manuscrite de Cressa. Elle relate un incident qui a eu lieu lors d'un entraînement et que je trouve particulièrement intéressant. Elle a perdu le contrôle, mais n'a pas essayé de prendre la main sur ses flammes. Elle a accepté la situation selon ses propres dires. Et en l'acceptant, elle a donné le contrôle à son pouvoir qui, plutôt que de se comporter comme un adolescent rebelle, a choisi de l'aider et de la défendre, comme s'il avait sa propre conscience et ne cherchait qu'à récupérer son autonomie.

Elle cite d'ailleurs à la fin de cette page le titre d'un ouvrage qui lui a soufflé l'idée de s'abandonner à sa magie. Je note le nom dans mon carnet, afin de le réclamer à Maître Ildrek, en espérant qu'il en existe encore un exemplaire, puis je tourne la page.

Mes yeux parcourent les premières lignes quand il me semble entendre des sanglots, ce qui est très étrange. Enfin, pleurer n'est pas un problème, mais la bibliothèque n'est pas vraiment le lieu pour. D'un autre côté, il n'y a pas d'endroit spécifique pour pleurer. Je chasse mon raisonnement absolument inutile de mon cerveau. Dois-je aller voir la personne ? Vérifier qu'elle va bien ? Ou préférerait-elle qu'on l'ignore pour cuver son chagrin seule dans son coin ?

Quand les pleurs retentissent pour la troisième fois, je prends ma décision et je me lève pour me diriger vers l'origine du bruit. Je passe deux rangées d'étagères avant de tomber sur une jeune fille, recroquevillée, la tête enfouie dans ses bras, les genoux relevés contre son ventre, assise à même le sol et le dos contre une bibliothèque. Mon étonnement grandit quand j'aperçois ses longs cheveux et son sac à dos, que je reconnaîtrais partout où je vais à cause des multiples badges colorés qui le décorent.

— Paige ?

Étonnée, je m'assieds à côté d'elle et dépose le carnet de Cressa, que j'ai emporté sans même m'en rendre compte, sur les dalles du sol.

— Que se passe-t-il ?

Paige relève la tête de ses genoux et me regarde, les yeux rougis et emplis de larmes à force d'avoir pleuré. Deux sillons traversent ses joues et ruissellent jusqu'à son menton, puis son cou.

— Quelqu'un t'a fait du mal ? Il s'est passé quelque chose ? Où est Sylas ?

Il était encore avec elle quand je les ai quittés à la sortie des classes pour mon entraînement.

— T… tout v-v-va bien…

Des sanglots la secouent de plus belle. Je glisse un bras dans son dos pour attraper son épaule opposée et la serrer contre moi.

— Je suis là, Paige. C'est à cause d'hier ? Tu as peur ?

Elle secoue la tête sans réussir à me répondre et je fouille dans son sac à la recherche d'un mouchoir, que je ne trouve pas. Je la regarde essuyer le bout de son nez sur sa veste d'uniforme, puis sécher ses joues à l'aide de ses manches.

— C'est juste que… elle me manque.

— Qui te manque ?

Paige déglutit, puis tourne la tête vers moi.

— Ma sœur.

— Ta sœur ? Elle…

Je ne sais pas comment choisir mes mots pour ne pas paraître trop abrupte.

— … elle est morte ?

Heureusement, Paige me fait signe que non, mais sa réponse m'accable presque plus.

— Elle a disparu.

— Disparu ?

— Depuis des semaines.

— Comment ça ? On ne disparaît pas dans une ville comme Cendralis.

Ce n'est pas comme si elle avait pu s'aventurer à l'extérieur ou partir en voyage, à moins qu'elle ait fait partie d'un convoi pour récupérer des ressources en dehors de la ville.

— Elle a été sélectionnée pour participer à un projet, elle était ravie de m'en faire part. Puis du jour au lendemain, je n'ai plus eu aucune nouvelle.

— Un projet ? Quel type de projet ?

— Ici, à l'académie.

J'écarquille les yeux.

— Ta sœur est une mage ?

— Oui. Elle a ton âge.

— Je l'ai vue dans ma promotion ?

— Non, elle avait déjà disparu.

Bien des choses s'expliquent tout à coup.

— Pourquoi tu ne m'en as pas parlé plus tôt ?

— Pour te dire quoi ? Que ma sœur a disparu, je ne sais pas où elle est, personne ne veut m'aider ?

— Tu en as parlé aux autorités ?

— Bien sûr ! On m'a répondu qu'elle participait à un projet très important pour la ville et qu'elle passait son temps à travailler et que je ne devais pas la déranger. Mais ce n'est pas possible. Lisa ne m'aurait jamais laissée sans nouvelles aussi longtemps. Elle aurait trouvé une minute pour venir me parler. Je l'aurais croisée au réfectoire ! Une fois, j'ai séché les cours pour rester près des buffets toute une journée et toute une nuit et je ne l'ai pas vue. Si elle est toujours à l'académie, où mange-t-elle ? Elle ne va plus à sa chambre, qui est fermée à double tour. De la poussière s'est accumulée sur la poignée et les lettres que j'ai glissées dans l'interstice sous la porte sont toujours là. Je n'ai aucune preuve et personne ne veut me croire, mais il lui est arrivé quelque chose, je le sais !

J'acquiesce pour lui montrer que je la crois.

— Qu'est-ce que tu sais de ce projet auquel elle devait participer ?

— Qu'il a été commandité par l'Arkon lui-même. Elle était très fière d'avoir été sélectionnée.

— Elle t'avait prévenue qu'elle risquait d'être indisponible ?

— Oui, mais pas de la sorte. Elle a juste dit qu'elle n'aurait plus beaucoup de temps pour moi.

Je mords l'intérieur de ma joue. Il semblait que Lisa savait déjà qu'elle serait très occupée. Peut-être qu'elle est simplement débordée, passionnée par ce projet qui accapare tout son temps ?

— Pendant l'attaque d'hier, notre ancienne maison a été démolie, poursuit Paige. Je sais que nous n'y habitions plus et que je ne devrais pas encore y être attachée, parce que notre vie est à l'académie maintenant, mais ça m'a fait quelque chose et… et ça lui a fait forcément quelque chose à elle aussi. Alors pourquoi n'a-t-elle pas trouvé le temps de venir me voir ? Même deux minutes ? Juste deux minutes ! Elle doit bien avoir des pauses de temps en temps, ne serait-ce que pour manger et dormir…

— Je suis terriblement désolée, Paige. Je ne savais pas pour ton ancienne maison.

L'une des quatre-vingt-douze détruites hier soir. Je dois me retenir de serrer les poings en songeant avec colère que cet accident était peut-être prémédité.

— Est-ce que tu pourrais demander à Liam ? me lance-t-elle avec espoir.

— Lui demander quoi ?

— Qu'il se renseigne auprès de son père, l'Arkon. Le projet est sous sa supervision apparemment. Si ça se trouve, Lisa travaille même à leur résidence et il l'a croisée et…

— Je…

Après la conversation que nous venons d'avoir à la salle d'entraînement, Liam et moi, je ne suis pas certaine que ce soit une bonne idée. D'un autre côté, si Paige a raison, il n'y a rien de problématique à demander des nouvelles de sa sœur, surtout si personne ne veut lui en donner.

— S'il te plaît ? insiste-t-elle.

— Je ferai tout ce que je peux pour t'aider, Paige, bien sûr. Mais je ne sais pas si Liam dispose des informations ou s'il sera enclin à me répondre. Tu sais, nous ne sommes pas proches et il vient à contrecœur à nos entraînements.

— Je crois que s'il ne voulait pas t'entraîner, il aurait déjà trouvé un moyen de se dérober.

Je n'y avais pas pensé, mais elle a raison. Après tout, il m'a bien laissée seule pendant trois semaines sans subir aucune conséquence. Il est revenu vers moi de son plein gré. Qu'est-ce qui le pousse à m'accorder son temps ?

— Je…

Une alarme retentit et je suis prise d'effroi en imaginant une nouvelle tempête. Si elles s'enchaînent aussi vite, alors que nous n'avons même pas eu le temps de réparer les tours et les remparts, la ville va finir ensevelie par le froid !

Mais Paige, de son côté, paraît plutôt surprise et presque… heureuse ? J'ose alors demander :

— Une seule sonnerie ?

— Ce n'est pas l'alarme des tempêtes, me précise-t-elle en se relevant et en attrapant son sac.

— Qu'est-ce que c'est alors ?

La tristesse n'a pas complètement disparu de ses traits, mais ce qu'il se passe est suffisamment excitant pour qu'elle retrouve de l'énergie.

— Des voyageurs ! s'exclame-t-elle. Des voyageurs viennent d'arriver !

Chapitre 39

Je ne peux m'empêcher d'espérer qu'ils viennent de la ville du vent. D'où sinon ? On raconte que des gens vivent en souterrain, qu'ils ont creusé des tunnels pour survivre, mais je ne pense pas que ce soit vrai et personne ne venait à Zéphyria à part les gens du feu.

Nous mettons trente minutes à descendre jusqu'à la porte, malgré le pas rapide auquel Paige nous entraîne. Nous courons sur plusieurs tronçons et je ne peux m'empêcher d'admirer les mages qui doivent parcourir le trajet à toute allure pour défendre la ville. Y a-t-il des tyroliennes que je n'ai pas aperçues qui leur permettent de rejoindre les remparts à toute vitesse ? Je me demande vraiment comment ils font.

Quand nous parvenons à la porte, elle a déjà été refermée, et masse d'habitants de la Crevasse se trouvent autour du groupe qui vient d'arriver. Je n'arrive même pas à discerner une silhouette au centre de la foule. Où se trouve le convoi ?

Paige se fraie un chemin à travers les curieux et me tire avec elle jusqu'au centre, où nous nous trouvons face à un seul homme. Au premier abord, je crois qu'il s'agit de Laos. Il a les mêmes cheveux châtains, la même silhouette fine et élancée, mais quand il se retourne et que je discerne les traits de son visage, la déception s'empare de moi. Comment ai-je pu imaginer que Laos viendrait jusqu'ici, seul en plus ? Sans mage pour le protéger ?

D'ailleurs, où sont les mages qui ont dû voyager avec l'individu ? J'observe son chariot, ainsi que ses deux chiens qui se tiennent sagement assis à côté de leur maître. L'un d'entre eux grogne quand un enfant veut approcher sa main de sa tête et le nouvel arrivant lance d'une voix douce :

— Ils ne sont pas habitués à ce que quelqu'un d'autre que moi les caresse et je vous conseille de ne pas trop vous approcher.

Les bêtes sont magnifiques. De l'eau goutte à leurs pattes. J'imagine qu'ils sont arrivés recouverts de neige et commencent à se réchauffer maintenant qu'ils n'ont plus les coussinets dans le froid. Il ne fait pas très chaud ici, comparé au Pinacle, et je n'ai pas pensé à enfiler les couches de vêtements nécessaires pour ne pas me geler, aussi je commence à trembler. Paige glisse son bras dans mon dos et frotte avec vigueur pour me réchauffer, puis allume une flamme au creux de sa main. Les regards se tournent aussitôt vers nous, et gênée, elle s'empresse d'éteindre son pouvoir.

— Vous avez voyagé seul ? demande un garçon d'une dizaine d'années.

Sa mère se tient juste à côté. Elle attrape sa main pour l'empêcher de s'approcher des deux chiens massifs. Je crois que je n'en ai jamais vu d'aussi gros. Leur tête dépasse le niveau de la hanche du voyageur, qui est pourtant grand.

— Avec mes chiens, répond l'individu.

Il a commencé à défaire les sangles qui retiennent les affaires sur son traîneau et semble chercher un objet en particulier. Les questions continuent de fuser.

— Vous êtes mage ?

C'est la seule raison qui explique qu'il puisse entreprendre ce voyage seul. Il semble avoir vingt-cinq ans, peut-être plus. J'essaie d'examiner son visage pour me rappeler si je l'ai croisé à Zéphyria, mais ses traits ne me disent rien. Déçue, je recule d'un pas. S'il n'est pas de la ville du vent, il n'apporte probablement aucune nouvelle. La curiosité prend alors le dessus : d'où vient-il ?

— Non, je ne suis pas mage.

— Mais alors comment vous avez survécu ?

C'est une autre personne qui pose cette question. Avec beaucoup de patience, le voyageur s'explique.

— J'ai créé une invention qui me permet de me protéger des tempêtes de glace quand je suis sur leur trajet.

— D'où venez-vous ?

J'ouvre grand mes oreilles pour écouter la réponse.

— Je suis nomade, je viens de partout et de nulle part à la fois. Je voyage pour collecter des informations et les inscrire dans mon carnet. Ainsi, de ville en ville, je peux aider chacun à s'en sortir en m'inspirant des systèmes que j'ai trouvés ailleurs auxquels ils n'ont peut-être pas encore pensé.

— De ville en ville ? s'étonne quelqu'un. Mais il n'y a plus que deux cités debout. De quoi parlez-vous ?

Alors peut-être qu'il s'est arrêté à Zéphyria ? A-t-il eu des nouvelles de mes parents ? J'inspire pour calmer les battements de mon cœur. Paige trépigne à côté de moi, elle se dandine d'un pied sur l'autre et ce n'est pas le froid qui la pousse à faire ça, mais l'excitation d'avoir des nouvelles de l'extérieur.

Nous en sommes tous friands, moi la première. Quand un visiteur débarquait à Zéphyria, je sprintais jusqu'aux grandes portes de la ville pour être parmi les premiers à le rencontrer, lui poser des questions et obtenir des histoires de sa part. Les gens qui bravent les tempêtes à l'extérieur de la ville sont si rares de nos jours ! Ils débordent d'anecdotes amusantes et apportent un brin de changement dans nos routines habituelles. L'inconnu est bombardé de questions et fait de son mieux pour répondre au fur et à mesure.

— Vous êtes scribe alors ?

— Oui. Je collecte les informations et je les diffuse pour aider tout le monde à survivre.

— Ça fait combien de temps que vous voyagez ?

— Sept jours environ. Je serais arrivé hier si une tempête n'avait pas croisé notre route. Je vois qu'elle est arrivée jusqu'à vos remparts.

Il glisse un regard en direction de la tour écroulée et de la brèche dans la muraille.

— Mais comment vous survivez aux tempêtes ? s'enquiert quelqu'un.

Un sourire éclaire le visage du voyageur, qui semble abandonner sa quête pour trouver l'objet de son désir, et attrape à la place un paquet bien ficelé. D'une main experte, il le défait et encourage tout le monde à reculer.

— Ceci est mon invention. J'ai proposé plusieurs fois de la reproduire et de former les mages habitués à se déplacer à l'utiliser, malheureusement je crois que de nos jours, les gens ont plus confiance en la magie qu'en la technologie.

Il veut dire que personne n'a voulu tenter sa chance avec sa création.

— Écartez-vous, ordonne-t-il.

Il tient le paquet à deux mains, donne des ordres à ses chiens, qui se rapprochent de lui, puis jette son objet dans les airs. Aussitôt, le tissu se déploie, s'arc-boute et quand il retombe au sol, une tente gigantesque, illuminée d'une lueur rouge, a fait son apparition.

— Je n'ai qu'à glisser mon traîneau à l'intérieur, à faire venir mes chiens, nous refermons l'ensemble et la lueur de cet objet…

Il tapote par transparence la pierre qui brille à l'intérieur de la tente.

— … permet de nous protéger des tempêtes, sans avoir besoin d'utiliser la magie.

— Sauf qu'il l'utilise bien, me lâche Paige à demi-voix.

— Comment ça ?

— Cette pierre, c'est un artefact.

— Euh… d’accord ?

— C’est un objet, créé par des mages, qui renferme beaucoup de puissance magique. C’est pour ça qu’il peut survivre aux tempêtes. Et à voir sa couleur, c’est un artefact de feu.

À la manière dont elle prononce ces mots, elle semble mécontente.

— C’est un problème ?

— Un problème ? Je ne sais pas. Tout dépend comment il l’a obtenu. Mais par les temps qui courent, je ne sais pas si ça a de l’importance. Selon l’Arkon, toutes les ressources magiques doivent être utilisées pour protéger la cité. Et ça, c’est une ressource magique…

— … qui serait bien utile, je suppose le temps que les réparations de la tour soient effectuées ?

— Exactement.

J’inspire en me demandant jusqu’où l’Arkon serait prêt à aller pour récupérer cet objet.

— Qu’est-ce que ça veut dire ?

Paige s’humecte les lèvres et murmure :

— Qu’à mon avis, ce voyageur ne sait pas qu’il est maintenant notre prisonnier.

Chapitre 40

Et Paige a raison, car des gens du Pinacle nous rejoignent et ils ont tous les yeux brillants en voyant l'artefact. Des messes basses sont échangées, je ne saisis pas tout ce qui est dit, mais il n'y a pas besoin d'être télépathe pour comprendre qu'ils parlent de cette invention et de la pierre qui permet au voyageur de rester en vie à l'extérieur. Se doutait-il qu'il produirait un tel effet ? Est-il naïf au point de croire que les gens du feu ne voudraient pas s'approprier cette pierre ?

— Où avez-vous eu cet artefact ? demande un homme qui porte l'uniforme de l'académie.

Le liseré violet signale son apparence à une maison majeure. Je n'ai pas encore appris la signification de toutes les couleurs, surtout que certaines familles ont la même, mais je me suis promis d'apprendre, ne serait-ce que pour identifier correctement qui m'insulte.

— On me l'a offert, répond simplement le voyageur.

Les gens du Pinacle n'ont pas vraiment l'air de croire ses paroles, mais ceux de la Crevasse s'en fichent et poursuivent leur interrogatoire tandis que le nouveau venu range sa tente en la pliant d'une savante manière.

— Vous êtes venu avec des cadeaux ?

C'est encore un enfant qui pose la question et j'étire les lèvres en l'entendant. Le voyageur ne répond pas car d'autres personnes l'interrogent déjà.

— D'où venez-vous ?

— De Zéphyria, annonce-t-il fièrement.

Mon cœur s'emballe. Je dépasse les deux personnes qui se trouvent devant nous.

— Avez-vous du courrier ?

Tout mon corps est tendu vers cet inconnu qui débarque de la ville où j'ai grandi. Mes parents ont-ils eu le temps de me glisser une lettre, ou peut-être Laos ? Je n'ai besoin que d'un mot de leur part pour être rassurée.

— J'ai ça ! s'exclame-t-il avec enthousiasme. C'est le paquet que je cherche depuis tout à l'heure.

Il cale sa tente repliée et tenue par des sangles sur les couvertures de son traîneau, puis se remet à fouiller alors que j'entends mon sang battre à mes oreilles. Mes veines pulsent dans tout mon corps, au point que je me force à reculer pour être plus proche de Paige si jamais je perds le contrôle sur mon pouvoir.

— Comment vous appelez-vous ?

Nous sommes là à l'interroger sans même connaître son nom, n'est-ce pas impoli ?

— On m'appelle Varek, me répond-il sur un ton reconnaissant comme si j'avais enfin posé une question agréable.

Je patiente alors qu'il cherche au milieu des différents paquets qui remplissent son chariot. Qu'emporte-t-il partout avec lui ? La tente bien sûr, de quoi se nourrir et soigner ses chiens, quelques vêtements, je suppose. Mais il y a l'air d'y avoir des tas de merveilles cachées sous les épaisses fourrures et je suis curieuse d'en faire l'inventaire.

— Et avant Zéphyria, où vous trouviez-vous Monsieur Varek ? demande quelqu'un.

— Varek, simplement Varek, corrige le voyageur. J'ai parcouru les étendues glacées pendant quelques semaines. Avant ça encore, j'étais dans les souterrains.

La stupeur s'empare de l'assemblée et pendant un court instant, nous gardons tous le silence, puis les murmures repartent de plus belle et les questions fusent encore plus vite.

— Les souterrains ? Les souterrains n'existent pas.

— Personne ne vit là-bas.

— Il n'y a plus que deux cités debout. Zéphyria et Cendralis. S'aventurer plus loin, c'est de la folie.

— Quels souterrains ? s'enquiert alors Paige en ignorant le brouhaha.

Le voyageur quitte un instant ses fouilles pour regarder mon amie et lui répondre.

— Ceux creusés sous la cité de la terre. Il y a quelques survivants. Bien moins qu'ici. Il y a aussi des tunnels sous la cité de la foudre mais la population y est encore plus réduite, et surtout, aucun mage n'a survécu chez eux.

J'oscille entre la surprise et le désespoir. La surprise de savoir qu'il y a des rescapés en dehors de nos villes, le désespoir de découvrir qu'ils sont si peu nombreux et qu'ils semblent vivre dans une misère importante. Voient-ils la lueur du jour ? Sortent-ils de leurs tunnels de temps en temps ? Comment se sont-ils organisés pour survivre en souterrain ?

— Ah, voilà !

Tandis que les curieux chuchotent entre eux et que les habitants du Pinacle sont de plus en plus nombreux autour de nous, Varek tire de son traîneau un tas d'enveloppes retenu par deux ficelles. Il défait les nœuds et commence à lire les noms sur les plis. Après cinq enveloppes je comprends qu'il s'agit principalement de commerces qui échangent entre eux, réclament certaines matières premières que nous n'avons pas en abondance ici et proposent d'en acheminer d'autres jusqu'à Zéphyria. Il n'y a que très peu de courriers personnels et ça se voit tout de suite au regard des personnes qui se manifestent quand elles entendent leur nom. Un pli commercial ne génère pas spécialement d'émotions sur le visage des personnes concernées, tandis que les regards changent quand il s'agit d'un courrier plus intime.

Les prénoms et noms défilent, la pile diminue et je commence à me dire qu'il n'y a rien pour moi.

— Eira Brynwall ?

Mes yeux s'ouvrent en grand, mon cœur accélère encore dans ma poitrine au point que j'ai l'impression qu'il tente de s'échapper de ma cage thoracique.

— Brynwall ? s'étonne Paige. Je suppose que c'est toi ?

Ici, tout le monde m'appelle Fall, mais Lynda et Tomas ont toujours utilisé leur propre nom de famille avec moi, même si nous n'avons jamais formalisé mon adoption. Je ne sais même pas s'il y a des papiers à remplir pour officialiser une telle chose.

— Allez, vas-y, m'encourage Paige.

Je refais un pas en avant, je tends une main tremblante et j'attrape le pli que Varek me tend. Du bout des lèvres, je murmure :

— Merci.

Le regard rivé sur mon nom, j'essaie d'inspirer pour me calmer. Pourquoi suis-je aussi stressée à l'idée d'ouvrir un simple courrier ?

— Il n'y en a qu'un ?

Le voyageur fouille dans ce qu'il reste de sa pile et hoche la tête pour me confirmer que je n'ai pas d'autres enveloppes à mon nom. L'écriture manuscrite fine qui a tracé les lettres de mon prénom est celle de Lynda. Laos ne m'a donc pas écrit ? Mon cœur se serre à cette idée. M'a-t-il déjà oubliée ? Après tout, loin des yeux, loin du cœur. Comme Liam l'a fait remarquer, l'amour est un luxe de nos jours. Peut-être que j'ai mal jugé mon ami en croyant que nous pourrions continuer d'entretenir notre amitié en vivant dans deux cités différentes.

Pourquoi ça me fait si mal au cœur ? Nous ne sommes qu'amis, nous n'avons jamais franchi le pas d'aller plus loin dans notre relation. Il est normal que Laos se recentre sur sa vie à Zéphyria et me mette de côté. Il lui faut une femme, un foyer, une partenaire. Je ne peux pas le combler en vivant à Cendralis.

Les lèvres pincées, je m'extirpe du groupe massé autour de Varek. Paige me suit sans hésitation et patiente à côté de moi tandis que j'ouvre l'enveloppe. J'en tire deux feuilles écrites par ma mère, et une autre, pliée en plus petit, qui a été glissée à l'intérieur. Avec hâte, je l'ouvre pour découvrir que Laos ne m'a pas oubliée. Il a simplement ajouté son mot à celui de mes parents. Mon cœur se réchauffe, ma respiration se tranquillise et j'ai presque la larme à l'œil quand je commence à lire la lettre de ma mère. Je lirai celle de Laos après.

— Eira ?

J'entends la voix inquiète de Paige à côté de moi tandis que je tourne la première feuille qui contient les mots de Lynda.

— Eira ? insiste-t-elle.

J'avale la deuxième page, puis je passe à la suivante, pour terminer par le courrier de Laos. Quand j'ai fini, je réalise que Paige s'est serrée contre moi.

— Que se passe-t-il ? murmure-t-elle.

Je prends une grande inspiration alors qu'une larme dévale ma joue. Une seule. Comme si je ne m'autorisais pas à pleurer plus que ça.

— Mon père est mort en défendant la ville d'une tempête plus forte que d'habitude. Ma mère l'a appris en rentrant à Zéphyria.

Tomas. Tomas est mort.

Chapitre 41

Ma mère a écrit des mots tendres et a fait de son mieux pour m'annoncer la nouvelle avec douceur. Dans sa lettre, elle tente de me rassurer sur son propre état, sur le fait qu'elle va s'en sortir, à la fois financièrement et à la fois mentalement. Tous les voisins se sont rassemblés pour l'aider, ils lui apportent régulièrement des victuailles, Laos passe tous les jours avec l'excuse de réparer quelque chose, même quand rien n'est cassé et elle n'est pas seule.

Elle arrive même à me poser des questions sur mon arrivée à Cendralis, me demande si tout se passe comme je l'espérais, si j'ai avancé dans la maîtrise de mes pouvoirs et si je me suis fait des amis. Comment peut-elle penser à ça au milieu de son chagrin ? Comment peut-elle imaginer que ce sujet me préoccupe alors que mon cœur vient de se briser ?

Tomas.

Tomas.

Tomas.

Le nom se répète à l'infini dans mon crâne alors que mon cœur tambourine de manière irrégulière dans ma poitrine. Les battements s'accélèrent, puis s'arrêtent et repartent, comme une chanson mal rythmée.

— Je suis désolée, Eira. Je suis tellement désolée. Je sais ce que ça fait. Je suis là pour toi. Je…

Paige en perd ses mots, ce qui est rare, mais que pourrait-elle me dire pour m'apaiser ? Je croise son regard, elle y lit toute ma peine, je vois dans ses yeux qu'elle revit la sienne et ensemble, nous secouons la tête de droite à gauche en sachant pertinemment que rien ne calmera la douleur que je sens battre dans mon corps des pieds à la tête. Un sifflement s'est même emparé de mon ouïe, ma vue commence à se troubler en raison des larmes qui affluent enfin et je sens mes doigts trembler sur la liasse de papiers.

J'essaie de relire les mots de Laos. Il veut me rassurer sur l'état de ma mère, il me promet qu'il prendra soin d'elle. La vie continue, m'indique-t-il.

Comment la vie peut-elle continuer ? Comment les tempêtes peuvent-elles frapper encore et encore après avoir fauché tant d'âmes déjà ? Ne seront-elles jamais satisfaites ? Peut-être devrions-nous céder aux supplications des saboteurs et ouvrir grand les portes lors de la prochaine attaque, afin d'en finir une bonne fois pour toutes !

— Je suis là, Eira. Je suis avec toi.

Paige me serre contre elle, je me laisse aller quatre secondes dans ses bras, jusqu'à ce que je sente le flux jaillir dans ma main et que je recule, pour éviter de blesser quelqu'un.

— C'est tout à fait normal, indique-t-elle en gardant son calme. Tu es en train de vivre une sacrée épreuve. Ta magie se manifeste parce que tu perds le contrôle sur tes émotions, peut-être même qu'elle tente de te protéger.

Je crie aux gens de s'écarter autour de nous, car ils n'ont pas l'air d'avoir peur. Il faut dire qu'à mon âge, ils s'attendent à ce que je maîtrise mes pouvoirs. Ils n'ont aucune idée du fait que je pourrais cramer cette rue contre mon gré.

— Reculez, ordonne Paige. Elle a besoin de calme et surtout de savoir qu'elle ne fera de mal à personne. Reculez, s'il vous plaît !

Varek et ses chiens restent en place, sûrement à cause du traîneau qu'il ne veut pas abandonner. Il ne manquerait plus que je brûle ses précieuses affaires.

— Compte le… le nombre de… de rayons dans la bibliothèque ? propose Paige. Il y en a combien ?

Je n'en sais rien. Je me demande si j'ai bien rangé le carnet de Cressa ou si je l'ai laissé sur le sol. J'essaie de compter, mais les nombres s'emmêlent et ça ne m'aide pas à calmer mon pouvoir.

Les gens crient autour de nous que je dois me contrôler, que je ferais mieux de garder mon pouvoir pour la tempête. Ils n'ont aucune idée de la situation et je sais que je ne peux pas leur en vouloir, mais ne comprennent-ils pas qu'ils aggravent mon cas à formuler à voix haute ces pensées ?

— On est ensemble, lance Paige. On a déjà fait ça plusieurs fois. Imagine qu'on se trouve dans la salle de classe avec le professeur Halys. Sylas et moi sommes à tes côtés et tu récupères le contrôle petit à petit. Compte le… le nombre de salles dans le couloir de l'aile ouest !

Ma réponse ne tarde pas à venir, mais ne suffit pas à me changer les idées. Les flammes grandissent et se mettent à tourbillonner, alors le voyageur intervient :

— Je peux ? demande-t-il sur un ton très calme et poli à Paige.

— Elle est élève à l'académie, ce n'est rien.

Mon amie tente de le rassurer, mais je crois qu'elle n'a pas compris que Varek veut intervenir.

— Fais abstraction du monde autour, lance-t-il en faisant un pas de plus en avant pour dépasser ma camarade.

Elle tente de le retenir.

— C'est dangereux, vous n'êtes pas un mage du feu, vous risquez de vous brûler.

— Je sais que tu les entends tous, mais leurs paroles n'ont aucune importance. Ils ne savent pas ce qu'ils disent, ils ne se rendent pas compte qu'ils sont en train de te déstabiliser plutôt que de te soutenir.

Ses paroles sont le reflet exact de mes pensées et me touchent au point de tirer de nouvelles larmes dans mes yeux. Oh, j'en ai marre d'être une pleureuse. J'ai vingt-et-un ans ! Je devrais être capable de maîtriser mes émotions, de gérer des situations comme celles-ci et de manipuler mon pouvoir à ma guise ! Comme Liam, comme Sélène, comme Eldric !

J'inspire pour interrompre mes sanglots et je souffle avec lenteur par la bouche.

— C'est très bien, m'encourage le voyageur. Tu es très courageuse, Eira.

Il a retenu mon nom.

— Je vais faire un pas de plus en avant, d'accord ? Ne t'inquiète pas, il ne va rien m'arriver. J'affronte seul des tempêtes, ce ne sont pas tes flammes qui me font peur !

Il rit tout seul et je me dis qu'il est complètement fou. Pourtant, il avance et de toutes les personnes présentes, il a l'air d'être celui qui sait exactement ce qu'il fait. Ses deux chiens restent en arrière, le regard rivé sur leur maître. Ils gardent le chariot, mais personne ne tente de s'en approcher compte tenu de ma présence.

— Il n'y avait pas de bonnes nouvelles dans ces lettres, j'imagine, grimace Varek. C'est difficile de livrer le courrier dans tous les royaumes, j'ai l'impression d'endosser le rôle de messager de la mort. J'aimerais répandre la paix et la bonne humeur, malheureusement je suis souvent porteur de rudes informations.

— Son père est mort, chuchote Paige pour lui donner l'explication.

J'aurais préféré qu'elle ne dise rien. Je n'ai pas envie d'entendre les gens me rappeler qu'il n'était pas vraiment mon père. Tomas l'était, à mes yeux. Il est celui qui m'a offert ma première couverture en arrivant à Zéphyria. Il l'avait choisie spécialement pour moi. Tous les soirs, il me racontait des histoires pour m'endormir, avant que Lynda vienne prendre le relais. Je me souviens qu'il inventait des légendes de Zéphyria, ou des contes d'aventures avec des mages courageux qui affrontaient les tempêtes. Tout finissait toujours bien. Il le faisait pour me rassurer, par rapport à son rôle pour la ville et la peur que j'éprouvais qu'un jour, il ne rentre pas des combats.

C'est lui qui m'a appris à lire. Soir après soir, il m'aidait à déchiffrer les mots que Lynda écrivait sur un papier. Ensemble, ils ont même dessiné un plan de la ville pour m'apprendre à m'orienter et nous avons ri pendant des heures à courir dans les rues tandis qu'ils me donnaient des destinations et que je devais les guider dans la ville.

Parfois, le matin, au réveil, Tomas était déjà parti, mais il nous laissait toujours un message sur la table, à Lynda et moi, deux séparés, avec des mots bien différents. De temps en temps, ils étaient drôles, à d'autres moments, ils étaient touchants, mais ils étaient toujours le reflet de son amour pour nous.

Son sourire me manquait déjà depuis mon arrivée à Cendralis, mais savoir que je ne le reverrai jamais ne fait qu'aggraver la situation. Quand il me regardait, il avait toujours cet air fier, comme si ma simple présence suffisait.

Oui, il a été mon vrai père. C'est lui qui m'a soignée à chaque fois que je me suis retrouvée avec des égratignures après avoir escaladé des murets, des barricades, parfois même des toitures. J'étais dans ma période où tout ce que je voyais était un promontoire sur lequel grimper. Je crois que c'est d'ailleurs comme ça que j'ai pris goût à l'art de la guérison. Parce que je voyais la douceur avec laquelle il s'occupait de moi et le bien que ça me faisait de me sentir aimée et chérie.

Il m'a grondée bien sûr, mais il m'a toujours dit que c'est parce qu'il s'inquiétait, qu'il ne voulait pas mettre un frein à mes ambitions ou à mes rêves fous d'escalader un jour les remparts de la ville à mains nues, mais qu'il m'adorait plus que tout au monde et qu'il craignait que je fasse une mauvaise chute. Que son cœur ne se remettrait pas de ma disparition.

Le mien ne se remettra jamais de la sienne. Je le sais déjà, alors que les flammes tourbillonnent autour de moi et que j'ai définitivement perdu le peu de contrôle que j'avais encore sur ma magie. Le souvenir de Tomas restera à jamais gravé dans ma mémoire et la blessure qui accompagne sa disparition s'estompera avec le temps, mais elle sera toujours là, présente, peut-être juste un peu moins vive qu'aujourd'hui.

Je l'espère au fond, parce que vivre avec cette peine qui me déchire les entrailles n'est pas envisageable.

— Eira ? répète le voyageur. Tu m'entends ?

— Vous allez vous brûler ! crie Paige.

Une main apparaît au milieu de mon tourbillon de flammes. J'observe les doigts de Varek et l'étrange tatouage sur sa main, dont les traits me paraissent familiers.

— Serre mes doigts, m'ordonne-t-il. Je peux t'aider.

Je ne sais pas pourquoi j'obéis. Peut-être parce que le feu a été repoussé autour de son bras et que ses vêtements ne brûlent pas, ce qui est intrigant et rassurant à la fois. Peut-être parce que je suis perdue et que saisir la main tendue devant moi est ma seule option.

Je saisis ses doigts et aussitôt, à ma grande surprise, les flammes s'éteignent.

Chapitre 42

Jusqu'ici, seul Liam avait été capable de cet exploit, et Paige m'a bien expliqué qu'il n'y avait que lui, en ville, à posséder ce don.

— Tout va bien, me rassure Varek en tenant toujours ma main. Tu es calmée ?

Ébahie, j'acquiesce.

— Je croyais que vous n'étiez pas un mage.

— Je n'en suis pas un.

— Mais…

— Je ne suis pas un mage, Eira.

J'ai bien du mal à le croire tout à coup. Il me lâche alors que mes yeux courent sur sa main et son avant-bras, où le tatouage se poursuit. Je le vois tirer sur sa manche pour masquer les dessins complexes et revenir en arrière pour attraper ses gants, laissés sur le traîneau. Il les enfile en câlinant ses chiens et en les félicitant d'avoir patienté.

Je reste sur place, médusée. Que vient-il de se passer ?

— Personne n'est blessé ?

C'est la première question que je pose à Paige quand elle s'approche de moi.

— Non, tout le monde va bien.

Surprise comme moi, elle jette des regards au voyageur, avant de vérifier mon état, puis de se reconcentrer sur Varek. J'ai beaucoup de questions à poser à l'inconnu, mais on me hèle dans mon dos et je me retourne en découvrant Maître Alden.

— Eira ? Pouvons-nous discuter quelques instants ?

Je vais me faire remonter les bretelles, c'est certain. J'adresse un regard désolé à Paige, qui me rend le même et se précipite pour attraper ma main.

— Je serai là quand ce sera fini, je serai là pendant tous les jours qui viendront, d'accord ? Je ne te quitterai pas d'une semelle, j'irai où tu iras, on dormira dans la même chambre et je te promets que petit à petit, tu te sentiras mieux.

Il y a des larmes dans ses yeux malgré la force et l'assurance avec laquelle elle s'exprime. Dans un élan de gratitude, je la serre dans mes bras. Paige et moi avons peut-être cinq années d'écart, mais depuis mon arrivée à Cendralis, elle m'a montré par bien des égards qu'elle était mature et que je pouvais compter sur elle. Qu'elle trouve la force de mettre de côté sa propre peine et ses inquiétudes au sujet de sa sœur pour me rassurer est extraordinaire.

— J'ai de la chance de t'avoir.

Je chuchote ça à son oreille avant de me séparer d'elle, car Maître Alden m'appelle une fois de plus.

— Et quoi qu'il dise, ne l'écoute pas, ajoute-t-elle. Tout mage qui vient de perdre un proche est susceptible de faire une démonstration non contrôlée de magie.

Avant de filer, je la remercie. Un sourire bienveillant sur les lèvres, comme à son habitude, Maître Alden me fait signe de le suivre. Nous empruntons le chemin qui permet de remonter au Pinacle, tandis que derrière nous, Varek est de nouveau assailli de questions. Je tiens dans ma main les lettres de Lynda et Laos. Elles sont précieuses et je ne veux pas les perdre, alors je les replie avec soin et les glisse dans leur enveloppe, que je fais disparaître dans la poche intérieure de ma veste.

Malgré la décharge d'énergie que je viens de produire, le froid me gèle les os. Les mains enfoncées dans mes poches, je suis Maître Alden, bien plus couvert que moi.

— Est-ce que ça va aller ? me demande-t-il.

Je ne lui indique pas que mon père est mort. Prononcer les mots à voix haute une deuxième fois va foudroyer mon cœur, je vais me remettre à pleurer et potentiellement, perdre encore une fois le contrôle sur mes pouvoirs. Et à ce sujet, personne n'en a plus marre que moi que je ne maîtrise pas mon don.

— Oui.

Je manque de glousser en songeant que cette réponse monosyllabique est typique d'un certain Liam Kayn, star de l'économie de mots. Je le crois capable de tenir toute une conversation en ne répondant que par des hochements de tête, des regards appuyés et des onomatopées qu'il prononce uniquement pour montrer à son interlocuteur qu'il suit la discussion. Lui n'en a pas besoin.

— Tu n'as pas l'air d'avoir beaucoup plus de contrôle qu'à ton arrivée, Eira. Cela fait un mois. Je ne dis pas que tes progrès auraient dû être fulgurants, ta situation est bien sûr d'une difficulté extrême, mais nous nous attendions quand même à un peu plus de… de maîtrise.

Il peine à trouver les mots qui ne vont pas réveiller mes émotions. Je sens bien qu'il tente, par la voie diplomatique, de me dire que je suis le pire échec qu'ils aient connu à l'académie.

Peut-être que j'exagère un brin, mais je ne dois pas être loin de la vérité.

— As-tu tout essayé ? Les professeurs t'ont-ils proposé diverses techniques ? Liam voit-il des progrès ?

— J'ai fait quelques progrès.

Je pince les lèvres en réalisant que je m'exprime sur un ton un peu sec, que Maître Alden ne mérite pas, déjà parce qu'il est un mage et mon aîné, à qui je dois le respect, ensuite parce qu'il s'est toujours montré gentil avec moi.

— Formidable, s'enthousiasme-t-il. Quels genres de progrès ?

Je lui décris la petite flamme que je peux faire naître au creux de ma paume sans cramer toute une pièce. Il me demande si je parviens à moduler sa puissance, je grimace en guise de réponse et il soupire.

— Eira, je ne veux pas t'affoler, mais le destin qui attend les mages au don incontrôlable n'est pas… je…

Je le coupe.

— Je sais. L'exil. L'exil m'attend si je ne parviens pas à faire mieux.

Je pensais disposer de plus de temps. Ma courbe d'apprentissage n'impressionne pas mes professeurs ou mes camarades, encore moins Liam. Bien sûr que je dois faire mieux.

— Je n'ai pas envie qu'on te livre au froid, Eira. Il s'agit d'une pratique barbare qui ne devrait plus avoir cours.

Il tourne la tête pour observer en contrebas la porte nord de la ville.

— Mais je ne peux pas lutter contre les décisions de Maître Orin, ou de l'ensemble du corps professoral. S'ils ne tranchent pas en ta faveur…

— Que dois-je faire alors ?

Nous atteignons la limite qui sépare la Crevasse du Pinacle : des escaliers droits aux marches irrégulières permettent de franchir les derniers mètres qui emmènent aux immenses bâtiments du quartier supérieur de la ville. Maître Alden ralentit le pas et je l'imite afin de ne pas le presser. Quelque trois cents marches nous séparent du niveau au-dessus, mais il y en a encore plusieurs volées avant de rejoindre l'académie.

— Trouver un moyen de progresser ? lance-t-il.

J'ai la sensation d'avoir déjà tout essayé.

— Je pense que je vais réussir, mais il faut me donner un peu plus de temps.

— Plus le temps passe, plus nous prenons le risque que ton pouvoir s'amplifie et que tu ne parviennes à rien. Tu dois rattraper ton retard, Eira, sinon ton feu va te consumer, c'est une certitude.

Je m'humecte les lèvres et j'ose demander :

— Quelles sont mes options ?

Maître Alden prend une grande inspiration et grimpe quelques marches avant de me répondre :

— J'ai bien une idée qui pourrait t'aider, mais c'est un sacré traitement de faveur, et je ne sais pas si les autres professeurs m'autoriseraient à…

— À quoi ?

Hésitant, il balbutie quelques mots que je ne comprends pas et ce n'est que quand j'insiste qu'il finit par m'avouer :

— J'ai en ma possession un artefact qui pourrait t'aider. Mais il ne remplacera pas le travail que tu devras faire pour te contrôler, il te permettra juste de… donner le change le temps que tu te mettes à jour.

— Quel artefact ?

— Si je te le confie, tu devras travailler avec acharnement, encore plus qu'aujourd'hui, et personne ne doit savoir qu'il est en ta possession.

— Comment va-t-il m'aider ?

J'ai l'impression qu'à chaque fois que je me déplace sans Liam, je manque de créer une nouvelle catastrophe. Maître Alden glisse une main dans sa poche et en tire un collier au pendentif rouge.

— Si tu sens un afflux de magie, tu n'as qu'à saisir la pierre, elle canalisera le surplus et te permettra d'opérer sans danger.

— Comme Liam l'aurait fait ?

— Mieux que le fils de notre Arkon, tu pourras toujours utiliser ton don.

Je me garde d'indiquer que Liam a progressé à ce sujet et qu'il est capable d'absorber seulement une partie de mes pouvoirs pour me permettre de tempérer le flux de magie dans mon corps.

— Ce sera considéré comme de la triche par les camarades de la promotion supérieure, Eira, je veux te prévenir. Ils ne doivent en aucun cas savoir que je t'ai confié cet objet, sans compter que ça pourrait m'attirer des ennuis auprès de mes supérieurs. Nous ne laissons pas les élèves de l'académie gérer seuls un artefact habituellement.

Je saisis le collier avec beaucoup de respect et le glisse dans ma poche pour éviter qu'il soit visible.

—Merci pour votre confiance, Maître Alden. Je vous promets de faire très attention.

— Je compte sur toi pour rattraper ton retard, m'encourage-t-il avec un sourire.

Nous atteignons les dernières marches. La chaleur du Pinacle m'enveloppe sitôt que je franchis la limite entre les deux quartiers.

Soudain, les haut-parleurs de la ville grésillent, un raclement de gorge se fait entendre et Maître Alden comprend avant moi.

— L'Arkon va parler.

CHAPITRE 43

Le discours du père de Liam, Rhéon Kayn, n'avait rien d'impressionnant selon mon humble avis. Il n'avait pas l'air d'avoir pris une quelconque décision, chacune de ses phrases tempérait la précédente. Il n'accusait personne, pourtant il semblait viser tout le monde et quand il a terminé, je ne savais même pas quels sentiments m'inspiraient cette allocution fort étrange. À qui était-elle vraiment destinée ? Aux maisons du Pinacle capables d'influencer la politique et auprès desquelles il cherche du soutien ? Aux habitants de la Crevasse qui avaient beaucoup perdu la veille ?

Les jours ont défilé de manière légèrement différente. J'ai emmuré mon cœur, pour éviter de craquer à chaque fois que je m'arrête de faire quelque chose, et j'ai commencé à utiliser l'artefact que m'a prêté Maître Alden. Bien qu'il m'aide à contrôler mes flammes, quand je sors d'un entraînement avec, je suis épuisée, sûrement parce que c'est la première fois que je peux utiliser autant ma magie sans devoir stopper mes exercices. L'objet m'a redonné confiance en moi et j'ai commencé à me lever plus tôt pour m'entraîner seule. Liam est étonné de mes progrès, mais n'a pas l'air ravi pour autant. De toute façon, je ne crois pas qu'il soit capable d'être ravi pour quoi que ce soit, ça ne doit pas faire partie du panel d'émotions qu'il peut ressentir, lui qui contrôle absolument tous ses moindres faits et gestes.

Paige a tenu sa promesse de rester près de moi et j'ai osé demander à Liam s'il savait quelque chose au sujet de la sœur de mon amie. Il a changé aussitôt de conversation, pointé discrètement de l'index vers le plafond de la salle d'entraînement et nous n'en avons plus jamais parlé. Je suis revenue bredouille auprès de Paige.

De retour à l'entraînement avec le Kayn, je vérifie que l'artefact se trouve bien dans la poche de mon pantalon d'uniforme. La journée a déjà été longue et j'ai bien besoin de l'objet magique pour me contrôler à cette heure-ci. Sa présence me rassure et me donne confiance en ma capacité à gérer mes pouvoirs, même si l'utiliser me fatigue aussi. Il vaut encore mieux que je sois épuisée plutôt que je perde la maîtrise de mon don.

— Tu es moins concentrée, me lance Liam quand je ne réussis pas à esquiver une attaque.

— Ou peut-être que cette boule de feu allait trop vite.

Maintenant que je suis capable de maîtriser le flux d'énergie et que je n'ai pas eu d'explosion de magie depuis quelques jours, il a modifié les exercices pour que j'apprenne à réagir. Il ne peut pas me jeter des pics de glace, c'est pourquoi à la place, il m'envoie des boules de feu, parfois en plein visage. Je ne risque rien normalement, mais savoir que des flammes volent dans ma direction n'est pas rassurant.

— Tu es sûre qu'il n'y a rien qui a changé ? s'enquiert-il.

Je ne lui ai pas dit pour la mort de Tomas, mais je me doute qu'il le sait. Mon pétage de plomb dans la Crevasse n'est pas passé inaperçu, des tas d'élèves en parlaient à l'académie le lendemain et racontaient des histoires souvent erronées sur qui était Tomas pour moi. J'ai même entendu dire que je sortais avec à Zéphyria et que notre histoire d'amour se terminait de manière tragique, avant qu'un élève ne lâche :

— Ça aurait pu être pire, elle aurait pu l'immoler en perdant le contrôle quand elle était encore là-bas.

Des ricanements ont suivi, et j'ai dû saisir la pierre dans ma poche pour éviter de provoquer un incendie.

— Eira, si tu ne me parles pas, je ne peux pas comprendre ce qu'il se passe. Si je ne comprends pas ce qu'il se passe, je ne peux pas t'aider.

Je ferme brièvement les yeux en me demandant de quelles informations Liam croit avoir besoin. Il ajoute sur un ton très doux :

— Est-ce au sujet de ton père ?

Sur la défensive, je réponds sèchement :

— Tomas n'a rien à voir là-dedans.

— Tu veux me faire croire que c'est une coïncidence si depuis le jour où tu as appris sa mort, tu fais des progrès fulgurants et en même temps tu parais plus épuisée que jamais ? Crois-moi, Eira, je suis le premier ravi que garder le contrôle sur ton pouvoir ne soit plus une difficulté comme auparavant, mais j'ai l'impression que tu t'es renfermée et que tu n'es…

— Je suis ?

Il soupire avant de terminer.

— … tu n'es pas dans ton état normal. Et ce que tu fais qui te permet de maîtriser ton pouvoir, j'ai l'impression que c'est temporaire et que ça va se retourner contre toi dès lors que tu laisseras libre cours à tes émotions.

Il a l'air d'avoir mis le doigt sur quelque chose, car il poursuit.

— En fait, c'est exactement ça. J'ai l'impression que tu as enfermé tes émotions les plus puissantes à double tour, parce qu'elles étaient peut-être insupportables pour toi. Du coup, tu peux maîtriser ta magie, car tu as écarté ce qui te faisait perdre le contrôle, mais tu ne peux pas non plus puiser dans ton réservoir de puissance.

— Peut-être que je ne devrais pas puiser dedans.

— Et d'un autre côté, poursuit-il comme si je n'avais rien dit, ces émotions n'ont pas disparu, elles vont rejaillir à un moment, peut-être au pire moment et tu n'auras pas appris à les gérer. Mettre de côté ses sentiments n'est jamais bon, Eira. J'en sais quelque chose.

Je m'apprête à répondre une pique bien sentie, mais préfère me taire. Inutile de discuter avec le Kayn, il trouvera toujours un moyen d'avoir raison. Au final, je l'agace encore plus en gardant le silence. D'habitude, il me manipule avec cette stratégie et j'adore la retourner contre lui.

— Te renfermer sur toi-même n'arrangera pas les choses. Si tu continues comme ça, tu vas te détruire de l'intérieur.

Se soucie-t-il vraiment de ce qui peut m'arriver? Je pince les lèvres. L'idée de rouvrir la boîte où j'ai enfermé mes émotions ne me dit rien qui vaille. Pour l'instant, je tiens bon, je ne me suis pas écroulée et je n'ai pas eu de crises de larmes intempestives en repensant à Tomas. En fait, je ne pense pas à lui. Dès que sa silhouette apparaît dans mon crâne, je fais de mon mieux pour penser à autre chose.

Il s'est écoulé six jours depuis la nouvelle. Six jours. J'ai l'impression que c'est une éternité, mais c'est si peu. C'est moins que le temps qu'il faut pour effectuer le trajet de Zéphyria à Cendralis avec un traîneau.

— Le voyageur est toujours en ville?

Je décide d'utiliser une autre célèbre stratégie de Liam : le détournement de conversation. Bien sûr, il n'est pas dupe, ma phrase lui arrache un soupir, mais il doit se dire qu'au moins, je communique, alors il me répond.

— Oui, une fête est donnée en son honneur ce soir.

— Quelqu'un a examiné l'artefact qu'il utilise pour se protéger des tempêtes?

— Plusieurs personnes, confirme Liam. Ils en ont conclu qu'il n'y a quasiment plus d'énergie dans cette pierre et qu'elle ne mérite pas notre attention. Ils l'ont aussi beaucoup interrogé sur la provenance de l'objet, mais Varek reste sur son histoire initiale : on lui a offert.

— S'il n'y a bientôt plus d'énergie dedans, ne risque-t-il pas d'être enseveli par une tempête lors de son prochain voyage ?

— Possible. Il dit que la pierre n'est qu'un souvenir et qu'il ne l'utilise pas pour se protéger. La tente suffit, selon lui.

— Mouais.

— Comme toi, je suis dubitatif à ce sujet.

Il arme ses bras, me lance une salve de boules de feu, que j'évite avant d'essayer enfin l'exercice qu'il m'a proposé au tout début de la séance : prendre le contrôle de ses flammes à lui. Selon ses propres dires, c'est ce qu'il y a de plus difficile à faire pour un mage, mais il a aussi ajouté qu'il pensait que ce serait simple pour moi.

J'échoue lamentablement. Une petite part de mon être se dit que je m'autosabote pour ne pas donner raison au Kayn.

— Tu seras à la soirée ?

Ma question surprend Liam, qui après un temps d'hésitation, rétorque :

— Toi, tu y seras ?

Je hausse les épaules. J'ai promis à Maître Alden de m'entraîner avec acharnement et je ne pense pas que participer à des mondanités quelconques puisse être considéré comme de l'entraînement. Ou bien alors, une autre forme d'entraînement : comment se fondre dans la masse, comment esquiver les insultes, comment naviguer en société sans se sentir comme un poisson hors de l'eau.

Mais peut-être que Sélène y sera. Avec mon emploi du temps récent, je n'ai pas réussi à la croiser. C'est bien la première fois que je regrette qu'elle n'ait pas une moquerie à m'adresser. Liam a fait en sorte que ses camarades n'assistent plus à nos entraînements, ou bien la présence de ses gardes du corps a dissuadé ses amis de se pointer. Le résultat est le même : je n'ai pas croisé Sélène, alors que j'ai beaucoup de questions à lui poser.

Elle ne ratera pas une occasion de se montrer sur la terrasse du Pinacle. Si je veux l'interroger, ce soir est ma meilleure opportunité. Mais si je ne veux pas finir exilée, m'entraîner est ma priorité.

Avec un soupir, je réponds :

— J'essaie d'étudier pour rattraper mon retard et mettre mon énergie au service de la ville le plus tôt possible. Je ne sais pas si je viendrai, il vaut probablement mieux que j'étudie à la bibliothèque, ou dans ma chambre. Mais je t'avoue que cet homme me rend curieuse.

— Moi aussi.

— Il a réussi à stopper net mon pouvoir, comme toi.

— Il m'intrigue.

— Tu n'as pas encore eu le temps de lui parler ?

— À quel moment aurais-je eu le temps, Eira ? Entre les cours, ton entraînement, les réunions, l'inspection des murailles…

Je l'observe avec un air amusé et je lui rétorque :

— Tu adores ça.

— Quoi donc ? s'étonne-t-il.

— Avoir un emploi du temps tellement plein que tu n'as pas le temps de respirer.

— Absolument pas.

— Ah oui ? Parce que sinon, tu te serais défait de cet engagement que Maître Orin a pris à ta place envers moi, et tu aurais libéré une partie de ta journée.

— Tu as besoin d'aide et je suis le mieux placé pour te l'apporter.

— Tu es venu me chercher avant le lever du soleil plus d'une fois pour t'assurer que nous nous entraînerions. Tu sais ce que font les gens à cette heure-là normalement ?

— Ils dorment, j'imagine.

— Exactement. Ils dorment. Est-ce que le grand Liam Kayn dort parfois ? Je commence à me poser la question.

Il soupire, mais il sourit en même temps et je suis ravie que ma manœuvre de diversion ait fonctionné. Au moins, il n'est plus concentré sur mon état.

— Je dors, parfois.

— C'est bien ce que je pensais. Parfois n'est pas suffisant. Va à la soirée, au moins tu te détendras quelques minutes.

— Une soirée n'a rien d'un moment de détente pour moi.

— Oh, j'oubliais toutes ces mères qui espèrent que tu épouseras leur fille.

Cette fois, je ris pour de bon, et Liam se joint à moi. Nous citons plusieurs exemples que nous avons tous deux repérés. La manière qu'elles ont d'évincer une autre mère, la façon dont elles jaugent la compétition, ces phrases toutes faites qu'elles utilisent pour introduire leur fille auprès de Liam.

— Nous sommes supposés nous entraîner, indique Liam au bout d'un moment.

Il a croisé le regard de ses deux gardes du corps. Réfléchit-il au rapport qu'ils dresseront ce soir ? Répondent-ils directement à l'Arkon ? Que diront-ils ? « S'est amusé en entraînant Eira Fall » ?

— Tu seras là, du coup ?

Je repose ma question avec un brin d'espoir. D'où sort cet espoir ? Est-ce parce que je fréquente Liam quotidiennement et qu'il m'est devenu familier, d'une manière ou d'une autre ? Savoir qu'il sera là me rassure. Sans compter qu'il m'apporte une forme de sécurité.

— As-tu envie que je sois là ? demande-t-il en retour.

Sa question me surprend. En ai-je envie ? Suis-je en train de quémander sa présence ? De lui demander de me retrouver là-bas ? Certainement pas de m'accompagner, de toute façon, ça ferait jaser toutes les maisons du Pinacle si le successeur de l'Arkon se présentait à une telle soirée avec la bâtarde de l'académie.

Et puis, il n'en a aucunement l'intention et moi non plus. Nous sommes juste deux personnes, forcées de passer du temps ensemble à cause de Maître Orin. Nous apprenons à nous connaître et peut-être que nous nous détestons moins qu'au premier jour.

Beaucoup moins. Liam tolère ma présence maintenant, tout autant que je tolère la sienne.

Même si vouloir qu'il soit à la soirée est un peu plus que tolérer.

Je cherche mes mots pour formuler une réponse adéquate, qui indique que oui je serais contente de le voir là-bas, mais pas trop non plus, qu'il fasse ce qu'il veut, je ne suis pas en manque de lui et qu'il n'aille pas se faire des idées.

L'alarme de la ville m'interrompt. Deux sonneries retentissent et je prends aussitôt peur. Il n'y a pas eu de tempête depuis le bal de la lune de feu. Et si celle-ci était plus féroce ? Si elle était de niveau trois finalement et pas de niveau deux ? Les réparations de la tour et des murailles ne sont pas tout à fait achevées. Les runes tiendront-elles ? Quelqu'un a-t-il trouvé le moyen de les saboter de nouveau ?

Liam et moi échangeons un regard. Tout à coup, j'ai peur pour lui. La mort de Tomas m'a rappelé que toutes les personnes qui répondent à l'appel des tempêtes sont en danger. Un danger réel, un danger imminent, un danger qui peut se solder par la mort.

— Fais attention à toi.

Ce sont les seuls mots que je parviens à articuler avant que Liam disparaisse. Je ne suis même pas sûre qu'il m'ait entendue.

Chapitre 44

— J'ai obtenu des informations.

La cloche du dîner n'a pas encore retenti, mais il y aura peu de monde ce soir au réfectoire, car les élèves se dirigeront probablement vers la terrasse du Pinacle. Nous avons une double occasion de célébrer : la tempête a été repoussée, elle n'a pas frappé à nos portes très longtemps et personne n'a été blessé. Les murailles ont tenu bon, les runes ont fonctionné et nous n'aurions pas pu rêver meilleure attaque pour nous rassurer, même si ça paraît stupide de rêver d'une attaque.

— Quelles informations ?

Liam s'en est tiré sans dommage. Dès qu'il m'a quittée, j'ai filé au point d'observation. Il est arrivé parmi les premiers sur la muraille près de la porte nord et ses gardes du corps étaient juste derrière lui, à le surveiller. Je ne sais pas s'ils sont mages ou simplement bons combattants, mais pour qu'ils aillent si près d'une tempête, c'est que l'Arkon doit sacrément bien les payer.

Paige s'installe à la table en face de moi alors que je déchiffre pour la énième fois le journal de Cressa. Je n'ai toujours pas répondu à ma mère et Laos. Je ne sais pas quoi leur écrire, je ne sais pas comment leur faire part de la peine que je ressens sans pour autant les accabler. Comment pourrions-nous avoir une discussion normale maintenant ?

— Sur le projet auquel ma sœur participe.

Je lève la tête de ma lecture pour observer mon amie. Sylas n'est pas là, mais ces derniers temps il disparaît régulièrement entre la fin des cours et l'heure du dîner. J'ai osé lui demander une fois ce qu'il faisait, il a prétexté qu'il étudiait dans sa chambre, mais sa joue gauche tressautait, comme à chaque fois qu'il est stressé ou ment. Je n'ai pas insisté. S'il n'a pas envie de parler, je ne vais pas le forcer.

— Je suis tout ouïe.

— Le projet Phénix.

Mes sens s'éveillent d'autant plus.

— Tu m'en as déjà parlé, n'est-ce pas ? ajoute-t-elle. Tu as prononcé le nom une fois et je t'ai dit que je ne savais pas ce que c'était.

Bouche bée, j'acquiesce. Pourquoi n'ai-je pas fait le lien entre le projet dont Paige me parlait pour sa sœur et celui que Sélène a évoqué ? Nous devons absolument traquer notre camarade pour l'interroger.

— C'est un projet qui vise à éradiquer totalement les tempêtes, poursuit Paige.

J'écarquille les yeux.

— Comment le sais-tu ?

— J'ai écouté quelques conversations, peut-être subtilisé des documents auxquels je n'aurais pas dû toucher. Là n'est pas le sujet.

Je contemple mon amie comme si je la découvrais sous un nouveau jour. Est-elle devenue une espionne pendant que j'avais le dos tourné et que j'étais occupée à m'entraîner avec Liam ?

— Le sujet, c'est que ce fameux projet Phénix est directement supervisé par l'Arkon, que c'est son sésame pour poursuivre son règne, la solution à tous nos problèmes et que s'ils réussissent à éradiquer les tempêtes, son siège sera assuré pour le restant de ses jours.

— Très bien. Et du coup, où se trouve ta sœur en ce moment ?

— C'est là le problème. L'endroit où ils font leurs recherches est tenu secret, et personne n'a le droit de quitter les lieux.

— Ce qui explique pourquoi tu n'as pas eu de nouvelles de Lisa.

— Je suppose.

Elle n'a pas l'air convaincue pour autant.

— Sélène a parlé de moi à quelqu'un qui travaille sur le projet. On pourrait l'interroger, ou faire semblant que je souhaite y participer ? Je pourrais demander à visiter les lieux et vérifier que ta sœur va bien ?

— Non, tranche Paige. Ils pourraient t'embaucher et tu disparaîtrais à ton tour. Je ne veux pas que tu subisses le même sort qu'elle. Et puis tu ne parles jamais à Sélène, qu'est-ce que tu comptes lui dire ? Si ta candidature pour le projet avait été approuvée, ils seraient venus te trouver depuis le temps.

Elle a raison, mon idée n'est pas la plus brillante et je la laisse poursuivre car visiblement, elle a un plan.

— Il faudrait interroger directement l'Arkon, lance-t-elle.

— Pardon ?

Je retire ce que j'ai pensé. Ce n'est pas un plan. C'est une action impossible. L'Arkon est plus surveillé que n'importe quelle autre personne à Cendralis. Même les membres des maisons majeures ont du mal à l'approcher et à solliciter une audience.

— Il supervise le projet. Personne d'autre ne parlera pour ne pas s'attirer ses foudres, mais lui, il peut décider de nous révéler une information, pour nous rassurer.

— Pourquoi accepterait-il de nous parler en premier lieu ?

— Moi, il n'acceptera pas. Mais toi, il dira oui.

— Moi ? Pourquoi moi ?

— Tu traînes avec son fils tous les jours, son successeur, le mage parfait. Il voudra savoir qui tu es.

— Je ne suis personne, Paige. Au mieux, il veut que je dégage de la vie de son fils pour qu'il consacre son temps à des activités plus intéressantes.

— Il sera là ce soir, pour les célébrations de la venue de Varek.

Un voyageur est toujours un grand événement dans une ville, mais ça ne m'empêche pas d'être étonnée que des festivités aient lieu. Peut-être parce que pour moi, l'arrivée de Varek représente la mort de mon père. Combien de temps a-t-il passé à Zéphyria avant de venir ici ? Était-il là-bas avant le retour de ma mère ? A-t-il croisé mon père ? Se sont-ils salués ? Ont-ils échangé quelques paroles ? Discuté lors d'un repas ?

J'essaie d'imaginer ce que ça aurait donné, j'essaie de visualiser les traits de Tomas dans mon esprit, à côté de ceux de Varek.

— Eira ! Tu ne m'écoutes pas !

Paige crie presque dans la bibliothèque quand je sors de ma transe.

— Tu t'en fiches ? J'ai été là pour toi ces derniers jours, je t'ai surveillée, je t'ai… en fait je suis là depuis le début et la seule fois où je te demande quelque chose, et quelque chose d'extrêmement important pour moi, tu bottes en touche ? T'es quel genre d'amie ?

Les mots me frappent en plein cœur parce qu'ils visent juste. Je n'ai pas été à la hauteur pour Paige, pourtant je suis plus âgée, c'est mon rôle de prendre soin d'elle, pas le contraire.

— En fouillant j'avais trouvé des informations sur ton véritable père, mais je ne pense pas que tu les mérites.

— Pardon ?

Je manque de m'étrangler en entendant ça. Pourquoi n'a-t-elle pas commencé par là ?

— Qu'est-ce que tu as entendu ?

— Tu vas m'aider ? rétorque-t-elle d'un ton sec.

— Paige, parler à l'Arkon ce n'est pas si simple. Et que veux-tu que je lui dise ? Connaissez-vous Lisa ? Elle travaille pour le projet Phénix, vous savez, ce projet super secret que vous supervisez ? Je t'assure que discuter avec Sélène est probablement une meilleure option.

— Non, tranche-t-elle en frappant du poing sur la table. Tu iras parler à l'Arkon. Ce soir. Et seulement ensuite, je te dirai ce que j'ai appris sur ton père.

J'observe Paige sous un nouveau jour. Qui est cette personne face à moi ?

— C'est donnant-donnant, Eira. Si tu veux des informations sur ton père, tu dois m'aider.

Je tente de prendre du recul, de jauger la situation sous un nouvel angle. Au début, je n'étais certainement pas une bonne amie, mais je me suis reprise, j'ai fait des efforts et jamais de ma vie je n'aurais fait du chantage à Paige.

Parce que c'est de ça qu'il s'agit, non ? Elle est en train de me faire chanter.

Les yeux baissés, je déglutis et réponds :

— Je suis désolée. Tu as raison. J'irai parler à l'Arkon.

Sauf que je n'ai aucune idée de comment je vais opérer ce petit miracle.

Chapitre 45

Paige n'avait pas fini ses négociations. Parler à l'Arkon n'est que l'une des nombreuses missions qu'elle m'a confiées. Je dois aussi interroger quelques personnes dont je ne connais que le nom, même pas le visage. Je ne sais pas ce qu'elle espère obtenir car les questions que je suis supposée poser n'ont parfois pas beaucoup de sens à mes yeux.

Elle a insisté pour que je mette une robe, j'ai poliment refusé. Qu'elle soit prête à tout pour aider sa sœur, je peux le comprendre. Qu'elle aille jusqu'à me faire chanter pour obtenir ce qu'elle souhaite me paraît très étrange et certainement pas digne d'une amie qui la minute d'après veut me prêter des vêtements.

J'ai donc préféré faire l'impasse.

C'est en uniforme que je quitte l'académie en me demandant si Liam sera présent, si je pourrais lui réclamer de l'aide pour parler à son père. Peut-être qu'il répondra directement à mes questions ? Y a-t-il des moyens de nous écouter sur la terrasse ?

— Pourquoi je tiens tant à savoir qui est mon père ? Le sujet ne m'intéressait pas quand je suis arrivée. Voilà que maintenant, Paige a des informations et je rêve de les obtenir. Je suis prête à me… je ne sais pas exactement ce que je m'apprête à faire, mais visiblement je l'envisage, tout ça pour…

Le chat m'observe avec ses yeux bleus, la tête levée vers moi, comme s'il me comprenait. Il semble même exaspéré par ce que je raconte.

— Je ne suis pas fière de la situation.

Il bifurque à gauche quand je pars à droite et disparaît de mon champ de vision. Avec lenteur, j'avance le long de la promenade et laisse tout le monde me doubler. Je finis par m'arrêter à l'endroit où Liam et moi avons échangé quelques paroles avant l'attaque du bal de la lune de feu. J'observe la ville en contrebas, si lointaine. Les gens feront-ils la fête ce soir ? Le voyageur sera certainement au Pinacle pour les célébrations, alors qu'est-ce que les habitants de la Crevasse vont célébrer ?

— Eira ?

La voix de Sylas interrompt mes pensées. Il s'installe à côté de moi et jette un regard aux bas quartiers.

— C'est étrange, n'est-ce pas ? lance-t-il.

J'acquiesce même si je ne sais pas si nous parlons de la même chose.

— Ils ne sont que quelques dizaines de mètres plus bas et pourtant ils ne disposent pas d'un dôme de chaleur, seulement des protections des runes des murailles et des tours. Ils n'ont pas les mêmes victuailles que nous, le même confort, la même sécurité.

— Et nous les regardons de haut.

— Oui, confirme-t-il.

Nous restons quelques instants à contempler les inégalités qui règnent à Cendralis, sans pour autant faire quoi que ce soit pour les changer.

— Tu as bien avancé dans tes devoirs ?

Ma question prend Sylas de court, qui balbutie.

— Euh… oui, oui…

Mal à l'aise, il préfère reprendre la marche et je l'accompagne jusqu'à la terrasse. Que fait-il après les cours de si secret qu'il ne veut pas nous en parler ?

Les festivités ont déjà commencé ici. Un mage anime la terrasse à l'aide de boules de feu avec lesquelles il jongle. Des applaudissements retentissent tout autour et dans un coin, en retrait, à une table un peu isolée, j'aperçois Liam avec son père.

Dois-je y aller tout de suite ou patienter, laisser le temps à l'Arkon de se détendre et espérer qu'il prendra mieux mon intrusion plus tard ? Les lèvres pincées, les poings serrés, je maudis Paige de m'avoir mise dans cette position.

Je n'ai pas besoin de savoir qui est mon père. Et si elle était vraiment mon amie, elle ne me forcerait pas à partir en mission pour elle.

Tout à coup, on me bouscule, un verre est renversé sur mon uniforme, je tente de m'essuyer mais ce n'est pas avec mes doigts que je vais réussir à quoi que ce soit. Je me retourne et découvre Sélène, resplendissante, presque heureuse de s'être cognée contre moi.

Je ne suis pas loin de me demander si ma camarade ne m'a pas percutée volontairement.

Mais l'opportunité est parfaite, alors je la saisis.

— Sélène, tu tombes bien, j'avais besoin de parler avec toi.

— Avec moi ? s'étonne-t-elle sur un ton qui indique que nous ne sommes pas du même milieu social.

À croire que le simple fait que je lui adresse la parole est une insulte.

— Oui, toi.

Je ne lui laisse pas le choix. Maintenant que l'artefact m'aide à canaliser ma magie, je peux me concentrer sur des sujets secondaires que j'ai repoussés jusqu'ici. J'attrape son bras et la tire hors de la terrasse.

— Je t'ai entendue à la bibliothèque il y a quelques semaines.

— Pardon ? s'étonne Sélène. Je n'ai jamais mis les pieds à la bibliothèque.

— Tu étais là, je t'ai vue. Et tu parlais de moi à quelqu'un d'autre, au sujet d'un projet, le projet Phénix.

Elle semble ne pas comprendre à quoi je fais allusion.

— Un projet Phénix ? Tu délires, la bâtarde ? Je ne connais pas de projet Phénix et je ne risque pas de parler de toi. Lâche-moi !

Pourquoi paraît-elle si méprisante ? Sait-elle jouer la comédie à ce point ? Je n'ai pas vu une lueur de doute dans son regard.

— Dans la bibliothèque, tu en parlais avec quelqu'un d'autre, tu voulais que je fasse partie de ce projet, tu disais que je ferais une bonne candidate ou quelque chose du style.

Ses yeux vont de gauche à droite comme si elle ne pigeait pas un traître mot de ce que je raconte. Je veux bien qu'elle ait des talents de comédienne, mais je ne la crois pas capable de faire preuve d'autant de surprise alors que je l'ai prise en embuscade.

— T'es encore plus dingue que ce que les gens racontent.

Elle se libère et s'éloigne de deux pas, par mesure de sécurité. Je dois lui faire peur maintenant. Tandis qu'elle se masse le poignet, elle me lâche :

— Fais-toi soigner.

Puis elle pivote sur ses talons et s'en va, non sans se retourner deux fois. Craint-elle que je la suive ?

Mal à l'aise et déstabilisée, je retourne vers la terrasse en me demandant si j'ai rêvé cette conversation dans la bibliothèque ou si je me suis trompée de personne. En tout cas, d'une certaine manière, Paige avait raison : interroger Sélène n'a rien donné.

Quitte à m'être humiliée une première fois ce soir, autant poursuivre et passer à la suite. Je m'approche de la table de l'Arkon, surveillée par quatre gardes, qui me barrent le chemin quand je veux m'avancer plus près. Liam fronce les sourcils en m'apercevant, je le vois articuler silencieusement.

— Pas maintenant.

Que veut-il dire ? Pas maintenant à quel sujet ? Il n'a aucune idée du fait que je veux solliciter une audience avec son père.

D'ailleurs, Rhéon Kayn a remarqué ma présence, il m'observe en passant la main dans sa barbe grise. C'est étrange, car malgré ses riches atours, sa prestance, son charisme évident, ce sont les yeux de l'Arkon sur lesquels mon regard se fige. Ceux de Liam sont d'un bleu intense, mais ceux de son père semblent gris, presque blancs, et beaucoup plus mystérieux.

— Qui est-ce ? demande Rhéon à son fils.

Il a dû remarquer que Liam tentait de communiquer avec moi. J'hésite à faire demi-tour. Le « pas maintenant » signifiait peut-être que son père était de mauvaise humeur.

— Eira, lâche Liam entre ses dents.

S'il ne prononce pas mon nom de famille, l'Arkon ne risque pas de comprendre qui je suis. Pourtant, le garçon ne dit pas un mot de plus.

— Eira ? répète alors l'Arkon.

— Eira Fall.

C'est moi qui lâche l'information, ce sera plus simple pour tout le monde. Aussitôt, Liam ajoute :

— Je l'entraîne régulièrement.

— Eira Fall.

Mon nom ne sonne pas du tout pareil dans la bouche de Rhéon Kayn. Il paraît plus dangereux, plus énigmatique. Sait-il qui est mon père ?

— Approche, Eira Fall. Laissez-la passer.

Je me retiens d'écarquiller les yeux. C'est bien plus facile que ce que j'imaginais.

En revanche, quand j'aperçois Paige, cachée dans les buissons juste derrière l'Arkon, je manque de pousser un cri.

Qu'est-elle en train de faire ? Elle veut notre mort à tous ?

Chapitre 46

Je l'observe du coin de l'œil saisir le sac aux pieds de l'Arkon avec une sorte de longue canne assortie d'une pince au bout et le tirer vers elle dans les buissons. Personne ne remarque quoi que ce soit ? Je ne peux pas laisser une telle chose se produire. Je serai complice, on m'enverra dans les cachots, s'il y a des cachots ici, on me forcera à… non, on m'exilera tout simplement. La sentence sera sans appel. Et Paige ? Paige subira probablement le même sort, elle ne reverra jamais sa sœur et finira gelée dans les étendues glacées.

N'a-t-elle aucune idée de ce qu'elle est en train de faire ? Des conséquences qu'elle pourrait subir ? Est-ce ainsi qu'elle a obtenu ses informations précédentes ? Je l'imagine s'introduire dans le bureau de certains professeurs à l'académie, une fois la nuit tombée. Un frisson remonte mon échine, mes mains deviennent moites et je me demande quels autres risques inconsidérés elle a bien pu prendre.

— Tu viens de la ville du vent, lance l'Arkon.

Pas certaine du protocole à utiliser, je me plie en deux pour le saluer. Je veux faire les gros yeux à Paige, mais d'abord elle ne me regarde pas et ensuite Liam, lui, ne fait que me fixer. Je décide d'attirer son regard sur le sac, qui s'échappe tout en douceur, avec beaucoup de discrétion. Oh, Paige va me tuer d'avoir ruiné son plan, mais comment peut-elle s'imaginer que voler quelque chose à l'Arkon est une bonne idée ?

Ne suis-je là que pour faire diversion ? Était-ce son plan tout du long ? Me rendre complice de sa duperie ? Je sens le flux de magie grandir en moi, alors que je me croyais déjà épuisée. La main glissée dans ma poche, je saisis le pendentif qui aspire aussitôt mon pouvoir et me permet de mieux respirer.

Foutre le feu à la table de l'Arkon, voilà quelque chose qui devrait me valoir un exil aussi.

Dois-je poser des questions sur le projet Phénix ? Sur la sœur de Paige ?

— Eira ? me relance Liam. Mon père t'a posé une question.

— Oh oui, pardon. Oui, je viens de Zéphyria, Monsieur.

— Arkon, me corrige Liam.

— Arkon.

Rhéon Kayn observe un instant la terrasse et l'horizon, j'en profite pour fixer le sac du regard, puis basculer sur Liam, et recommencer mon manège jusqu'à ce qu'il pose lui aussi les yeux sur la sacoche que son père doit emporter avec lui. Elle s'éloigne de quelques centimètres de plus. Liam s'apprête à ouvrir la bouche pour crier, je glisse un index sur mes lèvres pour le supplier de ne rien dire, index que je fais aussitôt disparaître quand le visage de l'Arkon se tourne de nouveau vers moi.

Liam se déplace de trois pas et pose son talon sur la lanière du sac, bloquant ainsi les efforts de Paige et lui montrant que sa ruse a été découverte. Pourvu qu'elle stoppe ses manigances ! Autour de nous, les quatre gardes ont le dos tourné, ils guettent un danger qui viendrait de la terrasse et ne s'imaginent pas qu'on puisse s'en prendre à leur chef à travers un buisson aussi épais. Et c'est vrai : de là où elle se trouve, Paige aurait bien du mal à blesser l'Arkon. En revanche, avec son accessoire, saisir le sac était envisageable.

— Je ne m'y suis déplacé qu'une fois, lance Rhéon Kayn.

Il me faut plusieurs secondes pour comprendre de quoi il parle. L'Arkon de Cendralis s'est rendu à Zéphyria ? Je n'en reviens pas.

— C'était il y a seize ans, ajoute-t-il en reposant son regard sur moi.

Seize… Je frissonne. Ce n'est pas une date anodine. Les voyages ne sont pas si courants. Peut-être qu'à cette époque, il y en avait plus que de nos jours, mais seize ans, ce n'est pas… non ! Faisait-il partie du convoi qui m'a escortée jusqu'à Zéphyria ? N'était-il pas déjà l'Arkon ? Pourquoi a-t-il pris le risque de se déplacer dans une autre cité ? C'est une coïncidence et je me fais des idées. Tout ça n'a rien à voir avec moi.

Mais il a accepté de me parler. Moi, Eira Fall. Je n'ai rien à apporter à cet homme et parmi tous les convives de ce soir, il m'a pourtant accordé une audience.

Je déglutis en me demandant s'il veut que je relève cette information sur la dernière date de son voyage à Zéphyria, mais comme il enchaîne, je me tais.

— La ville a dû bien changer depuis. Là-bas, les gens savent s'entraider, pas comme ici.

Ses paroles claquent sèchement dans l'air tandis qu'il pose un regard sur les convives de la terrasse, comme s'il cherchait à tous les accuser.

— J'aurais peut-être dû laisser Liam quelques années là-bas. Il serait revenu avec de nouvelles connaissances et une meilleure compréhension de la valeur du travail.

Bouche bée, je dois me forcer à refermer la mâchoire pour ne pas paraître malpolie. L'Arkon vient-il d'insulter son fils en public, face à moi ? Je rêve ou il a osé dire que Liam ne travaillait pas assez ? Le garçon a tellement rempli ses journées d'obligations et d'entraînements qu'il n'a même pas le temps de dormir !

J'ai envie de rétorquer quelque chose, mais Liam secoue discrètement sa tête de gauche à droite juste à côté de son père, sans prononcer un mot. Son regard affolé me fait comprendre qu'ouvrir la bouche n'est pas une bonne idée.

Je serre les dents et garde le silence. Après tout, l'Arkon n'a pas posé de questions. Derrière lui, dans le buisson, Paige tient encore sa longue tige. J'ai envie de lui dire de lâcher ses espoirs, d'abandonner l'accessoire et de s'enfuir avant que quelqu'un d'autre que moi la découvre.

Elle reste sur place et je maudis sa ténacité. Ses instincts de survie se sont-ils fait la malle ? A-t-elle une quelconque idée du pétrin dans lequel elle risque de se mettre ? De *nous* mettre ?

— Tu avais besoin de quelque chose, Eira Fall ? me demande l'Arkon avec curiosité.

Il y a quelques taches sombres sur la peau de son visage, notamment autour de ses yeux et sur son front. Ses joues recouvertes par sa barbe grise semblent émaciées.

— Une simple question, j'ai entendu parler d'un… projet.

Je guette sa réaction, mais il ne semble pas tiquer. D'un autre côté, on doit lui parler de projets tous les jours.

— Le projet Phénix.

Voilà, j'ai lâché l'information. Liam sait-il de quoi nous parlons ? Je n'ai toujours pas eu la réponse à ce sujet et je ne parviens pas à croiser son regard, qui est tourné vers son père, comme s'il attendait comme moi la réponse.

— J'attends la question, poursuit l'Arkon.

— Euh… oui, effectivement.

Quelle question pourrais-je poser ? Je me suis précipitée ici sans être préparée, parce que je ne m'attendais pas à être reçue !

— Il… la sœur… existe-t-il ?

Peut-être qu'il faudrait commencer par là. L'Arkon me sourit, mais ne répond pas. J'essaie autre chose.

— La sœur d'une amie, qui s'appelle Lisa, participerait au projet et nous n'avons pas de nouvelles. Je voulais juste… je voulais pouvoir rassurer mon amie.

Voilà, c'est dit.

— Elle va bien.

Rhéon Kayn ne me regarde pas quand il prononce ces mots, il observe la terrasse et j'ai l'impression qu'en pensées, il est loin, très loin. Songe-t-il au projet ? Visualise-t-il Lisa ? A-t-il une quelconque idée de qui elle est d'ailleurs ?

J'ai envie de le croire, j'ai envie que Paige le croie, mais c'est trop léger comme réponse et je ne connais pas suffisamment l'Arkon pour savoir si on peut lui faire confiance.

— Oh Lester !

Rhéon hèle un invité proche de la table, un garde pose sa main sur mon épaule et j'en conclus que c'est le moment pour moi de m'éclipser. Je m'incline de nouveau, à tort ou à raison, je ne sais pas. L'Arkon ne me regarde plus et on me pousse à quelques pas de la table.

Je me mets alors à souffler fort pour calmer mes nerfs. Pourquoi étais-je aussi stressée ? Ce n'est qu'un homme. Certes, l'homme le plus puissant de la ville, mais il n'est jamais que le père de Liam. Un mage bien sûr, mais je côtoie des mages tous les jours à l'académie, et à notre âge, on nous considère déjà comme des mages.

Je me retourne et je cherche le sac des yeux. Liam a disparu, Paige aussi et la sacoche se trouve toujours à sa place. Bizarrement, je suis soulagée.

Une poignée de secondes plus tard, mon amie arrive vers moi avec un air colérique.

— Tu étais obligée de faire ça ? Tu aurais pu nous faire repérer !

— *Tu* aurais pu nous faire repérer !

Je crie presque plus fort qu'elle.

— Qu'est-ce qui t'a pris, Paige ? Tu réalises les ennuis que tu aurais pu nous attirer ?

— Je n'en ai rien à faire ! Il en va de la vie de ma sœur !

— Ta sœur va bien, l'Arkon l'a dit !

— L'Arkon a juste dit ce qu'on voulait entendre, il n'a pas

vérifié l'information, il ne sait probablement même pas qui est Lisa ! Tu lui as donné un nom de famille peut-être ?

— Non.

— Je sais, je t'ai entendue ! Comment peux-tu le croire sur parole ? J'allais subtiliser son carnet dans son sac, on raconte qu'il y note tout, absolument tout, et j'espérais y trouver des informations sur le projet, je l'aurais remis à sa place ! Mais tu as tout fait capoter.

Elle m'observe avec un air consterné et dégoûté.

— Pourquoi tu ne m'as pas dit la vérité sur ce que tu comptais faire, Paige ?

— Parce que tu m'aurais aidée peut-être ? Tu ne voulais déjà pas t'approcher de l'Arkon et j'ai cru que tu allais te dégonfler !

— Je croyais que nous étions amies.

— Tu n'as pas d'amis, Eira, rétorque l'adolescente. Et si tu crois que les gens du feu ont des amis, tu te fourres le doigt dans l'œil. Ici, c'est chacun pour soi. Il n'y a que la survie qui compte, à n'importe quel prix.

Chapitre 47

Elle me laisse sur ces mots et je me sens vidée après son départ. Qu'a-t-elle fait ? Qu'ai-je fait ? Où se situe notre amitié après ça ? Autour de moi, on danse, on rit, on attrape de la nourriture, on trinque. Un verre est renversé et se brise à côté de moi sans que je sursaute, mais il est le parfait écho du choc que je ressens. J'ai encore le regard fixé sur le vide laissé par Paige dans mon champ de vision. Un instant, j'essaie de me mettre à sa place, d'imaginer ce qu'elle ressent : l'angoisse de ne pas avoir de nouvelles de sa sœur, qui est la dernière personne qu'il lui reste dans sa famille, la colère d'avoir perdu sa maison, sa haine dirigée contre les saboteurs.

Elle est perdue, complètement perdue. Et je ne sais pas comment l'aider, surtout après le coup qu'elle vient de me faire. Jusqu'où irait-elle pour obtenir un signe de vie de sa sœur ?

Mais je la comprends aussi. Si Tomas avait disparu et que je ne savais pas ce qui lui était arrivé, que je n'avais pas de nouvelles depuis aussi longtemps, je remuerais ciel et terre pour le retrouver ou obtenir des indices sur sa localisation.

Néanmoins, je ne foutrais pas mes amis dans la panade pour autant, je ne prendrais pas le risque qu'ils se fassent exiler.

J'erre entre les groupes qui se sont formés et finis par me

rapprocher du voyageur, qui raconte une anecdote apparemment amusante car tout le monde rit. J'aimerais que cette soirée ne soit pas totalement un échec, alors si jamais la foule se réduit autour de lui et que je peux lui poser une question sur Tomas…

— Viens, m'ordonne une voix en me tirant par la manche de ma veste.

Veste encore humide. Heureusement, sur le noir, la boisson de Sélène ne se voit pas. Que buvait-elle ? J'ai eu beau humer l'odeur, je n'ai pas su discerner quoi que ce soit à part un soupçon d'alcool.

Liam m'entraîne en dehors de la terrasse, à l'écart de la promenade, au milieu d'un bosquet où il n'y a pas âme qui vive. Il fait signe à ses gardes du corps de s'arrêter, l'un des deux proteste et il lui rétorque sèchement :

— C'est une mage, si elle décide de m'attaquer, je suis bien plus apte à me défendre seul qu'avec vous dans les pattes.

Les deux gorilles obéissent et restent à distance, ce qui n'empêche pas Liam de chuchoter, mais avec une forme de véhémence et de colère dans la voix tout de même :

— Qu'est-ce que c'était que ça ?

Il m'a lâchée et il me fusille du regard. Ses yeux bleus semblent prêts à me transpercer. Je me retiens de détourner mon visage pour éviter son ton accusateur. Il mérite des explications.

— Ce n'est pas ce que tu crois !

— Ce que je crois ? s'exclame-t-il. Je crois que tu étais en train de faire diversion auprès de l'Arkon lui-même, en m'utilisant, pendant que quelqu'un essayait de subtiliser la sacoche de mon père.

— Elle ne l'a pas eue, n'est-ce pas ?

— Elle ? Qui est « elle » ?

— Personne.

— Une de tes amies ? Une de ces filles de première année avec lesquelles tu traînes ?

Je ne traîne qu'avec une seule adolescente, ce que je me garde bien de préciser, l'enquête serait rapide sinon. Malgré le coup qu'elle vient de me faire, je n'ai pas envie de dénoncer Paige si je peux me débrouiller autrement.

— L'important, c'est que je t'ai prévenu, que tu as pu arrêter le voleur à temps et qu'il ne s'est rien passé.

— Et ce projet Phénix ?

— Je croyais qu'on ne devait pas en parler, qu'il y avait des oreilles partout. C'est toi qui as refusé d'évoquer le sujet en premier lieu, j'ai dû trouver d'autres moyens de me renseigner.

Paige les a trouvés, mais encore une fois, je ne veux pas mentionner son nom et risquer de lui attirer des ennuis.

Je pivote sur mes talons pour m'en aller. Je n'ai rien de plus à lui dire et si je continue de me justifier, je vais finir par tout lui avouer. Je veux m'éloigner, mais il saisit mon poignet et me force à me retourner.

— Eira…

Ses doigts toujours sur ma peau, il adoucit son ton.

— Je ne voulais pas te brusquer. Mais admets que la situation n'avait rien de normal. Mon père va se douter de quelque chose. Que suis-je supposé lui répondre ?

— Que tu ne savais rien, Liam, parce que tu ne sais rien. À moins que tu aies des informations sur le projet Phénix et que tu n'aies pas voulu les partager ? Je ne t'en voudrais pas, tu sais. Je cherche juste à savoir si Lisa va bien.

En faisant la moue, il m'observe de ses grands yeux bleus.

— Tu ne sais pas qui est Lisa ?

Je le vois bien à son regard.

— Non, admet-il.

Il tient toujours mon poignet et je ne lui demande pas de me lâcher.

— Et le projet Phénix ?

— J'ai entendu le nom. Une fois. Mon père discutait avec un invité. Je ne sais pas à quoi il se rapporte.

— Tu sais avec quel invité il était ?

Liam fait non de la tête.

— J'ai entendu ça en passant devant des portes fermées et il y avait des gardes, je ne me suis pas attardé.

— Les gardes savent peut-être de quoi il s'agit ?

— Ils ne parleront pas et nous n'allons pas les interroger, ce serait éveiller de sacrés soupçons. Eira, que sais-tu et pourquoi ce projet est-il important ?

Je soupire. Je lui ai déjà donné une partie des informations lors de notre entraînement, mais il a si vite tout balayé du revers de la main qu'il ne se souvient peut-être pas.

— Lisa, la sœur de Paige, a disparu il y a des semaines de ça, avant que j'arrive à Cendralis. Elle avait été recrutée pour un projet, un projet que Sélène a mentionné à la bibliothèque quand j'ai écouté sa discussion par mégarde.

— Je me souviens de ce point. C'est donc le projet Phénix ?

— Oui. Selon Paige, qui a obtenu des informations je ne sais où, et il vaut probablement mieux ne pas savoir de toute façon, le projet vise à éradiquer les tempêtes à tout jamais.

Liam me croit sur parole, il ne rit pas, ne me dit pas que c'est impossible. Ne cherche pas à s'en prendre à Paige alors que je viens de balancer exactement les renseignements que je ne voulais pas révéler.

— Paige veut juste revoir sa sœur, avoir des nouvelles, elle est tout ce qu'il lui reste. Et moi je… Sélène avait l'air d'avoir proposé ma candidature pour ce projet, mais quand je l'ai interrogée, elle avait tout oublié. Pourtant, je suis persuadée de l'avoir entendue parler avec quelqu'un qui semblait même savoir qui est mon véritable père.

Je ne suis pas certaine que Paige me donnera un quelconque renseignement après ce qu'il s'est passé tout à l'heure. Les deux pistes dont je disposais, mon amie et Sélène, se sont envolées durant la soirée.

— Mais pourquoi sa sœur ne donnerait pas de nouvelles ? Si elle participe juste à un projet…

— C'est là tout le sujet : impossible de la croiser, d'échanger avec elle, c'est comme si elle avait disparu.

— Personne ne disparaît à Cendralis, Eira. Ce n'est pas une grande ville et les gens ne peuvent pas sortir par les portes comme si de rien n'était. Toutes les ouvertures sont enregistrées. Ils ne vont pas sauter au bas des murailles. Qui voudrait affronter le froid là dehors ?

Les lèvres pincées, je garde le silence pour le laisser arriver lui-même à la conclusion effrayante qui hante le cœur de Paige.

— Tu penses qu'il lui est arrivé quelque chose ?

En grimaçant, je lève les épaules pour lui montrer que ça reste une possibilité.

— Mais non. Tu dis qu'elle a été recrutée pour un projet. Tu es sûre qu'il s'agit du projet Phénix ?

— Il faudrait que je vérifie les informations que Paige a trouvées, mais c'est ce qu'elle a dit.

— Et pourquoi Sélène… comment Sélène…

— Je ne sais pas pour Sélène. Soit elle joue très bien la comédie, soit il se passe quelque chose de vraiment louche, Liam.

Nous gardons le silence tandis que des exclamations retentissent depuis la terrasse, puis des rires.

— Pourquoi tu ne m'en as pas parlé plus tôt ?

Il a presque l'air blessé. Son visage a un air doux et triste à la fois.

— J'ai essayé, tu m'as fait comprendre que nous ne devions pas aborder ces sujets, pas dans l'enceinte de l'académie.

— Tu aurais pu me donner rendez-vous à l'extérieur.

— Avec ton emploi du temps surchargé ?

— J'arrive à trouver du temps pour toi tous les jours.

C'est vrai. J'entrouvre les lèvres en réalisant qu'il a raison et que je ne le remercie pas assez de cette prouesse, alors que ses journées sont remplies. Mais il y a quelque chose de plus dans ses mots, non ? Comme s'il voulait trouver du temps pour moi.

Mais pourquoi ?

— Merci de le faire.

J'essaie de laisser transparaître toute ma gratitude. Je réalise alors qu'il tient toujours mon poignet et que je n'ai pas envie qu'il le lâche.

Comment en suis-je arrivée là ? Suis-je en train de m'attacher au seul garçon de mon âge qui m'a donné un brin d'attention, et encore, parce qu'il y était forcé en premier lieu ? Ou bien est-ce parce qu'il est inaccessible ?

Non, je ne l'aime pas. Je l'apprécie tout juste.

Mais il n'y a pas longtemps, je ne faisais que le tolérer.

Quelques semaines avant, je le détestais.

Que s'est-il passé ?

— Eira, je…

Soudain, l'alarme retentit et la main de Liam glisse sur mon poignet jusqu'à ce que nos doigts s'entrelacent, dans l'attente de connaître le nombre de sonneries.

Une sonnerie. Mon regard tremble. Une, ce serait vraiment bien. N'est-ce pas une période d'accalmie ? Ne devrions-nous pas passer plusieurs semaines sans qu'une tempête ne vienne frapper aux portes de la ville ?

Deux. Ma gorge se noue et j'entends les battements de mon cœur qui s'accélèrent dans ma poitrine.

Trois. J'ai du mal à gonfler pleinement mes poumons. Est-ce une tempête de niveau trois qui a frappé à Zéphyria et tué mon père ? Ou était-ce une tempête de niveau quatre ? Je ne peux pas envisager qu'il arrive la même chose à Liam. Après le chantage de Paige et les mensonges à peine dissimulés de Sylas, j'ai l'impression qu'il est le seul à être honnête.

Pourtant, il doit être celui qui a le plus grand nombre de secrets.

Je ne veux pas qu'il lui arrive quelque chose. J'angoisse à l'idée qu'il grimpe sur ces murailles, qu'une brèche se crée et que la salle d'entraînement soit désespérément vide à nos heures habituelles pendant les jours qui suivront.

Trois. Le chiffre s'arrête à trois. Aucune autre sonnerie ne retentit. D'habitude, Liam aurait déjà déguerpi. Pourtant, il tient toujours ma main et nos regards sont comme bloqués l'un sur l'autre.

Il veut enfin partir, mais cette fois, c'est moi qui le retiens en serrant plus fort ses doigts.

— Ça s'est bien passé la dernière fois, tente-t-il de me rassurer.

— Mais pas la fois d'avant. C'était même catastrophique. La première brèche depuis trois ans.

— Si je n'y vais pas maintenant, on court le risque d'en avoir une autre, indique-t-il.

Je prends ma décision en un instant.

— Je viens.

Il écarquille les yeux et me rétorque aussitôt :

— Pas question.

— Je n'ai pas demandé l'autorisation. J'ai l'âge de défendre les remparts. J'ai la puissance nécessaire pour. Laisse-moi me joindre à vous. Tout ce que j'ai à faire, c'est déchaîner mes flammes, non ?

— Je vais passer plus de temps à te surveiller qu'à assurer la sécurité.

— Que crains-tu ? Que je perde le contrôle ? L'énergie sera canalisée dans le bouclier, ça ne fera que l'alimenter.

Il hésite, je le sens, alors je lui mets le coup de grâce.

— S'il y a bien un moment où on s'en fiche que je fasse exploser mon pouvoir, c'est maintenant, non ?

Chapitre 48

Je sais enfin comment les mages se rendent aussi rapidement auprès des remparts. Des escaliers sont dissimulés à plusieurs endroits de la ville et permettent de descendre au niveau des serres souterraines. Sur la droite de ces escaliers parfois très abrupts se trouvent des sortes de toboggans qui permettent d'arriver plus vite en bas.

Liam ouvre le chemin et s'élance sur la structure en métal. J'hésite quelques instants avant de le suivre et j'étouffe un cri à mesure que nous prenons de la vitesse. Je ne sais pas combien de virages nous effectuons, mais quand nous posons le pied au sol et que je parviens à me redresser, j'ai la tête qui tourne, l'impression que je vais rendre le peu de nourriture que j'ai avalée aujourd'hui et je ne me sens pas du tout apte à piquer un sprint jusqu'aux murailles.

— On s'y fait, m'assure Liam en attrapant ma main.

Les lumières s'allument sur notre chemin et quand nous arrivons à ce qui semble être un point de rendez-vous, nous retrouvons d'autres mages. On me jette un regard, puis deux, mais personne n'ose dire quoi que ce soit sur la raison de ma présence. Peut-être qu'ils ont compris, peut-être que pour eux, ça fait un moment que j'aurais dû prêter main-forte du côté des remparts, peut-être que le simple fait que Liam m'accompagne leur suffit.

Le garçon m'aide à m'installer dans un chariot disposé sur des rails qui circulent sous la ville, le long des plantations et des serres. Je suis ébahie de voir les centaines de mètres de cultures souterraines qui ont été développées par Cendralis. Plusieurs wagons individuels s'élancent, Liam active le nôtre à l'aide d'une manivelle et nous filons dans un tunnel, à une allure qui me paraît presque dangereuse.

— Le système a été mis au point d'abord pour entretenir les serres car les personnes en charge passaient plus de temps à marcher entre les plants qu'à en prendre soin. Puis il a été détourné il y a cinq ans je crois, quand les tempêtes ont commencé à forcir et que le temps entre les sonneries et leur arrivée s'est raccourci. Il a fallu trouver un moyen plus rapide d'atteindre les remparts.

Je ne prononce pas un mot car je suis cramponnée au rebord du chariot. Nous amorçons un virage et j'ai l'impression que nous allons dérailler, mais nous restons pourtant bien en place.

— Les toboggans ont été ajoutés il y a trois ans. Avant, les mages dévalaient les marches à toute allure et il y a eu plusieurs chutes et accidents. Ils perdaient du temps, prenaient le risque de se blesser et ce n'était pas efficace. Même le personnel qui s'occupe des serres utilise les toboggans aujourd'hui.

— D'accord. Tu trouves le moment idéal pour me faire un cours d'histoire sur la mise en place de ce système ?

— J'essaie de te distraire parce que tu ne me sembles pas loin de vomir tes tripes et boyaux.

Il n'a pas tort. Après de très courtes minutes, nous nous arrêtons, descendons du wagon et sans attendre les autres, nous courons vers une sortie.

— Tu vas pouvoir grimper ? me demande le garçon.

La tête ne me tourne plus, les vertiges ont cessé.

— Il y a moins d'escaliers qu'au Pinacle, nous sommes plus

près de la surface ici, ajoute-t-il.

Je le remercie pour l'information, Eldric nous dépasse avec un regard étonné.

— Qu'est-ce qu'elle fout là ?

— Elle vient nous aider.

— Il était temps, grogne-t-il.

Je ne sais pas si ça signifie qu'il est content de me trouver là. Sélène est la suivante à nous passer devant. Elle me bouscule, ne m'adresse pas la parole et je me dis que je m'en tire à bon compte.

— On y va, me lance Liam.

Je le suis dans les escaliers où les mages grimpent les marches deux par deux sans perdre une seconde à reprendre leur souffle. Il va falloir que j'entraîne mon endurance, parce que quand nous arrivons à la surface, je suis essoufflée, je transpire et j'ai en même temps conscience que ça ne fait que commencer.

Les murailles sont devant nous, à quelques dizaines de mètres. Nous fonçons dessus, trouvons une des échelles qui permettent de grimper sur les remparts. Liam ne me donne aucune consigne alors je choisis de lui emboîter le pas plutôt que de rester en arrière comme certains de nos camarades. S'il me dit de ne rien faire, je l'écouterai, parce que je ne veux pas être une gêne, mais plus je serai proche, plus ce sera facile d'observer ce qu'il faut faire.

— C'est haut.

Ma réflexion me paraît stupide quand nous atteignons le sommet. Un parapet nous empêche de basculer de l'autre côté et il y a la place pour au moins cinq hommes de front dans l'allée qui permet de circuler sur les remparts. C'est beaucoup plus large que ce que je pensais.

— Elle arrive ! crie Liam.

Il se retourne et crie de nouveau son alerte, qui est répétée, d'homme en homme, sur les murailles, mais aussi relayée vers nos remplaçants à l'intérieur de la ville quasi déserte.

— Que dois-je faire ?

— Rien pour l'instant. On s'économise jusqu'à la dernière seconde.

C'est donc pour ça que le bouclier n'apparaît que très tardivement et que j'ai toujours l'impression qu'on l'a échappé de justesse.

— Ensuite ?

— Ensuite, quand la tempête sera presque sur nous, tout le monde déverse ses flammes et son énergie dans le bouclier. Les tours et les runes viennent renforcer le dôme protecteur qui encerclera la ville et permettent aussi de disperser un peu mieux notre énergie, même si ce n'est pas toujours parfait comme tu as pu l'observer.

Le calme dont il fait preuve, le simple fait qu'il ne panique pas alors que la tempête est au loin… J'ai l'impression que s'il n'était pas à côté de moi, je serais paralysée face aux pics de glace qui tournoient encore à bonne distance de nous.

— C'est ta première fois, me rappelle-t-il comme s'il lisait dans mes pensées. Si à un quelconque moment tu sens que tu vas fléchir, préviens-moi et descends par l'échelle.

— D'accord. Je peux utiliser mes pouvoirs alors ?

Il tourne la tête vers moi et me sourit.

— Tu peux donner tout ce que tu as, Eira. Tu avais raison tout à l'heure, s'il y a bien un moment où tu peux perdre le contrôle, c'est maintenant, tant que tu diriges tes flammes dans le bouclier, mais il devrait aspirer toute l'énergie à proximité.

À ma gauche, Eldric est en position. Il tourne la tête vers nous, puis Liam crie un ordre. Je crois qu'il est responsable de cette partie de la muraille, car c'est de lui qu'émanent toutes les consignes.

— Tenez-vous prêts ! hurle-t-il. Encore cinq secondes !

La respiration saccadée, je tends les bras devant moi, prête à canaliser mon énergie. Mes émotions s'emballent et je sais d'avance que je n'éprouverai aucune difficulté à faire jaillir des flammes de mes paumes. Pour une fois, pas besoin d'un quelconque pendentif, pas besoin des barrières de Liam. Je vais pouvoir donner ma pleine puissance.

— Cinq…

J'humecte mes lèvres. Il fait froid, mais dans quelques instants, le dôme nous procurera une telle chaleur que j'imagine que nous transpirerons à grosses gouttes. Même si les flammes ne nous brûlent pas, elles ont un effet.

— Quatre…

Le tourbillon arrive à pleine vitesse. Jamais de ma vie je n'ai contemplé une tempête d'aussi près. Sa rapidité m'étonne, me crispe, me donne envie de partir en courant.

— Trois…

Je reste droite sur les murailles, les pieds ancrés dans le sol, prête à faire face.

— Deux…

Je commence à discerner les bris de glace au cœur du tourbillon, les vents forcissent et je dois me pencher en avant pour résister.

— Un…

Elle est là. Elle s'apprête à frapper à nos portes. Elle vient pour nous engloutir.

— Maintenant !

Chapitre 49

Les flammes jaillissent de mes mains sans hésitation. Sur ma gauche, Eldric pousse un cri d'encouragement libérateur et à mon tour, je hurle face aux vents qui se déchaînent contre notre bouclier dressé. Le feu rougeoie, nos pouvoirs s'emmêlent et se déversent dans notre dôme tandis que les runes s'allument. Je baisse un instant le regard pour en découvrir une sous mes pieds. Depuis l'académie, je n'avais jamais remarqué qu'ici aussi, des signes magiques avaient été tracés.

Quand la glace frappe la paroi, j'ai l'impression qu'un tremblement de terre se produit. Je ressens le choc d'abord dans mes mains, puis les vibrations remontent le long de mes bras, jusqu'à mes épaules et ma nuque, avant de se disperser dans tout mon corps le long de la colonne vertébrale.

Est-ce le choc que les mages ressentent à chaque assaut ? Mon plexus se bloque, je me force à respirer et à gonfler mes poumons, tandis que du bout des doigts, je continue d'alimenter le bouclier sans relâche.

Sur ma droite, Liam trouve le temps de me jeter plusieurs regards, malgré sa concentration.

— Tu tiens bon ?

— Oui !

Mon assurance doit le rassurer car il pivote légèrement pour se tourner de l'autre côté des murailles et prendre des nouvelles des autres membres de la promotion. Je fais de même à ma gauche, en comprenant que les mages veillent les uns sur les autres.

— Eldric ?

Le garçon ne me répond pas. De là où je me trouve, j'ai l'impression qu'il a les dents serrées, sa posture est un peu en retrait, comme s'il luttait contre plus fort que lui. Alors je lève les yeux et j'aperçois le poing gigantesque de la tempête frapper le bouclier pile là où se trouve mon camarade.

— Liam !

Mon cri résonne, alerte tout de suite le Kayn et ensemble, nous observons, impuissants, la main de la créature s'abattre une deuxième fois alors qu'Eldric est presque plié en deux, à moitié affalé sur le parapet pour rester en contact avec le bouclier qui le frôle.

— Qu'est-ce que je fais ?

— Décale-toi vers lui ! hurle Liam pour que je l'entende.

Les bourrasques qui se cognent contre le bouclier provoquent des bruits sourds et répétés, ainsi qu'un sifflement aigu permanent. Il faut crier à pleins poumons pour se faire entendre avec ce vacarme.

— Eldric ! Tiens bon !

Je tente d'encourager notre ami tandis qu'à petits pas, je me dirige vers lui, sans jamais cesser d'alimenter le bouclier. Le poing se lève encore une fois. D'aussi près, la tempête paraît humaine. Je discerne un visage, des yeux, une bouche et même un nez. Je n'aperçois pas d'oreilles ou de cheveux, mais il y a un torse, des bras et cette immense main qui frappe et frappe encore.

Eldric cède avant que j'arrive jusqu'à lui. La brèche se crée sous mes yeux. Mon camarade manque de s'envoler et parvient à se rattraper in extremis au parapet, qu'il agrippe de ses mains pour ne pas se laisser emporter. Le poing se lève une nouvelle fois.

— Il va détruire la muraille !

Les vents se sont déjà engouffrés dans la ville, les bris de glace volètent partout, à la recherche de cibles et viennent se ficher dans le sol, dans les toitures, dans les habitations avant de s'attaquer aux membres de notre promotion qui gravissent un à un l'échelle de la muraille pour venir nous aider.

Je m'approche un peu trop près et je suis moi aussi projetée en arrière d'un mètre, puis d'un deuxième.

— Eira ! Accroche-toi !

Liam saisit mon poignet d'une main, et fait de son mieux pour garder l'autre dirigée vers le bouclier, mais il n'y est plus collé et moi…

J'ai lâché. La brèche s'est légèrement agrandie et Liam, le visage fermé, les lèvres pincées, tente d'endiguer la tempête. Je m'accroche à lui, m'agrippe à son bras et réussis à reprendre correctement pied sur la muraille. Il n'est pas question de laisser la tempête gagner. Pas aujourd'hui. Pas demain. Jamais.

Le poing s'abat, mais nous ne sommes plus seuls sur les remparts. Rassemblés autour d'Eldric, nos camarades nous ont rejoints. Penchés en avant, les pieds bien ancrés dans le sol, nous savons déjà que nous ne nous laisserons pas faire.

Liam crie un ordre et tous ensemble, nous ouvrons les mains pour faire barrage au poing qui s'apprête à engloutir la muraille, et nous avec. Les flammes s'agitent devant nous, se dispersent dans le bouclier, qui se reforme, et quand la secousse de l'attaque retentit, nous sommes tous déstabilisés.

Mais nous tenons bon.

D'un seul coup, nous ne sommes plus qu'une marée de mages avec un but, un seul, celui de défendre notre camarade, d'assurer notre survie et d'empêcher notre ennemi de mettre un pied de plus dans la cité. Au bas des murailles, quelques personnes sont restées en arrière pour s'occuper des vents qui sont entrés et stopper les bris de glace. Aucun d'entre nous ne se retourne pour vérifier s'ils y parviennent.

Nous devons leur faire confiance, nous n'avons pas le choix, parce que nous ne pouvons pas protéger nos arrières et reformer en même temps l'immense bouclier de la ville.

— Tenez bon ! hurle Liam.

L'ordre se répand, nous crions tous, tour à tour.

— On tient bon !

— On peut le faire !

— Tenez tous bon !

— Personne ne lâche !

Le poing revient à la charge et une légère percée se crée à travers le bouclier. La tempête s'engouffre et se dirige droit vers moi. Mais mes flammes répondent aussitôt et la glace disparaît en un instant. Il ne reste que l'air qui souffle fort et manque de me faire reculer.

Je tiens bon.

Nous tenons tous bon. Le dôme se renforce et quand l'attaque suivante nous percute, nous sommes tout à fait prêts. Nous encaissons la secousse, tremblons sur nos appuis, mais ne cédons pas.

— Encore ! s'époumone Liam.

— La tempête ne nous aura pas !

— On va lui montrer qui on est !

— Encore !

Je ne sais pas combien de temps s'écoule tandis que nous subissons attaque après attaque. Peut-être quelques minutes à peine, peut-être une heure complète. L'homme de glace se lasse-t-il au bout d'un moment ? Il perd en puissance, puis sans prévenir, tourne les talons et s'éloigne, nous laissant pantelants, à bout de force. Liam patiente encore pendant ce qui me paraît être une éternité avant de nous lancer :

— Vous pouvez arrêter.

La douleur dans mes bras est atroce, mon corps tout entier est perclus de courbatures et je manque de tomber à genoux quand je cesse d'alimenter le bouclier. Tout autour de nous, les flammes s'estompent, les runes s'éteignent et il ne reste que des mages, épuisés, mais le sourire aux lèvres.

— On a réussi ! clame Eldric en levant le poing.

— On a réussi !

Chapitre 50

L'euphorie qui suit la victoire est incroyable. J'ai la sensation que je pourrais gravir une montagne, alors même que je suis dans un état tout à fait catastrophique. Mon sourire doit être immense, parce que j'en ai mal aux lèvres et à la mâchoire tant je suis ravie de notre succès. Je me tourne vers la ville, j'observe les quelques dégâts provoqués par la brèche. Rien de dramatique, la tempête s'est attardée là où les maisons étaient déjà démolies. Les autres portes ont-elles subi de telles violences ou bien la porte nord attire-t-elle le danger ?

— Bravo, Eira, beau boulot ! me lance Eldric en me prenant dans ses bras.

Étonnée, j'ai d'abord un geste de recul avant de me laisser aller contre lui et de lui rendre son étreinte. Que se passe-t-il ? Eldric n'a jamais été mon ennemi et il est peut-être, avec Liam, celui qui a le plus tenté de m'aider, mais de là à me prendre dans ses bras…

Il me relâche, puis un autre camarade prend sa place, manquant de me tirer des larmes aux yeux. Les accolades s'enchaînent, des rires retentissent et tout le monde se complimente.

— Quand t'as réussi à éviter ces foutus pics de glace qui venaient de s'infiltrer, c'était quelque chose !

— Et toi, quand t'as failli te vautrer à cause des tremblements, je t'ai vue te rattraper in extremis et te remettre droite, c'était super impressionnant !

— Félicitations, Eira.

La voix sèche de Sélène retentit à mes oreilles tandis qu'elle pose une main sur mon épaule. Elle ne me prend pas dans ses bras mais je lis du respect dans son regard. D'un simple geste de la tête, je la remercie.

— Dis donc, t'en as mis le temps à décider de te joindre à nous, grogne un autre camarade.

— Alors que t'es utile en plus.

— Ouais, je m'attendais à ce que tu sois un boulet…

— Mais t'es bien des nôtres !

Les moqueries ne me touchent plus, je ris avec eux, car ils ont mille fois raison. Moi aussi, je m'attendais à être un poids mort et je suis tellement soulagée de ne pas l'avoir été. L'allégresse s'empare de moi, je veux célébrer, peut-être me doucher d'abord parce que je suis trempée de la tête aux pieds, mais mon estomac grogne, mon corps réclame de la nourriture et j'espère qu'il reste quelque chose sur les buffets de la terrasse ou que le réfectoire est encore ouvert.

Je me tourne vers Liam pour le féliciter, il me couve de son regard doux, que je lui rends. Cette expérience était tout bonnement incroyable. Je me sens grisée, vivante, j'ai l'impression de…

— Liam !

Un cri s'échappe de ma gorge quand le jeune homme se plie en deux en collant sa main sur son flanc. Je me précipite vers lui, écarte les pans de sa veste et découvre qu'un pic de glace a transpercé le vêtement un peu plus tôt. Il saigne du flanc. Il saigne dangereusement du flanc même ! J'applique aussitôt ma main sur sa plaie pour comprimer la blessure et commence à donner des ordres.

— Assieds-toi, là, contre la muraille.

— Je n'ai pas besoin de…

— Liam, assieds-toi !

Mon ordre sec achève de le convaincre, pourtant il ne doit pas être habitué à ce qu'on le dirige de la sorte.

— Quelqu'un d'autre est blessé ?

Je crie à la cantonade. J'entends qu'il y a eu des égratignures, des blessures mineures, rien d'aussi grave que le sang qui s'échappe du flanc de Liam et tache ses vêtements.

— Ne bouge pas. Il y a un kit de survie quelque part? Des compresses ? De quoi désinfecter ?

— À l'infirmerie, grimace le Kayn.

— Et où se trouve l'infirmerie ?

Il me sourit avec un air désolé tandis que sa peau prend une teinte de plus en plus pâle. La sueur encadre son visage et vu la fournaise dans laquelle nous nous trouvions, il est brûlant, et je ne peux pas estimer sa température.

— À l'académie.

Évidemment. Au sommet de la ville. Avec des centaines de marches à grimper. Dans son état, ce sera tout bonnement impossible.

— Trouvez-moi un tissu propre !

Eldric s'accroupit à côté de moi.

— Dis donc, t'as pas l'air très bien, Kayn.

Beaucoup de nos camarades appellent Liam par son nom de famille, je ne sais pas si c'est une marque de respect ou parce qu'ils ressentent une certaine distance avec le successeur de l'Arkon.

— On a remporté la victoire, non? rétorque Liam avec un sourire quelque peu forcé.

La douleur doit le terrasser. Je ne sais même pas comment il fait pour garder les yeux ouverts et ne pas serrer les dents en permanence. Sélène lance quelques ordres et enfin, on m'apporte de l'eau chaude, un tissu propre, mais rien pour désinfecter la plaie.

— Je vais juste faire en sorte qu'on puisse t'amener à l'infirmerie. Tu permets ?

Il décale son dos du mur en étouffant un cri de douleur, pour que je puisse soulever sa chemise. Avec des gestes rapides et précautionneux, je commence à bander son torse. Mes doigts glissent sur ses abdominaux et je crains de le faire souffrir encore plus.

— Je vais devoir serrer, ça risque de piquer.

Son regard s'arrête sur mon poignet.

— Ton bracelet, me demande-t-il. Je l'ai vu plusieurs fois, je ne connais pas ces perles.

Il essaie de se changer les idées pour éloigner la douleur.

— Parce qu'on ne les trouve plus. C'est mon père, Tomas, qui me l'a donné quand j'ai indiqué que je souhaitais devenir guérisseuse. On raconte que ces pierres amplifient les soins.

Tout son corps se crispe quand je forme un nœud avec les deux extrémités du tissu, afin de m'assurer que Liam ne se vide pas de son sang d'ici à ce qu'on arrive à l'infirmerie. Même si je ne suis pas blessée moi-même, sentir son corps se contracter me fait mal au cœur, c'est comme si je recevais une décharge de douleur.

— Il me faut quatre personnes pour le transporter !

— Je peux marcher, rétorque le Kayn.

— Ce n'est pas parce que tu peux, qu'il faut. Tu vas mettre une pression supplémentaire sur la plaie. Tu veux ruiner mes efforts pour te sauver ?

Quatre de nos camarades se présentent, tandis qu'un mage plus âgé s'approche. Il venait visiblement pour nous féliciter, mais à présent, il semble prendre la mesure du drame qui se joue. Protéger le successeur de l'Arkon fait sûrement partie de la mission de tous les mages de l'académie, une mission implicite, mais une mission tout de même.

— Il va s'en sortir ? demande le mage.

— Si on l'amène à l'infirmerie rapidement pour qu'on puisse désinfecter la plaie et la recoudre, ça devrait aller. Il sera très fatigué parce qu'il a perdu beaucoup de sang, mais aucun organe n'a été touché, ses côtes sont bien en place et ses abdominaux n'ont pas été sectionnés.

— Comment tu sais tout ça, Eira ? me demande Liam en prenant son temps pour inspirer et expirer.

— Tu gères très bien la douleur.

Il sait comment faire. Visiblement, ce n'est pas la première fois qu'il est blessé.

— Tu ne réponds pas… à ma question.

— J'étudiais pour devenir guérisseuse à Zéphyria.

Je sens sa surprise tandis qu'on le soulève. La seconde suivante, il étouffe sa grimace de douleur ainsi qu'un cri, mais ça ne l'empêche pas de tourner la tête vers moi, comme s'il réalisait enfin que j'avais eu une vie avant Cendralis.

— Tu es pleine de surprises, me lance-t-il sur un ton presque amusé.

Puis il semble se rappeler quelque chose d'important, car il ordonne à tout le monde de s'arrêter.

— Donnez-moi une minute avec Eira. Je peux tenir debout seul. Je jure de ne pas marcher.

Personne ne discute ses ordres. Tout le monde est habitué à lui obéir, même le mage plus âgé s'éloigne de quelques pas pour nous donner de l'intimité tandis que je sermonne le Kayn.

— Tu ne dois pas trop en faire et le plus vite on arrive à l'infirmerie, le plus de chances on a de…

— Eira, me coupe-t-il.

Des tas de regards sont braqués sur nous, à distance, et il ne tente pas de saisir ma main pour attirer mon attention.

— Regarde-moi.

Je réalise que je ne fais que contempler le bandage, en vue de m'assurer que rien ne bouge. Et si ça se défaisait pendant le trajet ?

Je ne veux pas être responsable d'une infection, ou pire ! Je lève les yeux vers son visage en proie à la douleur.

— Eira, il s'est passé quelque chose tout à l'heure quand la tempête s'est engouffrée.

Il s'est passé beaucoup de choses. De quoi parle-t-il ? Je garde le silence en attendant la suite.

— Je crois que nous devrions tenter de découvrir qui sont tes parents, ajoute-t-il.

— Hein ? Quel est le rapport ?

— Eira, ce que tu as fait…

— Je sais que c'était ma première fois, mais tu m'as bien entraînée.

— Non, je ne parle pas de ça.

Parle-t-il de l'artefact ? L'objet m'a-t-il aidé d'une manière ou d'une autre ? Je pince les lèvres. J'ai envie de lui révéler que le pendentif se trouve dans ma poche, mais je ne l'ai pas utilisé pour nous défendre et surtout, Maître Alden m'a bien fait comprendre que je ne devais pas révéler que je suis en possession de la pierre.

— De quoi alors ?

J'essaie de retracer le combat dans ma tête, sans réussir à mettre le doigt sur ce que je pourrais avoir fait de mal.

— Liam ! crie quelqu'un au bas des murailles. On a trouvé une civière !

— Oh, parfait, ce sera beaucoup plus pratique.

Je remercie nos camarades qui brandissent le lit de transport et j'appelle ceux qui sont restés en retrait sur les murailles pour qu'ils viennent aider Liam à descendre l'échelle. Je ne sais pas comment nous allons opérer, il est fort probable que le jeune homme devra s'accrocher lui-même, ce qui n'est pas une bonne idée, mais je n'ai pas d'autres solutions sous la main.

Tandis que nos camarades se rapprochent, le Kayn chuchote :

— Il y a quelque chose en plus dans ton pouvoir, Eira. Je l'ai senti lors d'un de nos entraînements et ça s'est encore produit là.

Personne ne nous a entendus et je n'ai pas le temps de demander plus d'explications. Stupéfaite, je tourne et retourne l'attaque dans ma tête.

De quoi parle-t-il ?

Chapitre 51

Je me tiens assise dans mon lit tout en parlant au chat, à qui je n'ai toujours pas donné de nom. Je ne l'ai jamais nourri et il ne perd pas de poids, ce qui signifie qu'il appartient à quelqu'un. Ce serait étrange de lui donner un nom dans ces conditions, alors qu'il en a déjà un. Il faudrait que j'interroge quelques personnes pour savoir qui est le propriétaire de cet animal qui squatte ma chambre tous les jours comme si c'était chez lui.

— J'espère qu'il va bien.

Puis une seconde plus tard :

— Tu penses qu'il va bien ?

Liam a été déposé à l'infirmerie, j'ai voulu l'y suivre, donner des consignes, mais on m'a dit de déguerpir. Toute la promotion s'est retrouvée derrière la porte avec interdiction d'entrer.

— Il a besoin de repos ! a clamé le médecin.

Je ne peux pas lui donner tort. Nous n'étions pas rassurés, car le temps d'arriver, le teint du Kayn avait encore blêmi au point que sa peau aurait pu se fondre dans la neige.

— C'est un costaud, il s'en sortira, a assuré Eldric.

— Il a survécu à pire, a ajouté Sélène.

J'ai très envie de les croire, mais je déteste ne pas avoir le contrôle sur une situation comme celle-ci, surtout quand je sais que mes compétences auraient pu être utiles.

D'un autre côté, le médecin sait très bien comment s'y prendre, il a beaucoup plus d'expérience que moi et c'est fort prétentieux de ma part d'imaginer que je ne l'aurais pas gêné.

— J'aurais dû serrer le bandage un peu plus. Le tissu s'est sûrement détendu quand il a descendu l'échelle.

Comment a-t-il trouvé la force de se tenir aux barreaux dans son état ? C'est un mystère pour moi. Quand il a posé le pied au sol, il souriait presque aux mages qui se sont rassemblés autour de lui.

— Et de quoi parlait-il concernant mes pouvoirs ? C'est en lien avec l'artefact, tu crois ?

Le chat est le seul au courant que j'utilise la pierre prêtée par Maître Alden. Ce n'est pas comme s'il allait le répéter à quiconque. Je me redresse et laisse de côté le livre que je feuilletais pour occuper mon esprit, sans succès. Je suis sur la même page depuis au moins quinze minutes et je ne me souviens pas d'un seul mot.

— Il parlait de mes parents. Tu crois que ça a de l'importance que je découvre qui ils sont ? L'un d'eux est un mage de feu, je n'ai pas vraiment besoin de plus d'informations. Si je découvrais leur identité, je crois que je ne ressentirais que de la déception.

Je tends le bras pour caresser les poils du chat, qui se met aussitôt à ronronner pour valider mon attitude. Si ça ce n'est pas du renforcement positif…

— Il faudrait que j'aille trouver Paige, ne serait-ce que pour éclaircir ce qu'il s'est passé hier, son attitude, sa colère… j'ai de la peine pour elle.

Les ronronnements s'arrêtent un instant.

— Oui, je suis d'accord, ça n'excuse pas ce qu'elle a fait.

Ils repartent de plus belle.

— Mais elle a été là pour moi depuis le début, elle est mon amie. Les amis ont le droit de commettre des erreurs et de se pardonner.

Avec tout ça en tête, il est certain que je n'arriverai pas à me rendormir. Je ne veux pas passer le reste de la nuit déjà bien avancée à me tourner et me retourner. Je crois que j'ai besoin d'air frais.

— Tu veux sortir un peu ?

Le chat n'approuve pas, mais il ne grogne pas non plus et j'en conclus que ça lui est égal. Je me rhabille, enfile plusieurs couches de vêtements, car je ne suis pas certaine qu'un quelconque dôme de chaleur fonctionne de nuit, même au Pinacle. Il n'y a aucun intérêt à dépenser de l'énergie alors que tout le monde dort.

Je me faufile hors de ma chambre, puis de l'académie, le chat dans mes pattes. J'avais raison, il fait bien plus froid à cette heure-là et la différence de température n'est pas juste liée à la nuit. Le dôme a disparu.

Je longe la rambarde et observe la ville en imaginant ce que pouvait donner notre combat depuis ce point d'observation. De loin, les mages ne sont que des points qui semblent soutenir le bouclier de la ville. Je me souviens des angoisses qui me traversent quand nous devons prendre des notes sur les attaques et sur comment nous améliorer. Au cœur de la tourmente, les émotions sont bien différentes. Il n'y a pas le temps de paniquer, ou même de réfléchir honnêtement. Tout va si vite.

J'avance vers la terrasse et suis étonnée d'y voir une lueur. Quand je m'approche, deux énormes chiens se tiennent au bout, accompagnés d'un humain. Une lampe à huile éclaire leur présence.

— Je croyais que la soirée était finie.

Varek se retourne en entendant le son de ma voix et calme aussitôt ses bêtes.

— Tout doux, lance-t-il. Je profitais du calme pour jouer de la guitare.

Il tend l'objet au-dessus de sa tête. Assis au bout de la terrasse, les pieds pendus dans le vide, il paraît nostalgique.

— Est-ce l'un des précieux trésors qui se cachaient dans le traîneau ?

— Tout à fait, confirme-t-il. J'en prends soin, les cordes de guitare ne sont pas simples à trouver et le froid a tendance à les rendre fragiles.

— Je peux m'approcher ?

— Bien sûr, la terrasse est publique que je sache.

Je le remercie et j'avance prudemment, car ses chiens me fixent du regard et je me demande s'ils ne vont pas me sauter à la gorge.

— Ils ne te feront rien, m'assure Varek.

Je me glisse à bonne distance de lui et je l'imite en laissant mes pieds pendre dans le vide entre les barreaux qui protègent d'une chute.

— Ça t'embête si je joue ?

— Absolument pas.

Il gratte quelques cordes, puis une mélodie s'élève et j'apprécie chaque note tandis que le voyageur se met à chanter. Il n'y a pas de paroles, ce ne sont que des sons, mais je connais bien la mélodie. C'est un air de la ville du vent. Tomas adorait cette musique. Parfois, il la chantait sans même s'en rendre compte en préparant le repas.

Je jette un œil aux mains de Varek. La flamme de la lampe éclaire son tatouage et projette des ombres sur ses doigts. Quand il termine, j'hésite à lui demander ce que signifient ces étranges signes sur sa peau.

— Que fait une fille de la ville du vent ici ? me souffle-t-il.

— Comment le sais-tu ?

— Tu as reçu du courrier, visiblement personnel, de Zéphyria. Et tu chantonnais pendant que je jouais. Les gens de Cendralis ne connaissent pas cette mélodie.

J'acquiesce et soupire. Ma ville me manque. Un peu moins qu'avant, parce que j'ai trouvé de nouvelles attaches ici, mais je donnerais beaucoup pour retrouver Lynda et le sourire de Laos.

— Comme tu l'auras compris, je maîtrise le feu.

— Je l'ai vu, effectivement. C'était très étonnant de la part d'une fille de Zéphyria.

— Je suis née à Cendralis.

— Ceci explique cela. Et qu'est-ce qui t'a amenée à la ville du vent ?

— Ma naissance.

— Mystérieux.

— Étrange.

Je soupire en prononçant ce mot et en réalisant que moi-même, je n'ai pas encore saisi pourquoi on ne voulait pas de moi. Bien sûr qu'un enfant illégitime complexifie toutes les situations, mais je suis bien arrivée, je n'avais rien demandé, pourquoi est-ce moi qui ai subi les conséquences de l'infidélité d'un autre ou d'une autre ? Ou des deux si ça se trouve…

— Je suis le fruit de l'union d'un mage de feu, ou d'une mage de feu, avec… quelqu'un. Je ne sais pas qui sont mes parents, je sais juste que je gênais parce que je suis certainement une bâtarde, tout du moins c'est ce qu'on m'a appris quand j'étais en âge de mieux comprendre la situation. Alors plutôt que de me garder à Cendralis, là où un jour la vérité allait finir par éclater je suppose, on m'a envoyée le plus loin possible.

— Loin des yeux…

— … j'étais déjà loin de leur cœur de toute façon. Je crois surtout qu'ils se sont épargné des problèmes, ou qu'ils m'ont considérée comme le problème. Néanmoins, c'est comme ça que j'ai atterri à Zéphyria et ce n'est pas plus mal parce que là-bas, j'ai été aimée. Je le suis toujours d'ailleurs, même si Tomas…

J'inspire pour refouler les larmes qui veulent monter à mes yeux. Je ne peux pas pleurer encore et encore, ça ne ramènera pas celui que je considère comme mon père.

— Tomas ?

— L'homme qui m'a élevée, avec sa femme Lynda.

— Celui dont tu as appris la mort dans le courrier que je t'ai remis ?

— Exactement.

— Je suis désolé, Eira.

Du bout des lèvres, j'ose lui demander :

— L'as-tu rencontré ? L'as-tu vu avant…

Il dépose sa guitare dans son dos et d'une voix hésitante, me répond.

— Je ne crois pas. Je ne sais pas. J'ai rencontré un tas de personnes et j'ai une bonne mémoire des noms, si j'avais eu plusieurs échanges avec lui, je pense que je me souviendrais de qui il était.

— Ils l'ont enterré ?

— Des rubans noirs parsemaient la ville quand je suis arrivé, je suppose que ça veut dire que la cérémonie avait déjà eu lieu.

J'imagine les centaines de rubans accrochés aux poteaux qui soutiennent les étalages du marché, encastrés dans la roche des murailles, serrés partout où on peut. Quand l'un des mages de l'air décède, toute la ville pleure sa disparition. Il était un père pour moi, mais il était aussi un défenseur pour la cité.

Je porte ma main à mes yeux pour essuyer les larmes qui ont fini par y affluer.

— Désolée.

— C'est normal, me rassure Varek. Je connais la douleur du deuil. Peut-être même que je la fuis et que c'est pour ça que je voyage : pour éviter de m'attacher et de souffrir encore et encore.

Je hoche la tête, car après cette expérience, je suis à même de comprendre ce qu'il veut dire.

À l'horizon, le soleil se pare de teintes rosées.

— Je ferais mieux de rentrer.

— Un peu de repos ne me ferait pas de mal non plus. Mes chiens doivent en avoir marre de veiller.

Il se lève puis me tend la main pour m'aider à me redresser. Quand je serre sa poigne, une étrange sensation me traverse. Le tatouage sur la peau de Varek s'illumine et j'ai l'impression que mon pouvoir va se déclencher.

— Qu'est-ce que c'est ?

Il tire sa manche pour cacher ses doigts.

— Rien, me répond-il.

— Ce n'était pas rien. Tu as réussi à arrêter mon pouvoir alors que je perdais le contrôle. Et maintenant, c'est comme si ma magie te reconnaissait. Qui es-tu vraiment ?

— Ce n'est pas le moment d'ouvrir cette porte, Eira.

— Comment ça ?

— Va te coucher.

— Je…

Je veux insister, mais les chiens se mettent à me grogner dessus. Ils sont massifs et insistants, au point que je recule.

— Varek !

— Une autre fois, Eira.

Je tente de les contourner, mais à présent ils montrent leurs crocs et je n'ai pas très envie de me faire dévorer par deux immenses chiens de traîneau.

— Mais…

Des aboiements retentissent et cette fois, je sens qu'ils s'en prendront à moi si j'insiste. Je cherche le chat, pour m'assurer que rien ne va lui arriver, mais il a disparu depuis longtemps. Absorbée par ma conversation, je n'ai pas fait attention à lui.

Je n'ai d'autres choix que de tourner les talons et de rentrer à l'académie, en me demandant quels secrets cache Varek et quels liens peuvent-ils avoir avec moi ? Et pourquoi ce tatouage qu'il porte sur sa main et son bras me paraît si familier ?

Chapitre 52

De retour à ma chambre, la porte est ouverte. Or, je suis persuadée de l'avoir fermée à clef. J'observe la serrure défoncée.

— Il y a quelqu'un ?

Question stupide. J'aurais mieux fait de me taire. Rien de tel que d'alerter l'intrus dans ma chambre s'il s'y trouve encore. Les couloirs sont vides, il n'y a personne qui traîne, mais si je crie, je réveillerai certainement quelqu'un. Je peux aussi compter sur mon pouvoir. Après toute la dépense énergétique que j'ai eue hier, je ne devrais pas perdre le contrôle et même si c'est le cas, l'artefact…

Je glisse les doigts dans ma poche, à la recherche de l'objet, mais il ne s'y trouve pas. Après ma douche, j'ai changé de pantalon et déposé toutes mes affaires dans un coin de la salle en attendant de les laver. J'entre précipitamment dans la pièce et observe chaque coin avant de réaliser qu'il n'y a pas âme qui vive.

Sauf le chat, qui miaule, assis près de mon lit, comme s'il voulait m'avertir de quelque chose.

Autour de lui, la pièce est sens dessus dessous. Tout a été retourné : les couvertures, les oreillers, les draps, les livres que j'étudiais sur ma table de nuit, mais aussi ceux dans mon sac, dont tout le contenu jonche le sol. Les tiroirs de la commode qui abrite mes maigres possessions ont été tirés, l'un d'entre eux est par terre, en équilibre sur des cintres qui ont l'air d'avoir valdingué dans la pièce depuis le portant collé contre le mur. J'avance et découvre ma pile de linge sale dans un plus sale état encore que celui dans lequel je l'avais laissée. Je fouille les poches de mon pantalon de la veille, cherche l'artefact et ne le trouve pas.

Qui pouvait bien savoir que je l'avais en ma possession ? Liam ? Je ne lui ai rien dit, mais il a l'air d'avoir senti quelque chose, il pouvait s'en douter et puis qui d'autre que lui serait éveillé à cette heure-ci ?

Mais il n'aurait pas remué toute ma chambre sans ma permission. Il m'aurait demandé tout simplement, comme il s'apprêtait à le faire hier avant qu'on l'emmène à l'infirmerie.

Qui a su ? Qui m'a piqué cet artefact ? Comment vais-je l'annoncer à Maître Alden ? Je tourne en rond dans ma chambre en jetant des coups d'œil au chat.

— Tu as vu quelque chose ? Tu ne veux pas me parler ? Me dire ce dont tu as été témoin ? Si ça se trouve tu es arrivé après.

Je commence à ranger, parce que mes pensées virevoltent dans tous les sens et que ça m'apaise de faire disparaître le bazar. Tomas disait toujours qu'une maison rangée assainit l'esprit. Enfin, c'est ce qu'il me racontait pour me forcer à ranger ma chambre quand j'étais petite.

L'heure tourne. Je commence à entendre du bruit dans les couloirs. Les gens se dirigent vers le réfectoire. Je meurs de faim. Je n'ai finalement rien attrapé à manger hier après l'attaque.

Et si c'était Paige la responsable ? Peut-être qu'elle cherchait autre chose et qu'en fouinant, elle a trouvé l'artefact ? Je n'ai pas envie de la suspecter, mais vu son comportement récent, je ne peux pas non plus écarter cette possibilité.

Je finis par quitter ma chambre. Avec l'état de la serrure, je ne peux même plus fermer à clef. Il va falloir que je me débrouille pour réparer ça. Le chat fonce dans le couloir et pour une fois, il me suit jusqu'au réfectoire, ce qui m'étonne. D'habitude il se carapate du côté de la sortie de l'académie une fois que je suis levée. Souvent, il me réclame même d'ouvrir la fenêtre de la chambre pour éviter la foule du couloir.

Encore dans mes pensées, j'attrape machinalement un plateau que je remplis sans faire attention en me servant sur les buffets. Je maugrée quelques mots au chat, qui guette l'instant où je ferai tomber quelque chose j'ai l'impression.

— Heureusement que je n'avais rien de précieux dans ma chambre.

Au sens monétaire du terme. Mes souvenirs de Zéphyria comptent beaucoup à mes yeux, mais je ne crois pas que quiconque voudra me les piquer.

Pas de signe de Paige ou de Sylas avec qui je partage d'habitude la majorité de mes repas.

Je finis par m'asseoir et le chat se couche sur mes pieds, ce qui est bien une première. Je le laisse faire en écoutant distraitement les conversations autour de moi. On parle des tempêtes, qui ont forci. Les gens se demandent si cette année ne marque pas un tournant. Et si nous ne pouvions plus résister ? Une deuxième brèche, plus légère, s'est créée hier.

— Bien sûr qu'il ne faudrait pas envoyer les cinquièmes années se battre, c'est chez eux que la brèche s'est créée. Ils sont le maillon faible de notre défense.

— Et on envoie qui alors ? Parce qu'il n'y a pas assez de mages pour tous nous défendre.

— On commence à utiliser ceux qui sont assignés à d'autres tâches.

— Ils doivent déjà venir aider si la tempête forcit.

— De toute façon, le fond du problème, c'est notre échelle. Ce n'était pas une tempête de niveau trois, mais plutôt une tempête de niveau quatre. Si le niveau quatre avait été sonné, plus de renforts se seraient précipités aux remparts.

J'entends les arguments de la jeune fille et ils font mouche dans ma tête. N'a-t-elle pas raison ? La ville sonne-t-elle sciemment un niveau trois pour une tempête qui aurait pu être catégorisée en niveau quatre, afin de rassurer la population ? Ou bien… de faire en sorte qu'une brèche se crée pour déstabiliser la politique de l'Arkon ?

— Tu as bien dormi ?

J'ouvre grand les yeux quand Liam s'installe en face de moi.

— Qu'est-ce que tu fais ici ?

— Bonjour à toi aussi.

— Tu devrais être à l'infirmerie en train de te reposer.

— J'étais à l'infirmerie toute la nuit et je me suis reposé.

— Je veux dire que tu devrais encore y être. Tu as le flanc complètement saccagé.

— Saccagé est un grand mot.

Je le regarde et un sourire finit par étirer mes lèvres. C'est bon de le voir. Mes pensées se sont apaisées, elles cessent de tournoyer aussi fort que la tempête que nous avons combattue hier. Les pouvoirs de Liam ne s'arrêtent pas au fait de canaliser mon feu.

— Il faut qu'on parle, ajoute-t-il.

— Il faut que vous parliez de quoi ? lâche Eldric en se joignant à nous. Le débrief ne va pas tarder. Ils ont annulé la première heure de cours pour ça.

Liam hésite, mais Eldric enchaîne.

— Oh, sûrement du contenu de ton plateau et de tes goûts en matière de petit-déjeuner, lâche notre camarade. Qu'est-ce que c'est que ça, Eira ?

— Quoi ?!

— Non, mais c'est… enfin, tu es en train de te faire une tartine avec du fromage et des fruits. C'est une hérésie de mélanger le sucré et le salé ainsi !

Je lui tire la langue pour lui faire comprendre que je n'en ai rien à faire. Il s'amuse de ma grimace et entame son petit-déjeuner tandis que le regard de Liam pèse sur moi.

— Peut-être que tu devrais rejoindre notre cours de pratique du feu ce matin, ajoute Sélène en s'installant en face d'Eldric et à côté de Liam.

Elle ne manque pas de glisser une main sur l'épaule du Kayn, puis de la descendre jusqu'à son bras pour le saluer, comme s'ils étaient très proches. Liam n'effectue aucun mouvement de recul, mais n'a pas un geste vers elle pour autant.

Pour ma part, je suis très étonnée de la proposition de la jeune femme.

— Participer à votre cours ?

— Bah oui, confirme Eldric la bouche à moitié pleine. Après ce que t'as fait hier, t'es des nôtres. On devrait arrêter de te mettre avec les bébés. Il est temps de rejoindre la cour des grands.

Je ne sais pas quoi répondre. Suis-je prête ? Sans l'artefact, je me sens comme nue. Oui, hier, perdre le contrôle n'aurait pas eu d'importance, et de toute façon je n'ai pas eu la sensation de le perdre, mais aujourd'hui ? Si mes flammes s'emballent ? Sans l'artefact, je ne pourrai rien maîtriser.

— Qu'est-ce que tu en penses ?

Je m'adresse à Liam. Seul son avis compte à cette table pour moi. Il m'a vue m'entraîner, il connaît mes déboires et je pense même qu'il a conscience de mes peurs, même si je ne les ai jamais formulées à voix haute pendant nos entraînements.

— Je serai là, répond-il simplement.

Il ne m'encourage pas dans un sens ou dans un autre. Il me prévient que si jamais je veux participer à leurs cours, il restera à mes côtés pour m'aider à contrôler mon pouvoir.

Une légère vague de chaleur naît dans mon ventre à l'idée d'être soutenue. La cloche retentit et je me lève en réalisant que le temps a filé et que je n'ai pas fini mon plateau. J'attrape ce qu'il reste, engloutis la moitié et donne le reste au chat.

— Charbon déteste les gens d'habitude, lance Liam en nous

observant.

— Charbon ?

Ma stupéfaction est totale.

— Le chat s'appelle Charbon ?

Le Kayn acquiesce lentement. Qui appelle « Charbon » un chat blanc comme la neige ? Je demande :

— C'est la mascotte de l'école ou quelque chose comme ça ?

Eldric se met à rire, Sélène se joint à lui et ils s'éloignent pour ramener leurs plateaux tandis que Liam reste à côté de moi.

— C'est le chat de ma mère, explique-t-il simplement.

Chapitre 53

Je manque de m'étrangler.

— Pardon ? Le chat de ta mère ? Mais que fait-il ici ?

— Il se balade à sa guise dans le Pinacle. J'étais étonné de le trouver dans ta chambre. Je t'assure que d'habitude, il fuit tout le monde.

Et comme pour lui donner raison, maintenant que je l'ai nourri, Charbon déguerpit sans me jeter un seul regard. Je dépose mon plateau et je grimace en voyant Liam marcher seul.

— Tu ne veux pas t'appuyer sur moi ? Ou sur un mur ? Ou qu'on te trouve un fauteuil roulant ?

— Tu me prends pour un faible qui ne peut pas supporter une blessure, Eira ? rétorque Liam.

— Oh oui pardon, le grand Liam Kayn ne ressent pas la douleur, il est invincible ! Même quand il pisse le sang, il sourit et rassure ses camarades, alors qu'il ferait mieux de s'évanouir.

— Il ferait mieux de s'évanouir ? s'amuse-t-il. Je ne connais pas de circonstances où il est mieux de s'évanouir.

— Très bien, je me suis emballée ! Tu as compris ce que je veux dire. Ton corps a besoin de temps pour se remettre et tu es déjà là, en train de le stresser…

— Parce que je marche dans les couloirs avec toi, en direction du débriefing ? Ce n'est pas comme si je te proposais de nous entraîner.

Je croise les bras et pousse un grognement digne de Charbon pour montrer mon mécontentement.

— C'est parce que tu me considères comme ton patient que tu veux m'enchaîner à mon lit d'infirmerie ?

— C'est parce que je tiens à toi.

Les mots ont franchi mes lèvres sans que je réfléchisse. Je sens la chaleur monter à mes joues. Suis-je en train de rougir ? Je suis forcément en train de rougir. Après un court silence gênant, j'ajoute :

— Qui va m'entraîner sinon ?

— Je ne suis pas certain que tu aies encore besoin d'entraînement, répond Liam.

L'atmosphère se détend légèrement. Peut-être qu'il n'a pas entendu ? Peut-être qu'il ne reviendra pas sur ce sujet ? Nous prenons place pour le briefing et écoutons les paroles de Maître Alden, rejoint par d'autres mages. Ma main frôle celle de Liam qui s'est installé à côté de moi et je ne peux pas me concentrer. Distraite, je n'écoute pas un mot de ce qu'il se dit.

— Eira ? Eira ?

Je tourne la tête vers le Kayn.

— On y va ?

La session s'est terminée sans même que je m'en rende compte. J'inspire et je suis Liam. Je n'ai toujours pas croisé Paige, ou Sylas et tant mieux. Paige a probablement déjà raconté une version de l'histoire à notre ami.

— Quelque chose te préoccupe ? me demande le successeur de l'Arkon dans les couloirs de l'académie.

La liste est si longue que je ne saurais pas par où commencer. Je préfère me taire, hausser les épaules et entrer en classe avec lui et toute notre promotion, avec les camarades avec qui nous nous sommes battus hier. Un immense sentiment d'allégresse s'empare de moi quand ils me saluent tour à tour. J'ai l'impression de faire partie d'un tout, de commencer à trouver ma place.

Je ne suis plus Eira Fall de Zéphyria.

Je suis Eira de l'académie du feu.

Le cours débute. Sans l'artefact, je ne veux pas provoquer d'incident et encore moins que Liam ait à intervenir dans son état. D'ailleurs il préfère ne pas participer pour cette fois et je l'imite en me mettant en retrait au fond de la classe. À côté de moi, il me lance :

— Qu'est-ce qui ne va pas ?

— L'affrontement m'a fatiguée, je crois que je préfère me reposer plutôt que de perdre bêtement le contrôle parce que je n'ai pas assez dormi.

— Tu n'as pas assez dormi ?

— Longue histoire.

— Que tu as tout le temps de me raconter pendant que les autres s'exercent.

Nous ne sommes pas les seuls à nous être mis en retrait. Apparemment, il n'y a pas de mal, après une attaque, à dire qu'on préfère ne pas pratiquer les exercices. Le professeur félicite même ceux qui choisissent de ne pas tenter quoi que ce soit aujourd'hui.

— Il faut connaître ses limites. Vous faites preuve d'une grande maturité.

Vu les raisons qui me poussent à me coller au mur du fond, je ne me sens pas mature pour un sou.

— Tu ne veux pas me raconter ? insiste Liam.

— Te raconter quoi ?

— Pourquoi tu n'as pas assez dormi et ce qui te perturbe.

— Tu vas insister toute la journée si je ne le fais pas ?

Je me maudis d'avoir dit ça, comme si nous allions passer la journée ensemble lui et moi. Je ne veux pas qu'il se sente obligé de quoi que ce soit ou qu'il s'imagine que c'est ce que j'espère ou que j'attends de lui, ou que…

— Je pourrais, affirme-t-il. Tu es certaine que c'est pour ça que tu ne veux pas utiliser ton pouvoir aujourd'hui ?

— Pour quoi d'autre ?

— Eira, tu es la mage la plus puissante que je connaisse.

Je glousse de nervosité. Vient-il vraiment de sortir ça ? Non, impossible. Il ne le pense pas. Des dires de tout le monde, il est le mage le plus puissant de Cendralis et je ne compte pas lui piquer la place. Qui plus est la puissance n'est pas simplement une affaire de quantité de flammes qu'on peut déverser dans un bouclier, c'est aussi une question de maîtrise et de contrôle. Sur ce dernier point, je suis probablement bonne dernière de la classe.

Et puis il se fourvoie. Ma puissance, je ne la dois qu'à mes émotions qui s'emballent. Dès que je parviendrai à les canaliser, je pense que ça mettra un frein direct à mes pouvoirs.

— Je pense que tu as déjà refait tes réservoirs de magie, sommeil ou non. Alors tu veux me dire ce qui t'inquiète vraiment ?

— Ce n'est pas une question de réservoirs de magie, je ne veux pas perdre le contrôle. La fatigue n'aide pas à maîtriser ses émotions.

— Et tes émotions sont dans quel état ?

Je ne sais pas quoi répondre à ça. Analyser mes émotions n'a jamais été mon fort. Je crois même que j'ai tendance à les prendre et à les fourrer sous un tapis imaginaire pour ne pas avoir à les traiter. Maintenant que j'y pense, c'est probablement ça qui m'empêche de contrôler correctement mon pouvoir. À force de balayer ce que je ressens du revers de la main, sans m'attarder dessus, je dois me rendre à l'évidence que je ne sais pas gérer mes émotions. Je n'ai jamais appris à le faire.

Mais il est si douloureux de ressentir quoi que ce soit. Comment font les autres pour supporter cette peine ?

— Elles vont bien.

Mensonge, crie mon cerveau. Pourtant je débite cette phrase complètement fausse sur un ton calme et tranquille, comme si j'étais sûre de moi.

— Mouais, rétorque Liam.

— Quoi ?

— Peut-être que ça marcherait avec un autre. Je dois reconnaître que la plupart du temps, tu joues bien la comédie. Mais ça ne fonctionne pas avec moi, pas plus que ça ne fonctionne avec ton pouvoir. Toutes ces fois où tu m'as dit que tu allais bien, même quand j'insistais, puis quelques minutes après, ta magie s'emballait… Je t'ai déjà dit que la manière dont tes flammes agissent est le reflet de ton état d'esprit. Si tu as peur de faire une quelconque démonstration aujourd'hui, c'est que tu es en train de faire des nœuds dans ton cerveau, voilà ma conclusion.

Je lui jette un regard consterné. Comment peut-il savoir tout ça ? Comment peut-il le débiter avec cette confiance en lui comme s'il était persuadé que c'était la vérité, comme s'il me connaissait ? Je sens ma respiration se couper. J'ai l'impression d'avoir été démasquée, prise à mon propre piège, et j'ai la sensation de me tenir nue face à Liam. Déstabilisée, je veux m'éloigner. Sa réaction est plus rapide : il attrape mon poignet. Combien de fois l'a-t-il fait ? Combien de fois me suis-je laissé faire ? Ce n'est pas comme s'il serrait si fort que je ne pouvais pas m'en aller, quand même. Sa poigne est presque douce, elle semble être un rappel de sa présence, comme s'il me disait : « Je suis là, je ne vais nulle part, arrête de fuir, Eira. »

Sauf qu'à voix haute, il me lance :

— Viens. On va s'entraîner. Juste tous les deux.

— Mais je viens de te dire que je risque de perdre le contrôle. Et tu es blessé ! Tu dois te reposer.

— J'ai dormi.

— Ça ne résout pas tous les problèmes et certainement pas aussi vite !

Il ne m'écoute même pas protester. À la place, il hèle notre professeur et, par quelques signes de la main, lui indique que nous allons partir. Aucune remontrance ne nous est faite, au contraire, le mage nous encourage à filer. Mais que se passe-t-il ?

Liam m'entraîne hors de la salle et quand nous sommes seuls dans les couloirs, j'ai très envie de lui crier dessus.

— Je ne te permets pas de décider pour moi ! Je n'ai pas assisté à ce cours depuis des semaines et je ne veux pas que le professeur me reprenne en grippe alors qu'enfin, je…

— Tu n'écoutais pas un seul mot de ce qu'il racontait, me coupe Liam.

Ce regard intense qu'il possède me paralyse sur place. Je sais que je l'observe quelques secondes de trop, juste assez pour me dire que ce n'est pas anodin et que j'aurais dû détourner les yeux il y a un moment déjà.

— Il n'y a plus que nous deux. Aucun de nos camarades ne peut écouter.

— Je croyais qu'il y avait des oreilles partout dans ce bâtiment.

Et au bout du couloir se tiennent deux gardes du corps de Liam qui nous observent avec beaucoup d'insistance.

— Il y en a. Mais au cours de nos récents entraînements, tu as remarqué que j'étais là quelques minutes avant toi et que la simulation était déjà lancée ?

Je hausse les épaules.

— Tu es toujours là avant moi, c'est à croire que tu es incapable d'être en retard où que ce soit.

— Certaines simulations empêchent le public de voir ce qu'il se passe à l'intérieur, poursuit-il avant de se mettre à chuchoter. Il se pourrait que j'aie apporté des modifications aux oreilles potentielles qui écouteraient dans notre salle habituelle d'entraînement.

A-t-il vraiment fait ça ? Pour lui ? Pour moi ? Pour nous d'une certaine manière ? Peut-être juste pour disposer d'un lieu où il peut parler sans être espionné ? Mais qui l'espionne au juste et pourquoi ?

— Viens, il est temps que tu me racontes tout, lance-t-il.

Chapitre 54

Liam a lancé une simulation sous le regard courroucé de ses gardes du corps, qui n'ont pas manqué de lui dire qu'il est blessé et que l'Arkon n'a pas envie que son précieux fils aîné se mette en danger. En guise de réponse, le Kayn leur a claqué la porte de la salle au nez et ils doivent maintenant être installés quelque part dans les gradins, juste à côté de nous, prêts à bondir au moindre cri qui leur parviendra.

— Tu es certain que personne ne peut nous entendre ici ?

— Je ne peux pas en être totalement certain, ce n'est pas comme si j'avais un plan des différents micros cachés dans les salles de l'académie.

— Pourquoi quelqu'un espionne-t-il l'académie ? Et qui ?

— Tu poses les bonnes questions, Eira.

— Et tu ne vas pas me donner les réponses ?

— Parce que je ne les ai pas.

Nous nous sommes assis au centre de la salle en tailleur, face à face, pour nous tenir éloignés de toute personne qui serait dans le public, au cas où nos voix porteraient. Liam a lancé une simulation de tempête de niveau cinq pour donner l'impression que nous nous entraînons. Le bruit couvre en partie nos paroles et les images camouflent toutes les parois ainsi que nos silhouettes.

— Mais ton père doit savoir et il ne fait rien ? C'est le lieu où tous les mages sont formés.

— Je n'en ai pas parlé à mon père.

— Pardon ?

Le son s'étrangle dans ma gorge et je tourne aussitôt la tête de peur que les gardes m'aient entendue. Heureusement, le sifflement des vents est bien plus fort.

— Mais pourquoi ?

Liam cherche ses mots un instant, avant de m'avouer :

— Parce que je me demande s'il n'en est pas à l'origine.

Ma gorge se noue d'imaginer qu'il a raison. Que doit-il penser de son père ?

— Mais si c'est lui… qui… qui nous espionne tous dans ce bâtiment, c'est certainement pour une bonne raison ?

— Quelle bonne raison pourrait-il y avoir de mettre sur écoute toute l'académie ? rétorque alors Liam. Mais ce n'était pas de ça que je voulais parler.

— Oui, parce que ce n'est qu'un sujet mineur parmi d'autres, n'est-ce pas ?

Mon sarcasme le déride, ce qui ne l'empêche pas de poursuivre avec sérieux.

— Il s'est passé quelque chose avec ton pouvoir hier, Eira, et ce n'est pas la première fois que je le sens.

— Il ne s'est rien passé de particulier, pourquoi t'attardes-tu là-dessus ?

— J'aimerais voir si on peut reproduire ce qu'il s'est passé ici. Utilise ton pouvoir.

— Non.

Ma réponse ne se fait pas attendre, elle cingle presque. J'ai la sensation d'avoir été agressive alors qu'il ne le mérite pas. Pourquoi suis-je autant sur la défensive ?

— Eira, quel est le problème ? souffle-t-il avec patience.

— Tu es assis en tailleur à même le sol alors que tu as une blessure au flanc. Ça demande beaucoup de travail de la part de tes abdominaux de te maintenir dans cette position, tu savais ?

— Tu es obligée de changer de sujet à chaque fois qu'on essaie d'avoir une vraie conversation ?

— Nous avons constamment de vraies conversations ?

— Sur des sujets importants, précise-t-il.

Je garde le silence.

— De quoi as-tu peur ? enchaîne-t-il.

La liste défile aussitôt devant mes yeux et je ne sais pourquoi j'ouvre la bouche et je la partage avec lui :

— De tout faire foirer, de n'être qu'une bonne à rien, que Maître Alden soit mécontent, que tu sois déçu, qu'on m'exile…

J'ai baissé la tête pour ne pas affronter son regard. Avec un geste doux et tendre, il glisse ses doigts sous mon menton en se penchant en avant pour que je le regarde.

— Ça a dû bien tirer sur ton flanc.

Il rit de ma remarque et se redresse pour éviter de mettre plus de pression sur la plaie.

— Je reconnais que ce n'était pas très agréable physiquement. Mais je n'allais pas te laisser avoir honte de tes peurs.

— Je…

— Laisse-moi parler une minute, Eira. Je sais que je ne suis pas le meilleur pour manier les mots mais j'essaie vraiment de faire des efforts avec toi et d'ouvrir ce canal de communication dont nous avons besoin pour t'aider à maîtriser tes pouvoirs.

Pour m'aider à maîtriser mes pouvoirs. Il le fait pour nos entraînements. Pas pour moi.

— Tu ne vas rien faire foirer. Tu es très douée et je n'ai jamais vu quelqu'un d'aussi déterminé que toi. Tu as recommencé les exercices tellement de fois certains jours que j'étais épuisé et je n'osais pas te dire qu'il valait mieux qu'on s'arrête. Tu voulais tellement progresser. J'adore cet esprit combatif en toi. Je ne suis pas déçu, d'accord ? Et personne ne va t'exiler.

Je hoche la tête en silence.

— Maintenant, explique-moi pourquoi Maître Alden serait mécontent.

Je pince les lèvres parce que j'ai promis de ne rien dire. Mais d'un autre côté, que faire alors que l'artefact a disparu ? Liam ne l'a pas volé, j'en suis certaine à présent.

Alors je lui raconte tout. L'artefact, Maître Alden et même mon interaction étrange avec le voyageur. J'évoque les manigances de Paige, bien plus détaillées que ce que je lui ai avoué la veille, le fait qu'elle sache peut-être qui est mon père. Je ne laisse rien de côté. Absolument rien.

Liam ne m'interrompt pas une seule fois. D'un simple signe de tête, il m'encourage à poursuivre quand ma voix se fait moins forte ou que j'hésite.

Lorsque j'ai fini, il acquiesce avec lenteur comme si toutes les pièces du puzzle s'affichaient maintenant dans son esprit et que ce n'était plus qu'une question de savoir dans quel sens les emboîter.

— Tu penses que l'artefact est responsable de ce truc que tu as senti avec mon pouvoir ?

C'est la seule question que je pose tandis qu'il m'observe en silence. J'ai besoin qu'il dise quelque chose, qu'il parle, qu'il me montre que notre relation existe toujours malgré tout ce que je viens de lui avouer.

— Je ne sais pas, avoue-t-il. Il y a beaucoup d'informations à trier.

Ça ne me rassure pas. Je me sens vulnérable parce que je lui ai confié tous les renseignements qui pourraient lui permettre de me faire exiler. En avait-il seulement besoin ? Il est le fils de l'Arkon après tout, s'il voulait ma mort, il n'aurait qu'à la demander à son père.

Ma gorge se noue et ma respiration devient plus difficile, jusqu'à ce que Liam tende le bras et glisse une mèche de mes cheveux qui tombait sur mon visage derrière mon oreille.

— On va tirer cette histoire au clair.

Son pouce caresse ma joue et il retire une larme dont je ne m'étais même pas rendu compte qu'elle coulait.

— Ensemble, d'accord ? Plus de secrets.

Je savoure la sensation de ses doigts sur ma peau en me demandant pourquoi Liam Kayn a-t-il autant de patience avec moi. Puis du bout des lèvres, je promets.

— Plus de secrets.

Chapitre 55

Charbon est fort occupé à ronronner sous ma main quand des coups sont frappés à la porte. Je n'ai pas fait réparer la serrure et je crie donc à la personne d'entrer. Liam avance jusqu'au lit et nous jette un regard amusé.

— C'est quand même étrange qu'il t'apprécie.

— Il ne manque pas à ta mère ?

— Ma mère est morte il y a des années de ça.

— Oh, je suis désolée.

— Ce n'est rien, je n'ai pas l'habitude de le préciser, tout le monde le sait ici.

Il s'assied sur le lit pour approcher sa main de Charbon, mais le chat se lève précipitamment et file dans le couloir sans même se retourner.

— Il n'aime personne, je te l'ai dit. Mon frère a tenté de l'amadouer avec quantité de friandises, de promesses de câlins. Il lui a même fabriqué un arbre à chat, que Charbon boude avec férocité. Il passe devant, la queue levée, sans même jeter un seul regard à la construction.

— On a entraînement ?

La journée est passée vite, j'ai beaucoup de travail pour rattraper mon retard maintenant qu'on m'a laissée intégrer la promotion dans laquelle j'aurais dû me trouver depuis le début. Je ne pensais pas que Liam voudrait s'entraîner ce soir, compte tenu de notre discussion de ce matin, de la tempête d'hier et de sa blessure.

— Non, répond-il tranquillement.

Alors que fait-il ici ?

— Viens, m'encourage-t-il.

En franchissant la porte, il grogne.

— Je vais envoyer quelqu'un réparer ça.

Je hausse les épaules, inutile de tenter de le dissuader, s'il y a une chose que je commence à comprendre sur Liam, c'est qu'il est têtu. Peut-être autant que moi, ce qui n'est pas peu dire.

Nous allons à la bibliothèque et passons rapidement devant le comptoir, je n'ai que le temps d'adresser un signe de la main à Maître Ildrek qui paraît étonné de trouver Liam Kayn dans les allées de son sanctuaire.

Nous nous arrêtons à une table au fin fond de la grande salle du rez-de-chaussée. Ici, à l'abri des regards et loin de tous nos autres camarades, Liam tire une feuille de son sac, ainsi qu'un crayon et me les tend.

— Dessine-moi l'artefact.

Je penche la tête sur le côté, pas certaine d'avoir compris où il veut en venir.

— Comment ça, dessine-le ? Tu sais que je l'ai à peine observé ?

C'est un mensonge et je le réalise sitôt que les mots franchissent mes lèvres. J'ai regardé le pendentif sous toutes ses coutures plus d'une fois avant de me coucher, en me demandant comment une pierre pouvait avoir autant de pouvoirs.

— Tu veux qu'on trouve des informations dessus ? On ne devrait pas plutôt tout raconter à Maître Alden ? Il va être fou quand il apprendra que j'ai perdu le précieux objet. Peut-être qu'il aura une piste. Il vaut mieux le prévenir avant qu'un malheur se produise et qu'il découvre par lui-même que l'artefact n'est plus en ma possession.

Liam pince les lèvres.

— Tu ne trouves pas ça louche ?

— Quoi donc ?

— Un Maître te donne un objet magique, qu'on ne donne jamais aux élèves selon ses dires, et il t'exhorte à ne pas en parler et à taire son existence, sous peine de lui attirer des problèmes.

Sur le moment, j'étais bien contente qu'il me propose son aide, mais maintenant que Liam répète ce qu'il s'est passé à voix haute, je me dis que quelque chose cloche.

— Tu crois que j'ai été naïve de penser qu'il venait me secourir ?

— Je crois qu'il avait peut-être des motifs cachés de te confier cet artefact.

— Mais lesquels ?

— Je ne sais pas, soupire-t-il. Je crois que je ne sais plus grand-chose à ce stade. Chaque journée apporte de nouvelles questions.

— Et qui l'aurait récupéré ? Lui-même ? Il aurait simplement pu me le demander.

Liam se masse le crâne et, après un court silence, reprend la parole.

— S'il y a bien une chose que je sais, c'est qu'il est toujours plus facile de prendre des décisions en ayant des informations. Nous ne savons pas ce qu'est cet artefact, hormis qu'il aspire ton pouvoir quand il y en a trop, c'est bien ça ?

J'acquiesce d'un signe de tête.

— Je propose qu'on trouve plus de renseignements à son sujet et en fonction de ce qu'on trouvera, on pourra aviser s'il faut se rendre directement au bureau de Maître Alden.

— À cette heure-ci ?

Ma grimace doit être éloquente, car Liam étouffe un petit rire, avant de recouvrer son sérieux.

— Qu'est-ce qui te dérange dans l'idée d'y aller maintenant ?

— Eh bien, il saura qu'il y a un problème.

— Il y a un problème, Eira.

— Oui, c'est bien tout le problème.

Je ris à mon tour et j'entends Maître Ildrek nous réclamer de faire preuve d'un peu plus de discrétion. Aussitôt je glisse une main sur mes lèvres pour étouffer ma voix.

En face de moi, Liam a l'air détendu et serein. Il sourit comme si rien ne pouvait l'inquiéter.

— Qu'est-ce qui te fait sourire comme ça ?

— Toi, me lance-t-il naturellement.

— Hein ?

— Ton rire plus exactement. Je ne crois pas t'avoir beaucoup entendue rire. C'est un son agréable.

Des frissons remontent le long de ma colonne vertébrale tandis qu'une douce chaleur s'empare de mon ventre. Vient-il de me faire un compliment ? C'est toujours difficile de savoir ce que pense Liam. Il est si peu expressif avec son visage, même s'il fait des efforts.

— Alors ce dessin ? enchaîne-t-il.

J'attrape son crayon et je commence à tracer les contours de la pierre ainsi que le pendentif qui l'accompagnait. J'essaie de bien capturer la forme hexagonale de l'artefact.

— Imagine ça en rouge.

Je tourne ma feuille vers le garçon quand j'ai terminé.

— Je ne savais pas que tu avais un don pour le dessin, commente-t-il.

Retenir des rougissements est mission impossible. Il est archi-certain que mes joues rosissent en cet instant. Liam devrait arrêter de me complimenter.

— Je me suis beaucoup entraînée pour mon futur métier.

— Guérisseuse ?

J'acquiesce.

— Savoir distinguer une herbe médicinale d'une autre est d'une importance capitale, mais ce n'est pas parce que j'en suis capable que mon patient saura faire de même. J'ai commencé à dessiner pour être en mesure de montrer à quoi ressemble la bonne herbe et qu'ils ne confondent pas.

— Ils peuvent se soigner eux-mêmes ?

— Ce type de ressources est partagé entre tous à Zéphyria. Il y a des étalages avec toutes les herbes et leurs noms où les gens peuvent se servir librement. Mais parfois, ceux qui les entreposent confondent les étiquettes et on se retrouve avec un tiroir qui indique quelque chose, mais qui renferme autre chose, ce qui peut mener tout droit à une catastrophe. D'où mes dessins.

— Ton travail a payé.

— Et maintenant ? Que fait-on ici ? J'aurais pu te dessiner cet artefact depuis ma chambre.

— Maintenant, on cherche un dessin similaire dans les livres qui mentionnent les artefacts, répond Liam.

Il se lève de sa chaise, mais se rassied aussi sec. Je crains pour sa blessure et m'inquiète. Un index sur ses lèvres, il m'incite au silence tandis qu'une voix s'élève depuis l'entrée de la salle.

— Liam Kayn, où est-il ?

Chapitre 56

— Que se passe-t-il ?

Je chuchote aussi bas que possible, Liam grogne qu'il pensait disposer de plus de temps. Il se faufile hors de sa chaise en silence et me rejoint. Ma place est moins exposée que la sienne.

— Je crois que mes deux charmants gardes du corps ont retrouvé ma trace. Je pensais qu'à la bibliothèque, je serais tranquille un bon moment, ce n'est pas comme si j'y mettais souvent les pieds.

Mais oui ! Tellement habituée à la présence des deux armoires à glace qui accompagnent le Kayn partout, je n'ai pas remarqué qu'ils n'étaient pas avec lui cette fois-ci.

— Pourquoi tu ne m'as rien dit ?

— Qu'est-ce que ça aurait changé ?

— J'aurais prévenu Maître Ildrek et il aurait fait en sorte de les envoyer bouler. Là, il va juste les guider jusqu'à nous.

— Le mage aurait accepté de mentir pour moi ?

— Pour toi, je ne sais pas. Pour moi, oui.

Un sourcil levé sûrement pour marquer son étonnement face à la situation, Liam me lance :

— Comment connais-tu aussi bien Maître Ildrek ?

— Je fréquente sa bibliothèque, je prends soin de ses ouvrages et je suis polie. Je ne crois pas qu'il y ait besoin de plus pour qu'il se montre agréable en retour. Que fait-on ?

J'attrape la feuille de papier, le crayon et fais disparaître toute trace de notre présence à cette table. Maître Ildrek a donné quelques indications aux gardes du corps de Liam et il y a de fortes chances qu'ils se dirigent vers nous.

— En quoi est-ce un problème qu'ils nous trouvent ?

— Eh bien, il se pourrait que j'aie un dîner ce soir, indique Liam.

— Comme tout le monde.

— Non, je veux dire un repas organisé.

— Et dire que tu me trouves énigmatique.

— Je n'ai jamais dit que tu étais énigmatique.

— Tu as dit que j'étais renfermée sur moi-même.

— Certes.

— J'ai décidé d'interpréter ça de manière positive, ça fait de moi quelqu'un d'énigmatique.

— Je t'en supplie n'interprète pas ça de manière positive, c'est le meilleur moyen de te renfermer encore plus sur toi-même et d'entretenir ta croyance selon laquelle il faut rester seule.

Un sourire victorieux s'affiche sur mon visage.

— Oh, comprend-il en s'interrompant lui-même. C'est exactement ce que tu veux.

J'enchaîne.

— Donc, ce repas ?

— Rien d'intéressant. Je n'avais pas envie d'y aller.

— Tu t'es donc dit que tu allais fausser compagnie à tes chers gardes du corps et passer ta soirée à la bibliothèque à la place ?

— Exactement.

— J'aime savoir que je suis un bouche-trou.

— Tu n'es pas un…

L'agacement commence à poindre dans le ton de Liam et je ne peux m'empêcher d'éprouver un sentiment de satisfaction intense.

Je ne crois pas l'avoir déjà vu sortir de ses gonds de cette façon. Certes, il est parti en claquant la porte de la salle d'entraînement une fois, mais c'était très différent.

— Tu es un démon, Eira Brynwall.

Il n'a pas utilisé Fall.

— Très bien, Liam Kayn. Je vais te sortir de là. Viens.

Et je le tire entre les allées pour semer ses poursuivants, qui fort heureusement, ne nous ont pas encore repérés. Quelques mètres plus loin, je me retourne pour vérifier où ils en sont : ils viennent d'atteindre la table où nous nous trouvions. Si je peux les voir, il suffit qu'ils tournent la tête pour se rendre compte de notre présence, aussi je pousse gentiment Liam dans l'allée suivante histoire de nous cacher.

— Ta blessure ?

— Tu vas t'inquiéter de ça à chaque minute ?

— Déformation professionnelle.

— Tu es mage à présent.

— Tu veux que je cautérise la plaie ?

— Pas sûr que Maître Ildrek apprécie que tu utilises tes flammes dans une bibliothèque.

— Vrai. Et je l'aime bien. Je ne voudrais pas qu'il se mette à me détester.

— Ma blessure se porte correctement.

— Correctement ? Ce n'est pas très positif dans ta bouche.

— Que veux-tu que je te dise ?

— Tu t'apprêtes à pisser le sang ?

— Non.

— Tu as la sensation qu'un point de suture a cédé ?

— Non.

— Admettons que ça me suffise pour l'instant.

Je jette un coup d'œil dans l'allée sur notre gauche pour vérifier où se trouvent les gardes de Liam. Ils ont dû filer dans le rayon de l'histoire de la magie. Je profite de cette opportunité pour faire signe à Liam de me suivre. Sur la pointe des pieds, nous rejoignons l'escalier qui mène à l'étage de la bibliothèque. Je lui indique de marcher dans mes pas, car je sais exactement quelles marches grincent et lesquelles sont silencieuses.

— C'est bon ? s'enquiert-il quand nous nous cachons derrière la première bibliothèque que nous trouvons.

Je me penche pour vérifier la situation au rez-de-chaussée. D'ici, il est plus simple de surveiller les deux sbires.

— Rayon tempêtes. S'ils font chaque rangée, on est tranquilles un moment à l'étage.

— Et quand ils viendront à l'étage ?

— On redescendra dans leur dos. En attendant, on devrait avoir quelques minutes devant nous.

— Eira ?

La voix de Maître Ildrek me fait sursauter.

— J'imagine que je n'aurais pas dû dire à ces deux gardes que le jeune Liam Kayn se trouvait dans ma bibliothèque ?

Je ne sais pas quoi répondre, mais heureusement Liam prend les devants.

— Disons que j'apprécierais d'être débarrassé de leur compagnie encore une heure, le temps de terminer mes recherches sans avoir des yeux et des oreilles penchés sur moi.

— Je vois tout à fait. Donnez-moi un instant.

Maître Ildrek descend l'escalier et nous l'observons.

— Tu lui fais confiance ? demande Liam.

— Oui.

— Eh bien j'espère que tu as raison.

Depuis notre point d'observation, nous regardons le bibliothécaire chercher les deux gardes, les trouver et discuter avec eux. Maître Ildrek pointe l'index en direction de la sortie et aussitôt, les sbires s'en vont en courant.

— Ils prennent leur mission très à cœur.

Je ris de les voir filer aussi vite.

— Je suis le fils de l'Arkon, soupire Liam. Il paraît que je suis précieux.

— C'est ce que j'ai compris.

Nous sommes collés l'un à l'autre, nos bras se frôlent, nos épaules sont côte à côte et maintenant que je prends conscience de cette proximité, mon souffle se fait plus court.

Je m'éloigne d'un pas, le dessin en main.

— Nous sommes au bon rayon.

J'étends le bras pour lui montrer le dos des livres sur les étagères. Le terme « artefact » est mentionné au moins huit fois, « objets magiques » figure quatre fois et d'autres synonymes parsèment les titres des ouvrages.

Nous sommes en train de fouiller chacun un volume différent quand Maître Ildrek revient vers nous.

— Ils ne remettront pas les pieds ici tout de suite. Puis-je vous être utile autrement ?

J'ouvre la bouche, hésite, tourne la tête vers Liam, qui semble décider que le bibliothécaire est un homme de confiance, car il attrape le morceau de papier et le lui tend.

— Avez-vous déjà vu un dessin de cet artefact quelque part ?

Le mage fronce les sourcils en saisissant le papier, il attrape ses lunettes accrochées à un cordon autour de son cou et les glisse sur son nez.

— Non.

— Certain ? insiste Liam.

— Je connais chaque ouvrage de ma bibliothèque, jeune Kayn. Cet artefact n'est disponible nulle part.

— Et si je rajoutais de la couleur ?

En noir et blanc, difficile de bien rendre les contrastes. Je sais dessiner, mais je n'ai pas non plus un coup de crayon d'experte.

Nous redescendons jusqu'au comptoir, où Maître Ildrak me prête de quoi colorier. Devant Liam et lui, je peaufine mon dessin, retravaille certains détails et surtout, j'ajoute un croquis de la pierre seule à côté. En plus gros, peut-être qu'elle rappellera quelque chose au bibliothécaire.

Mais ce n'est pas lui qui écarquille les yeux quand j'ai fini et que je dévoile le résultat. Non, c'est Liam, qui me lance aussitôt :

— Tu es sûre de toi ?

Étonnée, j'acquiesce.

— Viens, me lance-t-il.

Chapitre 57

— C'est…

Je n'ai pas d'adjectif adéquat pour décrire la résidence des Kayn. Stupéfiant ? Étonnant ? Spectaculaire ? Où que je pose les yeux, j'aperçois des pièces spacieuses, des objets luxueux, dorés, qui semblent dater d'une autre époque comme si on avait rassemblé un musée dans leur demeure.

Leur maison, située au cœur du Pinacle, est construite dans la même pierre sombre qui semble se retrouver partout en ville. Elle surplombe tout Cendralis. Pas un bâtiment ne se trouve plus haut, comme si l'Arkon était un monarque. Des runes parsèment les murs, car à cette hauteur, la résidence est plus exposée aux vents que n'importe quelle autre construction du quartier.

— Qu'est-ce que c'est que ça ?

Je crois que c'est la sixième fois que je souffle cette phrase à Liam en apercevant un objet dont je n'ai aucune idée d'à quoi il sert.

— Un vase. C'est décoratif. On y mettait des fleurs.

— Des fleurs ? Comme dans les livres ? Des fleurs pour faire joli ?

— C'était un autre temps.

— Un temps où les fleurs poussaient. Personne de sensé ne dédierait une partie des serres souterraines pour faire pousser des fleurs aujourd'hui, n'est-ce pas ?

— Non, en effet.

— Alors pourquoi avez-vous un vase ?

Liam sourit de mon côté très rationnel. Chez Lynda et Tomas, nous n'avions pas d'objets décoratifs. Tout était utile, car tous les matériaux doivent être utilisés pour la survie du plus grand nombre, pas pour une affaire de décoration.

— Pour conserver un bout d'Histoire. Ce serait dommage de le casser, non ?

Je hausse les épaules. Ne peut-on pas récupérer le matériau dans lequel il est fait pour l'utiliser à d'autres fins ?

— Viens, on n'a plus beaucoup de temps. Les gardes à l'extérieur auront remarqué que mes très chers sbires ne se trouvaient pas à mes côtés et ils auront trouvé le moyen de les prévenir de ma localisation.

— Tu n'as vraiment pas envie de les voir.

— Non, vraiment pas.

— On ne risque pas de tomber sur l'Arkon ou sur ton frère ? Ou du... du personnel ?

— Mon père n'autorise aucun personnel entre nos murs. Il craint les espions et les assassins. Et ce soir, mon frère et lui sont à ce fameux dîner.

— Oh, celui auquel tu devrais te trouver.

— Exactement. Et si ce ne sont pas mes gardes qui seront prévenus en premier de l'endroit où je me trouve, ce sera mon père. Alors faisons vite avant qu'on me tire de force à ce repas.

— Tu ne m'as toujours pas dit pour quelle occasion ce repas avait lieu.

Le garçon me jette un regard las.

— Quelque chose comme mon futur mariage.

Je ris de sa blague.

— Oh, il doit y avoir du monde alors. Ce n'est pas un repas, c'est un banquet !

Mais son visage reste sérieux, ce qui me fait comprendre.

— Tu ne rigolais pas.

— Non.

Il tourne à gauche, nous traversons un couloir aux murs couverts de tapisseries rouges et dorées. J'essaie d'observer les motifs sur les tissus mais nous marchons trop vite pour que je puisse savoir quelle histoire se cache dans les fils.

— Et ça ressemble à quoi un repas pour ton futur mariage ?

— Disons que mon père voit une opportunité dans mon âge et mon célibat. Sa position au sein du Pinacle commence à être difficile à tenir. Je crois qu'il veut apaiser les esprits des mages et pour ça, il faut qu'il crée une alliance. De tout temps, les mariages ont constitué d'excellents moyens de s'allier. Je pense qu'il planifie le mien en ce moment même.

— Avec qui ?

— Aucune idée. Il y a bien une douzaine de candidates et leurs parents à cette soirée.

— Je comprends mieux pourquoi les gardes étaient à ta recherche. Tu es l'attraction du jour.

— Malheureusement.

Il soupire, ce qu'il ne fait pas souvent. Je ne sais pas quels mots de réconfort lui apporter. Que doit-on dire à quelqu'un qui risque de vivre un mariage forcé ? Je mordille ma lèvre inférieure en cherchant mes mots. L'amour est un luxe, m'a dit Liam. Un luxe qu'il ne peut pas se permettre. Qu'il sait que jamais il ne pourra se permettre.

Je comprends mieux pourquoi.

Il ouvre une porte, allume une lumière sur sa gauche et nous nous retrouvons dans une pièce à l'odeur de renfermé, comme si personne n'y avait mis les pieds depuis très longtemps. Un bureau recouvert de piles de papiers trône dans le coin gauche. Une seule tapisserie orne le mur de droite et elle évoque l'arrivée d'une tempête sur Cendralis.

— La première tempête qui nous a frappés, précise Liam quand il voit que mon regard est fixé sur la fresque.

Il s'approche d'une commode poussiéreuse collée contre un mur et je l'imite.

— Là, indique-t-il simplement.

J'observe la photo en couleur qu'il pointe de l'index sans la toucher. Le cliché se trouve dans un cadre en bois et comme je ne peux pas discerner tout ce qu'il y a dessus, je demande l'autorisation de souffler pour évacuer la poussière. Liam s'en charge et je me penche en avant.

— Autour de son poignet ! C'est le même artefact.

— Oui, confirme Liam.

— Qui est-ce ?

— Ma mère.

— Mais je croyais qu'elle ne maîtrisait pas les flammes.

— Elle ne les maîtrisait pas, poursuit calmement le jeune homme.

— Alors pourquoi avait-elle un bracelet avec une pierre qui semble vraiment identique ?

— Je n'en ai aucune idée.

Il contemple la photo encore quelques instants avant de prendre une lente inspiration et de se détourner de la commode.

— Comment est-elle morte ?

La question n'est pas délicate, mais je ressens le besoin de savoir. Y a-t-il un lien avec l'artefact par exemple ?

— Elle s'est suicidée, m'annonce calmement Liam.

Les suicides ne sont pas rares dans nos cités malheureusement. Certains parviennent à combiner des herbes médicinales pour se fabriquer un cocktail empoisonné qui leur permet de partir dans leur sommeil, d'autres emploient des solutions plus rapides mais aussi plus douloureuses.

— Elle a foncé au-devant d'une tempête.

— Quoi ?

Je m'étrangle en prononçant ce mot.

— Elle était une saboteuse, termine-t-il en se retournant.

Ses yeux sont brillants, même si aucune larme n'y perle. C'est encore un sujet difficile pour lui. Quel âge avait-il quand il a perdu sa mère ?

— Comment est-ce possible ? Ton père le savait-il ?

— Nous n'en avons jamais parlé. J'ai eu le droit à une phrase de sa part à l'enterrement, il m'a dit : « Elle n'était pas assez forte, mais nous le serons. » Il n'a plus jamais voulu l'évoquer devant moi, ou devant quiconque, je crois.

— Ils s'aimaient ?

— Non, je ne pense pas. Ils s'appréciaient, ils s'aidaient mutuellement, mais l'amour ? Je t'ai dit que c'était un luxe auquel peu de gens ont le droit aujourd'hui.

— Tu vas te recueillir sur sa tombe de temps en temps ?

— Non.

Je hoche la tête face à son ton sec en comprenant qu'il ne veut pas que j'insiste sur le sujet, mais c'est lui qui revient à la charge avec un peu plus de douceur.

— Sa tombe est vide. On n'a pas retrouvé son corps. Elle s'est faufilée sur les remparts pendant que mon père participait à la défense de la ville. C'était une tempête de niveau quatre comme on en voit très rarement, et c'était encore plus rare à l'époque. Elle a traversé le mur de flammes, s'est jetée dans le tourbillon des pics de glace et a été emportée.

Est-ce ainsi que Tomas est mort ? A-t-il tournoyé dans la tempête jusqu'à… jusqu'à… J'inspire pour ne pas pleurer. Y a-t-il un corps dans sa tombe ou bien est-elle vide comme celle de la mère de Liam ?

— Mais si elle s'est envolée, l'artefact…

— Je ne sais pas si elle l'avait avec elle à ce moment-là. Si on considère qu'il est unique, je suppose que non.

— Ce qui ne nous dit pas à quoi il lui servait.

— Effectivement.

Nous nous observons tous deux un instant, puis Liam me lance :

— Je crois qu'il faut qu'on décampe si je ne veux pas me retrouver à ce dîner et je t'avoue que je suis encore moins d'humeur pour y participer. Sûrement que j'insulterais la moitié des convives qui m'approcheraient.

Dans une tentative de lui remonter le moral, je lui souris et propose :

— On peut aller marcher le long de la promenade si ça te permet de t'aérer l'esprit.

— Non, tranche-t-il. Il est temps d'aller voir Maître Alden, Eira. Il faut le prévenir que tu as perdu l'artefact. Et je veux en savoir plus. Je veux savoir pourquoi ma mère le portait comme un bijou ornemental.

J'aimerais rétorquer que ça peut attendre, parce que l'idée d'affronter le mage, qui ne manquera pas d'être en colère que j'aie perdu le précieux objet qu'il m'a confié, ne me fait pas du tout envie. Mais avec la deuxième partie du discours de Liam, je ne peux pas vraiment m'opposer, alors je soupire.

— Allons-y.

Nous quittons la résidence, dépassons les gardes qui ne manquent pas de réclamer à Liam de patienter le temps que son escorte nous rejoigne. Le garçon indique qu'il est à tout à fait capable de se défendre seul et que les deux hommes qui sont supposés l'aider en cas d'attaque vont plutôt être un poids, car il devra les protéger, en plus de se protéger lui-même.

— Et puis, j'ai Eira avec moi. Elle cramera toute personne qui voudra s'approcher.

Je n'en suis pas si certaine, mais je le laisse affirmer ce qui lui plaît. Nous finissons par filer et accélérons le pas en faisant quelques détours vers l'académie, pour éviter de croiser les deux sbires qui encadrent d'habitude Liam.

— Ils prendront le chemin le plus rapide, m'assure-t-il. Par cette route, nous ne risquons pas de tomber sur eux.

J'acquiesce et j'allonge mon pas pour ne pas avoir à trottiner. Le jeune homme marche tellement vite que j'ai du mal à suivre.

C'est à l'angle de la rue suivante qu'ils nous tombent dessus et nous attaquent. Une boule de feu fonce vers nous en même temps qu'une hache frôle le visage de Liam avant de rebondir au sol à quelques centimètres de lui.

Chapitre 58

Ils sont quatre et je suppose qu'ils nous suivent depuis que nous avons quitté la résidence, sinon ils n'auraient pas pu savoir que nous nous trouverions à cet endroit à ce moment-là. Il était facile de comprendre que nous retournions à l'académie, mais vu les détours que nous avons pris, le seul moyen de nous piéger était de nous suivre.

Liam se prend un coup à la tête par-derrière, je crie tandis que des flammes naissent dans ses paumes. Sous le choc, il se retourne en vacillant légèrement puis jette une boule de feu en direction de son adversaire, qui ne frémit même pas.

Des mages. Ce sont des mages. Les flammes ne leur font rien. Quels mages pourraient bien s'en prendre à Liam ? Ne sont-ils pas supposés être de son côté ? Ne veulent-ils pas ce qu'il y a de mieux pour la ville ? Fils de l'Arkon ou non, il dispose d'une puissance inégalée à Cendralis. Le tuer revient à affaiblir les défenses de la cité !

Je pousse un grognement en faisant jaillir la magie de mes doigts, au cas où l'un de nos assaillants ne serait pas un mage. Mais ils sont recouverts d'un tissu qui ressemble à celui de l'uniforme de l'école, des pieds à la tête. Même leurs visages sont couverts par une cagoule. Je balance une boule de feu en direction de chacun d'entre eux, au cas où. Ils ne tentent même pas de s'écarter et j'en conclus qu'ils sont tous mages. Un habitant de Cendralis se serait écarté par réflexe, peu importe qu'il porte une forme d'armure contre le feu ou non. Les gens normaux n'ont pas envie de se prendre des flammes en plein visage.

— Reste derrière moi, Eira, m'ordonne Liam.

— Pas de problèmes, sache juste qu'ils sont deux derrière toi.

Nous nous mettons dos à dos pour couvrir les arrières de l'un et de l'autre. Liam et moi avons passé des heures dans la salle de simulation à nous entraîner. Même si mes progrès n'ont pas été fulgurants, j'ai pu me familiariser avec les attitudes du Kayn, ses réactions et ses tics de combat.

J'ai l'impression que l'air est saturé de tension. Le soleil s'est couché, plus personne ne traîne dans les rues, car le dôme de chaleur a disparu. Dans la pénombre de la ruelle, le combat éclate. Les assaillants bondissent de leurs positions. Je sens Liam se mettre en garde dans mon dos, je songe à sa blessure, à ses points de suture et je me dis que si nous sortons vivants de ce combat, il sera bon pour repasser à l'infirmerie.

Les bras tendus, je fais jaillir un écran de flammes de mes mains pour me protéger de l'attaque qui vient. Ils sont deux sur moi et ma maigre expérience du combat ne me permet pas d'esquiver les coups aussi facilement que le Kayn. Je tente de les aveugler au moins momentanément et j'ose tourner la tête juste un instant pour vérifier ce qu'il se passe dans mon dos.

Mes propres adversaires m'ont contournée, ils n'en ont rien à faire de moi, c'est Liam qu'ils veulent et ils sont déjà trois à sauter sur lui tandis que le garçon a les bras dressés pour parer les coups, esquiver, et profiter d'une ouverture s'il le peut.

Mais il ne le peut pas. À quatre contre un, il n'aura jamais le temps de souffler, il va se fatiguer, il suffira que quelqu'un lui donne un coup dans le flanc, là où se trouve encore le bandage qui lui barre le ventre et…

Liam arme son poing et balance un crochet enflammé dans la mâchoire d'un de ses ennemis. Je tente de l'aider en saisissant le bras d'un assaillant pour le tirer en arrière. Il se débat, me bouscule et me projette au sol. Aussitôt, je me relève alors que le poing de Liam s'abat sur un autre adversaire.

Il est impressionnant. Des jets de flammes accompagnent chacun de ses coups et je suppose que ce n'est pas voulu, parce qu'il a dû comprendre comme moi qu'il s'agissait de mages. Ses émotions ont-elles pris le dessus ?

Ma tentative de m'immiscer dans le combat a l'air d'avoir dérangé, car l'un des ennemis se retourne contre moi. Malgré des mouvements hésitants, je réussis à créer un bouclier de feu. Ce qui est stupide. Très stupide. Totalement stupide. Mon adversaire marche au travers du bouclier comme s'il n'existait pas et la peur s'empare de moi.

Je me concentre. Liam m'a attaquée des tas de fois sans magie en entraînement pour me surprendre, pour simuler des saboteurs qui viendraient nous déranger pendant que nous défendons les murailles de la ville. Je peux le faire.

Je m'accroupis en un éclair, tends le pied et fauche les jambes de mon adversaire. Sauf que ce n'est pas si simple, que je n'ai pas utilisé toute la puissance nécessaire et que tout ce que je fais, c'est donner un maigre coup dans le tibia de mon ennemi.

Ennemi qui m'observe avec un air consterné très certainement, mais je ne peux pas distinguer les traits de son visage à cause de la cagoule qu'il porte, ce qui est d'autant plus agaçant.

Je roule au sol pour éviter le coup qui suit, puis je me relève, haletante. C'est en voyant mes flammes basculer vers le bleu que je comprends que je suis en train de perdre le contrôle.

Tout à coup, Liam pousse un cri de douleur et aussitôt, mes flammes redoublent de puissance. Elles tourbillonnent autour de mes bras, jaillissent de mes mains sans que je puisse endiguer le flot. Je cherche mon ami et allié. Il se tient le flanc. Bien sûr que c'est là qu'on l'a attaqué. Ce qui signifie qu'il s'agit de quelqu'un qui sait où il est blessé.

Quelqu'un de l'académie.

Ma colère et mon indignation grimpent d'un cran. Liam a risqué sa vie plus d'une fois pour défendre cette cité et tous ses habitants. Sous prétexte qu'il est le fils de l'Arkon, il faudrait l'éliminer ?

— C'est un avertissement, lâche une voix grave.

— Un avertissement ? répète Liam. Il en faudra bien plus pour m'avertir de quoi que ce soit.

Un poing s'abat sur le visage du jeune homme et je crie de plus belle en me précipitant pour m'interposer et l'aider. Mes flammes bleues font reculer nos adversaires. Si j'avais su que ça les effraierait, j'aurais pété les plombs encore plus tôt.

— Dis à ton père de céder le pouvoir, sinon la prochaine fois, on t'aura pour de bon. Son règne doit s'arrêter.

— Son règne ? répète Liam.

— Il ne fait pas du bien à la ville. Sais-tu au moins ce qu'il trame ? Dis-lui d'abdiquer s'il tient à la vie de son fils.

Je n'en reviens pas. Nos adversaires commencent à reculer, comme s'ils avaient accompli ce pour quoi ils étaient venus. Mais il n'est pas question qu'ils s'en tirent à si bon compte ! Je mobilise toute ma force et je lâche des flammes bleues dans leur direction, alors qu'ils ont tourné les talons.

— Il n'est pas question que vous partiez !

— Laisse-les, Eira, lance Liam en toussant.

D'une main il se tient le flanc, de l'autre la joue. Oh, j'ai envie de cramer la moitié du Pinacle tout à coup ! Ou la totalité, tiens.

Trois de nos adversaires parviennent à filer. Je refuse de laisser partir le quatrième alors j'insuffle encore plus de pouvoirs dans mes flammes. Je laisse la magie s'emparer de moi.

Je ne la contrôle plus. C'est elle qui décide en cet instant. Elle jaillit de mon corps à l'unisson avec mes émotions. La révolte, la colère, l'injustice : tout ce que je ressens se matérialise en un bras de flammes qui vient encercler le torse du dernier assaillant puis le tire en arrière.

— Eira, c'est…

Je n'entends qu'à moitié ce que raconte Liam. Je tire sur mon lasso improvisé pour ramener l'ennemi dans notre direction, puis je le fais pivoter sur ses talons et le voilà face à nous.

Les dents et les poings serrés, la mâchoire contractée, je ne rêve que d'une chose : bousiller mes propres phalanges pour massacrer la joue du type devant moi. Mais d'abord, je lui retire sa cagoule.

Puis j'entends Liam jurer.

Eldric se tient devant nous. Eldric qui m'a accueillie à l'académie, Eldric qui a été le premier à me faire visiter les lieux, Eldric qui s'est montré amical, Eldric avec qui nous prenions le petit-déjeuner ce matin encore dans une ambiance joyeuse et détendue.

Ce visage familier donne à Liam la force d'oublier ses blessures, car il se rapproche, brandit son poing enflammé à quelques centimètres du visage d'Eldric et gronde.

— Pourquoi ?

Au lieu de répondre, le garçon défie Liam du regard et c'en est trop pour le Kayn. Je le sais à l'instant où son poing file vers la mâchoire de notre camarade, que je tiens encore immobile avec mon pouvoir. Il le frappe une première fois, puis une deuxième et une troisième. J'en lâche le lasso magique qui encerclait Eldric. Le garçon vacille puis tombe en arrière, se rattrape avec ses mains et ses coudes et évite de justesse de se cogner la tête.

C'était sans compter sur Liam qui lui saute dessus, se met à califourchon sur son camarade et lui assène quatre autres coups en plein visage. Je lui crie de s'arrêter, je hurle dans la nuit et j'entends qu'on ouvre des fenêtres au-dessus des commerces fermés qui nous entourent.

— Ça suffit, Liam ! On doit l'interroger ! Il ne servira à rien s'il n'est qu'un légume et il fait partie des défenseurs de cette ville !

J'en suis à craindre pour la vie d'Eldric. Cette pensée me perturbe, car la moitié de mon cerveau veut que cet idiot pourrisse à l'extérieur des murailles, mais l'autre moitié a conscience que nous avons besoin de lui, au minimum pour obtenir plus d'informations.

Liam hésite, la poitrine haletante, le souffle court, mais il finit par relâcher ses muscles alors qu'Eldric gît inconscient dans la rue.

Le silence tombe autour de nous, lourd et menaçant. J'entends des pas au loin et je crains que nos adversaires ne soient revenus en arrière pour sauver leur camarade.

Mais non, il s'agit des gardes du corps de Liam, qui ont enfin retrouvé sa trace. Je n'ai jamais été aussi heureuse de les voir.

Chapitre 59

Le soleil s'apprête à se lever timidement sur la ville tandis que je m'approche de la terrasse, Charbon à mes côtés.

C'est déjà le deuxième jour d'affilée où le sommeil me fuit. Si une troisième nuit de la sorte se produit, je ne serai plus bonne à rien.

— Tu n'as pas une recette miracle à me proposer, Charbon ?

Le chat miaule en guise de réponse et je le remercie de me donner l'impression que je suis écoutée. Si ça se trouve, il comprend tout et doit bien s'amuser des situations dans lesquelles je me retrouve.

Liam est de retour à l'infirmerie et cette fois, quatre gardes du corps barrent l'accès à la porte. Il va s'écouler beaucoup de temps avant qu'il puisse se balader librement dans les couloirs de l'école, maintenant que nous savons que ses propres camarades sont prêts à l'attaquer. Je n'ai pas eu le droit de rester. Non seulement on m'a fait comprendre que je pouvais être une menace pour l'héritier de l'Arkon, mais en plus on a insinué que je n'étais peut-être pas pour rien dans cette attaque dont nous avons été les victimes.

J'ai juste demandé si Liam allait s'en sortir. On m'a rétorqué que ce n'était pas mon problème. Je crois que les gardes sont un tantinet fâchés que Liam se soit enfui avec moi, sans protection, dans les rues de la ville.

Je m'en veux terriblement. La prochaine fois que je le vois, je compte bien m'assurer que ses gardes sont à côté. À défaut d'être utiles dans un combat contre des mages, ils sont au minimum une force dissuasive. On a moins envie d'attaquer un groupe de cinq ou plus, qu'un duo qui se balade dans des ruelles peu fréquentées.

— Tu ne devais pas partir ?

Sur la terrasse, debout devant la rambarde, se tient Varek. Je garde mes distances, notamment avec ses deux chiens qui l'accompagnent. Vu notre dernier échange, je n'ai pas très envie de me faire bouffer dès l'aurore. La journée a déjà mal fini hier, j'apprécierais de débuter celle-ci sous de meilleurs auspices.

— Je croyais que les voyageurs ne restaient jamais longtemps en place.

Varek se retourne lentement vers moi et soupire.

— J'aurais dû quitter les lieux hier, c'est ce qui était prévu mais je préfère étendre mon séjour.

Je ne peux m'empêcher de me demander si c'est à cause de notre interaction, s'il veut revenir sur notre discussion, sur ce tatouage qui s'est illuminé sur son bras quand il m'a touchée.

— Quelque chose me dit que ce serait dangereux d'entreprendre le trajet.

— Une impression ? Les vents ont changé de direction ?

— Une intuition, confirme-t-il. Je fais confiance à mon instinct pour ces choses-là et ma tente a beau être efficace, j'ai un mauvais pressentiment. Mes chiens ne semblaient pas pressés non plus de déguerpir et ils ont un sixième sens pour ces choses-là.

Je hoche la tête, me dandine d'un pied sur l'autre en me demandant si je peux aborder le sujet ou si ses bêtes vont se mettre à grogner dans la foulée pour me faire décamper.

— À propos d'hier…

Mon courage me fait défaut, je n'arrive pas à aller plus loin dans mes propos. Entre la fatigue et mes inquiétudes pour Liam, je crois que mon cerveau a cessé de fonctionner correctement.

— Oui ? m'encourage le voyageur.

Il sait très bien de quoi je veux parler, je prends donc ça pour une autorisation à poursuivre.

— Je ne voulais pas être intrusive, mais j'ai beaucoup de questions.

Varek acquiesce, tourne la tête vers l'horizon où le soleil pointe le bout de son nez et prend le temps d'admirer le paysage. En prenant de lentes et grandes inspirations, je l'imite. Après six respirations, mon esprit se sent plus serein et apaisé.

— Je sais. Je suis désolé pour mon comportement, je n'étais pas prêt à en parler, Eira. Ce n'est pas contre toi, c'est juste que…

Il s'arrête en se tournant vers moi et semble fixer un point au-dessus de mon épaule. Je tapote mes vêtements pour vérifier si j'ai quelque chose, mais a priori non.

— Sais-tu que quelqu'un te suit et t'observe ? me demande-t-il sur un ton plus bas.

Je songe aussitôt aux attaquants d'hier. Eldric a été arrêté et n'est certainement pas en état de me surveiller dans les rues du Pinacle en ce moment, mais les trois autres ? Si j'étais devenue un élément gênant moi aussi ? Je tente de me raisonner : je n'ai pas vu leurs visages, ils n'étaient pas là pour moi et je ne risque rien.

Enfin, je crois.

Je meurs d'envie de découvrir de qui il s'agit, mais l'ordre de Varek cingle aussitôt.

— Ne te retourne pas. C'est une jeune fille, elle se trouve sur ta droite et elle n'arrête pas de jeter des coups d'œil dans notre direction, avec très peu de discrétion je dois dire. Je ne suis pas sûr qu'elle soit rompue à l'exercice de la filature.

Une jeune fille ? Il n'y avait pas de femmes hier quand nous avons été attaqués. Tous les grognements et toutes les voix que j'ai entendues ressemblaient à celles d'hommes.

— À quoi ressemble cette jeune fille ?

Varek me la décrit et je comprends tout de suite de qui il s'agit.

— Je dois y aller.

— Bien sûr.

— Mais nous reprendrons cette discussion ?

— Sans oreilles indiscrètes, me confirme-t-il d'un hochement de tête.

Je cherche Charbon dans mes pattes pour ne pas l'écraser. A priori, il a filé. Alors je me retourne et pars en courant dans la direction que Varek m'a indiquée. J'entends des pas précipités, j'aperçois une silhouette dans l'uniforme de l'académie qui tente de s'enfuir, mais mes jambes sont plus allongées, mon rythme de course plus rapide et je crois que de nous deux, je suis celle qui a le plus envie d'obtenir des réponses.

— Paige !

Je crie son nom en attrapant son bras et en l'arrêtant le long de la promenade qui nous ramène à l'académie.

— Pourquoi tu me suis ?

Son visage crispé m'attendrit. Paige a été la première à me soutenir ici. Mes épaules se relâchent et tout à coup, j'ai envie de serrer la jeune fille contre moi, malgré tout ce qu'il s'est passé. Elle n'a que seize ans. Ses parents sont morts, sa sœur a disparu et elle n'a personne qui veut l'aider à retrouver Lisa. Si j'étais à sa place, à quelles extrémités en viendrais-je ? Je n'ai pas de frère ou de sœur, enfin pas que je sache, mais peut-être qu'ils déambulent dans les rues de Cendralis. Si j'avais grandi avec eux, n'aurais-je pas envie de prendre tous les risques possibles pour les sauver ?

— Paige.

Je répète son prénom sur un ton plus doux et j'ajoute :

— Je suis désolée pour tout ce qu'il s'est passé.

Les larmes jaillissent de ses yeux et au même instant, nous entendons une explosion avant de sentir le sol trembler sous nos pieds. La bouche entrouverte, le regard écarquillé, je me tourne vers la Crevasse et j'observe, stupéfaite, la fumée qui s'échappe d’un bout du quartier.

— Qu’est-ce que…

— Les flammes ! crie Paige en pointant de l’index.

Suite à l’explosion, un incendie vient de se déclencher. Avec les secousses, toute la ville sera réveillée en un instant, les habitants de la Crevasse les premiers.

— Que s’est-il passé ?

Varek nous rejoint en courant, accompagné par ses deux chiens. Paige a un mouvement de recul mais je me positionne entre elle et les animaux pour la rassurer.

— Vous allez bien ? demande le voyageur comme s’il s’estimait responsable de notre sécurité.

J’acquiesce, me tourne vers mon amie, qui hoche la tête à son tour.

— Ce n’est pas assez que les tempêtes sévissent ? crache-t-elle. Il faut que les saboteurs bousillent tout ?

Nous entendons des cris depuis le bas de la ville et mon cœur se serre en imaginant que des habitants ont été blessés.

— Ne devrions-nous pas y aller ?

Paige fait non de la tête.

— Tu ne pourras rien faire, tu vas gêner plus qu’autre chose.

— J’ai une formation de guérisseuse, je peux soigner les blessés.

Réticente, mon amie continue de secouer la tête de droite à gauche. Je finis par décréter :

— Moi, j’y vais.

— Je t’accompagne, lance Varek.

Paige grogne qu’elle ne va pas rester seule ici et finit par nous emboîter le pas.

Chapitre 60

— Ce n'étaient pas les saboteurs.

Paige et moi sommes de retour au Pinacle. Nous nous sommes installées dans un café et c'est la première fois que je déguste une boisson chaude ailleurs qu'au réfectoire de l'académie. Mon amie a payé pour nous. Apparemment, l'école nous verse quelque chose de manière mensuelle pour nos besoins personnels, mais on ne m'en a jamais parlé et il ne m'est pas venu à l'idée que les élèves étaient payés pour assister aux cours. À Zéphyria, la monnaie n'est pas courante et que très peu utilisée. Le troc est favorisé.

— Tu as entendu Varek. Il a dit que c'était un vieux système qui permet d'acheminer l'énergie dans la Crevasse qui était défaillant. Il a parlé d'une formation de mécanicien, c'est ça ?

Mes précisions ne dérident pas Paige.

— Les saboteurs ne sont pas responsables de tous les problèmes.

J'ai beau insister, je n'ai pas l'impression qu'elle veuille débattre du sujet. Pourtant, j'aimerais bien savoir ce qui la pousse à accuser les saboteurs chaque fois qu'il se passe quelque chose. Puis l'évidence s'impose à mon esprit.

— Ils ont quelque chose à voir avec ce qui est arrivé à tes parents ?

Cette fois, le regard de Paige devient nostalgique, elle m'observe enfin et hoche la tête avec lenteur.

— Tu veux m'en parler ?

— Non.

Puis elle se reprend.

— Désolée, ce n'est pas… ce n'est pas pour te tenir à l'écart ou parce que je ne te fais pas confiance. C'est juste que c'est encore douloureux d'en parler aujourd'hui.

J'imagine très bien ce qui a pu se passer : une opération des saboteurs aura eu lieu et sa mère, ou son père, en auront fait les frais alors qu'ils ne partageaient pas les convictions de ce groupuscule. Ils ont été les victimes collatérales d'un sabotage.

Et depuis, Paige ne les supporte pas, ce que je comprends tout à fait. Ils lui ont enlevé les êtres qu'elle aimait le plus au monde.

— Il se passe beaucoup de choses en ce moment.

Je tente d'apaiser la situation en élargissant notre point de vue.

— Hier, Liam et moi avons été attaqués dans les rues du Pinacle.

Paige acquiesce.

— J'en ai entendu parler. On raconte qu'il y a une armée de gardes devant la porte de l'infirmerie.

— Ce que tu ne sais peut-être pas c'est que parmi nos assaillants, il y avait un membre de notre promotion à l'académie. Peut-être plusieurs, nous n'avons pas pu identifier les autres et je ne sais pas si Eldric est en mesure de répondre aux questions d'un interrogatoire.

Il était inconscient quand les gardes l'ont transporté hier et je n'ai pas pris de nouvelles depuis.

— Je suis désolée de ce que je t'ai fait, Eira.

Les mots me touchent parce qu'ils sont sincères et je sens bien la fragilité dans la voix de Paige.

— Je n'ai pas tout compris, je t'avoue. J'ai envie de t'aider, tu sais, mais si nous nous retrouvons exilées je ne vois pas en quoi nous serons utiles pour ta sœur.

Paige hoche la tête et à l'aide d'une cuillère, remue le sucre au fond de son café. Elle n'a toujours pas trempé les lèvres dedans. À ce stade, il doit être froid. Je n'en avais jamais bu à Zéphyria, mais ici, grâce aux mages du feu et aux serres, il a été possible de recréer le climat idéal pour faire pousser les caféiers.

— Pourquoi tout est aussi complexe ? soupire-t-elle. C'est comme si la ville ne savait plus comment tourner correctement. Tu vois ce que je veux dire ?

Je fais non de la tête et elle poursuit ses explications.

— Tu te fais attaquer. Liam s'est déjà fait attaquer avant. Déjà, rien que ça, ce n'était jamais arrivé. Que se passe-t-il pour que les gens s'en prennent au fils de l'Arkon ? Ensuite, les saboteurs ne cessent d'augmenter leurs missions, les tempêtes forcissent, deux brèches sont advenues, ma sœur a disparu… J'ai l'impression que tout part de travers et qu'on s'apprête à vivre une apocalypse. Les forces se conjuguent contre nous.

J'entrouvre la bouche pour la rassurer, mais je m'arrête, car elle met l'accent sur un point très important.

— Tu as raison, c'est quand même bizarre que tout ça se produise en même temps.

Ce qui signifie que ce n'est pas un hasard. Peut-être que la disparition de la sœur de Paige ne fait pas partie du plan sous-jacent, mais il est tout à fait possible de voir un lien entre les saboteurs, les brèches et les attaques envers Liam par exemple.

Tout renvoie à son père, à la position de l'Arkon, à sa politique et aux difficultés qu'il rencontre. Que m'a-t-on dit ? Qu'il avait fait des choses pas nettes de ce que j'ai saisi. Un de nos assaillants l'a encore répété hier. Mais quoi ? Peut-être qu'ils obtiendront l'information d'Eldric. Non, pas forcément. La sécurité est à la botte de l'Arkon. Même Liam n'ose pas parler à son père du système d'écoute mis en place à l'académie, car il craint que l'Arkon en soit à l'origine. Qui met sur écoute l'école supposée former les mages ?

— Je veux retrouver ma sœur, souffle Paige.

J'acquiesce. Plus que jamais, je me dis qu'il lui est arrivé quelque chose. Jusqu'à présent, je pouvais encore croire qu'elle était débordée, mais avec l'attaque d'hier et la conjugaison de tous ces problèmes… non. On ne disparaît pas à Cendralis, Liam l'a dit, moi aussi. Il lui est arrivé quelque chose. Mais quoi ?

— Elle est vivante, ajoute-t-elle. Je le sens.

Je ne sais pas si on peut vraiment sentir une telle chose, mais je hoche la tête pour abonder dans le sens de Paige et lui donner de l'espoir.

— Au fait, bravo pour la défense sur les murailles, me lance-t-elle. Tu maîtrises finalement tes pouvoirs. On a tous remarqué que tu n'étais pas en classe après ça.

— Ils m'ont admis dans la promotion normale pour les gens de mon âge. J'ai un retard monstrueux, mais la pratique est plus adaptée à mon niveau.

— À ta puissance surtout.

J'acquiesce, mais me sens mal à l'aise sur ce sujet. Prise d'un élan de confiance, je lui avoue :

— J'utilisais un artefact pour contrôler mon pouvoir. Mais on me l'a piqué, dans ma chambre. Et je me demandais si…

Je l'observe en penchant la tête sur le côté. L'a-t-elle pris ? Est-elle entrée par effraction ?

Elle fait une grimace, serre les dents et finit par fouiller dans sa poche avant de me tendre l'objet.

— Je l'ai trouvé dans un pantalon.

Avec soulagement, je récupère l'artefact.

— Je suis désolée, je pensais… tu traînes avec le fils de l'Arkon et je cherchais désespérément des informations et je ne sais pas pourquoi, je me suis dit que peut-être tu avais un journal intime, quelque chose où tu avais noté des renseignements importants.

— Ce n'est pas grave, Paige.

— Je te demande pardon.

Je ne sais même pas pourquoi je ne lui en veux pas. Peut-être parce que j'ai retrouvé l'artefact et que la colère de Maître Alden ne soufflera pas sur moi. Peut-être parce que je suis soulagée de savoir que j'ai de nouveau un objet pour contrôler ma magie. Peut-être parce que je comprends un peu mieux le désespoir qui accable Paige.

— Je… je n'aurais pas dû te mettre dans cette position, je n'aurais pas dû te faire du chantage, je n'aurais pas dû…

Elle soupire et c'est là que je me souviens d'une information essentielle.

— Et mon père ?

Soudain mal à l'aise, je déglutis. Je l'ai appelé « mon père ». Mais mon père, c'est Tomas. J'aurais dû dire « mon géniteur ». Je déteste me sentir gonflée d'espoir à l'idée d'en apprendre plus à son sujet.

— J'ai menti, avoue-t-elle en baissant un peu plus le regard. Je n'ai pas d'informations sur ton père. Je suis entrée par effraction dans le bureau de Maître Orin pour dénicher ce que je pouvais sur le projet Phénix.

— Maître Orin ?

La surprise n'est pas feinte dans ma voix. Il s'agit du directeur de l'académie. La sanction aurait pu être terrible.

— Oui, je sais, c'était stupide, comme à peu près tout ce que j'ai fait pour retrouver ma sœur.

Elle se remet à touiller son café, sans porter pour autant le liquide à ses lèvres.

— Et cet artefact ? Il est vraiment utile ?

J'acquiesce.

— Jusqu'ici, ça a fonctionné en tout cas.

— Qui te l'a donné ?

— Maître Alden.

— Tu ne trouves pas ça bizarre ?

Liam a dit quelque chose de similaire. Il voulait de toute façon interroger Maître Alden sur le sujet. Peut-être que si je parviens à croiser le jeune homme et à lui montrer la pierre, il saura me dire si c'est vraiment celle que portait sa mère à son poignet. Ce serait une sacrée coïncidence. Mais il avait l'air d'en être déjà certain.

— Qu'est-ce que je dois trouver bizarre ?

Paige se penche en avant et me répond :

— Le même professeur qui a proposé à ma sœur de faire partie d'un projet secret t'a donné un artefact pour canaliser ta magie.

Elle se remet à touiller et cette fois, elle porte la tasse à ses lèvres et avale le liquide d'une traite avant de la reposer dans sa soucoupe. Je ne savais pas que Maître Alden était celui qui avait proposé à Lisa de rejoindre ce projet mystérieux.

— Moi, je trouve ça suspect, poursuit-elle.

— Que va-t-on faire ?

— Le suivre, répond-elle tranquillement.

À croire qu'elle fait ça tous les jours.

Chapitre 61

Il y a deux élèves absents dans notre classe aujourd'hui. Eldric, bien sûr. Mais aussi un autre, dont le nom ne me revient pas. Je ne peux pas m'empêcher de faire le lien avec l'attaque d'hier. Liam a balancé son poing dans un visage. Et s'il s'agissait d'un autre camarade qui n'a pas osé se présenter ? A-t-il une trace sur sa joue qui l'aurait dénoncé comme complice ?

Ou bien peut-être qu'Eldric a parlé et que l'autre garçon a été arrêté. Je n'en sais rien et la seule personne qui peut me donner des réponses, Liam, est encerclée par quatre gardes du corps qui ne laissent personne s'approcher.

Le professeur parle des runes, des techniques de traçage, des processus de vérification et des différents signes qui permettent de protéger un bâtiment ou d'amplifier les pouvoirs. Mon cerveau mouline et ne parvient pas à se concentrer, ce qui fait que je ne retiens rien, alors que j'ai quatre ans de retard sur l'étude des runes.

J'aimerais me rapprocher du Kayn, lui montrer le pendentif récupéré, lui demander si Eldric a parlé et surtout, comment il se sent.

C'est tout juste si j'aperçois la tête du Kayn au milieu des quatre gorilles qui barrent le chemin. Dans la salle, personne n'écoute, tout le monde ne parle que de l'attaque qui a eu lieu hier et même Sélène m'interroge sur le sujet.

— Il paraît que tu étais là.

J'acquiesce et pince les lèvres. Si elle me demande mes sentiments vis-à-vis d'Eldric, je ne saurai pas quoi répondre.

— Qu'est-ce que tu faisais avec le fils de l'Arkon dans les rues du Pinacle à cette heure, sans escorte ?

Je rougis en comprenant où la Sélène veut en venir. Elle s'imagine qu'il se passe quelque chose entre Liam et moi. Je garde le silence, mais elle insiste.

— Il était attendu à un dîner très spécial, qu'il a manqué à cause de toi. Des tas de gens étaient déçus, et en plus, il a pris des risques qui auraient pu l'amener à une fin tragique. Je ne sais pas si tu réalises ce que tu as fait.

Était-elle à ce dîner ? Espérait-elle que l'Arkon la remarque ? L'a-t-il fait d'ailleurs ?

— Je suis désolée, Sélène. Ce n'était pas dans mes plans de me faire attaquer à la nuit tombée dans les rues du Pinacle, sache-le. Ou de mettre en danger le fils de l'Arkon. Néanmoins, je te rassure, il était là de son plein gré. Ce n'est pas comme si on pouvait lui ordonner de faire quoi que ce soit contre sa volonté. Il est plus têtu que toi et moi réunies.

Je crois chaque mot de ce que je dis, mais visiblement la Sélène l'interprète de travers, puisqu'elle me balance :

— Il sort avec toi ?

La grimace qui suit est éloquente. Dire qu'hier elle avait presque du respect pour moi. Aujourd'hui, si on lui proposait de me balancer par-dessus les remparts de la ville, je crois qu'elle n'hésiterait pas très longtemps.

— Il ne sort pas avec moi.

— Alors que faisait-il avec toi ?

Sélène a un don pour s'exprimer avec une froideur aussi glaçante que les tempêtes.

— Rien qui ne te concerne.

Je l'ignore pendant le reste du cours. Quand la leçon s'achève enfin, je patiente près de la porte avant de sortir pour avoir une chance de parler avec Liam. J'aperçois son visage au milieu de son cercle resserré de gardes du corps. Il a juste le temps d'articuler silencieusement :

— Pas ici.

Avant de me passer devant sans pouvoir dire quoi que ce soit de plus. Très bien, pas ici. Ça, je peux le comprendre. Mais où ? Et quand ? Dois-je le suivre pour qu'on trouve un meilleur endroit où discuter ? Ça m'étonnerait qu'il parvienne à se débarrasser de ses quatre sbires. À ce stade, même s'ils l'autorisaient à se rendre à la salle d'entraînement, ils l'accompagneraient à l'intérieur pendant la simulation.

Je ne leur en voudrais même pas. Vu l'état dans lequel se trouve Liam, je ne peux pas m'empêcher de culpabiliser. Sélène n'a pas tort : si je n'étais pas là, il ne se serait pas retrouvé en danger dans les rues du Pinacle à cette heure-là. Je n'ai pas eu le temps de bien le regarder, mais j'ai pu découvrir l'immense bleu sur sa joue, son œil au beurre noir et à la manière dont il marchait, sa blessure au flanc a dû se rouvrir.

Pourrai-je lui reparler bientôt ? Quand ?

Je franchis le seuil de la classe en dernier et aussitôt, Paige me tombe dessus.

— Viens, allons rejoindre Sylas, me lance-t-elle.

Surprise, je cligne plusieurs fois des yeux avant de lui demander :

— On va où ?

— Je me suis renseignée sur les faits et gestes de Maître Alden et je sais où il se trouve en ce moment.

Mon amie est pleine de ressources. Je commence à me demander si elle n'entretient pas un réseau d'espionnage au sein de cette académie.

— Sais-tu qu'il n'enseigne pas ? Il travaille uniquement au

département des recherches.

— Et c'est un problème ?

— Non, mais c'est plutôt rare. La plupart des mages à l'académie ont plusieurs casquettes et l'une d'elles, qui paraît presque obligatoire, consiste à enseigner aux prochaines générations. Sinon, à quoi bon être à l'académie ?

Je hausse les épaules, car le fonctionnement global de toute cette structure qui nous accueille n'est pas encore assez clair pour moi.

— Tu ne devrais pas être en classe ?

— Je sèche.

— Tu ne vas pas avoir des ennuis à force de sécher les cours ?

Cette fois, l'adolescente soupire.

— Déjà, il y a des choses plus importantes dans la vie, comme retrouver ma sœur. Ensuite, ma puissance sera probablement tout juste bonne à alimenter les circuits d'énergie de la ville. Je ne suis pas un cas exceptionnel comme toi.

— Tu n'en sais rien, tu as seize ans, ta puissance peut encore se développer.

— Oh, Eira, depuis le temps, tu penses bien qu'ils savent tout de suite te dire, en fonction de tes premières semaines à l'académie, de quoi tu seras capable plus tard. Ils ne se trompent jamais, ils ont de l'expérience à ce sujet quand même. Allez, viens, que je te montre où Maître Alden a disparu aujourd'hui.

Après quelques protestations sur mon propre emploi du temps et le fait que je vais être en retard au prochain cours, je finis par la suivre. De toute façon, la sonnerie de reprise a déjà retenti et il vaut peut-être mieux que je ne me pointe pas du tout plutôt que d'attirer l'attention en me faufilant avec quelques minutes de retard.

Paige accélère le pas dans les couloirs jusqu'à s'arrêter à un croisement où nous retrouvons Sylas.

— Toi aussi tu sèches les cours ?

Mon étonnement est total. De la part de Paige, je peux

comprendre, mais de la part de Sylas qui respecte chaque règle, même celles que personne n'a jamais lues ?

— Il y est encore, annonce simplement le garçon en se tournant vers Paige.

— Parfait ! s'enthousiasme-t-elle. On ne l'a pas perdu de vue.

— De qui parle-t-on ?

Ils m'attirent derrière une colonne de pierres et à l'abri, Paige me répond.

— Maître Alden.

Puis elle désigne un couloir dans lequel je n'ai jamais mis les pieds, pour une bonne raison : il s'agit du département des recherches, où Eldric m'a indiqué dès le premier jour que nous ne devions pas nous rendre en raison des expériences qui y ont lieu, et qui peuvent mal tourner. J'enchaîne :

— Jusqu'ici c'est très logique. Il travaille au département des recherches, il se rend donc au département des recherches.

Je ne vois vraiment pas le problème dans cette situation.

— Et que fait-il derrière cette porte ? poursuit Paige.

— Je n'en sais rien. Des recherches sur les tempêtes et sur comment les éradiquer, il me semble.

Sylas se met à glousser et je fronce les sourcils, très étonnée.

— Ta naïveté, quand il est question de politique, m'amuse toujours, répond-il poliment. Je ne voulais pas me moquer.

— Je prends la garde de nuit, propose aussitôt Paige. Tu peux rester ici jusqu'à l'heure du dîner ?

Le garçon acquiesce et je suis ébahie. Il va sécher les cours et trouver le moyen de rester dans ce couloir sans attirer l'attention pendant encore plusieurs heures ?

— Mais si vous séchez les cours, vous risquez quelque chose, non ?

Ma question les fait sourire tous deux et c'est Paige qui me répond.

— Que vont-ils faire ? Nous virer ? Nous sommes bien trop

précieux pour la défense de cette ville, peu importe notre puissance.

Je secoue la tête.

— Très bien, admettons que je sois naïve et que vous soyez beaucoup plus rompus que moi aux manigances politiques de cette ville. Qu'est-ce que je rate ?

Le regard de Sylas se fige sur moi.

— Pourquoi les mages voudraient-ils éradiquer les tempêtes ? me lance-t-il.

— Parce qu'ils n'arrêtent pas de risquer leur vie sur les remparts et que c'est épuisant ?

Mon premier instinct consistait à répondre « pour protéger la population ». Mais si c'était aussi simple, Sylas ne m'aurait pas demandé ça. Paige intervient :

— Et s'il n'y a plus de tempêtes, Eira, que se passera-t-il ?

— On vivra heureux avec beaucoup moins de problèmes ?

Les deux adolescents me regardent avec un sourire amusé.

— Au contraire, il y aura beaucoup de problèmes, rétorque Sylas. Enfin, du côté des mages.

— Réfléchis Eira, sans les tempêtes, pourquoi le peuple laisserait l'Arkon au pouvoir ? Pourquoi les mages seraient-ils les plus riches et les plus influents de la ville ?

Il est quasi impossible pour moi de m'imaginer que ces arguments puissent être valables, qu'on puisse les utiliser pour éviter de trouver un moyen d'éradiquer totalement les tempêtes. Non ! Bien sûr que non ! Si on pouvait avancer ne serait-ce que d'un pas dans une direction où les tempêtes s'affaiblissent, nous devrions le faire ! Tomas est mort à cause de ces tempêtes ! Des tas de gens sont morts ! Des cités entières ont été dévastées !

— Ils n'ont aucun intérêt à stopper les tempêtes, poursuit Sylas.

Sous le choc, j'entrouvre la bouche mais aucun son ne sort de ma gorge. Paige me lance le coup de grâce :

— Si les tempêtes s'arrêtent, le Pinacle tombe.

Chapitre 62

C'est un garde du corps qui a frappé à ma porte pour me prévenir que Liam m'attendait à la salle d'entraînement. Dans la journée, la serrure de ma chambre a été réparée et je ferme à clef en quittant les lieux, sous le regard acéré du sbire.

Escortée d'un bout à l'autre dans un silence écrasant, je suis soulagée d'arriver devant l'espace de simulation. Voir Liam me tire un sourire, que je tente de retenir, sans beaucoup de succès. Il n'a pas l'air si mal en point, mais je me rappelle qu'il sait très bien jouer la comédie à ce sujet.

Je pousse la porte et m'exclame :

— Je suis tellement contente de te voir. Comment tu te sens ?

Liam se retourne pour me faire face et me lance :

— Simulation de niveau quatre aujourd'hui.

Trois gardes du corps sur les bancs de la salle nous observent. Le quatrième, celui qui m'a escortée, entre à son tour, son regard toujours rivé sur moi comme si j'allais faire du mal à leur protégé.

— Eira, dépêche-toi, je n'ai pas toute la soirée.

L'heure du dîner est déjà passée, je pensais être tranquille pour le reste de la soirée, j'avais simplement prévu d'aller vérifier comment Paige se sentait. Va-t-elle vraiment rester toute la nuit dans le couloir à surveiller les allées et venues ? Non, Maître Alden est certainement sorti du département maintenant.

— Eira, insiste Liam sur un ton impatient.

J'ouvre la bouche en fronçant les sourcils, agacée qu'il se montre froid. J'ai l'impression d'avoir Sélène en face de moi et ce n'est pas un compliment. Où est passée la complicité que nous avions ? Hier, il m'a invitée à entrer chez lui, un endroit où personne n'a le droit d'aller selon les ordres de son père, et aujourd'hui je suis un fardeau dont il doit s'occuper ?

— Si tu ne veux pas qu'on s'entraîne, on ne s'entraîne pas.

Ma remarque flotte dans l'air sans qu'il la relève. Je finis par me rapprocher du centre de la salle et Liam me donne une série de consignes, avant de faire signe à un de ses gardes du corps d'appuyer sur le bouton pour lancer la simulation.

Aussitôt le bruit du vent se fait entendre, des bris de glace volent tout autour de nous et Liam n'attend pas une seconde de plus, il allume les flammes dans sa main gauche et les envoient dans ma direction. Surprise, j'esquive au dernier moment, puis me retourne pour découvrir qu'il visait la tempête. Elle est aussi immense que la dernière que nous avons affrontée sur les remparts.

Après avoir vérifié que l'artefact se trouve bien dans ma poche, j'invoque mes flammes. J'aurais aimé montrer le bijou à Liam, pour qu'il me confirme qu'il s'agit du même que celui de sa mère. La présence des quatre sbires ne m'incite pas à le faire et l'attitude du garçon me fait penser que ce n'est pas le moment.

— Plus de puissance ! crie Liam.

Il se trouve dans mon dos et je fais face à la tempête, positionnée sur les remparts de la simulation. J'alimente le bouclier quand une brèche se crée sur ma gauche et que j'aperçois un garçon à genoux au sol en train de résister. Est-ce Eldric ? Est-il possible, d'une manière ou d'une autre, de charger des simulations avec des événements qui se sont vraiment produits ? Si oui, pourquoi la tempête est-elle de niveau quatre ? Les rumeurs que j'ai entendues seraient-elles justes ?

— Eira ! Concentre-toi !

Liam se rapproche, attrape mon poignet et le lève plus haut en m'incitant à décharger plus de puissance.

— Que fais-tu quand un camarade tombe ?

Il s'agit d'Eldric. Il y a deux jours encore, je me précipitais à son secours. Mais aujourd'hui ? Je mordille ma lèvre inférieure. Le juste choix consiste à foncer pour le soutenir. Une partie vengeresse dans ma tête dit que patienter une minute de plus causera peut-être des dommages à la Crevasse, mais nous permettra de nous débarrasser d'un traître.

Je me décale néanmoins sur le côté, parce que les habitants de la Crevasse ne méritent pas de subir plus de dégâts. Juste à côté de moi, Liam retrace ses pas, comme lors de l'attaque. Il ne décharge aucune magie dans le bouclier et j'en conclus qu'il conserve son énergie pour s'occuper de moi au cas où.

Les vents forcissent et alors que les simulations d'habitude ne touchent pas les autres sens que la vue ou l'ouïe, cette fois je sens l'air sur ma peau. Est-ce réel ? Est-ce mon esprit qui me replace dans la situation ?

La brèche se crée, je me décale encore et tout à coup, je suis emportée en arrière. Liam attrape mes doigts pour me rattraper et je croise son regard. Sa poigne faiblit, ma main glisse et je me sens tomber quand soudain, il avance son autre bras et me soutient plus que jamais.

— Je ne te laisserai pas tomber, Eira, me lance-t-il en m'aidant à me redresser. Je ne te laisserai jamais tomber.

La solennité avec laquelle il prononce ces mots contraste avec son attitude depuis que je suis entrée dans la salle. Il relâche ma main sitôt que je suis stable et je reprends le combat face à la créature de glace. Je n'arrive pas à faire comme si de rien n'était. Mes yeux ne cessent d'aller vers Liam, de revenir sur notre adversaire puis de retourner vers Liam.

Plus d'une fois, je veux ouvrir la bouche et lui demander ce que ça signifie. « Je ne te laisserai jamais tomber. » Est-ce un message caché pour m'indiquer que son attitude aujourd'hui n'est pas le reflet de ses pensées ? Qu'il se force à paraître froid et distant à cause de la présence de ses quatre gardes du corps ?

Quand la simulation s'arrête, car nous avons vaincu la tempête et que le son du vent disparaît de mes oreilles, je murmure à Liam :

— Je te crois.

Je ne sais pas s'il fera le lien, car il s'est écoulé beaucoup de temps depuis sa déclaration, mais je ne veux pas donner trop de détails en raison de notre public. Le bras du garçon effleure le mien, je sens ma peau se charger en électricité, j'ai envie de plus, j'ai envie de sentir ses doigts entrelacés aux miens, sa paume sur ma joue, ses mains qui replacent mes cheveux derrière mes oreilles.

À la place, je détourne le regard et mes yeux s'attardent sur la porte de l'espace d'entraînement. Est-ce Sylas qui se trouve derrière en train de me faire des grands signes de la main ?

— Je…

— Vas-y, lance Liam. Nous avons terminé.

Je le remercie puis il ordonne à ses gardes du corps :

— Laissez-la passer. Inutile de l'escorter.

Je cours à l'extérieur, rejoins Sylas qui me débite à pleine vitesse :

— Elle a disparu.

— Comment ça elle a disparu ?

— Paige ne se trouve plus dans le couloir là où…

Il tourne la tête vers la salle et semble décider que nous sommes trop proches pour donner plus de détails.

— … là où elle était supposée être.

— Sa chambre ?

— Elle n'y est pas non plus.

— Le réfectoire ?

— Elle a déjà mangé et j'y suis passé, il n'y a personne.

Je tente de fouiller dans mon esprit. Quels autres lieux Paige fréquente-t-elle ?

— La bibliothèque ?

Je suis déjà tombée sur elle là-bas sans m'y attendre.

— J'ai demandé à Maître Ildrek s'il l'avait vue, il m'a répondu que non.

— Elle est très déterminée à retrouver sa sœur, peut-être qu'elle aura découvert une autre piste et n'a pas voulu attendre avant de l'explorer.

— Sa sœur est tout pour elle, je suis d'accord avec toi, Eira. Mais elle a compris qu'elle ne pourrait pas aller au bout de cette affaire seule. Elle nous aurait prévenus.

J'inspire en imaginant les liens invisibles qui relient Paige à Lisa. Je songe à la manière dont mon amie m'a dit qu'elle savait que sa sœur était encore vivante, qu'elle le sentait. Jamais je ne connaîtrai une telle fusion entre deux êtres, un tel amour inconditionnel. Je ne partage pas de liens de sang avec un frère ou une sœur, ni même avec ceux que je considère comme mes parents. Laos était-il l'équivalent d'un grand frère pour moi, plutôt que d'un potentiel amoureux ? La question traverse mon esprit un bref instant.

— Alors où est-elle ?

La réponse ne se fait pas attendre.

— Elle a disparu, je te dis. Paige a disparu.

Chapitre 63

Dans le couloir devant le département des recherches, il n'y a personne. Nous avons voulu pousser la porte avec Sylas pour aller plus loin, mais elle est verrouillée par des runes spécifiques. Je ne m'y connais pas en science des runes et ce n'est pas un sujet abordé en première année à l'académie, ce qui fait que Sylas n'a aucune idée de comment débloquer la porte.

— Seuls les gens qui travaillent au département doivent savoir le faire.

— Nous ne pouvons pas gérer ça seuls.

— Personne ne voudra nous aider. Personne ne nous croira.

Je me tourne vers Sylas.

— Y a-t-il quelqu'un qu'on peut prévenir ? Peut-on déclarer sa disparition quelque part ?

— Je peux me rendre aux forces de l'ordre pour indiquer que nous n'avons pas de nouvelles, mais ils ne feront rien Eira, je le sais.

— Je te crois, néanmoins il faut commencer quelque part et si nous n'indiquons pas à une quelconque autorité qu'elle a disparu et à quelle heure, nous aurons encore moins de crédibilité plus tard.

Il hoche la tête pour m'indiquer qu'il est d'accord avec moi, mais ce n'est pas pour autant qu'il est de meilleure humeur.

— Je vais y réfléchir, je vais trouver une solution, d'accord? On va remettre la main sur Paige et l'aider à trouver sa sœur, je te le promets.

Je mordille ma joue d'avoir fait une telle promesse, car je réalise aussitôt que je n'ai aucune idée de si nous allons y parvenir ou non. Tomas m'a toujours répété que notre parole nous engage et que les moindres promesses doivent être suivies, même celles qui nous paraissent insignifiantes, pour que nos mots aient du poids toute notre vie.

Ce n'est pas une maigre promesse que je viens de faire. Je sens déjà des brûlures d'estomac à l'idée que je ne parvienne pas à la tenir.

Puis je me mets en marche, je pivote sur mes talons et décide de retourner vers la salle d'entraînement. Sylas me suit en me demandant ce que je fais.

— Le fils de l'Arkon est peut-être encore là. Si quelqu'un a le pouvoir de nous aider et de faire bouger les choses, c'est lui.

Le garçon approuve l'idée et nous courons jusqu'à l'aile où nous nous trouvions quelques minutes plus tôt, pour découvrir que Liam est déjà parti.

— L'infirmerie? propose Sylas.

Il ne s'y trouve pas plus et il est facile de s'en rendre compte : pas de sbires pour barrer l'entrée. On nous apprend que Liam a choisi de dormir à la résidence des Kayn ce soir. Ce n'est pas auprès de lui qu'on trouvera une solution. Se pointer à la demeure de l'Arkon ne nous mènera à rien, personne ne nous laissera passer.

— Je peux essayer de le voir en classe demain.

Sylas maugrée un maigre «ouais», signe qu'il ne croit pas une seule seconde que Liam nous aidera à présent. Ses espoirs sont retombés.

— Je vais aller parler aux autorités, souffle-t-il.

— Tu veux que je t'accompagne?

— Non, reste ici au cas où. Elle viendra peut-être frapper à nos portes pour donner des nouvelles si…

Si elle n'a pas disparu. Il ne prononce pas cette partie, mais je termine intérieurement sa phrase.

— Sylas, je suis vraiment désolée.

Il part d'un pas rapide et je me retrouve seule dans le couloir, à me demander où Paige peut bien se trouver. A-t-elle rejoint Lisa ? Elle pourrait être allée parler à Maître Alden en le croisant et avoir décidé de lui poser des questions de front. Dans sa gentillesse, le magicien aurait décidé de lui ouvrir les portes du département des recherches, l'aurait emmenée à la salle où Lisa se trouve depuis des semaines à travailler sans relâche sur son projet. Elles pourraient être en train d'échanger des nouvelles en ce moment même tandis que Sylas et moi sommes morts d'inquiétude.

Mais non, cette théorie ne tient pas debout. Avec tout ce que j'ai vécu récemment à Cendralis, je dois arrêter de penser que la vie ici ressemble à celle de Zéphyria, où chacun fait de son mieux pour aider et aimer son prochain.

Paige me l'a dit sèchement, mais elle avait raison. Dans la cité du feu, c'est chacun pour soi.

Je retourne à ma chambre en réfléchissant à un plan pour retrouver la trace de l'adolescente. Elle a pris la relève de Sylas au poste d'observation après le dîner. Y a-t-il des témoins qui l'ont vue derrière sa colonne de pierres ? A-t-elle emporté des affaires ? Il n'y avait rien sur place quand nous y sommes retournés. Il faudrait que j'interroge Sylas à ce sujet. S'il se souvient d'un sac ou de quelque chose, nous pourrions entrer par effraction dans la chambre de Paige et vérifier si elle a pris le temps de ramener ses affaires ou si elle a vraiment disparu.

Assise sur mon lit, le regard perdu dans le vague, je continue de me creuser la cervelle à la recherche d'indices, de solutions, mais il n'y en a qu'une seule qui me paraît évidente : trouver Maître Alden et lui poser moi-même mes questions. Si Sylas a raison, la disparition de Paige est très certainement liée au mage. Mais où le trouver maintenant ? Il est tard, les couloirs se sont vidés et je doute qu'il soit encore en train de travailler au département de recherches. Je pourrais aller à son bureau, comme Liam l'avait suggéré une fois, mais me rendre seule dans son antre n'est pas une très bonne idée. Il faut que j'attende le retour de Sylas. S'il m'arrive la même chose qu'à Paige, je ne serai qu'une personne de plus qui a disparu sans laisser de traces.

Je lève la tête en entendant des grattements et découvre Charbon à la fenêtre. Après lui avoir ouvert, je veux le caresser et j'attends qu'il bondisse sur le lit, mais il n'en fait rien. Il s'assied face à la porte et se met à miauler à intervalles répétés.

— Si tu voulais juste entrer dans l'académie, tu aurais pu emprunter la grande porte, tu sais. Je ne suis pas ton esclave.

Je finis par céder. Un miaulement n'est déjà pas agréable à entendre, cent cinquante d'affilée, ça met rapidement sur les nerfs. J'apprécie Charbon, pas au point d'aimer l'entendre chouiner, mais au point de me relever du lit pour lui ouvrir la porte, ce que je considère déjà comme un grand geste.

— Et si tu veux revenir, tu sais quoi faire. Sois chiant et ton esclave répondra.

Je glousse de ma propre blague. Dommage que le chat ne comprenne pas ce que je raconte. Je referme la porte pour revenir à mes pensées et mes divers plans. Il faut que j'aille à la chambre de Sylas. Dès qu'il sera de retour, nous irons trouver Maître Alden, c'est décidé.

Des miaulements retentissent de l'autre côté de la porte et je lève les yeux au ciel.

— Tu veux me faire tourner en bourrique !

J'ouvre la porte et contemple un Charbon assis devant moi, en train de miauler bien évidemment, avec la queue qui s'agite du haut vers le bas.

— De la même manière que tu ne comprends probablement pas ce que je raconte, sache que je n'ai aucune idée de ce que signifient trois miaulements aigus enchaînés. C'est du morse ?

L'animal doit décider qu'il en a marre de moi, car il s'éloigne d'un pas tranquille. Je m'apprête à refermer la porte, mais voilà qu'il s'assied, à dix pas, et se remet à miauler.

— Je… qu'est-ce que tu fous ? Oh bah, miaule à la chambre d'à côté si tu veux.

Je referme la porte, retourne au lit et bien sûr, une minute plus tard, les miaulements retentissent de nouveau, bien plus proches.

— Charbon, je vais commencer à moins t'apprécier si tu…

À peine ai-je ouvert la porte qu'il cesse de miauler, repart dans le couloir, s'arrête à dix pas, s'assied et se remet à tenter de communiquer avec moi. Cette fois, ça m'intrigue.

— Tu veux quelque chose ? Tu veux que… que je te suive ?

Il hoche la tête. Ce chat vient de hocher la tête. Je dois être folle. Le manque de sommeil m'a sévèrement attaqué le cerveau.

— Une minute.

Je remets mes chaussures que j'avais retirées, enfile la veste de l'académie, demande à Charbon s'il a l'intention de me faire quitter les murs pour savoir si m'envelopper dans trois couches supplémentaires de vêtements est une bonne idée. Comme il ne répond pas, je finis par décider que la veste est suffisante. Puis j'écris un mot à la va-vite sur une feuille et le glisse devant ma porte en fermant à clef, pour Paige autant que pour Sylas, afin de les prévenir que je suis dans l'établissement et que je reviens.

L'heure a tourné plus vite que je le croyais. Je guette la grande horloge devant laquelle nous passons pour découvrir qu'il est presque minuit. L'entraînement tardif avec Liam a bousculé ma journée.

— Charbon, où allons-nous ?

Le chat continue de trottiner dans l'académie, m'attendant à chaque croisement, se retournant dès que je ralentis le pas. Il miaule plusieurs fois et je suis quasi certaine qu'il tente de me dire que je ne me marche pas assez vite. Puis il s'arrête.

— Charbon… qu'est-ce qu'on fait là ?

Chapitre 64

Il m'a ramenée au croisement où se trouve l'aile interdite d'accès de l'académie. Or, je ne suis pas seule. Liam se tient dix mètres devant l'entrée, pensif. Je cherche ses gardes du corps et ne les trouve pas, ce qui me soulage et m'inquiète à la fois.

Charbon miaule puis vient s'installer devant la porte du département des recherches.

— J'en conclus qu'il veut qu'on se rende là-bas.

Liam ne sursaute pas en m'entendant. Il avait sûrement entendu mes pas, mais concentré comme il l'est, ou peut-être fâché pour je ne sais quoi, n'a pas daigné tourner la tête vers moi.

— Il t'a amenée jusqu'ici ? s'étonne-t-il malgré tout.

Son ton encore un peu froid me met sur la défensive. Ses gardes du corps ne sont pas à côté, il n'y a plus d'excuses.

— Qu'est-ce que j'ai fait ?

Ma question fuse. Si ça avait été quelqu'un d'autre, je crois que je n'aurais pas trouvé le courage de demander, ou je n'en aurais pas eu l'énergie. Après tout, si les gens veulent se montrer froids avec moi, je peux puiser dans la liste des faits qu'ils me reprochent pour imaginer leurs raisons.

Mais Liam ? Déjà, je ne supporte pas cette attitude glaciale digne de Sélène qu'il a depuis l'entraînement. Ensuite, ça me fait mal. J'ai l'impression qu'à chaque mot sec qui sort de sa bouche, il me plante une aiguille dans le cœur qu'il tourne ensuite lentement pour voir si je souffre.

— Comment ça qu'est-ce que tu as fait? s'étonne Liam.

— Pour mériter cette attitude de ta part. Je suis désolée qu'on se soit retrouvés dans les rues et qu'on ait été attaqués. Je comprends que tu puisses te dire que c'est ma faute, mais…

Il a l'air surpris avec ses sourcils froncés et cette moue pincée qu'il prend parfois.

— Pourquoi je t'accuserais de quoi que ce soit, Eira? Bien sûr que tu n'es pas responsable.

Sa joue violacée me fait mal au cœur. Si j'avais été une meilleure mage, si j'avais été une meilleure combattante, si j'avais été…

— Je suis désolé, je suis concentré, je n'ai pas beaucoup de temps, m'explique-t-il alors en contemplant encore une fois la porte.

Charbon miaule toujours devant, à mon grand désespoir.

— Tes gardes du corps?

— Semés, me répond-il. Enfin, ils n'ont peut-être pas encore conscience que j'ai quitté la résidence en me faufilant par une fenêtre et en traversant le jardin, avant d'escalader un mur de trois mètres de haut.

— Dans ton état.

— Dans mon état.

— Je peux vérifier?

Je fixe des yeux son flanc. Liam soupire et écarte les bras pour me laisser ouvrir sa veste, soulever sa chemise et observer le bandage.

Bandage qui est bien rouge.

— Tu as réussi à rouvrir ta blessure, félicitations.

— Ça m'est égal.

Il réajuste sa chemise.

— La solution est derrière cette porte, ajoute-t-il. J'essaie de déchiffrer les runes pour savoir comment l'ouvrir.

— La solution ? Les runes ?

Tout à coup, Charbon cesse de miauler, recule à pas feutrés puis s'élance finalement vers le couloir opposé. J'entends ce qui l'a fait fuir : des gens s'approchent. Liam me saisit par le bras, m'attire contre la colonne où Paige a dû monter la garde quelque temps plus tôt et me serre contre lui pour que nous prenions le moins de place possible.

J'entends les portes s'ouvrir puis la voix de Maître Alden s'élever. Il parle visiblement à un collègue. Je meurs d'envie d'aller l'interroger, de lui demander où se trouve Paige, pourquoi elle a disparu, s'il connaît Lisa et quel est cet artefact qu'il m'a donné, mais Liam me tient fermement collée à lui.

Je sens son souffle chaud sur ma joue alors que mes lèvres sont proches des siennes, si proches. Ses bras enserrent ma taille et il chuchote.

— Ne dis rien.

Je ne parle pas, je contemple son regard en me demandant pourquoi un homme avec un cœur si grand a-t-il déjà subi autant. Pourquoi les gens s'en prennent-ils à lui pour punir son père ou le faire chanter ? J'aimerais le protéger de tous les maux qui l'accablent, comme il m'a protégée jusqu'ici. Il est certain que l'amitié n'était pas au rendez-vous au début. Je le détestais. Il me le rendait bien. J'étais même soulagée quand il a tourné le dos à nos entraînements.

Puis il est revenu.

Son ton s'est adouci.

Je lui ai confié des choses.

Lui aussi.

Et maintenant je n'arrive pas à imaginer une journée où je ne lui parle pas, où je ne le frôle pas, où nos regards ne se croisent pas.

Il y a tant à lire dans son regard. J'y vois de la souffrance, de la force, de la détermination, une envie féroce de se battre pour ce qu'il croit être juste et bon. J'y lis aussi de la résignation, mais entourée d'un halo de révolte.

Liam Kayn est bien plus complexe que ce que je croyais au premier abord.

— La petite Paige n'est pas le sujet idéal, lance Maître Alden.

— Non, mais elle en sait trop.

— Je ne pense pas qu'il soit utile de gâcher un lit avec sa présence. Nous avons peu de places.

— Que suggères-tu ? Que nous l'éliminons ?

J'écarquille les yeux et Liam doit plaquer une main sur ma bouche pour m'empêcher de crier. Du regard, il m'incite à me calmer. Je serre les dents pour éviter de trahir notre présence, mais je veux hurler, hurler si fort que tout le monde dans l'académie m'entendra.

Sylas avait raison.

Paige avait raison.

— Tiens bon, d'accord ? murmure Liam.

J'acquiesce de la tête en luttant contre mes émotions. Le flux de magie se manifeste dans mes veines et je sens la chaleur affluer vers mes doigts.

— Je vais retirer lentement ma main, chuchote le Kayn.

À la seconde où il le fait, paniquée à l'idée que ce sera ce qui nous trahira, j'articule silencieusement :

— Mon pouvoir.

Il touche ma joue, ferme brièvement les yeux et je sens le flux se restreindre dans mon corps, jusqu'à disparaître totalement. J'attrape sa main pour lui indiquer que c'est bon, mais il garde ses doigts sur ma peau.

Puis il tourne enfin la tête vers la porte. Un battant n'est pas tout à fait refermé. Il vérifie l'autre côté : les magiciens sont partis vers une autre aile.

— On y va, m'annonce Liam.

Ensemble, nous fonçons pour rattraper le battant avant que les portes ne soient de nouveau fermées. Liam l'atteint juste à temps et nous franchissons l'entrée du département des recherches.

Chapitre 65

— Reste tout près de moi, m'ordonne Liam.

Je ne comptais pas partir plus loin. Le couloir débouche sur un autre couloir, très haut de plafond. Tout au bout se trouve une nouvelle porte ornée de runes et je comprends que nous nous trouvons dans un sas.

— Double sécurité, grogne Liam en s'avançant.

Le plus choquant est l'atmosphère. L'ensemble de l'académie est bercé de lumières jaunes et rouges, de pierres sombres et de tapisseries. On y sent une forme de chaleur, en fait tout crie « feu » à l'intérieur des bâtiments.

Mais ici, nous subissons un énorme contraste. Les murs suintent d'humidité, l'air est froid, oppressant, presque… gelé.

Nous avançons prudemment parmi des lumières bleues et blanches. Je frissonne à cause d'un courant d'air et me demande bien d'où il peut venir.

Nous parvenons jusqu'à une grande porte en métal gris, gravée de runes complexes, similaires à celles qu'on pouvait trouver sur la porte précédente. Liam les observe tour à tour, puis pose sa main sur l'une d'elles.

— Ces runes sont anciennes… plus anciennes que ce qu'on

nous apprend ici.

— Anciennes ?

— On ne les utilise plus.

Je tente de pousser la porte, qui ne s'ouvre pas et Liam m'explique.

— Il faut déchiffrer les runes pour savoir lesquelles nous permettront d'entrer et dans quel ordre il faut les activer.

— Mais tu viens de dire qu'elles sont plus anciennes que ce qu'on apprend ici. Tu penses pouvoir…

— Je pense que les racines des runes sont similaires et que si je me concentre assez… Monte la garde.

Je déglutis, incapable de ne pas ressentir d'impatience dans cette situation où je ne contrôle rien. Puis je me tourne vers les portes derrière nous, celles par lesquelles nous sommes entrés, tout en prévenant Liam.

— Si quelqu'un arrive, nous sommes dans sa ligne de mire et décamper ne servira à rien, je te préviens.

— Alors souhaitons que personne n'entre.

— Il te faut combien de temps ?

— Je ne sais pas.

— Je peux t'aider ?

— Tu sais déchiffrer des runes ?

— Non.

— Alors, sans vouloir être malpoli…

— Oui, j'ai compris, je me tais.

Après ce qui me paraît être deux minutes, Liam commence à tester une première combinaison, puis une deuxième et une troisième, sans succès.

— Tu es certain que ça ne déclenche pas des alarmes chez eux quand tu fais un mauvais code ?

— Je n'en sais rien, mais si c'est le cas, j'imagine que les conséquences ne devraient plus tarder.

— Joyeux et optimiste.

— Réaliste.

Il recommence son manège, les signes s'illuminent à chaque fois qu'il les effleure de sa main et cette fois, quand il pousse la porte pour vérifier s'il a réussi, elle pivote sur ses gonds.

Nous écarquillons tous les deux les yeux. Liam pose un index sur sa bouche et exerce une légère pression sur le battant pour nous permettre de jeter un coup d'œil à l'intérieur, sans pour autant entrer.

Je retiens mon souffle en découvrant une salle immense, des lits, des corps, des appareils reliés à ces corps et des pierres, comme celle du pendentif dans ma poche, mais beaucoup plus grandes.

Des pierres immenses, plus larges que deux hommes pour certaines, reliées elles aussi aux machines.

Je veux demander à Liam ce qu'il se passe, s'il comprend quelque chose, mais il lâche précipitamment la porte avant de me pousser en arrière

— Quelqu'un arrive, chuchote-t-il.

— Qui ?

— Est-ce important ? Ici !

Il m'attire à lui, fait en sorte de nous coller contre le mur, juste à côté de la porte, qui s'ouvre la seconde suivante et manque de se cogner contre nous. Camouflés par le battant, nous retenons notre respiration alors qu'une femme, seule, marche d'un pas pressé dans le couloir.

De dos, je jurerais qu'il s'agit de Sélène.

Nous patientons, en nous demandant si elle va se retourner, si elle va s'apercevoir de notre présence, si…

La porte qui mène au département des recherches se referme, celle qui permet de sortir de là aussi. Nous voilà de nouveau seuls dans le couloir.

— C'est trop dangereux, il faut qu'on y aille, décrète Liam. Je dois parler à mon père.

— C'était Sélène, je ne suis pas folle ?

— Je crois que c'était elle.

— Il faut qu'on la suive, qu'on l'interroge !

— Eira, ce qu'il se trame ici…

Il ne trouve pas ses mots. Je réalise que je suis toujours collée à lui, alors qu'il n'y a plus aucune raison de l'être.

Je compte jusqu'à trois dans ma tête pour me forcer à quitter son contact et, avec un air gêné, je détourne le regard.

— Mon père est certainement au courant de ce qu'il se passe ici, reprend-il.

— Peut-être qu'il en est l'instigateur.

— Nous ne savons pas exactement ce qu'il y a derrière ces murs.

— Alors entrons ! Entrons et découvrons-le !

Il me regarde avec un air désolé.

— On ne peut pas, Eira. Je ne peux pas.

Comment ça, il ne peut pas ?

Puis je me rappelle les mots de Sylas, le fait que je suis d'une naïveté incroyable quand il est question de politique, ou même de sécurité.

Liam n'est en sécurité nulle part en ce moment. Des factions agissent dans l'ombre pour renverser son père, ses propres camarades se retournent contre lui et il se tient ici, dans un lieu où personne ne sait qu'il se trouve, sans ses gardes du corps. S'il franchit ces portes et que les gens derrière ne sont pas les alliés de son père, il pourrait très bien ne jamais ressortir.

— Ils ont parlé de Paige.

— Je sais.

— Je crois que je l'ai vue, sur un lit, à l'intérieur.

Les larmes commencent à monter à mes yeux. Que fait-elle là-bas ? L'ai-je vraiment vue ? Ou bien est-ce que je tente de m'inventer sa présence ?

— C'est possible, ils ont l'air d'avoir dit qu'elle prenait un lit.

— Liam, on ne peut pas…

— Eira, on ne sait pas ce qu'il se passe. Si ça se trouve, tout ça est… normal ?

Je pince les lèvres.

— Parce que ça te paraît normal de parler d'éliminer quelqu'un ? Ça te paraît normal le secret qui entoure ce projet ? Ça te paraît normal ce qu'on a entraperçu ?

Il prend le temps de réfléchir, avant de me répondre avec beaucoup de sérieux.

— Non, ça ne me paraît pas normal. Mais ce n'est pas pour autant qu'il faut se précipiter sur des conclusions hâtives.

Il m'entraîne vers la sortie et nous courons presque, avant que quelqu'un n'ouvre les portes derrière nous.

— Qu'est-ce que tu as vu ?

— Comme toi, répond Liam. Des machines, des artefacts, des lits, des gens sur des lits…

— Qu'est-ce que ça t'inspire ?

Il touche une rune sur la porte qui s'ouvre pour nous permettre de sortir. Nous vérifions qu'il n'y a personne dans le couloir et nous précipitons de nouveau derrière la colonne de pierre.

— Je ne sais pas, Eira. J'aimerais pouvoir te donner des réponses, mais je ne les ai pas.

— Tu crois qu'ils drainent l'énergie des mages ?

— C'est possible, mais peut-être que c'est le contraire, qu'ils sont en train de renforcer les mages.

Je n'y avais même pas pensé. Je ne vois ce projet que par mes yeux pessimistes à présent. Car Paige est là-bas. Et si Lisa s'y trouvait aussi ?

— Je vais parler à mon père, je te le promets. J'obtiendrai des réponses.

Je hoche la tête, mais le cœur n'y est pas. Je dois trouver Sylas, lui raconter ce que j'ai vu, tenter de le rassurer d'une manière ou d'une autre. Comment le rassurer alors que Paige se trouve sur un lit, associée à une machine, elle-même liée à un artefact ?

— Je dois y aller, ajoute Liam.

— Tu vas rentrer seul ?

Après ce qui nous est arrivé, je n'ai pas très envie qu'il déambule dans la ville sans escorte, surtout à cette heure de la nuit. Je ne lui laisse donc pas le choix.

— Je t'accompagne.

Il proteste, mais je suis déjà en train de marcher vers la sortie.

Chapitre 66

Dehors, je montre le pendentif à Liam.

— Paige l'avait.

Je ne lui fournis pas plus d'explications, c'est inutile, il est suffisamment intelligent pour comprendre ce qu'il s'est passé.

— C'est le même, me confirme-t-il.

— Le même que celui que ta mère portait ?

Il acquiesce.

— Est-ce une copie ou tu penses que c'est vraiment le sien ?

— Je ne sais pas.

Je lui tends le pendentif pour qu'il le prenne, mais il refuse.

— Il appartenait à ta mère.

— Elle est morte, Eira.

— Mais c'est un souvenir d'elle.

— On ne sait pas si c'est vraiment le sien.

Je soupire et finis par ranger le collier dans ma poche.

— Il faut que je parle à Maître Alden.

— Laisse-moi vérifier la situation avec mon père d'abord.

— Je ne peux plus attendre, Liam.

— Maître Alden doit dormir à l'heure qu'il est, et mon père aussi. Enfin, j'espère. Si quelqu'un s'est rendu compte de ma disparition, il y a fort à parier qu'il ne dort pas. Au réveil, demain, je l'interrogerai, je te le promets.

Il m'arrête et attrape ma main au moment de me faire cette promesse. Je contemple ses yeux, la trace sur son visage, puis je me rappelle que sa blessure saignait tout à l'heure. Sans attendre une quelconque autorisation, je vérifie le bandage.

— Ça n'a pas l'air de s'être étendu, peut-être que le saignement s'est arrêté. Je vais vérifier si c'est enflé, ça peut faire mal.

Je tâte la peau autour de la plaie. À travers le bandage ce n'est pas simple, mais je finis par être rassurée. Ce n'est pas enflé, le sang a l'air sec, et peut-être que Liam a fait sauter un point de suture, néanmoins pas plus.

— Il faudra montrer au médecin demain.

Je m'apprête à retirer ma main de son ventre, mais il la rattrape et la colle contre son torse. Sa chemise est froissée sous sa veste.

— Merci de t'inquiéter, souffle-t-il avec sincérité.

Je grommelle.

— C'est assez normal. C'est ce que font les amis, Liam.

— Et nous sommes amis ?

Mon souffle se coupe. Sommes-nous amis ? Est-ce ce dont j'ai envie ?

— On traîne ensemble régulièrement, on s'infiltre dans des lieux interdits tous les deux à la tombée de la nuit, on se confie des choses. Oui, je crois que c'est ce que les amis font.

Je le regarde. Il n'a pas l'air ravi de ma réponse.

— Et si je n'ai pas envie que nous soyons amis, Eira ?

— Je…

Peut-être que j'ai tort, que j'ai mal interprété les signes, peut-être qu'il ne m'apprécie même pas comme amie, qu'il ne veut que respecter sa parole de m'entraîner et de m'aider à maîtriser mes pouvoirs.

Ou alors…

— Tu as trop d'amis ?

Je suis la pire des idiotes de balancer ça. Au moins, Liam rit, ce qui le détend.

— Non, je n'ai pas beaucoup d'amis, Eira. Bizarrement, être le fils de l'Arkon ne permet pas de nouer des relations saines et durables.

— Pourtant, il y a toujours un groupe impressionnant de personnes qui te suivent où que tu ailles.

— Ils veulent quelque chose de moi. Tous.

— Je veux quelque chose de toi, moi aussi. Est-ce que ça veut dire que je ne peux pas être une amie ?

Le silence s'installe tandis qu'il cherche à formuler une réponse.

— Que veux-tu de moi ? me demande-t-il finalement.

— De l'aide, comme tout le monde, je suppose. De l'aide pour maîtriser mes pouvoirs, pour retrouver Paige. Ne suis-je pas comme les autres finalement ? À te réclamer quelque chose sans être capable de te donner en retour ?

— Oh, Eira…

Il lâche ma main, qui se trouve toujours sur son torse. Je n'arrive pas à décoller mes doigts de là. Avec délicatesse, il caresse ma joue et glisse une mèche derrière mon oreille, comme il l'a déjà fait par le passé. C'est un geste si simple et si tendre pourtant. Je frissonne de son contact et je me dis que j'en veux plus.

— Tu m'apportes beaucoup de choses. Tu ne me traites pas comme le fils de l'Arkon. Depuis le premier jour, je crois que tu t'en fiches totalement de savoir que je suis le successeur du chef de cette ville.

Sur ce point, il a raison. C'est même plus un inconvénient qu'un avantage à mes yeux.

— Tu ne me fais pas de courbettes, tu ne me manipules pas pour que j'entre dans ton jeu et que tu obtiennes ce que tu veux. Tu es franche et directe. Tu ne sais pas à quel point c'est rafraîchissant pour moi.

— Aussi rafraîchissant qu'une tempête qui frappe la ville de plein fouet ?

— Quelque chose comme ça.

— Mais je te demande quand même des choses, je prends de ton temps et de ton énergie.

Gênée, je pince les lèvres.

— Parce que nous sommes amis, me répond-il calmement. C'est bien normal de demander service à ses amis. De se confier à eux. De leur réclamer de l'aide quand on en a besoin.

— Tu sais que tu peux aussi me réclamer de l'aide, n'est-ce pas ? Je n'ai aucune idée de ce que je pourrais faire pour toi, mais je le ferai.

Il rit.

— Attention, je pourrais te demander des choses horribles.

— Comme ?

— Comme… non, je n'en sais rien en vérité. Je ne demande jamais d'aide.

J'acquiesce en silence. Liam Kayn n'est pas du genre à s'appuyer sur les autres, je le sais. Pourtant, l'inverse n'est pas vrai. Tout le monde veut un bout de lui, de sa force, de son aura.

— Amis alors ?

Je pose timidement ma question, du bout des lèvres, alors que nos visages sont si proches qu'il suffirait que je me hisse sur la pointe des pieds pour embrasser Liam.

— Amis, me confirme-t-il.

Nous nous observons droit dans les yeux. J'ai l'impression que le temps s'est arrêté. Je ne veux pas être son amie. Je veux bien plus. Je le sens dans les battements de mon cœur, dans la chaleur qui se répand dans mon ventre, les papillons qui s'y agitent. Je le sens dans la sérénité qui m'enlace en cet instant, dans les frissons que chacune de ses caresses déclenche.

— Je…

Dois-je être sincère ? Lui dire que je veux plus ? Que me contenter d'être son amie ne me convient pas ? Que j'ai conscience qu'il ne cherche sûrement rien d'autre ? Qu'une histoire entre nous est impossible ?

— Je…

Les mots ne me viennent pas, ils sont coincés dans ma gorge par l'émotion que je ressens. Puis Liam se penche légèrement vers moi. La distance entre ses lèvres et les miennes s'est raccourcie.

— Liam…

Mon cœur bat à mes tempes, à mes oreilles, dans mon ventre et jusque dans mes pieds, je crois.

— Je ne suis pas…

— Tu ne veux pas ? s'enquiert-il en reculant.

— Non, ce n'est pas ça !

Ouf, ces mots-là sont sortis. Le garçon me regarde comme si ce que j'allais dire pouvait déterminer notre destin.

— Je suis une Fall, Liam. Je ne suis pas… je ne suis pas fille d'une maison majeure, je ne vais pas aider ton père à reconquérir le cœur du Pinacle. Je suis…

Il me sourit comme si rien de tout ça n'avait d'importance.

— Tu es un luxe, Eira. Un luxe auquel je ne croyais jamais pouvoir goûter.

Ses lèvres franchissent l'espace qui les sépare des miennes. Il fond sur moi et je glisse une main sur sa nuque alors qu'il m'embrasse. Mon cœur tout entier s'embrase, j'ai l'impression que mes nerfs sont parsemés d'étincelles. La langue de Liam trouve la mienne et le feu s'empare de moi.

Littéralement.

Ce qui le force à reculer en riant. Il ferme les yeux un instant pour m'aider à contrôler mes flammes et je rougis de gêne. S'il avait besoin d'une confirmation pour comprendre que mes émotions volettent dans tous les sens à son contact, il l'a eue.

J'observe des flammes tourbillonner autour de son avant-bras et j'en conclus que lui aussi, n'est pas en reste du côté des émotions.

— Peut-être qu'on devrait s'arrêter ici pour ce soir, histoire d'éviter d'être repérés par des gens qui voudront nous passer à tabac au nom des quelconques méfaits que mon père a peut-être commis un jour dans sa vie.

Il prononce ces mots sur le ton de l'humour, mais ils n'en sont pas moins vrais.

— Nous devrions.

— Nous devrions, répète-t-il.

Il s'approche, me serre contre lui et dépose un doux baiser sur le sommet de mon crâne. La tendresse et l'affection que je sens dans ses gestes me font sourire.

— Je vais finir par comprimer ta blessure si tu ne me lâches pas.

Je l'entends rire avant qu'il me libère.

— Guérisseuse avant tout, n'est-ce pas ?

Je hoche la tête et main dans la main, nous repartons vers la résidence de l'Arkon, alors que les papillons continuent de danser dans mon ventre, comme s'ils venaient de s'éveiller d'un long sommeil et qu'ils refusaient de s'endormir de nouveau.

Chapitre 67

Je vais devoir m'autoprescrire une cure de sommeil. J'ai laissé Liam escalader le mur, sans pouvoir l'aider, car comme il l'a si bien dit, une personne est plus discrète que deux et s'il veut pouvoir se faufiler à l'intérieur ni vu ni connu, mieux vaut que je ne traîne pas dans les parages.

J'espère qu'il a regagné la sécurité de sa chambre sans arracher un autre point de suture, même si j'ai bien des doutes là-dessus.

Après cette nuit, je ne veux pas rentrer et retrouver mes problèmes. Heureusement que j'ai laissé un mot à l'attention de Sylas, sinon il s'inquiéterait. Je sais qu'il va falloir que je lui parle, mais comment lui expliquer ce que j'ai vu ? Comment lui dire que plutôt que de foncer dans cette salle pour arracher Paige à son lit, j'ai tourné les talons et accepté d'attendre que Liam discute avec son père ?

Mes pas me mènent vers la terrasse où je m'attends presque à tomber sur Varek. Mais je n'entends pas de guitare, il n'y a pas d'immenses chiens en train de surveiller leur maître. Le voyageur n'est pas là. J'aurais aimé avoir des réponses, résoudre au moins l'un des mystères qui m'accablent en ce moment. Peut-être qu'il s'est installé ailleurs ?

Tandis que je marche le long de la promenade, j'écoute le murmure du vent. Je l'entends à mes oreilles, je le sens caresser ma peau avec douceur. Puis un miaulement me tire de ma rêverie.

— Qu'est-ce que tu fais là, toi ?

Charbon m'escorte jusqu'au couloir de ma chambre. Adossé à ma porte se trouve un Sylas à moitié endormi. Je tapote son épaule pour le réveiller et j'aperçois le soulagement sur son visage quand il ouvre les yeux.

— Tu vas bien.

— Je vais bien, je t'ai laissé un mot pour te prévenir.

— Je l'ai vu, mais tu ne revenais pas et il est très tard.

— Je suis désolée, je ne voulais pas t'inquiéter. Tu as pu prévenir des gens compétents ?

— Compétents ? Compétents n'est pas le terme adéquat. On m'a dit de revenir quand ça ferait quarante-huit heures. Que pour l'instant, elle pouvait très bien être en train de s'amuser dans la Crevasse et que les forces de l'ordre avaient autre chose à faire que de courir après une gamine de seize ans.

Je ne suis pas très étonnée. J'aide mon ami à se relever, puis j'ouvre la porte et l'invite à entrer. Charbon saute sur le lit, à sa place habituelle.

— Et toi ? demande-t-il. Elle n'est pas venue ici, je suppose.

— Non, Sylas. Elle n'est pas venue malheureusement. Mais je crois que je l'ai aperçue.

J'hésite, il me fixe du regard et je décide de tout lui raconter. Quand j'ai terminé, je dois le retenir de filer vers le département des recherches.

— Tu ne pourras pas ouvrir les portes. Nous devons attendre de voir ce que Liam va dire.

— Et que va-t-il dire ? Va-t-il vraiment demander à son père ? Tu crois qu'il lui dira la vérité ?

Je n'ai jamais vu le garçon perdre autant ses moyens et entrer dans une telle colère. Je crains qu'il réveille mes voisins de chambre à ce stade. Je lève les bras en signe d'apaisement, m'approche de lui, mais il recule et se dirige vers la porte.

— Sylas, ne te rends pas là-bas, ça pourrait être dangereux.

— Elle est en danger. Elle est notre amie. Pourquoi restes-tu les bras croisés quand tu sais où elle se trouve ?

Je serre les dents face à cette pique.

— Parce que si je suis kidnappée moi aussi, ou toi, nous ne lui serons d'aucune aide.

Ma réponse cingle, mais a le mérite de stopper Sylas dans son élan. Je reprends alors d'une voix plus douce.

— Je comprends que tu veuilles la sauver. Moi aussi, je le veux. Mais nous ne lui servons à rien si nous nous faisons arrêter, si on nous empêche d'approcher du département des recherches, si notre présence les pousse à renforcer la sécurité… Nous devons faire attention Sylas, extrêmement attention.

Ses épaules retombent, il a l'air désolé et si fatigué. Je veux le prendre dans mes bras, mais je ne suis pas certaine qu'il se laisse faire ou que ça l'aide.

— Ne la laisse pas tomber, Eira. C'est tout ce que je te demande.

Puis il quitte la chambre et je l'entends saluer quelqu'un, ce qui m'étonne. Quand j'arrive à la porte, je découvre que Varek se tient devant.

— Tu n'es pas facile à trouver.

Savait-il que je le cherchais ? Ses chiens ne sont pas avec lui. J'imagine qu'il a préféré ne pas les faire entrer dans l'académie.

— Comment savais-tu que je serais éveillée ?

— L'intuition ? répond-il en levant un sourcil. Je peux entrer ?

J'hésite. Ma confiance envers Varek est limitée. Mais je veux aussi obtenir mes réponses, alors je cède et m'écarte du chemin, avant de fermer derrière nous. Charbon ne paraît pas gêné par la présence du voyageur et reste bien en place sur le lit, où Varek s'assied. Pour un chat supposé détester les gens, je le trouve bien sociable tout à coup.

J'inspire, j'essaie de détendre mes épaules nouées par le stress et l'inquiétude de ces dernières heures, sans réel succès.

— Que voulais-tu me dire ? demande Varek.

Il observe la chambre sous toutes ses coutures depuis le lit.

— C'est toi qui es venu.

— C'est toi qui me cherchais en premier lieu, non ?

Peu importe. Il a raison, j'ai des questions, j'ai l'occasion de les lui poser, autant en finir. J'attrape la chaise du bureau et m'installe en bout de lit. Varek se tourne vers moi pour pouvoir me regarder tandis que je lance mon interrogatoire.

— Le tatouage ? Je peux le voir ?

Je fixe des yeux sa main couverte par sa manche. Il inspire, puis décide de remonter le vêtement pour découvrir un long enchevêtrement de lignes et de formes géométriques. Je découvre qu'il n'y a pas un centimètre de peau qui n'est pas tatoué sur son avant-bras, tandis que sur la main, les doigts sont libres.

— J'ai déjà vu ce tatouage.

— Ça ne m'étonne pas, confirme Varek.

— Je l'ai vu sur le bras d'une personne qui m'a escortée hors de la ville, ou qui m'a amenée jusqu'au groupe qui m'a ensuite emmenée à Zéphyria. Les souvenirs datent et c'est un peu flou dans ma tête. Mais je suis certaine de l'avoir déjà vu. Que symbolise-t-il ?

Parce que vu l'âge de Varek, ce n'est pas lui qui m'a escortée hors d'ici.

— C'est le tatouage d'une ancienne tribu, qui n'existe plus aujourd'hui. Ma mère portait le même, m'explique-t-il calmement.

— Une ancienne tribu ? Une tribu d'où ? Pourquoi n'existe-t-elle plus aujourd'hui ? Tu es bien là.

— Et je suis l'un des derniers rescapés de cette tribu. Je pensais être le dernier, mais quelque chose me dit que j'ai peut-être tort.

Chapitre 68

Il me fixe du regard. Insinue-t-il que je fais partie de cette tribu ?

— Quelque chose dans nos corps fait écho l'un à l'autre, précise Varek. Je ne sais pas si ça signifie que tu as des liens avec ma tribu, mais je crois fermement à mon intuition. Elle me souffle que toi et moi avons un lien.

J'acquiesce lentement. Je l'ai ressenti moi aussi ce lien, et ce n'est pas pour rien que son tatouage s'est illuminé quand je l'ai touché. D'ailleurs…

— Je peux ?

Je me lève de ma chaise pour m'approcher, les doigts tendus, et Varek accepte que j'appose ma main sur les signes étranges de sa peau. Aussitôt, le tatouage s'éclaire d'une lueur argentée. Je retire mes doigts et retourne à ma chaise, la tête pleine de questions.

— Est-ce que ça fait quelque chose ? Tu ressens quelque chose quand je le touche ?

— Je n'ai pas mal, si c'est ta question. J'ai juste la sensation de retrouver quelque chose que j'avais perdu.

Ce n'est pas rien. Je poursuis :

— Et ce sixième sens, il te dit autre chose ?

Il hausse les épaules.

— Je n'ai pas dit toute la vérité au sujet de ma manière d'éviter les tempêtes. Je crois que mon instinct me prévient quand elles arrivent et me permet de m'en protéger. Je peux faire un détour ou bien planter rapidement ma tente, avant même que les premiers signes des bris de glace me parviennent.

Ce qui est bien pratique.

— Ici aussi, tu les sens arriver ?

Il acquiesce.

— Pourquoi tu ne dis rien ? Chaque minute qui nous permet de nous préparer est importante.

— Que se passera-t-il d'après toi si je révèle ce sixième sens ?

Plutôt que de répondre immédiatement, je fais l'effort de réfléchir et je songe encore une fois aux propos de Sylas sur ma naïveté. Cendralis me force à changer tous mes réflexes intellectuels.

— D'abord, ils seront sceptiques et ne te croiront pas. Ensuite, ils découvriront que tu as raison à chaque fois, l'attribueront à un pouvoir. Enfin…

La conclusion m'effraie mais me paraît réelle.

— … ils te garderont ici. Pour toujours. Tu es un atout dont ils ne peuvent pas se priver.

— Tu n'as pas une seconde hypothèse qui te vient en tête ? ajoute-t-il.

Si, il y en a bien une, mais elle est trop horrible pour que je la formule à voix haute. Pourtant, il m'y encourage et je cède.

— Ils t'élimineront. Les tempêtes servent les desseins des politiciens et de l'Arkon. Ils n'ont pas envie que quelqu'un les aide à les contrer. Ils veulent se sentir utiles et tout-puissants.

— Voilà pourquoi je ne dis rien.

— Sauf à moi. Pourquoi à moi ?

— Parce que nous sommes liés.

— Mais par quoi ?

Soit il ne le sait pas, soit il veut que je parvienne seule à la conclusion. Avide d'en savoir plus, je reprends mes questions.

— Cette tribu à laquelle tu appartiens et qui a disparu selon toi, de laquelle il s'agit ?

— Je ne sais pas si tu es prête à entendre ma réponse à ce sujet, Eira.

Avons-nous un lien familial quelconque avec Varek ? Sommes-nous cousins sans le savoir ? Ce qu'il va me révéler me donnera-t-il des indices sur ma famille ? Sur mes véritables parents ?

Oh, je me déteste d'employer ces termes, même en pensées. Mes véritables parents sont Tomas et Lynda. Ils m'ont élevée, chérie et aimée. Je n'ai que faire de gens qui m'ont abandonnée et exilée.

— Je ne veux pas savoir qui sont mes géniteurs.

Ma déclaration fuse et surprend Varek.

— Ce n'était pas le sujet, répond-il.

— Tu dis que nous sommes liés, je connais ce tatouage sur ton bras même si mes souvenirs peuvent me faire défaut, il y a forcément un lien entre ce que tu vas me dire et mes parents biologiques.

— Peut-être. Mais je ne connais pas tes parents. Et comme je te l'ai dit, ma tribu a disparu. Je continue d'errer entre les royaumes à leur recherche. À chaque fois que je m'arrête quelque part, j'ai l'espoir de rencontrer un membre de ma tribu, quelqu'un qui aurait trouvé refuge ailleurs, se serait caché au milieu des masses.

— Caché ? Pourquoi se serait-il caché ?

Il ne répond pas tout de suite et j'ai l'impression qu'il écoute quelque chose, comme s'il entendait un bruit.

— Nous n'avons plus beaucoup de temps, m'annonce-t-il.

— Comment ça ?

— La tempête arrive.

Je me rappelle le murmure du vent que j'ai senti dehors tout à l'heure. Était-ce un signe ?

Il se lève du lit et tire sur sa manche pour couvrir son tatouage.

— Les membres de ma tribu ne sont pas comme les autres, Eira.

Nos mages ne maîtrisaient pas qu'un pouvoir. Ils étaient sensibles à plusieurs d'entre eux. Parfois deux, parfois trois, parfois plus.

Il me fixe encore. Qu'est-ce que ça signifie ? Je n'ai jamais entendu parler d'une telle tribu, d'un tel peuple.

— Nos mages étaient si précieux qu'ils étaient pourchassés par la plupart des royaumes et ils ont choisi de devenir nomades pour ne pas attirer l'attention en s'établissant dans une ville et éviter qu'on ne réquisitionne leurs pouvoirs.

— On ne peut pas réquisitionner des pouvoirs.

— Pour éviter qu'on fasse d'eux des prisonniers forcés d'obéir aux ordres de leurs geôliers. Imagine une ville où des mages maîtrisent l'eau, le feu, le vent, la foudre… imagine la puissance de cette ville avec ces pouvoirs.

Je songe surtout à l'harmonie dans laquelle nous pourrions vivre si nous étions capables de tous nous entendre. La facilité avec laquelle nous pourrions créer de l'énergie, défendre nos murailles, si de tels mages existaient encore.

— Et quel est le rapport avec moi ?

— Je crois que tu es l'une d'entre eux, Eira. Je ne crois pas que tu sois une mage de feu. Je crois que tu es une Omni-mage, Eira.

Avant que je puisse lui demander ce que ça signifie et ce qu'il entend par là, l'alarme de la ville retentit.

— Une Omni-mage ?

J'attrape ma veste, que j'avais jetée sur le dos de ma chaise et je l'enfile. Où se trouve le passage le plus proche pour rejoindre les murailles ?

La deuxième sonnerie se fait entendre.

— Une synergiste, précise-t-il en observant tous mes mouvements.

J'ouvre la fenêtre à Charbon et lui fais signe de filer. Il ne m'obéit pas, je grogne et décide qu'il se débrouillera. Il n'aura qu'à me suivre dans les couloirs pour ne pas se retrouver enfermé ici pendant que je me battrai.

Troisième sonnerie.

— Un peu plus d'explications ?

Mon ton ronchon ne doit pas être agréable mais j'apprécierais qu'on me parle dans un langage que je suis capable de comprendre.

— Quelqu'un capable de maîtriser plusieurs éléments.

Quatrième sonnerie. Mon cœur s'arrête de battre un instant. Je n'ai pas entendu quatre sonneries depuis mon arrivée ici.

— Comme je te l'ai dit un peu plus tôt, la tempête arrive, reprend Varek en se levant du lit avec beaucoup de calme.

Cinquième sonnerie.

Je pars en courant.

Chapitre 69

Il n'y a qu'à suivre le flot de mages qui se déversent dans la ville pour savoir où se rendre. Je n'en ai jamais vu autant et pour cause : une tempête de niveau cinq signifie que nous devons tous nous mobiliser. Jeunes et moins jeunes, puissants et moins puissants. Tous ceux qui disposent d'une once de magie doivent se rendre aux remparts, qu'ils soient rompus à la défense des murailles, ou non.

Seuls les premières années ne sont pas autorisés à nous rejoindre, car ils n'ont pas encore reçu leur formation pour savoir où se tenir, et n'ont pas été assignés à l'une ou l'autre des portes de la ville.

Je cherche Liam dans la foule et alors que j'atteins les souterrains, je le trouve, encerclé de ses gorilles habituels. Je me précipite vers lui, on veut me barrer le chemin, mais il me voit et ordonne sèchement :

— Elle est avec moi, nous sommes en binôme et si vous ne voulez pas que je commence à utiliser mon pouvoir tout de suite sur vous, je vous conseille de la laisser venir.

Ils s'écartent, j'hésite un instant et reste à un pas de distance de Liam, car il y a plein de gens autour de nous et je ne sais pas où nous en sommes, si ce baiser signifiait vraiment quelque chose, s'il veut garder cette étreinte secrète.

Il fait disparaître la distance entre nous, me serre dans ses bras et chuchote à mon oreille.

— On doit y aller. Cinq sonneries.

J'acquiesce et nous courons jusqu'aux wagons. Là-bas, Liam n'attend pas que ses très chers gardes du corps s'installent dans la navette suivante. Il démarre sans se soucier d'eux et nous filons à toute allure dans les tunnels de la ville, en longeant les serres.

Qui s'éteignent.

Tout à coup, il fait noir, des cris retentissent, mon cœur se met à battre la chamade.

— C'est la tempête ? Elle a déjà frappé ?

— Je ne sais pas, répond calmement Liam.

J'allume une flamme dans ma main, comme quantité de nos camarades et alliés. Éclairés par nos pouvoirs, nous avançons en direction des murailles. Quand nous atteignons notre arrêt, je me précipite hors du wagon, Liam me suit et nous grimpons les marches quatre à quatre.

— Ça va aller ?

Je m'inquiète pour sa blessure, son état d'une manière générale, un potentiel camarade de promotion qui profiterait de l'occasion pour se débarrasser du fils de l'Arkon. Mes yeux sont partout, j'épie les moindres gestes et mon cerveau sature d'inquiétude.

— Eira, la tempête doit être notre seule préoccupation. Je ne suis pas mourant.

— Je vais te faire confiance, ce qui n'est pas rien en tant que guérisseuse.

— Parce que tu ne comptes pas sur les gens pour prendre soin d'eux ?

— Si tu savais le nombre de personnes qui négligent les conseils de leur soignant. C'est une règle d'or que j'ai apprise : ne fais pas confiance à ton patient. En revanche, fais confiance à son entourage. Ceux qui les aiment se montreront intraitables pour leurs soins. On a tendance à se négliger soi-même, mais à faire très attention quand il s'agit des autres.

— C'est peut-être comme ça à Zéphyria…

— … j'ai cru comprendre que c'était différent à Cendralis, effectivement.

Nous atteignons la surface et je dois porter la main à mon visage pour me protéger des quelques bris de glace qui volent déjà au milieu des bourrasques.

— Vite ! crie Liam.

Nous sprintons jusqu'aux remparts. Je laisse le fils de l'Arkon s'engager sur l'échelle à la suite d'autres de nos camarades. Des ordres fusent dans tous les sens, notamment pour ceux qui ne sont pas habitués à se retrouver ici. Au milieu de la foule, j'aperçois Maître Alden.

— Deux minutes avant l'arrivée de la tempête ! hurle une voix.

Je cours jusqu'au mage. Je dispose de trente secondes pour lui poser mes questions et je compte bien les utiliser. Paige mérite que je les utilise. Sylas a raison : je devrais me battre pour elle autant que possible et je ne vais pas laisser passer une telle occasion.

— Maître Alden !

Je dois m'époumoner à travers le début de tempête pour qu'il m'entende. Surpris, il plisse les yeux en me voyant arriver à toute allure vers lui. J'inspire à grandes goulées quand je m'arrête, le froid s'insinue dans ma gorge et me fait aussitôt tousser.

— Maître Alden…

Je me répète, à la recherche de mes mots. Mais il n'y en a qu'un qui sort.

— Paige…

Puis je le regarde. Sa réaction ne se fait pas attendre.

— Pas ici. Pas maintenant, Eira.

— Ici et maintenant.

Ma voix est forte, assurée. Il faut dire que j'ai appris de Liam à ce sujet. Quand il parle, il ne s'attend pas à ce qu'on le contredise et ça se sent.

— Je l'ai vue. Dans le département des recherches. Sur un lit. Attachée à une machine et à une pierre.

Cette fois, il est surpris, très surpris. Il passe un bras par-dessus mes épaules pour me parler, comme s'il allait me faire une confidence, mais je me libère aussitôt.

— Que lui faites-vous ?

— Je ne lui fais rien.

— Mensonge !

— Eira, je peux tout t'expliquer, mais ce n'est pas…

Une volée de pics de glace s'abat sur nous et je lève un bras pour me protéger.

— Et ça ?

Je tends le pendentif que j'ai tiré de ma poche.

— Qu'est-ce que c'est vraiment ? La mère de Liam en avait un identique, peut-être le même.

Le mage ne me pose pas de questions et j'en conclus qu'il était au courant.

— Que me fait-il ? Ça fait partie de vos recherches ? Vous allez m'attacher à un lit moi aussi ? Et Sélène ? Quel est son rôle dans cette affaire ?

— Sélène ? Sélène ne participe pas à…

Une nouvelle bourrasque se fait sentir et me pousse un pas sur le côté. Maître Alden peine à résister lui aussi.

— Ne me mentez pas !

En m'entendant crier, il m'attrape par les deux épaules et me maintient fermement.

— Eira, ce pendentif t'est inutile. Il n'a rien de particulier, ce n'est pas un artefact, c'est juste une jolie pierre, qui appartenait effectivement à la mère de Liam. Je l'ai récupérée sur son corps. Je te l'ai donnée en te convainquant qu'il t'aiderait à canaliser tes émotions et ça a marché. Mais ce n'est qu'une coquille vide. C'est toi qui as réussi à canaliser tes émotions, toute seule. Je suis navré de t'avoir manipulée de la sorte, mais c'est une vieille technique que j'ai apprise lors de mes années d'enseignement sur les sujets qui avaient du mal à…

Il ferme les yeux quand le vent forcit et je reste suspendue à ses lèvres tant j'ai de questions. Comment a-t-il connu la mère de Liam ? Comment a-t-il pu récupérer ce pendentif sur son corps ? Liam lui-même m'a dit que sa mère n'avait pas de tombe !

— … gérer leurs pouvoirs, termine-t-il. Pour Paige, j'essaie de la sauver, d'accord ? Tu dois me faire confiance. Je fais tout mon possible pour la sauver.

— La sauver ? Mais la sauver de quoi ?

Il ne me répond pas et plonge le regard vers sa droite, vers les murailles et je me tourne vers ma gauche pour observer la même chose : un géant de glace est à nos portes. Ce n'est plus une simple silhouette, ce n'est plus juste un bras au cœur de la tempête. C'est un homme sculpté dans la glace, un homme gigantesque. Il lève le bras et le balance vers le dôme de feu qui est en train de s'activer, mais ne monte pas assez vite, pas assez haut. J'ai trop attendu. J'aurais dû monter sur les remparts pour aider mes camarades. Des pics jaillissent des doigts de ce monstre lié à la tempête et foncent droit sur nous.

Il y en a des centaines, ce sont des aiguilles qui parcourent les airs à toute allure, poussées par les vents.

L'une d'elles se fiche dans mon épaule et je baisse la tête pour protéger mon visage. Une autre atteint ma cuisse et j'étouffe un cri de douleur. Je finis par me rouler en boule au sol pour protéger mon corps et réduire la zone d'impact. Quand je ne sens plus la morsure des pics glacés, je me décide à ouvrir les yeux et à me relever. Sur les remparts, tous nos effectifs se battent pour alimenter le bouclier. Le bras de la créature s'élance vers la tour la plus proche, celle qui vient tout juste d'être réparée. Son poing transperce la pierre sans effort et j'observe la structure s'écrouler sous mes yeux. Ce n'est que quand l'éboulement atteint le sol que je réalise que je suis sur la trajectoire des pierres qui tombent du ciel. Je recule d'un pas, puis de deux, alors que le danger pleut sur nos têtes.

Je cherche Maître Alden du regard, quand je ne le trouve pas, mon regard se baisse et j'aperçois un bras sous ce qui est déjà des décombres. Je tousse à cause de la poussière dégagée, cours jusqu'au mage, attrape son poignet et tente de dégager les pierres qui recouvrent son corps. Je parviens à en soulever une et à libérer la tête de l'homme, pour découvrir qu'il a les yeux grands ouverts.

Et vides.

Je vérifie son pouls. Je ne sens rien. Maître Alden est mort.

Horrifiée, j'essaie de mobiliser mes forces, car des projectiles continuent de tomber depuis ce qu'il reste de l'édifice. Une brèche immense s'est créée dans notre dôme de chaleur au-dessus de ma tête. Pourtant je reste sur place, incapable de bouger, alors que la tempête s'abat sur nous tous.

Je cherche Liam du regard sur les murailles et je l'aperçois, tourné vers moi. Une seule de ses mains alimente le bouclier.

Le géant de glace se tient debout au-dessus de la tour en ruine. Il fait un pas en avant et percute la muraille. Puis il joint ses mains en un poing uni, les lève au-dessus de sa tête et les abat dans la cour.

Sur moi.

Chapitre 70

Mon instinct de survie prend le dessus, je recule, je me retourne et je cours à en perdre haleine. Une autre brèche s'est formée du côté de Liam et un deuxième géant de glace se trouve là-bas, en train de nous attaquer.

J'entends le fils de l'Arkon hurler des ordres et tout à coup, tout le monde abandonne les remparts. Les gens se précipitent vers les échelles, se positionnent au bas des murailles alors que j'accours vers eux. Une deuxième tour explose et je porte mes mains à mes oreilles alors que les sifflements de la tempête s'accentuent. Des bris de glace volent dans tous les sens. Je retire les aiguilles plantées dans ma peau, vérifie que je ne vais pas me vider de mon sang et décide que ça ira très bien pour l'instant.

— LIAM !

Le garçon court jusqu'à moi à peine a-t-il mis un pied au bas de l'échelle.

— Tu vas devoir donner toute ta puissance, Eira. Pas de retenue. Pas d'artefact.

J'acquiesce et il se met à crier pour attirer l'attention de tout le monde.

— Mettez-vous épaules contre épaules autant que possible, nous allons former une chaîne et créer nous-mêmes nos remparts de feu à partir du mur intérieur de l'enceinte ! Les runes à l'extérieur sont trop abîmées et nous dépensons de l'énergie pour rien.

Au-dessus de nous des tourbillons de vent s'agitent alors que le dôme a complètement disparu de ce côté de la ville.

— Allez-y !

Je pose mes mains sur la pierre de la muraille et je déverse tout mon pouvoir. Sur ma gauche se trouvent d'autres de nos camarades, ainsi que des mages plus âgés. Sur ma droite, Liam est quasiment collé à moi. Nous puisons dans nos ressources, crachons toute notre puissance alors que les runes du mur intérieur se mettent à briller et que notre dôme se reforme. Il prend de la hauteur, une courbe se crée et il vient rejoindre les murs de flammes des autres portes.

— Et maintenant ?

— On tient bon, me répond Liam.

— Combien de temps ?

— Je ne sais pas.

Jamais les géants de glace n'ont fait cette taille, jamais ils n'ont eu une telle apparence humaine, si bien définie, et jamais ils n'ont été deux. Y en a-t-il d'autres aux portes est, ouest et sud ? Combien de temps vont-ils rester à tenter une percée dans notre ville ? Combien de temps allons-nous devoir tenir avant qu'ils se lassent et repartent d'où ils viennent ?

Les minutes s'écoulent et Liam nous encourage.

— C'est bien mieux ! Bravo ! Ils ne parviennent pas à passer !

Chaque poing qui s'abat fait trembler notre dôme, les murailles, la ville tout entière. Sous mes pieds, les pavés semblent sur le point de se fissurer. Dans notre dos, la ville est toujours plongée dans le noir. Je songe aux serres, à la tempête qui a réussi à s'engouffrer quelques instants et au froid qui s'est peut-être insinué dans les tunnels. La température a baissé de plusieurs crans et j'espère que les serres ne seront pas touchées.

Il en faudrait beaucoup plus pour que nous perdions nos récoltes, n'est-ce pas ?

— Plus de puissance ! réclame Liam.

Malheureusement, autour de nous, plusieurs mages ont déjà mis un genou à terre, certains se sont évanouis et nos effectifs se réduisent.

— Eira, il va falloir qu'on compense. Tu es capable de plus que ça.

Puis sur un ton plus haut, il crie.

— Nous sommes tous capables de bien mieux que ça !

Je ne sens pas mes forces affluer, je sens plutôt le désespoir s'emparer de moi alors que les minutes s'égrènent. Nous ne pouvons pas tenir indéfiniment.

— Pensez à vos familles ! À vos parents, à vos enfants, à vos frères et à vos sœurs ! À votre femme, à votre mari ! Pensez à tous ces gens qui se sont réfugiés dans les abris et qui comptent sur nous pour les protéger ! Nous n'allons pas les abandonner ! Nous allons nous battre ! Nous tiendrons bon ! Nous serons plus forts que la tempête !

Il répète encore une fois.

— Plus forts que la tempête !

Et tous en chœur, nous hurlons.

— Plus forts que la tempête !

Mes émotions s'emballent, mon pouvoir les imite et je laisse ma puissance se déverser dans le bouclier. Pendant quelques minutes, nous avons tous un regain d'énergie qui nous permet de compenser l'effondrement de certains de nos alliés ainsi que la perte des tours.

Pendant quelques minutes, tout semble possible, même une victoire.

Puis d'autres mages tombent à terre, tellement épuisés qu'ils ne peuvent plus tenir sur leurs jambes. À genoux, certains continuent d'alimenter le bouclier alors même qu'ils peinent à garder conscience, mais ce n'est pas suffisant.

Une brèche se crée à quelques pas sur ma gauche, puis une

seconde beaucoup plus loin. Je tourne la tête à droite et je croise le regard de Liam.

— Je refuse que ce soit la fin, me lâche-t-il entre ses dents.

Pourtant, je crois que nous y sommes.

— Toi ! crie-t-il en donnant un ordre à quelqu'un sur sa droite. Décale-toi, nous allons nous occuper des brèches !

Toute une cohorte de mages s'étend pour essayer d'alimenter le bouclier à intervalles réguliers, tandis que Liam m'emmène avec lui vers les brèches. Le froid sévit dans la cour, la glace vole dans tous les sens et les vents ralentissent notre avancée. Leur sifflement se transforme et j'ai l'impression d'entendre une voix de femme murmurer les paroles d'une chanson.

— Attention ! hurle Liam.

Il fait barrage de son corps pour me protéger d'une salve de pics glacés. Je veux lui crier de ne pas faire ça, de ne pas se mettre en danger pour moi, mais il est trop tard. Quand il se lève, sa veste est truffée d'aiguilles.

— Je n'ai rien, me rassure-t-il. L'uniforme a tout arrêté, je te le promets.

Nous atteignons la première brèche, nous positionnons et tentons de réparer le bouclier à cet endroit. Liam paraît épuisé, il n'a plus beaucoup d'énergie et je le vois souffler pour tenir bon. Je l'aide du mieux que je peux, mais quand le poing du géant glacé s'abat pour la sixième fois, je sens que je vais céder. D'épuisement, le Kayn pose un genou à terre. L'inquiétude booste mes pouvoirs et je parviens à repousser la septième attaque à l'aide des quelques mages qui disposent d'encore un peu d'énergie.

Puis le bouclier disparaît au-dessus de nous, alors que le poing se lève pour la huitième fois. La fois de trop. Celle que nous ne serons pas capables de repousser.

Je me rapproche de Liam qui a réussi à se relever. Il veut mobiliser le peu d'énergie qu'il lui reste et tente de créer une flamme, mais rien n'apparaît au creux de sa paume. Il prend une courte seconde pour accepter cette nouvelle, réaliser que c'est fini. Nous avons perdu. Nous ne survivrons pas à cette attaque.

Alors il glisse une main dans mon dos, m'attire contre lui et m'embrasse avant de murmurer :

— Un luxe, Eira.

Je répète en acquiesçant :

— Un luxe.

Nous levons la tête pour observer le poing foncer sur nos silhouettes. Par réflexe, je lève les bras pour me protéger et je ferme les yeux dans l'attente de la fin.

Je sens un choc, une vibration, quelque chose qui se brise. C'est la voix de Liam qui me pousse à ouvrir les yeux.

— Eira… me lance-t-il. Regarde.

Il pointe de l'index vers mon bras au-dessus de nous et vers la couche de glace qui s'est formée et a protégé toute la zone du poing immense qui nous attaquait. À croire que plusieurs couches de verglas se sont matérialisées pile au bon endroit pour nous servir de bouclier. J'aperçois des fissures et des craquellements, mais la création semble tenir bon.

— Qui a fait ça ?

Liam prend son temps avant de me répondre :

— Toi, lâche-t-il. Tu as fait ça.

— Je ne manipule pas la glace.

— Je ne serais pas aussi affirmatif. C'est donc ça que j'avais senti.

— Ce que tu avais senti ?

— Comme s'il y avait autre chose que du feu à bloquer parmi tes pouvoirs. Quelque chose sur lequel je n'étais pas en mesure d'agir.

— Liam, je ne suis pas une mage de glace, je suis une mage de f…

Les paroles de Varek me reviennent en mémoire. Sa tribu, ce qu'il appelle les Omni-mages, les synergistes. Ce n'est pas pour rien qu'il m'a donné ces informations pile à ce moment. Il savait. Son sixième sens l'a-t-il alerté ?

— Recommence, m'ordonne Liam.

— Comment ça ?

— Eira, le feu nécessite d'être alimenté, et nous sommes tous épuisés. Mais ta glace ? Ta glace alors que nous sommes en proie à un froid délirant, elle tiendra. Recommence. Tu peux tous nous protéger. Tu peux tous nous sauver.

— Comment… je ne peux pas… Liam, je ne peux pas créer un dôme de glace pour protéger la ville à moi toute seule ! Et je ne sais pas manipuler la glace.

Comme pour me donner tort, le géant de glace nous frappe de nouveau et cette fois, je sens s'échapper de mes doigts de manière automatique le flux de froid qui permet d'alimenter la plaque de verglas au-dessus de nous. J'écarquille les yeux. Moi qui ai eu tant de mal à maîtriser le feu, voilà que la glace semble m'obéir sans effort ?

Ou bien mon instinct de survie a tellement pris le dessus et fait table rase de mes autres émotions que la magie peut agir à sa guise.

— Je te l'ai déjà dit, ajoute le fils de l'Arkon avec espoir. Tu es puissante. Tu es plus puissante que moi. Tu es plus puissante que n'importe quel mage dans cette ville.

Je puise de la force dans ses yeux bleus. Que s'imagine-t-il ? Quelle pression met-il sur mes épaules tout à coup ?

— Je sais que tu peux le faire. Montre-leur à tous que tu es Eira Brynwall, fille de Lynda et Tomas Brynwall. Montre-leur que tu es plus forte que n'importe qui d'autre.

Alors je ferme les yeux. J'écoute le chant du vent qui siffle à mes oreilles. Je serre les poings et quand je soulève mes paupières, je sais que quelque chose a changé.

— Tes yeux, s'étonne Liam en fixant mon regard.

Je pose mes mains sur la muraille, je laisse le froid s'emparer des remparts. Un mur de glace se crée et grimpe à toute allure vers le ciel. Ma paroi encaisse un premier coup et j'ai la sensation qu'on a percuté mon plexus. Je hurle, mais je ne lâche pas.

— Je suis avec toi, me lance Liam. Je t'ai dit que je ne te laisserai jamais tomber.

Son regard me fait vibrer et me donne envie de franchir tous les obstacles qui se dressent sur notre chemin pour savoir ce que ça ferait d'être avec Liam Kayn. Pour sentir encore ses lèvres sur les miennes. Sa main sur ma joue. Son corps collé au mien.

Je me concentre.

Sylas compte sur moi. Paige compte sur moi. Liam compte sur moi. La ville entière a besoin de moi.

Alors je déchaîne toute ma puissance.

Pour continuer l'aventure

Envie de découvrir si l'entrée de Liam à l'académie a été aussi mouvementée que celle d'Eira ?
Pour ça, rien de plus simple, rejoins mon Discord ou ma newsletter :
https://jupiterphaeton.com/rejoins-lordre-des-pandas/

UN MOT SUR L'AUTRICE

Si tu ne me connais pas déjà, je suis Jupiter Phaeton, mais tu peux m'appeler Jupi. J'écris des romans depuis l'âge de 12 ans et je continue de le faire depuis la Dordogne, avec mes trois chiens. J'aime les grandes randonnées avec eux, le yoga, les pandas et surtout le chocolat chaud…

Si tu veux suivre mes aventures sur les réseaux sociaux :
Sur **Instagram** : @jupiterphaeton
Sur **Tiktok** : @jupiterphaeton
Sur **Facebook** : jupiterphaeton
Et sur mon **site internet** : www.jupiterphaeton.com

Merci de me soutenir, car c'est aussi grâce à toi que je vis mon rêve et que je peux aller toujours plus loin, en gardant le sourire !

Prends soin de toi,

Jupi

KYRA STORMRIDER

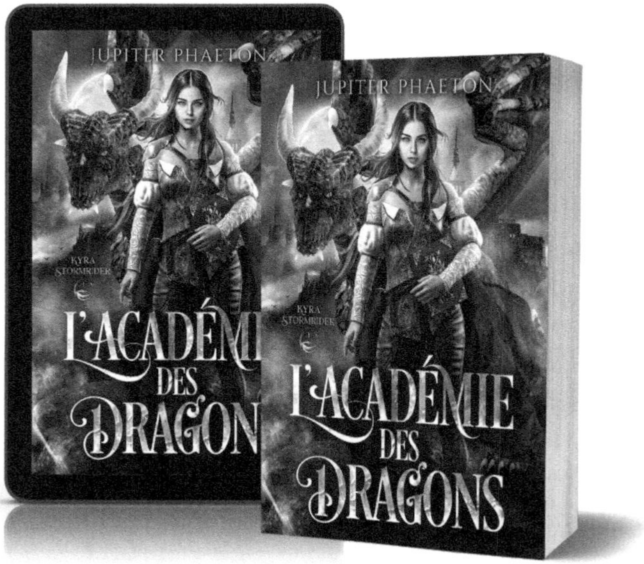

SÉRIE TERMINÉE EN 7 TOMES

Disponible au format broché, relié, en audiobook, ebook et dans l'abonnement Kindle !

Envie de découvrir un autre univers ?

Kyra, 16 ans, a travaillé toute sa vie pour intégrer Améthyste, qui abrite l'académie des dragons.

Son rêve ? Devenir chevaucheuse de dragons.

Petit problème : aucun dragon n'a été aperçu depuis plusieurs années.

En débarquant sur le campus, je n'imaginais pas les dangers qui me menaçaient : le cursus des créatures magiques est… mortel. Au sens littéral du terme. Les élèves n'ont pas de limites : brimades, bizutages, accidents tragiques, ils sont prêts à tuer pour se lier à l'un de ces animaux fantastiques. Et qui est devenu l'ennemi public numéro un ? Moi.

Sans Yorick, un garçon d'une intelligence remarquable, que j'ai rencontré au premier jour, et Elsa, une noble déchue, je n'aurais eu aucune chance de m'en sortir.

Mais il y a aussi LUI. LUI, dont j'ignore le nom. LUI, dont le regard vert et intense me fait vaciller. LUI, que j'ai rencontré dans les dangereux escaliers de la tour des dragons.

Il est arrogant, mystérieux, et parfois agaçant, mais il sait se battre. Il accepte de m'enseigner le combat, et j'en ai rudement besoin si je veux survivre assez longtemps pour me lier à un dragon.

Car j'y crois. Je suis persuadée qu'ils reviendront. Pourquoi ce dragon bleu nuit apparaît-il dans mes rêves depuis des années sinon ? Surtout qu'au-delà des murs de l'académie, le pays dépérit et notre survie dépend du retour des dragons. Pire, j'ai entendu des conversations qui mettent en danger la stabilité du royaume, et de la couronne. De la haute trahison au sein même de l'école ?

Bienvenue dans la prestigieuse académie Améthyste : rivalités, complots et trahisons menacent ceux qui espèrent se lier à une créature surnaturelle. Ici, chaque pas peut être fatal.

D'autres romans de Jupiter Phaeton

URBAN FANTASY :

Séréna, chasseuse de catastrophes
Loups, lycée et fin du monde
Le Trône des magiciens
Loups, cupcakes et catastrophes
Magic Academy
September Jones
Ryvenn
Haze Malone
Akalie O'Lys
Archibald Skye
Faith Ezreal
Le Trône d'Illya

Roman avec R.B Devaux :
Le bureau des ennuis magiques

Roman avec Olivia Billington :
Enquêtes et embrouilles magiques

Romans avec Théo Lemattre :
Vampire Dynasty
Comment se Mettre en Danger Inutilement

FANTASY ÉPIQUE :

Les secrets d'Isha
Kacy Matthews
Kyra Stormrider
L'Académie du feu

FEEL-GOOD ET ROMANCE :

Amour et boule de neige
Hot Chocolate Makes Everything Better

Romans avec Marlène Eloradana :
Dawn & Levon
Histoire d'une flippée de l'engagement

Romans avec Théo Lemattre :
C'est Noël à New York
C'est la Saint-Valentin à New York
Hors de contrôle
Un milliardaire à New York

Jupiter Phaeton
TON AVENTURE COMMENCE MAINTENANT

Printed in France by Amazon
Brétigny-sur-Orge, FR

32764105R10263